失落世界（上）

猎户座悬臂 ———————— 著

LOST WORLD

浙江文艺出版社
Zhejiang Literature & Art Publishing House

上

L O S T W O R L D

部

> 献给每一个
> 默默仰望星空的平凡人，
> 广袤的黑色太空，
> 此刻将为你亮起。

上

部

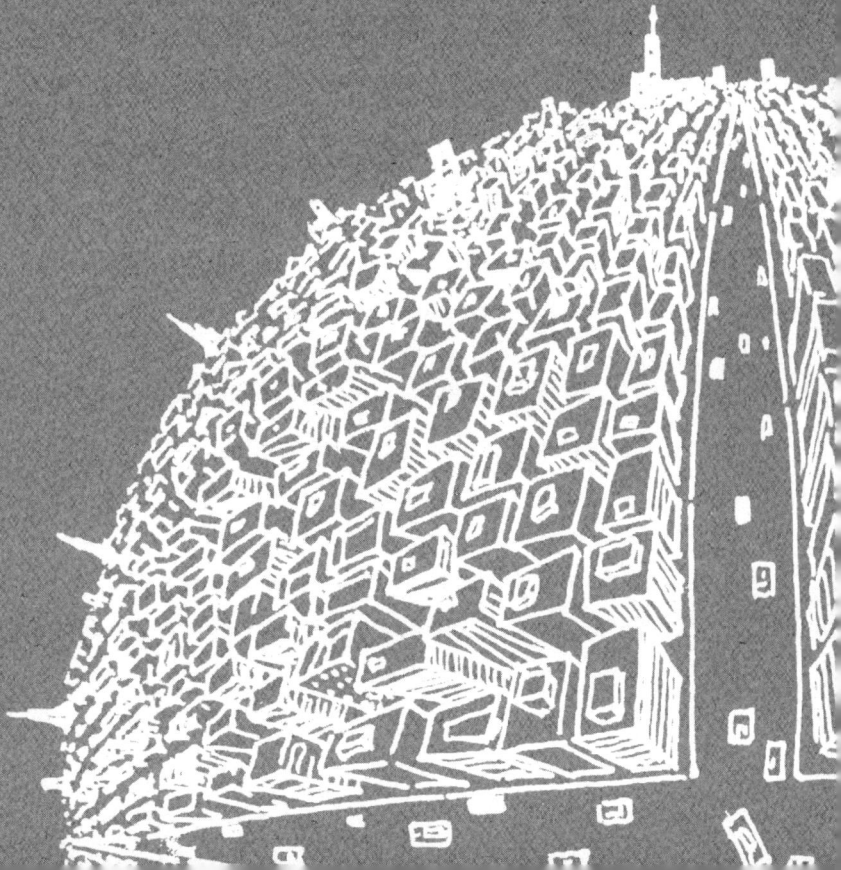

那一束流光划过夜空的时候,脚下这片广阔的大地也随之被点亮。黑暗中,古老的文明悄然诞生。在林海与江河之间,点缀着小小的部族。原始先祖们用骨制长矛与石器宣告了对这片土地的统治。当古老的奴隶制国家在辽阔的大地上日渐兴盛时,天穹之上的那束流光仍在盘旋。年老的祭司战战兢兢地向它叩拜,部族的男人们视它为天神震怒的征兆,因为它每一次在天际闪现时,大地上都会掀起横行的瘟疫,如同狂风般毫不留情地卷去所有人的生命。人们敬畏它的力量,为它奉上最丰美的祭品,配以最盛大的仪式,期望借此平息神明的愤怒,可神明从不为人们的祈祷所触动。

时间在无声中流转,流光依然在盘旋。尽管它的每一次降临都会带来灾难性的疾病,但文明仍在如洪流般涌进。辉煌的王朝在刀光剑影中往来更替,灯火繁密的楼台亭阁有如巍峨的巨人耸立在辽阔的平原之间。帝王们走过幽深的宫殿廊道,指尖划过古老的卷宗典籍,侍卫的宫灯一一照亮了它们的名录,《黄帝内经》《伤寒杂病论》《本草纲目》……文明正逐渐拥有着对抗神明的力量。

而在遥远的云层之上,流光仍在恒定地盘旋,只是它所散射的光芒与痕迹不再为人们所轻易观测。

漫长的岁月流逝中,工业的浓烟与火光转瞬即逝,在炮火轰鸣声中诞生了现代文明,宏伟的太空舰队在繁星间散射出密集的灯火,人类文明终于完全主宰了这个广阔的世界。但站在宇宙的维度上,文明的崛起恍如转瞬之间发生的事,投向天空的骨矛还未落回地面就变成了宇宙飞船。伟大的力量正一点点改造着这颗星球的面貌,人们深信没有什么能再动摇他们至高无上的统治力量。

但是在星空深处,在比沙漠的沙粒更繁密的群星之间,在寂静无声的黑色太空里,悄无声息的观察者从未移开过它们的目光。

流光在时间的长河里转动,如同投入河面的石子,泛起一阵不断扩散的涟漪。当波纹扩散至河流尽头时,数千年的流转与凝视瞬间有了意义。

当流光的意义真正为文明所明了的那一天,数千年前古老祭祀的恐惧,再次为人们所感受。

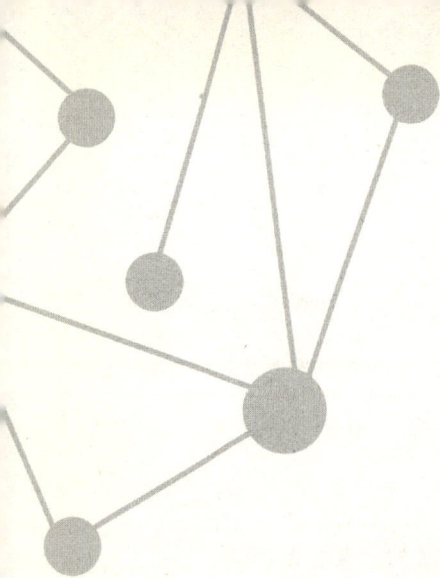

第一幕

黑色米粒

"看上去……就像一杆大号的擀面杖。"林睿贴着舷窗向外观察。

"技术员同志,请系好安全带。"坐在林睿对面的宪兵无奈地大喊。直升机机舱里充斥着巨大的轰鸣声。

"哦,哦,安全第一。"林睿神色肃然地落回座位,但眼神还是下意识地朝窗外探去。

"不用太心急。"坐在机舱角座的年轻人打开了通信系统,"很快我们就能近距离看到它的全貌了。"

"但是从高空观察它的机会可不多。"林睿转过头,"这可是我们第一次接触外来文明。"

"今天什么事都是第一次。"年轻人也将目光投向窗外。

直升机划破空气前行。绕过一片低矮的山丘后,一整个开阔的平原在视野中延伸开。繁星间来的访客此时正悬浮在平原中央,四周被浓厚的雾气笼罩。雾气的源头似乎在那个巨大筒状物的顶部,筒状物好似一枚怪异的烟囱,浓雾如瀑布般沿着筒状物的外壁滑落,穿过朦胧的雾气可以依稀分辨出覆盖其间的黑色外壳。

直升机窗外

"你觉得那层气态物体,会是什么成分构成的?"林睿大声问。

"我不知道!"年轻人现在也全神贯注地望着窗外,"看上去就只是普通的雾!"

"两位,请系好你们的安全带!"宪兵再一次提醒,"我们很快就要降落了!"

直升机在一片草坪上缓缓降落,两名军官站在舷梯下迎接他们。

"上尉同志你好!"林睿有些狼狈地和军官握了握手,头顶直升机的气流卷得他有些睁不开眼,"我们是航天局委派的技术小组。"

"旅途辛苦。"军官冲他们点点头,"诸位跟我来,会议马上开始了。"

"会议?"

"是的,我们会与诸位分享我们现有的资料。现在我们迫切需要听取各方面专家的意见。"

停机坪远处修建起了一排军用帐篷,头顶的直升机群正在不断运来更多物资。更高处战斗机群正在做警戒巡航,以时刻应对突发状况。

"这个阵势可不常见。"林睿心底隐隐升起一丝担忧。他的目光穿过密集的帐篷尖顶,那个山影般的庞然大物沉默地耸立在远处,犹如天穹探向大地的手指。

指挥中心一片凌乱,成堆未拆封的设备箱码放在角落,大厅中央只来得及安放简单的投影设备,参会人员能坐的也不过是军营里的马扎。此时高级军官们已经在前排落座,神情严肃地目视前方;来自生物、天文、物理、语言学各界的学者坐在后排,正低头窃窃私语。

"航天局委派的技术人员也已经到达了。"上尉告诉正在调试投影设备的军官,"会议随时可以开始。"

"好,我们现在就开始吧。"军官走到灯光下,林睿看清了他的军衔——

少将。

吴文斌少将挥手示意会场安静,随即他打开了投影仪。

"诸位,时间紧迫,我就直奔主题了。"将军的目光扫过会场里的所有人,"七个小时前,军用卫星检测到这一地区有异常信号,我们才发现这个物体的存在。如果这是来自外太空的物体,那么从它进入近地轨道到降落在地面,整个过程中我们没有收到任何预警。"

"这一点我们航天系统也可以证明。我们的系统没有任何类似的数据记录。"林睿与天文站的观测员互相确认过信息,"这样大体积的物体进入大气层,无论如何都会留下可被观测的痕迹。"

"其他国家的隐形军事武器?"一名技术员小声猜测,"有能力制造这样规模的武器的国家世界上屈指可数,无外乎就是那么几个……"他的声音低了下去,但他具体指向哪个国家,与会人员皆心知肚明。

"他国发射武器的可能基本可以排除。"少将很快否决了这一说法,投影仪投射出一张世界地图,上边标记了十余个红点,"一个小时前我们收到确切消息,包括我国境内的不明物体在内,同样的物体共有十六个,分别在十六个国家境内被检测到。"

"十六个?"会场开始喧哗起来。

"有没有可能是陨石坠落?"有人提出疑问。

"将军,根据地图显示,这十六个不明物体都恰好降落在内陆地区,并且分别降落在十六个不同的国家。"和林睿一组的年轻人举手示意,"这恐怕不是巧合。"

"继续说。"少将摆了摆手。

"如果是陨石坠落,它们必然要在通过大气层时留下痕迹;其次,即使是陨石，解体成十六个，按照空气动力学理论推算，它们的分布范围也不会如此分散，应该集中在一定的区域里，而这十六个不明物体的坠落地点，从天文角度分析毫无规律，或者说是以人类国家所在点为坠落规律。这样看来，除非它们会自己定位坠落地点。"

"而且陨石表面也不会这样光滑。"天文站的技术员补充道，他们到的时间比较早，手里有一组不明物体的表面照片，尽管大部分外壳都被雾气覆盖，但不难看出不明物体光滑平整的表面，"最重要的是，这样体积的陨石，足以给地表造成巨大破坏……不然就是它们有自我减速的能力。"

"是的，正如诸位所分析的，这些不明物体不像是随机坠落，更像是有计划的战略部署。我想大家也正是因此，会认为这是某个人类国家制造的不明物体。但是你们有没有考虑过另一种可能？一种更为惊人，却也更为合理的可能？"少将意味深长地环视众人，紧跟着他切换到了下一张幻灯片，投影仪上显示了一张显微镜观测下的微生物图片，"这是我们对不明物体坠落点周边泥土与空气的采样，其中有一部分元素与微生物，已经被确认是地球上不存在的。"他停顿了一会儿，让大家消化这个消息，"因此，结合我们之前的观察与分析，我们很大程度上可以确定，我们所面对的是来自外星的访客。"

空气里瞬间充斥着无人般的寂静。与会学者们面面相觑。几个小时前，人们还认为外星生物是遥不可及的存在，可是此刻它们忽然就这么旗帜鲜明地竖立在这片土地上，散发着无人能理解的神秘气息。在孤独地走过上万年的发展历程后，人类文明终于迎来了第一位外星访客。没人可以判断这对人类文明而言究竟意味着什么，但人们心底对未知事物的畏惧，还是在第一时间浮上心头。

"左边的小图是显微镜下的细菌结构图吗？"后排的生物学者问道。

"是的。"

"很奇怪,三个层层嵌套的圆环,不像任何一种单细胞生物,倒像是靶标。"

"很形象的比喻。"少将点点头,"具体资料随后会交给大家分析。"

"我们和它们有过交流吗?"语言学家举手。

"暂时没有。"少将摆手,"我们尝试过各种波段和频率,试图与对方建立联系,但到目前为止,这一尝试的进度仍为零。"

"也许它们的语言系统和使用语言的方式和我们不同。"语言学家沉思了一会儿,"将军你之前提到过,军方曾检测到不明物体的异常信号?"

"是的。"少将点头。

"能不能把信号资料发给我们一份?"

"可以。会议结束后信息组的军官会和你联系。"他将目光投向所有人,短暂地沉默了一会儿,"诸位,这是我们从未面对过的突发状况,我们对对方毫无了解,不清楚它们的意图,更不清楚它们是否具备敌意或攻击能力。诸位都是各自领域的精英,希望大家能通力合作,共同应对这次危机。同时我们也会在第一时间与大家分享信息,并尽可能提供更多的研究资源。"他提高了音调,"最后我要强调,研究工作开始后诸位将断绝与外界的联系,若有通信需求需要经过我们审核并使用军方的通信器。情况特殊,希望大家理解。"

与会人员简单交流之后纷纷同意了少将的要求。

"最后一个问题。"生物学家举手,"我们对不明物体的正式称呼是什么?难道一直称它是'不明物体'吗?"

"对于这一点,大家有没有自己的建议?"少将沉思了一会儿,决定把命名权交给在座的专家们。

"在座有没有北方人?"林睿挑了挑眉毛,"大家看它的外形,两头细长而中间粗大,是不是很像我们厨房里常用的擀面杖?"

"技术员同志,我来自南方。"生物学家是一个年轻的女性,音色柔软,确实带着南方人的温婉,"不过我们偶尔也会使用擀面杖,我认为不明物体的外形比擀面杖更饱满,两端更尖锐,倒更像一粒大米。"

在场学者也纷纷认可了这一形容。少将示意会场安静:"在这个问题上没必要浪费太多时间。既然大家已经达成共识,我们就暂时以'米粒'来称呼不明物体。研究所的设备正在安装和调试,具体资料随后也会发给各位,我们希望大家能尽快开始研究工作——眼下时间宝贵。"

众人纷纷表示认可。少将随即宣布会议结束,众人在指挥中心门口上缴了个人通信器材后,在军官的带领下前往各自的研究所。

"你总是这么脱线。"跟着林睿的年轻人忍不住扶额,"擀面杖……也就你想得出了。"

"我倒觉得我的形容很准确。"林睿挠挠头,在分配给他们的帐篷前遇到了另一小队,是生物学者的小队。

"你们将在十一号帐篷展开工作,食堂在七号帐篷,住宿在A区三号,执勤宪兵会给你们带路。"带领他们来的上尉军官给他们简单介绍了情况,"接下来开始工作吧。"

"我要求近距离接触'米粒'。"提出这一名称的女生物学家举手示意。

"防护设备还没有完全到位,在此之前我们不允许任何形式的对不明物体……"上尉顿了顿,"对'米粒'的接触。"

"小姑娘勇气可嘉。"林睿笑了笑,"可万一染上什么外星疾病就不好了。"

女生物学家闹了个红脸,皱了皱眉:"如果是这样,那你们就解剖我来做研究。"

此话一出,空气忽然安静了一会儿。在这个遍地是男性的军营里,大家潜意识里都拿她当小姑娘照顾着,可这句话让所有人瞬间不敢再轻视她。

"好了,时间紧迫,我们开始工作吧。"带队的学者挥了挥手,众人鱼贯而入。

"江乔。"学者叫住了那个女孩,"你的干劲我一直是清楚的,但你要记住,鲁莽不是勇气。"他严肃地望着江乔:"我也不知道在名单上加上你的名字是不是害了你……"

"我知道了。"女孩漫不经心地点点头,心思早已经飞到工作台前了。

吴文斌对着指挥中心空荡荡的马扎陷入沉思。他的身后站满了等待命令的陆军及空军军官。

"现在时间是傍晚六时三十分。"吴文斌将目光移向电子屏幕上的时钟,"三十分钟后我们将正式向全国报道这一事件。"他揉了揉鼻梁:"老实说,我无法预测这会引起多大的轰动。"

"今天什么事都是第一次,首长。"一名上校严肃地回答。这句话在后来成了一句名言,每个人在谈论米粒降临的那一天时,都会下意识地加上这样一句,"那天什么事都是第一次发生。"

"眼下最棘手的问题是,我们没有任何应对此类事件的经验,同时我们对进入我们国土的不明生物也一无所知。"吴文斌转头望着电脑桌上的初步分析数据,短短几行简单的直观描述,余下的都是空白,"我们就像是摸着黑在和敌人对打。"

"也许正在召开的紧急峰会能够带来一些好消息。"一名负责对外信息发布的军官说道。

这名军官提到的紧急峰会，是检测到米粒降临的十六个国家在联合国提议下共同召开的首脑会议。在如此仓促与突发的情况下聚集十六国首脑，这在联合国历史上还是第一次。

"关于这一点，上级已经发来过简短的指示，要求我们对可能建立的十六国信息共享系统做好技术准备。"吴文斌转头环视大家，"接下来我宣布命令。第一，在可见的未来，营地将会有更多技术人员加入，我们的任务是保障他们的安全。"

"保证完成任务。"负责营地警戒的军官敬了个礼。

"第二，以降落点为中心，对半径二十公里内的居民立刻进行疏散动员，二十四小时内必须完成。"吴文斌指了指面前的地图，"同时营地保持在距'米粒'五公里的距离上，设立警戒线，没有命令任何人不得随意跨越。信息单位时刻注意观察'米粒'动态，一旦出现异常现象立刻汇报。注意，从现在起，营地的警戒等级为最高级别，直到不明物体的来源与动机探查清楚之前，这个警戒级别都不会调整。"

"是。"与会军官神色肃然地敬礼。

"诸位，我们是离不明物体距离最近的部队，若是在战时，这里就是战争的最前线。"吴文斌凝视着所有人，目光却穿越了重重帷幕，与远方那个沉默的不速之客直接对视，"你们也许来自空军、陆军甚至火箭军等不同单位，但现在，"他收回目光，"我们是同一条战壕中的战友了！"

江源一个人坐在沙发上闷头抽着烟。妻子在厨房里张罗饭菜，唠叨声远远地飘了过来："刚戒了不到半个月，怎么又抽起来了？"

江源吐出一缕轻烟："抽着解闷。"声音透着厌烦。

妻子撇撇嘴，端了饭菜搁在茶几上："把电视打开，我听听新闻。"

江源眉毛一扬："有什么好听的？真要有什么消息，难道还会第一时间让我们平民老百姓知道？"说着他不耐烦地掐灭了烟头，夹了一筷子大白菜，皱了皱眉："味道淡啦，忘了放盐吧？"

妻子剜了江源一眼，端起白菜朝厨房走去。江源从鼻腔里呼出一声闷哼，转眼又点起一支烟。

这一声闷哼在安静的空气里像根刺似的，扎得妻子浑身一颤。她把菜盘子重重摔在餐桌上："是，是，我知道你怨我，当初没拦着女儿，让女儿读了离家那么远的大学，学的还是什么生物技术。"她大声抱怨道："可是今天这事，是我能预料到还是你能预料到的？你板着一副冷脸是在给谁看哪？"

砰！江源一拍茶几："哦，自家闺女，一声不吭地跟着导师跑去研究什么外星人，我这个当爹的担心她，怎么了？你冲我嚷嚷什么？"他脸色阴沉地打开电视："不可理喻。"

"你担心，难道我就不担心吗？"

"担心就担心，你瞎嚷嚷什么？我有说怨你了吗？"江源一转头，不想再争吵下去。

妻子也冷着脸不说话。小小的客厅里只剩下欢快的广告声在二人之间回荡。时针无声地指向七点整，紧跟着是一阵倒计时，随即电视里响起了为现代人们所耳熟能详的音乐声。

"大点声！"妻子忍不住喊道。

"大点声就能听到小乔的消息了吗？"江源瞪了妻子一眼，还是老实地调大了音量。

他们争吵的中心是他们唯一的女儿江乔，他们视若生命的掌上明珠。江源知道自家姑娘的脾气，打小就随她妈妈，是认准了死理就不带转弯的犟驴。

两个小时前她给江源发了一封简短的邮件，大意是她要和她的导师一同参与军方对降落地球的不明物体的研究，接下来可能会有一段时间联系不上家里。

"我会照顾好自己，别担心我。"江乔最后这么说道。

"别担心?"江源读到邮件后急得眼前一黑——怎么可能不担心?

几个小时前，流言已经在网络上铺天盖地地传开了。那群不知从何处来的奇异筒状物在同一时间被各国发现，好似一群悄悄溜进人类后院的小贼，在瞬间引起了人类社会大面积的恐慌。人们总是会对未知的事物有下意识的恐惧。官方在迅速抵达现场并隔离人群后发布过一条简短的通告，大意是军方和学者会尽快探查不明物体的来源，并在第一时间告知民众。除此之外，官方便没有更多消息了，紧接着各大媒体开始对这群天外来客的意图进行了分析与揣测——大抵都不是什么好的猜测。最悲观的分析认为这是外来侵略者大规模入侵的前锋，乐观者则认为这是高等文明发往地球的探测器。但无论是哪一种分析，都无法解释不明物体对人类所尝试的各种沟通方式的无视，它们沉默的姿态显得它们好似本就应该竖立在那里，人类倒是一群惊扰了它们生活的外来者。

江源努力克制自己不去想刚刚看到的一篇报道。那篇报道通篇都在阐述一个论点：在距离外星物体仅有几公里处设立营地是非常冒险的举动。虽然目前尚不清楚它们的攻击意图与能力，但几公里的距离，即使是以人类的武装力量，也可以迅速跨越并给予对方毁灭性的打击。

新闻片头音乐响过后，新闻主播简单回顾了今天的突发事件，并报道了正在召开的十六国首脑峰会。

"……截止到新闻播送时间，十六国首脑已经就建立联合的信息共享与危机应对系统初步达成共识。大批专家学者将立刻投入到对外星物体的研究行动中,同时对外星物体建立交流系统的努力仍在进行。"

"谢天谢地……至少那些大烟囱没有忽然爆炸。"江源咬着手指甲。妻子皱着眉头啧了一声。

"……对于与外星物体建立交流的行动,我们将通过一个短片来了解。"

画面切换到一个年轻的语言学家,背景的军营显示他应该就在靠近外星物体的第一线。

"……和一个从未接触过的文明建立联系,是一个非常复杂的过程。我们首先要了解它们的生理结构——它们的发声系统是什么,它们的语言系统是怎样的,它们是如何与同类交流的……这些都需要通过大量的观察与分析来判断。但到现在为止,我们所能接触到的仅仅只有大家看到的这个筒状物表面——我们称之为'米粒'。我们目前还不清楚它们的个体构成是怎样的,或是这个'米粒'本身就是外星生物的个体。由于对方尚未给出任何回应,因此我们掌握的数据十分有限。但从'米粒'被发现到现在已经过去了近九个小时,外星生物在此期间并未做出任何带有敌意的举动,也许我们可以推测对方暂时没有对我们抱有敌意,它们也许也遇到了和我们一样无法交流的问题。从根本上说,这是两个文明截然不同的语言系统导致的交流盲区,但我们会根据已有的信息不断尝试新的交流方式,直至与对方建立稳定可靠的交流系统……

"毫无疑问,这一天是历史性的。我们终于知道我们在宇宙中不再孤独,也许我们能通过这个机会进一步揭开宇宙的神秘面纱。"

关于外星物体的特别报道到此就结束了。江源若有所思地放下遥控器,一不留神被手里的烟头烫了一下。

"这些外星人,到底是怎么无声无息地来的?"江源还在琢磨这事,半晌又嘟囔道,"小乔现在也算是在……为国家做贡献吧?"

妻子抹了把眼泪,起身去端那盘冷了大半的白菜,强打起精神给自己盛饭。可她的眼神仍在往电视屏幕这边瞟,巴望着能听到更多关于女儿的消息。

"你说说这都是什么事。"她红着眼眶收回目光,抬头越过重重云天,遥望"米粒"矗立的方向。这一刻,全世界无数人都在屏息凝神地将目光投向这些沉默的访客,一边期望着有新的消息传出,一边祈祷着别再发生什么突发事件了。

同一时刻,越过辽阔的海洋,世界的另一头,纽约联合国大厦前的广场上,人头攒动。

"不知道你此刻的感想是怎样的,反正我的内心一片平静。"唐纳德背靠着直播车点上一支烟,用烟头点了点那些紧张兮兮等待消息的记者和民众,"有时候我觉得我更像是这里唯一清醒的人。"

"作为你的同事,我有必要提醒你,在工作时间饮酒和吸烟都是十分不得体的行为。"肯低头叹气。

"你有没有听过东方的一句古老谚语? 大致意思是,世界上所有人都是醉醺醺的,唯独我是清醒的存在。"唐纳德低笑,"这大概就是我此刻的感受。"

"你现在看上去倒像是醉了。"肯的目光随着人群望向联合国大厦。他们俩的实习生身份,让他们远没有进入大厦参与发布会的资格,因此只能做外场记者,采访焦虑的人群。肯自问做不到唐纳德这样洒脱,他还有一堆的税单要付,有一个女朋友要养,这个时候听一个疯疯癫癫的同事谈论人生,怎么想也不会是一件美好的事。

"你没有在密歇根湖畔见过那个'回旋镖'（美军给筒状物的代号是'回旋镖'）吧？"唐纳德眯起眼睛，"我亲眼见过，就那样从一片大雾中忽然冒出来，至少有八十英尺高，像一只凶猛的怪物。"

"然后呢？"肯不由得好奇起来。他那时离事发点很远，当他赶到时军队已经封锁了这一区域。

"然后？你还没有明白这件事的意义。它不是像科幻电影里那样从天而降，而是忽然之间从空气里蹿出来！知道吗？那时我有一种奇怪的感觉，就好像它们其实已经在这里待了很久了，只是我们今天才发现它们。"

肯耸耸肩，对同伴的分析不置可否。

"想象一下，这群生物，跨过光年的距离，穿越茫茫宇宙，到达我们生活的世界。无论它给我们带来什么消息，都足以改变这个世界。"唐纳德喷出满口烟雾，"在今天之前，我觉得有生之年能看见世界各个大国首脑在几个小时内汇聚到一起召开会议是一件十分激动人心的事，上帝为我作证。"

"那么现在呢？"肯抬头望向远方，广场前的屏幕上似乎在播放着一些关于会议的消息，人群开始骚动起来，什么地方传来女人的惊呼声。

"现在我觉得，和正在发生，以及将会发生的事相比，这些都不重要了。"唐纳德掐灭了烟头，目光也探往远方，遥望那个牵动无数人心弦的外星物体。他想象着自己站在它面前，想象两个文明的碰撞，可他想象不出碰撞后的结局会如何。

唯有时间能够带来答案。

外星物体降临九小时后，前哨营地。

"很奇怪。"江乔望着面前的屏幕,"这个三层嵌套形式的微生物,本质上只是一个简单的单细胞生物。"她停顿了一会儿,似乎自己还需要理解这句话的意义,"或许应该说是三个,一层套着一层,均匀分布,细胞壁或细胞膜的厚度不会这么大,细胞核又太小了……我从来没见过这样怪异的组合。"

"如果你意识到我们面对的生物的特殊性,大概就不会这么惊奇了。"一名技术员头也没抬,"换个思路想,在这个军营里,异常情况就意味着正常情况。"

"此外最诡异的(抱歉,虽然这么说不太严谨,可我只能想到用诡异来形容)是那些雾。"另一名技术员皱着眉头说道,"它们……不是由水分构成的。实际上我们可以采集到雾区内的任何微生物,却唯独采集不到雾本身,就好像它们不是由任何元素组成的……它们理论上应该不存在,可是又这么明明白白地展现在我们眼前……"

"还是要进入雾区观察才能有进一步的结论。"江乔低声嘟囔着。

林睿悄悄收回目光,将注意力集中到面前的屏幕上。

"我想我们在这里的存在比较尴尬。"罗磊(与林睿同组的航天局技术员)面无表情地摆摆手,"我们在这里能帮上的忙不多,除非我们能弄来一块'米粒'的碎片。"

"别这么沮丧,我们至少正在见证历史。"林睿挠挠头。

"天知道是好的历史还是坏的。"罗磊朝江乔的方向丢了个眼神,"你不想去和那个姑娘打声招呼吗?"

"你的话题都是这样无缝转换的吗?"林睿挑了挑眉毛,"现在是和姑娘闲聊的时候吗?"

"缓和一下紧张的气氛啰。"罗磊淡淡地说道,"天知道五公里外那个外星生命,会不会下一秒就忽然化成一团火球,把我们都带走了……"他的声音渐渐低了下去。

"这种不吉利的话就别说出来了。"林睿皱了皱眉。

实际上,类似的担忧存在于所有人心底。在最初接触"米粒"的几个小时里,前哨营地里的所有人都承受着巨大的心理压力。没人可以确保下一秒营地不会忽然陷入火海,死亡随时可能降临,因此第一批进入营地的学者多数都出现了恶心与不适的症状。

人类与"米粒"的对峙与试探,好像原始人初次面对危险的未知生物。他朝着那生物呐喊着,期望得到类似的回应;他挥舞着手里的长矛,试图震慑它。可那生物只是平静地望着人类,丝毫不为所动。于是在不得贸然攻击与开战的前提下,人类可以选择的路只剩下一条:伸出手去,感受它的存在。

"大家注意,所有技术小组,各派出一位代表,去C区集合,服用抗辐射药物,并更换防护服。半小时后我们将进入'米粒'的雾区进行近距离观察!"负责通报消息的宪兵探头进来大喊,在他身后,一列列满载防护设备的军车正络绎不绝地通过。

一直埋头沉思的江乔一下抬起了头,眼里闪烁着奇异的光。

"到底还是个小姑娘。"林睿低笑着摇摇头。

外星物体降临的第十个小时,前哨营地向"米粒"派出了第一支观察队。地球终于向它的访客伸出了触摸的手。

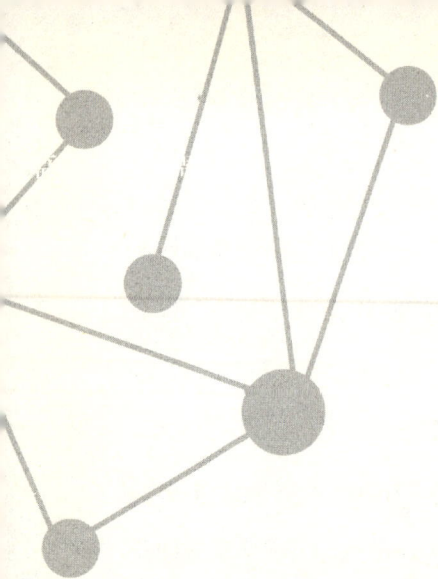

第二幕

时间的绸带

车队在无人的旷野上穿行。大风卷着尘埃从远处袭来,风中的细小颗粒击打着车窗,发出密集的敲击声。

身后灯火通明的前哨营地在夜色中渐渐变得模糊,远处巨大的黑影无声地迎接着它的拜访者。在这片黑暗中,四周的地形都隐没了,平原似乎在向着四面八方无限延伸。置身其中的小小的车队恍如海潮中一条细小的绸带,似乎随时会被巨浪吞没。

这样的景象就像太空中的航行。林睿忍不住想象,倘若人类有一天要迈向星空深处,大概也要经过这样一段黑暗孤独的旅程⋯⋯但不会有车窗外这样密集凌乱的沙粒敲击声。

"气象报告显示入夜后会有短时轻微的沙尘天气。"刘宇上尉回头向林睿与江乔解释道,"不是什么大问题,基本不会影响观测。"林睿浑身裹在厚重的防护服里,笨拙地点了点头。防护服的厚度大概属于防弹级别,内嵌有无数道过滤层,甚至还包括一套供氧与恒温系统,这个阵势让林睿觉得他这是即将登陆外星表面。坐在他对面的江乔则不安地扳着手套。

"通信检查。"刘宇打开了耳后的通信器,"注意,进入雾区后时刻保持通信畅通,每隔一分钟都要向我汇报一次位置。"

"是。"林睿有些紧张,想来对面的姑娘大概也好不到哪儿去。

"真不敢相信,我们居然在创造历史。"有人在通信频道里轻轻吹了声口哨,"可惜不能给自己拍照留念。"

林睿咧嘴笑了笑,这样的玩笑让他心情稍稍放松了些。他转身朝窗外望去,黑色的沙尘从天际涌来,那是从已经严重沙漠化的北方地区一路卷来的黑色浪潮。月光从云层间探出一道缝隙,洒下如水般的冷光。在尘埃与雾气之间,"米粒"接天连地地耸立着。跟从半空观察相比,它看上去庞大了许多。"米粒"末端靠近地面,但是和地面保持有大约三米的距离。从稳定的角度考虑,这样两头尖锐中部突出的物体明显不符合稳定定律,可现实是它就这么平稳地站立在这片土地上,仿佛空气中有什么无形的力量在支撑着它。

"即将进入雾区。"刘宇也有一丝紧张,但他很快控制住了自己,"大家放心,我们之前使用遥控机器进入过雾区采集空气与泥土样本,那些机器来回无数趟也没有出过问题。"

机器和人显然不具有可比性,所以刘宇的安慰并没有起到太大效果。

根据采集的信息显示,雾区内氧气含量很低,人在其中基本无法正常呼吸。而且雾区密布着大量未知微生物,物理小组推断这片雾区大概就是外星文明为自己制造的小小的大气层。

雾区的范围不算很大,以"米粒"为圆心,半径约七百米的范围内被浓雾覆盖着。车队停靠在了雾区边缘。

"全体下车。"刘宇命令道,全副武装的宪兵们以警戒姿态护卫在技术人员身前。获准进入雾区的技术人员共计七人,剩余的军人会在雾区外观察并保持警戒。

"爸爸,对不起,我总是这样任性。"江乔在心底默念道。她想起了自己提出要作为生物组代表进入雾区时,导师愤怒的表情。

"送死这种事情应该交给我们这些半截入土的老头来!"导师对着江乔怒目而视。

"鲁莽不是勇气,我还记得。"江乔平静地说道,"我知道自己做的决定是不是鲁莽,无论结果如何,我自己来承受。"

一旁收拾行装的技术员纷纷沉默不语。

每个人在出发前都做好了出现意外的心理准备,这是作为第一批接触外星生命的人类不得不考虑的可能付出的代价。

"这是你们第一次进入雾区,上级的要求是以谨慎观察为主,不要求有更多行动。进入雾区后时刻保持通信畅通。"刘宇再次强调道,"一旦发现有异常情况立刻从雾区撤出来,保证人身安全是第一位。"他满是敬畏地望着面前的七个人,"诸位好运!"

稍早前,纽约联合国大厦广场。

唐纳德很快发现了骚动的来源。正式会议在五分钟前已经结束了,可一条突发消息打断了正常的新闻发布会流程。就在刚才,大会收到一份简短的报告,发出方来自德国境内莱茵河畔的外星物体前哨营地。报告称,他们曾于一小时前派遣人员进入外星物体的雾区进行观察,可十分钟后观察小队集体失去联系;德国军方随即派遣第二队人员前往雾区调查情况,在进入雾区后发现了昏迷不醒的第一队人员,随即将他们带出了雾区。

经过初步检测,医护人员发现他们仅仅是脱力昏迷,并没有生命危险。但接下来观察队的汇报内容是所有人都始料未及的。根据简报描述,第一位清醒过来的观察队员用嘶哑的语调对在场所有人大吼道："不要进入雾区,那里是地狱!"

外星物体降临第十小时十五分,"米粒"雾区边缘。

"这个场景让我想起去年席卷北方的超级雾霾。"物理学家在频道里气喘吁吁地说道,穿着防护服行走十分不便,"漫天大雾几乎遮盖了全部视线,能见度甚至低到低下头看不见自己的鞋子……那个场景和末日也差不多了。"

"现在不是讨论环境问题的时候。"有人在频道里低声说道,"大家能辨认'米粒'的方向吗?"

"我能看到它,在我的正北方向。"林睿注视着前方,事实证明防护服附带的热成像仪对"米粒"完全没有作用,数据显示"米粒"表面没有任何温度,甚至雷达装置上都无法显示"米粒"的位置,"大家向我靠拢,眼睛盯着前一个人的后脑勺,排成一列前进。"

雾区内能见度极低,视线只能延及大概十五米开外的物体。但"米粒"比较好辨认,月光照射下它会在浓雾背后投下巨大的阴影。在这片足球场面积大小的浓雾覆盖区里,那片阴影是最突兀的存在。它给林睿的感觉很不好,像是有什么未知的危险隐藏在帷幕之后。

"你们有没有注意到,进入雾区后风速和沙尘都减弱了很多?"频道里响起了江乔的声音,林睿听不出声音中有任何慌乱或紧张,"也许浓雾是它的过滤层。"

"也许也是保护层。"有人补充道,"对任何外来生物而言,本土的细菌与病毒都可能造成致命的疾病。"

"汇报你们的位置。"刘宇切入了频道。

"我们七个人在一起,距离'米粒'大概五百米。"林睿站在排头的位置回头望,随即他发现紧跟在他身后的就是江乔。"正在朝它前进。"他顿了顿,接着汇报道。

"外面的沙尘暴强度有增强的趋势。"刘宇声音的背景里传来嘈杂的沙沙声,"里边的情况怎么样?"

"很平静。"林睿四下环顾,"就像在太空里一样安静。"

"注意你们身后,我会派遣一辆卫星信号指引车来为你们指引方向。"

队伍后边真的驶来一辆半人高的小车,车顶竖着一盏LED灯,在浓雾中散射着明亮的光。它加速行驶到队伍前列,跟着开始朝阴影方向缓缓前进。

"跟着亮光走。"刘宇说道,"保持联系。"

"和前方观察小队联系上了吗?"吴文斌少将行色匆匆地走入指挥中心,军官们纷纷起身敬礼。

"暂时没有,十五分钟前营地至前方小队方向出现了强烈的电磁干扰,所有通信手段都失效了。"信息组的军官汇报道。

"立刻派出车队去通知他们撤出。"吴文斌命令道。

"我们在第一时间尝试过了,但车队刚出营地,车辆就莫名抛锚了,险些酿成连环追尾事故。"军官心有余悸地回忆着方才的一幕,"直升机也无法出动,而且在这样恶劣的天气下强行起飞风险太大。"

气象局刚刚发来预警,今晚的沙尘暴级别提升,而且过境时间会延长,现在整个营地都笼罩在一片尘埃的洪流中。

"那就步行穿过尘埃区。"吴文斌思考了一会儿,"如果这是对方的开战信号,那我们已经在信息上落后了。"

"已经派遣陆军小队去了。"

"首长,前边发生了什么事? 需要这么紧急撤回小队?"有军官问道。

"这是上级的紧急指示。"吴文斌拧着眉头,"一定是有什么突发状况发生了。"

同一时刻,作为风暴中心的"米粒"雾区竟出奇地平静。队伍甚至停下脚步,开始用随身携带的仪器对空气和土样进行勘测。

"采样点大约是在距离'米粒'三百米处。"林睿记录下数据,"这里氧气含量近乎为零,空气中开始出现未知的微生物。"

"也许它们会在雾区里不断进化,直至繁衍出一个新的文明。"江乔在一旁说道。

"这让我想起小时候看过的一部老电影,讲一颗陨石坠落地球,陨石里带来了异星的微生物,它们在短短几天的时间里走完了人类上万年的进化历程,引起人类文明一片恐慌……最后却被人类用洗发水消灭掉了。"林睿笑了笑,"有时生活就是这么搞鬼。"

"《进化危机》。"江乔不动声色地说出了电影名字,"现在看来确实是很古老的电影了。"

林睿耸耸肩:"我们搞航天的,大部分时间都在实验室里,一部老电影够我们回味很久了。"

"'擀面杖'这个名字是你想出来的吧?"江乔轻声笑了笑。

"我觉得很形象。"林睿强调道。

"那你应该很少下厨房吧? 擀面杖的外形不会这样饱满。我猜你大概很爱吃饺子,但是从没有好好学过怎么擀饺子皮。"江乔站起身回到队伍里。

"小姑娘。"林睿含混不清地哼哼着。

"各位,你们有没有听到什么声音?"有人忽然说道。

所有人瞬间安静下来,防护服带有声音反馈装置,周边的声音会被即时收集下来反馈到人耳里。

远处什么地方传来细微的沙沙声。天际忽然传来沉闷的低鸣,整片大地都在为之颤动,天穹之上似乎正在酝酿着一场大雨。

"指引车停止前进了。"有人指了指前方,那辆指引车静静地停在不远处,所有灯光都熄灭了,像是失去了生命的玩偶。

"应该是电磁干扰。"物理学家平静地解释道,"这个情况不是在我们出发前的预设里讨论过吗?"

"通信也被干扰了。"林睿尝试呼叫刘宇,但那一头只传来电流杂音,"但我们几个的通信频率暂时还是畅通的。"

"接下来该怎么办? 退出雾区吗?"有人问,声音有些发颤。

林睿与江乔对视了一眼:"也许我们应该继续前进。"

"现在出现的异常状况很可能是'米粒'释放出的某种信号,我们太需要与这些生物建立联系了。"江乔附和道。

"但我们也需要有人出去向外边的人汇报情况。"物理学家补充道,将目光投向那个提出要退出雾区的技术员,"有谁现在要出去的可以站出来。"

"我明白了。"那个技术员神色放松下来,"我去和上尉联系吧。"他转身走了两步,又回过身,"你们注意安全,一旦有危险,立刻撤出来。"

另一名女技术员也提出要退出。七个人就此分成两队,五个人继续向"米粒"前进,两个人回头退出雾区。

"你不走吗?"林睿望着那个瘦弱的物理学家。

"我们可是在创造历史。"物理学家笑了笑,"谁会在创造历史的关键时刻选择退出?"

五个人越过瘫痪的指引车,远处的"米粒"渐渐变得清晰起来,那片阴影显得越发巨大,不和谐的外形让它看起来摇摇欲坠。林睿估算他们距离"米粒"大概不到一百米了。这个距离上,他们不得不调整声音反馈装置的反馈效果,头顶的轰鸣声越来越响亮,有如火箭发射前的点火程序,即使关闭反馈也能听得一清二楚。

"声音记录下来了吗?"林睿不得不大吼才能让对方听见。

"记录了。"语言学家挥手示意所有人安静,他要把"米粒"的声音收集起来做进一步分析。不排除这就是"米粒"所使用的语言的可能。

"注意脚下!"江乔忽然跳起来喊道。所有人下意识地望向脚底,泥土和草地正在渐渐消隐,土地缓缓撕裂开来,向着两边翻腾,犹如滚动的海水。裂缝一直延伸到浓雾深处"米粒"降临的方向,好像是它正在撕开脚下这片土地。

隆隆巨响自天际传来,靠近了听才发觉那竟是河流奔腾的声音。翻滚的河水穿过雾气涌入裂开的土地,带着开天辟地的力量撕裂大地。河水流经的地方,万物生长。巨树拔地而起,草木生长其间,鸟兽虫鱼在这片自然之地四下奔腾。一开始林睿认为是电影里的情节重现了,这些生物是高速进化的外星生命,可随即他发现,这些生物都是再平常不过的地球生物。

观察小组成员沉默地站在这一片生机勃勃的区域之外,内心的震撼无法用语言描述。

"我是无神论者……但此刻我只能用神迹来形容眼前的景象……"有人喃喃着,不知不觉已经泪流满面。

远处的"米粒"

"这会不会就是它们的交流方式?"林睿沉思着,"用某种技术,把我们熟悉的事物展示给我们看,寻找共同语言?"

"我更好奇的是……它们是怎么做到的?"语言学家抚摸着一棵大树沧桑的纹路,"这幅景象就好像是……拉动了时间的进度条。"

"很形象的比喻。"物理学家喃喃道,"也许这个外星文明的科技远超我们的想象。"

"继续前进吧。"林睿强迫自己冷静下来,"也许在'米粒'脚下,我们可以找到一些答案。"紧跟着他环顾四周,皱了皱眉,"江乔呢?"

他猛然发觉,在刚才的混乱中,一直没有江乔的影子。

江乔独自站在丛林深处,好奇地打量着面前这团扭曲的空间。实际上,如果用肉眼直接观察这团空气,是无法辨认它是否是扭曲的,可它恰好悬在一棵古老的樟树前边,透过这团透明的空气看到的樟树的纹路都是扭曲的,产生了类似凸面镜的效果。

江乔用随身的记录仪记录下了这一画面,选择以背后的树丛作为参照物。在这个背景下那团空气呈椭圆形,大约有两米长,最宽处大概有八十厘米。如果不是树丛足够密集,江乔甚至无法看清它的全貌。

完成记录工作后,江乔开始尝试进一步研究它。她首先朝那团空气扔了一块石子,石子穿过那团空气时没有受到任何阻碍,仿佛那儿本来就什么都不存在。

接着江乔注意到林间一群飞鸟被头顶的轰鸣声惊起,成群结队地飞过树林。其中一只恰好从椭圆状空气边缘穿过……不,它没有从另一头钻出来,而是……消失在了那团空气里。

"有生命的物体无法穿过它。"江乔初步得出结论。她不会鲁莽到尝试穿过它——天知道还能不能完整地从另一头钻出来，但这并不妨碍她近距离接近那团空气并观察它。

"几乎没有厚度，也不会流动，像是被固定住一样。"江乔猜想这大概是"米粒"的又一个神迹，只是她尚不清楚这个现象意味着什么。

直到那双眼睛与她对视。

一双小小的棕色眼睛，在这团凝固的空气后一闪而过。江乔愣了愣，下意识地以为这团空气会反射她的眼睛——她的瞳孔是淡棕色的。

接着那双眼睛又出现了，一张模糊的人脸也渐渐清晰起来，看起来是一个年龄不大的小姑娘，嘴唇一张一合，似乎在说些什么。

江乔浑身的血液都在无声地凝固，冷汗沿着额角滑落。在这个地方，在这团外星物体所创造的空间里……居然有一个人类！江乔下意识地别过头，不敢与那双眼睛对视。人们的心底似乎对未知生命的眼睛有下意识的恐惧，尽管空气那头看上去只是一个普通的人类，可这片雾区里，除了观察小队的队员，怎么可能会有"普通人类"这样的存在？

那个女孩仍在无声地张口，大概是声音无法通过这团怪异的空气传播。江乔强迫自己直视她的眼睛——一双泛着绝望的眼睛，毫无生气，形如一具木偶。被她注视的感觉非常不好受，江乔大概一辈子也无法忘记这样的目光—— 一个人得绝望到什么地步，才会流露出这样的眼神？

紧跟着江乔终于读懂了那个女孩的唇语，巨大的危机感在她心底炸开，冷汗瞬间如泉水般涌出，浸湿了她的后背。

女孩在无声地说："快走，离开这里。"

下一秒，江乔眼前被自天而降的黑暗覆盖。在失去意识前的最后一刻，江乔脑子里的念头是:那个女孩……怎么看上去有几分像自己?

"加速穿过雾区!"林睿放声大吼道。他已经奔跑到近乎脱力了,背上还背着昏迷不醒的江乔,这对于常年在实验室工作、从没有接受过系统锻炼的林睿而言,几乎要了他半条命。

其他队员们也在加速飞奔,他们的身后,天崩地裂。

十分钟前,林睿在丛林深处发现了失去意识的江乔。这个距离已经几乎接近"米粒"脚下了,没有浓雾阻挡视线,人们终于得以清晰地观察到这个巨大筒状物的全貌。它的表面是黑色的,呈不规则的圆柱形,高度大约一百米。底部最尖锐部位大约只有一辆卡车大小宽,中部则接近五十米宽,如江乔所言,确实很像一颗米粒。

"一个文明的文化,会体现在他们生产生活的方方面面。"语言学家解释道,"我想,这个筒状物飞行器,多少会体现这个文明对审美的理解。"

"恕我直言,你那是站在人类的角度上理解这个问题。"物理学家摇摇头,"站在宇宙的维度上,人类的审美标准可能根本没有存在的必要。那些都是感性的分析,而物理规律没有感性可言,只有铁一样的定律。"

"可无论是感性还是理性的思维,本身都是从文化中诞生的。"

"你对文化的理解也是站在人类的思维上,不客气地说,这对于研究外星生命而言毫无用处。"

林睿隐隐感觉,这两位学者的观点好似他大学班级里对文科与理科的争论,若不是情况紧急,他大概会兴致勃勃地参与他们的话题。

"各位,现在我们眼前的情况是,有队员昏迷,而我们对外的联系也已经中断。"他无奈地打断二人的对话,"我们需要把她安全地送出去。"

"大概是近距离接触外星生命,受了什么刺激吧?"物理学家扬了扬眉毛,"谁来把她带出去?"

他的话被一阵剧烈的晃动打断了。所有人下意识地朝"米粒"望去,面前那个巨大的黑色阴影正在一阵如钟鸣般的轰响中缓缓升起。四周的树丛发出扭曲的吱吱声,群鸟被惊起,在惨白的雾气中汇成一道黑色的洪流。这一次的震动是如此强烈,所有人几乎无法站稳身体,空气都在为之颤抖。

"它……是要升空了吗?"有人惊慌地大吼道。

"不,你看它的末端,离地面的距离并没有发生变化!"物理学家提醒道,"正在升起的是它的中部,它们大概是打开了一个出口!"

每个人的神色都有些兴奋,出口打开也许意味着外星生命终于要尝试与人类进行交流了。

可预料中的舱口并没有开启。"米粒"中部的外壳缓缓滑向两侧,露出一排密集的圆孔,更多的白雾从圆孔中喷出,仿佛整个筒状物里只有浓雾。

"它们在释放更多雾气?"林睿愣住了,脑海中电光火石般闪过一个念头。他忽然发觉所有人都犯了一个致命的错误,每个人都先入为主地认为外星生命一直待在面前这个筒状物里,可实际上谁也无法确认外星生命究竟应该是何种形态,也就是说,谁能担保这些雾气本身不是外星生物呢?林睿与所有人分享了这个判断后,物理学家脸色一下变得阴沉。

"不排除这个可能性……说到底我们还是一直使用人类的思维在理解外星生命。"

白雾贴着"米粒"的外壁无声地滑落。这次的雾气似乎质量更重一些,密度也更为浓稠。语言学家打开摄像头想记录下这一幕,可下一秒,巨大的恐惧瞬间击溃了他们所有人。

面前白雾流经的地方,土地变得黯淡无光,草丛蜷曲成一团,染上了一层如墨般的黑色。一只麋鹿从树丛中钻出来,后腿沾上了一丝胶水般的白雾,随即抽搐着轰然倒地,浑身上下浮现出黑色的斑点。雾气无情地将它掩埋在其中,麋鹿转眼被吞没,再没有站起来。

"它们在释放什么?"有人问,声音打着战。

"跑,离开这里。"林睿下意识地说道。

"快跑! 离开这里!"物理学家放声大吼。

面前的浓雾似乎没有尽头,身旁的河流仍在缓慢而坚定地撕开泥土向前推进。参天巨树以直指苍天之势拔地而起,已经有一名队员被忽然蹿出来的巨大樟树弹开,巨大的冲击力使他翻滚了很远才停下。好在防护服足够坚固,削减了大部分动能,物理学家路过他身边时拉了他一把,他很快便站起身跟上了队伍。

"运气不错,没有被直接顶到天上去!"林睿大喊道。那名队员下意识地回头望,那棵不知品种的巨树已经生长到二十米的高度,并还在继续生长。从二十米高空坠落,即使是防护服也保护不了他。

"见鬼!"有人大吼道,"我们已经跑了不止七百米的距离!"

"很显然,雾区扩散了!"跑在最前边的物理学家精疲力竭地喊道,"往我们左侧看!"

众人看到在左侧约二十米的距离处有一排冒着黑烟的军车,那是半小时前他们出发的地点。

"见鬼! 接应我们的人呢?"林睿已经无力坚持下去了,他的胸腔疼得像是要炸开一样,呼吸中带着浓烈的金属声,"姑娘你真是……沉得和猪一样!"

　　这当然是无意义的抱怨，即使是骨瘦如柴的人，穿上这套防护服后也不是那么好背的。

　　身后不断有新的树木生长，又有旧的树木被第二批白雾吞噬，躯干以肉眼可见的速度老化，随即坍塌下去。如果他们还留在原地，大概会是同样的下场。

　　他们多少开始感到绝望。他们本是带着与外星生命交流的使命进入雾区的，现在却只给人类带来了危险的信号。

　　"前方有亮光！"有人大喊道。林睿挣扎着抬眼朝那儿望去，一排密集的灯光刺破迷雾闪动着，有如黑暗中闪烁的灯塔："那是我们的人！"

　　"最后一段路了，姑娘。"林睿用尽了全部力气站起身。所有人都强打精神朝亮光跑去，不再回头看那片吞噬一切的白雾。他们机械地奔跑，不顾一切地奔跑，不顾一切地想要逃离这一片被白色笼罩的世界……

　　林睿一头扑进了漫天的沙尘中，一双强有力的手扶住了他。随即有人把江乔从他背后接了过去。那双手大力拍了拍林睿的肩膀，林睿听见他在自己耳边赞叹了一句"好样的"。林睿眼前有些发黑，也许是沙尘影响了视线，也许是自己已经精疲力尽了。可他还是艰难地回过头。雾区向外扩散了约两百米，随后又保持了静止。这让林睿多少安心了一些。那个声音指引着他走过一小段路，紧跟着他听见了重型直升机卷动气流的轰鸣。这个声音一下使他放心下来，转眼之间便昏睡过去。

　　外星物体降临第十二小时，美国宇航局。

　　"真见鬼！他们不能就这样把责任都抛给我们！"罗伯特狠狠将工作牌摔在办公桌上。

　　NASA（美国国家航空航天局）的外层空间监测中心空空荡荡，所有人都去围观正在进行的十六国首脑会议的转播了。得知外星物体降临的消息，NASA上下都有些兴奋，所有人都在为那些神秘的外星生物庆祝。作为人类探索太空的先驱者，他们多少有着自己特殊的使命感……和其他的想法。

　　"这对我们来说也许是一个巨大的机会。"监测中心负责人罗伯特激动地发表演说，"那帮目光短浅的联邦官员再也没理由削减我们的经费了……"

　　人群发出一阵喝彩。

　　可几分钟前一个将军打来电话，大声质疑这个政府花大量纳税人的钱养活的机构究竟起到了什么作用。

　　"你们反复强调你们的目光一直在注视着太空……那么请你合理解释一下，为什么外星物体降临地球的时候，NASA没有发出任何预警？"

　　将军认为，是NASA的工作疏忽，导致十六个巨大"陨石"穿过大气层时大家都无动于衷……这是赤裸裸的欲加之罪！所有的数据NASA都有备份，并且是完全向公众开放的，他们但凡愿意查阅系统记录就会发现外星物体降临的时候，卫星系统没有显示出任何异常。何况罗伯特还知道，军方在近地轨道部署的卫星监测系统比NASA还要先进，而每个人都知道军方原本就是专业干对地监测这一行的……如果连他们都没有任何发现，还能指望NASA做些什么呢？不过罗伯特无意与将军争辩，他知道这帮官僚只是需要一个出来代替政府掩饰失职的替罪羊。罗伯特估摸着军方很快会要求NASA召开新闻发布会，向国民解释为何他们的政府没能提前发现这些突然降临的大家伙们。

　　"最后……我们的光速飞船计划，进展怎么样了？"将军忽然没头没脑地问道。

　　"理论上，我们已经可以把行星级的中型飞船推进到光速的百分之五，这已经是目前能达到的技术极限了。"罗伯特愣了愣,他也承担着研发部的部分工作,可光速飞船的研发项目一直处于资金不足的状态,研究进展十分缓慢,政府对这事的热情并不是很高。

"继续你们的研究。也许下个季度我们会提供更多的支持……当然是也许……这事暂时不用和其他人说。"将军含混不清地挂了电话。

罗伯特找了一个无人的角落狠狠发泄了自己的怒气,待情绪冷静下来之后,他随即开始沉思将军的态度。

"光速飞船计划……政府忽然对它产生兴趣了?"罗伯特琢磨来琢磨去,心底隐隐有一丝不安,却又无法清晰地描述它。

"不过至少这次,他们不会再削减经费了吧?"他转念又想到。

林睿迷迷糊糊睁开眼,柔和的灯光蔓进眼帘。隔离室里一片安静,空气中只有仪器运转的嘀嘀声。林睿挣扎着坐起身,胸口仍有些隐隐作痛。

"醒了?"门外的医生走进来,"有没有感觉身体不适?"

"有。"林睿哼哼着,"我感觉浑身上下像是被牛蹄子踩过一样。"

"这是脱力的后遗症,休息一会儿就好了,没什么大碍。"医生笑了笑,"在外星人的领地走了一圈的感受就是像被牛蹄子踩过一样吗?"

"总之不会是什么美好的回忆。"林睿深吸了两口气,感觉酸痛感消退了一些,"其他人怎么样了?"

"他们都没事,只是有些疲倦。为了保险起见对你们进行了隔离观察,现在已经排除被感染的可能。"

"感染?"林睿愣了愣。

"护送你们进入雾区的刘宇上尉,已经出现了被感染的迹象。"

稍早前,外星物体降临第十小时二十分,雾区边缘。

刘宇气急败坏地靠在车辆的背风处,低声咒骂着见鬼的天气。士兵们在他身后面面相觑。就在刚才,所有车辆在同时毫无征兆地喷出一团浓烟,车灯也随之熄灭。检修人员打开引擎盖检查后震惊地发现,引擎内部像是已经使用过几十年一样老化不堪,部分连接部位已经因为生锈而脱落,冷却剂发出一股刺鼻的异味,车盖上甚至长出了青苔。

"这样的车辆是怎么交付使用的?"检修人员捂着鼻子后退。

"我保证它们开出军营的时候还是完好的。"负责车辆管理的军官站出来证明,"我们每天都会对车辆进行检修。"

"这个现在不是重点。"刘宇心情非常糟糕,刚刚从雾区里只出来两名技术员,根据他们的描述,雾区里已经开始出现异常现象,可剩下的人坚持要继续前进。此时无论是与前方观察队还是与后方营地的通信都因受到干扰而中断,而眼下天气状况又极端恶劣。此时大风中还裹着无数细小的沙粒,在缺少防护措施的情况下,贸然暴露在风沙中可能会造成意外伤害。刘宇忽然发现他这会儿除了干着急外能做的事十分有限。

"等到沙尘强度稍微减弱一些的时候,一班派两名战士,步行穿过沙尘区,去给营地通报消息,征求上级意见。"刘宇命令道,"同时其他人以班为单位,围绕雾区进行交替巡逻,一旦发现有队员从雾区出来,立刻把他安全带离。"

"是!"军官们喊道。

"连长同志。"一名技术员喊住刘宇,"我发现……这个雾区……有点不大对劲。"

"什么?"刘宇疑惑地望着面前的浓雾。车队停靠点在距离雾区约一百米处,在这个位置连"米粒"都不能用肉眼分辨,"有什么不对?"

"很难形容,就是不对……"技术员下意识地站起身,心底的不安越来越浓,最后他忽然瞪大了眼睛。

"你看前边那颗石头!以它为参照物观察雾区!"技术员大吼道。

刘宇在风沙中找到了不远处那颗凸起的石块,接着用眼角余光观察雾区,很快发现了问题所在。

雾区与那颗石块之间的距离在以肉眼可见的速度迅速缩小!

"注意!雾区在扩散!"刘宇放声吼道,"所有人向我集合,列成纵队,向营地方向后退!"

士兵们迅速反应过来,纷纷向刘宇的方向靠拢。但他们的反应还是慢了一步,雾区的扩张脚步呈加速趋势,在所有人完成集合之前,铺天盖地的白色雾潮就将所有人淹没了。刘宇很快感到呼吸极度困难,浑身的力气像被抽空一般,连挪动脚步都变得十分艰难。

有士兵停下脚步搀扶刘宇,刘宇虚弱地推了他一把:"别停下……继续前进!"

"坚持住!"士兵将刘宇背在背上,跟着警惕地抬起头,"连长你听,那是什么声音?"

远处传来密集的震动声,似乎有千军万马正在朝他们奔来,整片大地都在为之颤动。所有士兵迅速摆出战斗姿态,建立起一道交替掩护的防线,枪口直指浓雾背后……接下来,所有人都看到了令他们毕生难忘的一幕:一条宽阔的河流从浓雾中奔腾而来,发出令人心悸的轰鸣声。巨大的树木在河流两岸拔地而起,泥浆与落叶如雨点般坠落。林间吹来呼啸的大风,风中带着枯死树木的腐朽气息,河流中飘满了动物的尸体,躯体上泛着黑色的斑块。鸟群纷纷自天际摔落,在腐坏的树干与黑色的土地上砸出一团又一团血花……巨变卷着浓雾袭来,地狱之门似乎也随之洞开。

"解除战备,立刻撤退!"刘宇声音嘶哑地下令,"这绝不是我们可以抗衡的力量!"

外星物体降临第十小时三十分,"米粒"雾区毫无征兆地向营地方向扩散了一百八十米后恢复静止,而此前莱茵河畔的外星物体雾区则扩散了近五百米。这一消息传到各个外星物体降临国后,所有的前哨营地纷纷在原驻扎点的基础上后退了一段距离,同时所在国的战备等级进一步提升。降落点周边居民被迅速疏散,战斗机群在雾区上空盘旋,中程导弹对准了外星物体的方向。局势一触即发,两个文明间的全面战争也许在下一秒就会爆发。

此刻,前哨营地。

林睿换下了病号服,换上了备用的衣服。穿过医疗帐篷的走道,其他四人已经在走道尽头等他了。

"谢谢你。"江乔轻声说道,"我已经听他们说了,是你拼命把我带出来的。"

林睿低声笑了笑:"当时那个情况,换谁都会那么做的。"

江乔低着头理了理耳垂后的卷发,看上去倒有些莫名的羞涩。林睿心说这姑娘不会迷信"被救要以身相许"这一套吧?

"虽然那套防护服确实很沉……但是,但是……也许我确实该减重了……"她含混不清地解释道,在林睿奇怪的目光中声音越来越小,脸颊泛起的红晕都快蔓延到脖颈了。其他人终于绷不住了,轻声轻笑起来。

"你们都和她说了什么……"林睿不由得想要扶额。

"走了这么一趟,大家也算是生死之交了。"物理学家收起笑声,"说来惭愧,大家还没有互相认识过呢。不知道大家互相如何形容,在这之前我对大家的称呼不过就是'搞航天的''搞生物的'之类的代称,我猜我在你们这也差不多。"

"很形象的形容。"林睿笑了笑,"林睿,航天局对空观测工程中心的技术员。"

"江乔,生物技术学院硕士。"

"刘文选,语言符号学博士。"语言学家挠挠头,"相当于你们工科技术人员口中要文的。"

"章远,天文台观察员。"一直沉默不语的第四个人举了举手,"但限于规定我不能告诉你们我隶属的天文站。"

"多少有所耳闻。"林睿神色肃然,"是正在建设的那个可以望到宇宙边缘的天文站吧?"

"点到为止。"章远笑了笑。

"曹斌,物理学院教授。"物理学家最后说道,"那么我们是一条战线上的战友了。"

所有人点头表示赞同。

"现在情况如何?"林睿发问,"医生告诉我刘宇上尉被感染了。"

"对。"曹斌沉默了一会儿,"人已经出现高烧昏迷的症状了,现在还在隔离室进行观察。"

"外星病毒?"林睿心下一沉,如果他的猜测准确的话,人类目前很可能不具备对抗它的能力。

"暂时还无法确定。"江乔摇摇头,"而且根据我们在雾区内的观察看,'米粒'的微生物离开雾区后不见得能够存活下来。"

林睿这才想起来："你之前怎么在雾区里晕倒了？"

"我正要去指挥中心汇报这件事。"江乔轻轻敲了敲脑袋，"首长说所有人清醒过来后立刻去指挥中心报到……我们可能耽误得太久了。"

"那我们最好现在就出发。"曹斌随即四处寻找带路的宪兵。

"看你刚才的反应……是把这事忘了吗？"林睿躲在人群后小声问道。

"……闭嘴。"

五分钟后，指挥中心。

此时的指挥中心已经不是几个小时前的那顶帐篷了。雾区扩散后营地整体向后方迁移了六公里，入驻了附近一座已经完成疏散工作的小镇，镇上仅有部分地方领导和机构干事留守，协助军队驻扎。指挥中心设置在了一座空的工厂车间里。林睿等人穿过戒备森严的街道进入指挥中心，这里已经发生了巨大的变化。全息投影设备已经安装完毕，数据终端安放在角落里。左侧隔出了一片专用的会议区，吴文斌少将已经在那里等他们了。

"诸位辛苦了！"吴文斌站起身，郑重地向他们行了军礼，"你们带回来的资料对我们而言非常重要。"

"不，首长，我们什么也没做，只是看着意外在眼前发生。"曹斌颓然地垂着头。

"平安归来对我们而言就是最大的收获。"少将笑了笑，"不必有太大压力，你们已经做得很好了。"他比了一个"请"的手势，"大家不必拘束，我这也有一些资料要与大家分享，希望能听听大家的意见。不过在此之前……江技术员，我想先听听你的汇报。"

所有人的目光朝江乔望去。江乔简单整理了思绪,将雾区里那个奇异的发现与所有人分享了。

"你确定那不是在高压环境下产生的幻觉吗?"刘文选感到不可思议,"听起来就像是魔镜的故事。"

后来大家统一将空间的扭曲点称为"魔镜",这个童话故事里阴谋与诡秘的代表用来形容扭曲点似乎尤为恰当。

"在雾区看见一个人类吗……"吴文斌轻轻敲击着桌面,"你们回来后,我们立刻对你们记录的信息进行了分析。每个人的记录仪里都有超过五个G的视频与音频信息……可是江技术员,唯独你的记录仪是空的。"

"这不可能,首长。"江乔愣了愣,"我确认我在昏迷过去之前是完全清醒的。"这句拗口的话让她自己低头琢磨了一会儿,"我确认我的记录仪一直是打开的。"

"我相信你。"吴文斌挥手示意江乔坐下,"记录仪是无法从外部关闭的,原本我们这里应该会收到你们的实时数据,可随后附近区域出现了强烈的电磁干扰,我们初步判断是从雾区方向发出的。可即使出现干扰,记录仪也会在无网络状态下保持运行。"他意味深长地沉默了一会儿,"我的技术军官向我汇报说,是记录仪自己恢复到了出厂设置……江技术员你不必激动,我说过这个操作是无法从外部完成的,所以这也是最令我们不解的地方……也许正像刘技术员所说的,那真是一面魔镜。"

林睿隐隐感到这一系列事件之间有一个潜在的联系,但那感受转瞬即逝。他望向曹斌,后者正在不安地咬着手指甲。

"在你们进入雾区之后,我收到了上级的紧急命令:立刻把观察小组撤出来。"吴文斌继续说道,"大概在你们出发前二十分钟,德国军方的小队在雾区疑似受到袭击,撤离雾区的观察员情绪十分激动,一再警告所有人远离雾区。这个警告通过联合国的渠道传递给了我们,但电磁干扰几乎是在我收到消息的同时出现的。"

还真是及时的警告。观察小队成员们无奈地相视一笑。

"随后我们和德国军方的前哨营地建立了联系——实际上我们刚刚才结束初步交流的视频会议。会上他们发来了几份文件,就是我手边的这些。林技术员,麻烦你帮忙递发一下。"

林睿将那一沓打印纸分发给其他人后,吴文斌示意所有人安静:"这是德国与俄罗斯军方发来的雾区观察报告。俄罗斯曾在一小时前派遣队伍进入雾区。到目前为止只有我们三个国家派遣了队伍进入雾区,或者是仅有我们三国公开了对外星物体的观察记录,这是我们现有的全部资料了。现在我们一起把这些报告阅读一遍吧。"

众人开始低头阅读。阅读报告的过程中,观察小队成员的表情越来越凝重。吴文斌少将神色平静,大概已经读过一遍报告了。曹斌迅速将报告扫视完,埋头陷入沉思,时不时又抓起来看两眼。江乔则看得十分仔细,恨不能一个字一个字扫进脑海里。

二十分钟后,观察小队成员们纷纷表示已经大致读完了。

"诸位有什么发现吗?"吴文斌轻声问道。

"三个国家都出现了人员疑似被感染的案例,这一定不是巧合。"江乔率先举手,"我们很可能在面对外星病毒的侵袭。"

"这一点我们也与医疗小组沟通过了,接下来防护与隔离措施会进一步升级。"吴文斌示意参谋记录下江乔的话,"还有问题吗?"

刘文选苦笑着举手:"我有一些小小的发现……首先声明,作为一名语言学家,此刻我在这里的作用似乎显得有些尴尬。这些报告里几乎没有对外星生命语言系统的记录或分析。虽然我无法从这份报告里推算出外星生命是如何交流的,但有一点非常明显——雾区内出现的异常现象,在每个国家体现的方式各不相同。"他指了指面前这份报告:"我认为这两段记录很值得分析,第一段是德国军方的报告。根据德国军方描述:他们的小队深入雾区三百米后,看到了一群头戴鸟嘴面具的医生(与江乔所看到的情况不同,这些人几乎是忽然从浓雾后边冒出来的),他们的身后燃烧着冲天的火光,空气中满是腐烂与焦灼的气味,食腐鸟在半空盘旋,成堆的尸体从鸟嘴医生的脚边铺到了天际,尸体上泛着黑色的斑点。"他心有余悸地念完了这段话,"我想大家应该会想到历史上席卷整个欧洲的一场瘟疫。"

"黑死病。"江乔轻声回答道。

关于这场导致上千万人死亡的瘟疫,时至今日人们讨论它都会感到畏惧。它爆发于十四世纪的欧洲,本质上是黑鼠皮毛内的蚤传播至人身上而造成的感染。在病毒肆虐的近三百年间,整个欧洲有超过三分之一的人口死亡,成为人类文明史上无法抹去的伤痛。

"真是一场灾难。"刘文选叹了口气,短暂的沉默后,他拿出了另一份报告,"我们再看俄国军方的报告。大家看这儿,第三段,根据他们所述:俄军的小队进入雾区后看到了满目疮痍的城市,浓烟几乎遮蔽了天空,建筑在燃烧中坍塌,街道上密布着士兵的尸体,观察小队观测尸体的军装发现,交战双方分别来自苏联和纳粹德国。"他放下报告,"大家不妨分析一下,所有事件共同的联系在哪里。"

"这些都是历史上的重大事件。"林睿挑了挑眉,多少有些底气不足。他对于历史事件的了解程度,就和历史学家对高等物理的了解一样"丰富"。

"很有趣。"角落里的章远忽然开口说道,"首先,这些外星生命了解我们的文明。从一开始它们有计划地降落在十六个不同的国家,到等待各国派遣人员进入它们的区域后,用某种我们暂时未知的技术,给人类展示他们各自国家的历史,这些举动说明它们对我们的文明有很深入的了解。"

"可是如果是这样,为什么到现在为止它们仍没有释放出交流的信号?"刘文选反问。

"我们被人类思维限制得太久了。"曹斌摇摇头,"谁说这些异常现象不是外星物体的交流方式呢?"他转头望向林睿:"就像我们无法确定这些雾气本身会不会就是外星生命。"

"章远……章技术员。"林睿忽然感到脑海中有一个念头炸开,"你刚刚提到给人类展示他们的历史?"

"这只是一个比喻……"章远一愣。

"首长。"林睿转向吴文斌,"现在能不能派机器进入雾区拍摄一组照片?"

"可以。"吴文斌点点头,"我们在雾区边缘部署了很多监控设备——张参谋,立刻采集一组雾区内部照片,范围从雾区边缘覆盖到'米粒'脚下,然后上传到投影设备上。"

"是。"参谋立即去执行了。

"你想到了什么吗?"江乔好奇地歪过头看他。

"一点设想,需要一些数据支撑。"林睿沉思了一会儿,"哦,章技术员,你可以继续说。"

"好的。"章远整理着思路,"其次,它们给我们展示的时间也不尽相同。来之前我查阅过这一地区的历史,在东汉和明朝末年这里都属于鼠疫爆发的灾区。不难想象,我们在雾区里看到的那些泛着黑斑的动物尸体,也许就来自历史上某个鼠疫爆发的时期。江技术员应该知道,鼠疫与黑死病几乎是同根同源,所以二者在表现形式上几乎一样。"

"是的,雾区内死亡动物的特征明显呈现出鼠疫的症状。"江乔表示认同。

"除开俄国军方的报告,单分析我国与德国的情况,会发现外星生命展现给我们的都是瘟疫与灾难,假如说这就是它们想表达的内容,结合三个国家出现的人员被感染案例分析,我认为这很可能是外星生命给我们发出的警告。"

"不排除这个可能。"刘文选附和道,"这就相当于一个互相印证的语言系统,首先外星生命用画面展示瘟疫和战争给我们看,而后又释放病毒感染我们的人,这两种行为组合起来就能产生现实意义。"

"继续说。"吴文斌严肃地望着他。

"也许是在展示武力,也许是在警告我们不要轻举妄动……可无论是哪一种情况,现在都缺少有效的数据支撑。所以接下来我们势必要再次进入雾区进行进一步观察。"

再回到那片白色雾潮里……会场忽然变得有些沉默。

"关于什么时候再次进入雾区,我们会经过正式讨论后下达命令。"吴文斌打破了沉默,参谋在这期间进来报告:"雾区内的照片收集到了。"

"不用播放了,首长,我只需要分析结果。"林睿举手示意,"那些树木和河流,还在那儿吗?"

"我们从不同的角度拍摄了大约两百张照片。"参谋收起了设备,"除了'米粒',里面空空如也。"

"我想到了一些假设。"林睿慢慢靠在椅子上,"曹技术员,我知道你大概也猜到了。"

"是的。"曹斌点点头,"问题的关键在于时间,以及感受时间的物体。"

　　这句话有些拗口，在场的人都在等两人做出解释。

　　"江技术员在雾区里发现的'魔镜'，很有可能是一个五维空间在三维空间留下的扭曲点。"曹斌缓缓说道，"在座诸位也许有对维度分布不太了解的，我大致解释一下。我们知道，我们是生活在立体的三维空间里，而在此之上的四维空间打破了'立体'的概念，空间不再受到限制，任何阻碍在四维的概念里也是不存在的。在四维的维度上更进一步，到五维空间，则进入到了'时间'的概念，时间和空间是呈对称分布的，在这里它不再呈线性分布。例如对我们而言，昨天过去后才能进入今天，今年过去后才能进入明年，我们对时间的感受是典型呈线性分布的。可对五维空间的生命而言，时间大概就像一条河流，人们可以在河岸边随意行走，在任意一点停留，例如你可以从明天的某一时间点出发，到达昨天的某一时间点，再去往后天的某一时间点，时间在这里是非线性的。"

　　"所以我们是误打误撞地进入了外星生命的时间扭曲点，在那里看到了来自未来或过去的景象？"江乔很快也反应过来。

　　"外星物体所谓的雾区，也许是五维空间的效果，当然它是以三维的形式体现出的，真正的五维空间我们大概无法看见，但我们确实通过了某个扭曲点到达了过去的一个时间点，所以才能看到不符合三维空间下时间定律的画面。也许数百年前，这里曾有过茂密的树林和一条大河，但它们被湮没在历史岁月中了，直到外星生命将它们重新从尘封中唤醒……"林睿感到思路变得越来越清晰，所有的事件在时间的维度上都能够产生联系，"这也就可以解释为什么外星文明会忽然出现而人类却毫无察觉。它们也许早在多年前就已经到这里了，也许它们到来时人类都还没有诞生。对我们而言无比漫长的岁月，在五维空间看来只是在河岸边短暂漫步的距离，它们也许就是从过去某一时间点忽然跳跃到这一时刻来,才被现代人类发觉。我们看到的那些画面,很可能就是外星文明经历过的!"林睿长出一口气,给所有人消化这个解释的时间,"如果真的是这样,这个发现就太惊人了。"

会场内一片寂静。每个人都陷入了漫长的沉思,连呼吸都变得沉重。

如林睿所言,这是一个可以颠覆人类对时间与生命概念的发现。

一个可以操纵时间的外星文明,一群隐藏在历史中的幽灵。

"有一个疑问。"江乔沉思着,"如果对方真的具有跨越时间的能力,那么我们的历史应该早就被改变了,或者说历史上早就应该留下关于它们的记录。它们为什么选在这个时间点才现身?"

林睿和曹斌无法回答这个问题。

"这个发现太重大了,我需要你们整理一份报告提交给我。"吴文斌从思考中回过神来,"但就像你们反复强调过的那样,还缺少理论支持。我们需要更多观察数据。"他直视着所有人,"也许,未来还得再辛苦大家走一趟。"

观察小队成员们显得有些兴奋,尽管刚刚才经历过死里逃生,可他们忽然对重新返回雾区产生了极大的兴趣。

"只要防护服能减轻重量就没问题。"林睿在心底琢磨着。

可一条意想不到的消息打断了会议进程。一名参谋急匆匆走进来汇报:"首长,刘宇上尉醒过来了,情况很不对劲……您还是亲自去看看吧。"

第三幕

侵　袭

公元纪年结束倒计时。

外星物体降临第二十一小时，北京时间早晨七点，距公元纪年结束还有二十三个小时。

江源起了个大早，抓了一把零钱去楼下包子铺买早餐。实际上昨天他一整夜没睡踏实，辗转反侧了大半宿，接近天亮才迷迷糊糊打了个盹，还不敢睡沉过去，生怕错过女儿的消息。

果不其然，六点左右江乔发来一封邮件，给江源报了声这边一切平安，又提到受限于保密条例她不能和家里说更多的情况，但是不必理会外界的流言和不负责任的猜测。江源猜测即使有什么意外状况发生，江乔大概也不能直接写在邮件里告诉自己。不过他好歹还是松了一口气，至少眼下江乔那边还算安好。

买了一笼包子和两袋豆浆，路过面馆时，江源被住在对门的苏启年喊住了。苏启年是一名高中语文老师，教书有些年头了，嗓子落下不少毛病，他一张口，熟人都知道是他。

"是老苏啊？今天学校没课吗？"江源提着早餐袋坐在苏启年对面。

"临时通知,全校停课三天。"苏启年叹了口气,"昨天凌晨的特别报道没看吗?"

"讲怎么和外星人交流的那段吗?"江源愣了愣。

"那是晚间的报道。大概凌晨一点,新闻频道又播出了另一条特别报道,很短,大概只有十来分钟。大意好像是说,外星人制造的雾区会扩散,前方的营地将向后迁移什么的,还提到有人疑似被外星病毒感染……老江你怎么了?"

江源脸色惨白。他当然是担心女儿,急得快抓心挠肝了……随即他想到邮件发出的时间是早晨六点,既然还能发送邮件应该不会出太大问题……应该吧……

"没怎么……"江源心不在焉地回答。

"现在的小娃娃们,一个个都太沉不住气。"苏启年摇摇头,"一点点风吹草动就宣布停课,想当年我们和美帝对峙的那会儿,导弹基地都进入战备状态了,我们还不是照常过日子? 要打仗就不用教书育人了吗?"

"那会儿能和现在一样吗?"江源苦笑,"这可是咱们从来没见过的玩意,闹不好全人类都得跟着一块完蛋。"

"我倒不这么想,老江你那是恐怖电影看多了。"苏启年吸了一筷子粉条,"这么说吧,人家外星文明千里迢迢来到我们地球,就是为了毁灭我们的文明吗? 不说这其中的意义何在,毁灭一整个地球需要消耗它们多少资源? 而互相交流的话又能带来多大的发展? 凡事得朝互利共赢的角度去思考。当年白种人入侵非洲,还知道利用非洲人民的劳动力发展工业呢。哦,这外星人一上来除了烧杀抢掠就什么都不会了? 那是拍科幻大片的导演爱设计的情节。"

"可是……欧洲人也先对非洲进行了屠杀啊……"江源喃喃道。

苏启年正要再说些什么，江源身旁的椅子被一个大汉拉开了。来者风尘仆仆地将外套扔在桌上，坐下后舒服地喘了一口气。

"张博?"江源认出了他，是住在楼下的邻居，一个大大咧咧的后八轮司机，他们仨算老相识了，"你不是一早要跑长途去拉货吗? 怎么就回来了?"

"别提了。"张博拍了拍桌子，"起了个大早赶着上高速，正碰上大雾天，一开始还好好的，不知道怎么，前边的司机忽然拼了命要掉头，说什么这不是雾，是外星人放的毒气。这儿离外星人的什么降落点差了几百公里远呢，你说他们这不是瞎吓唬人吗?"

"然后呢?"苏启年一边问，一边不动声色地将面碗护起来，担心张博的唾沫星子会四处乱飞。

"然后? 高速路上是能随意掉头的吗? 肯定是乱成一团啊，最后搞成交通堵塞，前边的车下不来，后边维持秩序的交警上不去。后来有司机开了车门直接没命似的溜了，哈哈哈，车都不管了。"张博放声大笑，"不知道是中了什么邪，起个雾不是很正常的吗?"

江源猜测他大概也没有看到昨天的新闻，不过眼下这个节骨眼还是别给他添堵比较好。

"紧跟着老板说，进货的厂房那边也降大雾，两边都认为这个时候拉货不安全也不吉利，就把今天的活都停了，等再观察观察局势再说。"张博挠了挠头，"真是邪门。"

"大家都被吓坏了。"江源叹气，"媒体报道消息跟挤牙膏似的，一次就说一点点，还左一个限制右一个限制的，怎么能叫人不胡思乱想?"江源话里有话，"连个邮件都要查半天!"

"什么邮件?"苏启年听着糊涂，江源只得把江乔的事告诉二人。

"唉……难怪一早看你脸色就不对。"苏启年咂咂嘴,"这事搁谁不都得担心?"

"我看也没什么好担心的。那外星人看着脆得和纸片似的,没准解放军两颗炮弹过去就击穿了。"张博拍了拍江源,"放宽心放宽心。"

"怎么可能放得宽? 那外星人是这么好打的吗?"江源反驳,"我还是那句话,闹不好咱全人类都得跟着完蛋!"

"老张,你就别瞎劝了。"苏启年皱了皱眉,"老江也烦着呢。"

"好好好,我不瞎劝。"张博面子有些挂不住,"我还耽搁了一天的活呢,现在看来也没发生啥大事啊……"

"是你那点活重要还是我闺女重要?"

"好了好了,都少说两句吧……"

同一时刻,北美东部时间十九点整,NASA对外新闻中心。

"部长先生,这十六个物体是如何进入大气层而没有被NASA察觉的?"

"我们暂时不得而知。这也许是外星人的某种科技,宇宙中高等文明的科技也许远超我们想象。现实中的外星文明不是《独立日》里的外星舰队,谢谢。"

人群再度拼命举手。

"那是否说明以人类现有的力量,完全无法对可能到来的太空打击提供预警?"

"并不是这样,NASA依然拥有世界上最先进的太空观测技术。"

"意思是下一次类似事件再发生的时候我们可以预知了?"

"还得看外星生命是以哪一种形态降临,我指的提前预警是针对实体。"

"针对几个小时前外星物体雾区扩散事件,NASA有什么分析?"

"军方理解为外星文明的警告,在特殊时期,NASA的态度必须和军方保持一致。"

"中国方面有猜测说,外星物体属于五维空间生命,可以任意跨越时间,对此NASA怎么看?"

"我们目前与中方已经建立了初步信息交流系统,我们还需要进一步对现有资料进行分析,才能得出答案。"

"部长先生……"人群骚动起来。

"时间有限,我只能再回答一个问题。"

"部长先生,你认为这些外星访客是带着善意到来的吗?"唐纳德在人群中站起身。

"站在宇宙的维度上,我们无法给善意下定义。人类的道德标准放在星际文明间的交流中不见得适用,请大家务必纠正这个误区……"

发布会结束后,肯在报道车里将采访素材整理成新闻稿发给了报社。

"真是漫长的一天。"肯疲倦地打着哈欠,他们从纽约一路赶到华盛顿参加NASA的发布会,明天还得马不停蹄地往前哨营地赶。

"这些人都是哪冒出来的?"唐纳德翻阅着推特页面,"'回旋镖'崇拜者?现代人脑子都有毛病吗?"

"我也看到了。"肯漫不经心地耸耸肩,"这些大部分都是环保主义者,以及一些思想偏激的反人类团体,他们搞的都是小打小闹的活动。"

"他们崇拜外星物体的意义是什么? 他们都了解什么?"唐纳德感到不可理喻。

"他们也在时刻关注报道,大概是得知外星物体可能拥有扭转时空的能力……”

"等等,新闻只说'回旋镖'或许可以跨越时空,从没提过可以扭转时空啊。"

"这帮捕风捉影的人,一点点消息都会无限夸大。说真的,我就没见什么大事件没被这帮人冠上阴谋论的帽子。总之他们相信外星物体可以改变这个糟糕的世界,沙尘,酸雨,其它环境污染,通通让外星文明一次清零,回归到纯净美好的时代,大概就是这样。"

"那样的时代在我们的历史上出现过吗?"

"大概出现过。"肯笑了笑,"我们登上美洲大陆之前。"

明天的任务是前往密歇根州"回旋镖"前哨营地采访,不过眼下他们需要短暂的休整。唐纳德发动了汽车。暮色四合,灯火璀璨的华盛顿被薄雾笼罩,散射出鬼魅般的漫光。

"真是迷惑人哪……好像什么事都打扰不了它的繁华。"唐纳德眼底泛起一层雾气。

"当有一天它受到惊扰的时候,整个世界都要为之震动吧?"肯轻声说道。

外星物体降临第二十四小时,距公元纪年结束还有二十小时。

罗伯特带领国防部的官员参观了巨大的组装厂房。这里正在组装的是十二台核聚变推动器。随着可控核聚变技术的日益成熟,人类终于可以开始尝试建造更大型的、跨越范围更广阔的新一代太空飞船,这里的十二台推动器就是为正在建设的行星级太空飞船而准备的。

"将军你看。"罗伯特把那些巨大的设备指给他身后的军官看,"那些就是'深空'号的推动器。"

向太空逃离

"'深空'号有多大?"军官感到好奇。

"多大?"罗伯特像看着孩子似的看着军官,咧嘴笑了笑,"初步计划是按八十万吨级别设计,考虑到还要装载可循环生态系统和人体冷冻系统,最终吨量可能会达到百万吨。"

"是现役最大排水量航母的十倍?"军官愣了愣,随即迅速平静下来,"按满额标准算,可以搭载多少人?"

"大概两千人,如果考虑增加冷冻舱数量的话也许可以再多五百,但已经到极限了。"

"明白了。'深空'号会应用我们的亚光速发动机技术吧?"

"毫无疑问。"罗伯特点点头,"但考虑到飞船体积,以及太空航行中必要的减速与返航,'深空'号从初始速度加载到光速的百分之五至少需要半年的时间。"

"半年?"

"当然,不考虑返航的话,可以不顾一切地加速,也许可以大幅度缩短时间。"罗伯特一笑,"可是那又有什么意义?"

使用核聚变能量作为宇宙飞船的动力,本身就是一项耗能巨大的工程,何况核聚变能量还会有相当一部分自身损耗。在真空环境下使用核聚变能量全力加速,推动一艘百万吨级别的飞船,能达到接近亚光速的速度,已经是目前的技术极限了。

"明白了。"军官点点头,"继续你们的工作,接下来还会有人来询问具体细节的。"

罗伯特犹豫了一会儿:"是因为外星人的关系吗?"

"别问你没必要问的。"军官神色一冷。

"我什么也没问……"罗伯特哼哼着。

"连我也不知道到底发生了什么。"过了半晌，军官幽幽说道。

田明瀚一出门就发觉不大对劲。外边大雾弥漫，可是雾里似乎没有一丝水汽，也没有细小的颗粒。

他走到楼道口，邻居们都堵在那儿，对着远处窃窃私语。

"老田，你来看看。"同单位的齐志隔着人群喊道。田明瀚穿过惊慌失措的邻居们，朝绿化带那头望去，浓雾背后似乎有一个巨大的阴影在闪动。

"那是什么?"田明瀚问，心底泛起一阵不祥的预感。他看过关于狩猎的纪录片，灰熊有时会借助天气袭击猎人，可那个阴影的体积看上去远比灰熊庞大，它身边的居民楼甚至不及它的一半高。

"是外星人来这儿了吗……"有人小声问。这里距离前哨营地大概四十公里，有很多从外星物体降临点周边地区疏散来的居民，可即使是他们也没有人真正见过外星物体的模样。

"大家快把口罩带上。"田明瀚猛然想起昨天的报道，"没准空气里有外星人的细菌。"

这句话引发了新一轮的恐慌，大部分人都决定转身回到房间里去。人群熙熙攘攘地后退，房门在田明瀚与齐志身后依次关闭，远处什么地方响起孩子的哭闹声，很快就被制止了。人们站在阳台上或窗沿不安地对着浓雾指指点点。

"要去看看吗?"齐志指了指远处的阴影，看上去有些跃跃欲试。

"我们应该先报警。"田明瀚摸出手机。

"别试了，刚刚一群小姑娘在这想录直播视频，发现没有任何网络或通话

田明瀚视角

信号。"

"这不对劲。"田明瀚后退了两步,"很不对劲。"

"可我们不能被这片雾困在这里啊。"

"再等一会儿,太阳出来了雾自然会散。"田明瀚底气不足地说道。

"可是,现在已经是上午九点整了,浓雾早就该散开了。"齐志低头看表。

"你们没有注意到吗?"站在他们身后的一个老人指了指天空,"太阳早就升起来了,一直在那儿挂着。"

田明瀚朝天际望去,穿过层层迷雾,一轮红日高悬在天空。它所散射的光线被雾潮阻挡,看起来只是天边一个不起眼的红点。

"太阳照不开这层雾。"老人眯起眼睛,晃了晃手里的空气质量检测仪,"空气里也没有尘埃和污染,不是雾霾。今天的空气质量甚至比往常还要纯净一些。"

"太干净了。"齐志摘了口罩,呼吸了一口空气,"干净得让人不安。"

"我认为我们最好也回到屋子里待着。"田明瀚望着远处的阴影,心里的不安越来越浓,"老人家,您也快回去吧。"

"小娃娃,我这么说你们可能要笑话我了,可我还是得说,留在屋子里比出去更危险。能离开这座城市的话,最好尽快。"老人盯着那个阴影,"这是一个老人的直觉。"

"为什么?"田明瀚一愣。

"年轻时,我在越南战场上战斗过。越南山地的浓雾冒出来的时候,敌人往往就藏在背后,留在原地不动必然会被袭击。"老人神色变得严肃起来,"这个情景,很难让人不想起过去的岁月。"

田明瀚与齐志面面相觑。他们尊敬老人为国家所做的贡献,但他的话未免太过惊悚。如果老人的预感是准确的,那也就意味着整座城市的人都在危险中……可是,这片浓雾和那个阴影又该怎么解释?

"去街道上看看吧……也没有什么坏处,顺便了解一下情况……"田明瀚在心底琢磨着。

"我们出去看看情况。谢谢您,老人家。"田明瀚向老人道谢,"如果您觉得在家不安全,就尽快搭车离开这里吧。"

"唉……不必担心我……真希望是我想错了。"老人摇摇头,转身消失在楼道里。

"奇怪的老爷子。"齐志耸耸肩。

"他们是从那个年代过来的,也许会比我们更敏感一点。要知道这些敏感在当年也许救过他们的命。"

"那我们出去看看?"

"看看去。"

同一时刻,"米粒"雾区内,观察小队在瓢泼大雨中艰难前进。

"我们已经不在出发时的时间点了吧?"林睿望着四周茂密的树林,大雨在林间洒落,击打在叶片上发出密集的沙沙声。队伍在泥泞的道路上缓慢地跋涉。

"没错。"江乔采集了泥土进行分析,这次观察小队配置了可以测算泥土年代的考古仪器,测算方式是使用一捧雾区外采集的泥土样本,与雾区内的样本进行对比,观察其中某些微量元素的衰变,可以借此推算出泥土的年代。分析结果显示这是一片三百多年前的古老土地,按照历史时间推算大约在明朝末年。

　　他们进入雾区时这里还是一片空地，当他们往"米粒"方向前进了大约两百米后，他们清晰地感受到面前的空间泛起了一层涟漪，跟着树木与草丛纷纷从泥土里蹿了出来。当他们退出这层涟漪时，一切都消失了。

　　"意思是，我们的观点被证实了？"曹斌问道，声音有些兴奋。

　　"证实了。我们确实通过外星生命的五维空间，到达了过去。"江乔点点头，"只是这片空间是有限的，仅在雾区范围内，并且是以三维的形式体现的。"

　　"那可真是了不得的发现。"跟在队伍末尾的一名军官轻声赞叹。

　　林睿、江乔与曹斌相互对视了一眼，神色中多少透露着不安。

　　昨夜吴文斌将军被参谋叫走后，观察小队的成员们回到了各自的工作岗位上。大约凌晨时分，基地忽然迎来了一整个直升机中队，密集的探照灯将整个小镇照得如同白昼。一群神色匆匆的官员被士兵们重重包围着护送到指挥中心，过了很久也没见出来。直到天色开始泛白，才有几名官员脸色铁青地从指挥中心钻出来，搭乘直升机离开了。几乎与此同时，一名军官找到观察小队，要求他们立刻更换防护服，准备再次进入雾区。

　　这一次的准备工作比上一次简单了很多，全程都是由这名军官出面调用物资，下级军官们似乎之前并不清楚有类似的命令，准备起来显得十分匆忙。而观察小队甚至都来不及集合所有人，章远正在和NASA的代表交换资料，刘文选则不知去向。军官表示三个人也够了，时间紧迫，他们需要立刻进入雾区，而他们甚至连护送的车队都没来得及召集，只匆匆调用了一辆军用吉普，四人就一路朝着雾区疾驰而去了。

　　"上尉同志，营地里昨天发生了什么事？"林睿试探着询问。

　　"技术员同志，别问不该问的。"军官平静地说道。

　　"那么，我们可以问什么？"曹斌语气有些不善。

"你们可以保持沉默。"

曹斌像是被噎了一下，愤愤地关闭了通信频道。

"为什么没有护卫的车队？"江乔问，"一旦出现突发状况，谁来接应我们？"

"我会保证你们的安全。"军官在雾区前刹住车。

"我们甚至无法和后方建立联系。"曹斌关闭了公共通信频道，只对林睿说话，"我现在怀疑，这次行动并没有得到上级批准。"

"我也有类似的疑惑。"林睿望了江乔一眼，后者迅速明了了他的意图，转身去拉住那名军官聊天。

"真是个聪明的姑娘。"林睿笑了笑。

"有没有这种可能，他国有人伪装成军官，想要盗取'米粒'雾区内的信息？"曹斌接着发问。

"可能性不大。首先十六国交流系统已经建立起来了……我知道你想说肯定不会完全实现信息共享，但是，如果他们真要盗取信息，为什么不直接在营地里找机会，而要冒险派人伪装成军官带我们进雾区？这样被发现的风险岂不是更大？"林睿回头望了一眼军官，江乔正在给他展示刚刚得到的土样分析数据，"更何况，盗取外星人的资料，对他国有什么意义？"

"谁知道呢？政治上的博弈，任何事都可以拿来当筹码。"

"曹教授，我从事航天事业快八年了，我只关心我的专业领域，对于政治没有兴趣。"

"是吗……以后你就会不得不去关心了。"曹斌冷冷一笑。

"继续朝雾区中心前进。"军官对他们俩比了个前进的手势，"不要理会那些声音。"

声音？林睿和曹斌愣了愣，随即他们才想起自己刚刚关闭了声音反馈装置。当他们重新打开时，脸色忽然变得很难看。

天际再度传来细微的轰鸣声，仿佛是一出盛大交响乐的前奏。

"上尉同志，这和我们之前遇到的情况极为相似，继续前进很可能会发生危险。"林睿有些焦急。

"危险？"军官扬了扬眉毛，"根据记录显示，当时你们是顶着巨大的压力前进到了'米粒'脚下。"他扬了扬眉毛，"死亡是这样一件令人畏惧的事吗？"

林睿难以置信地望着这名军官，努力想从他脸上看出开玩笑的意思，可毫无收获。

"你真的是我们营地的军官吗？"曹斌直接发出质疑。

"技术员同志，你这是在怀疑自己的同志吗？"军官皱眉，"你的思想状态很危险！"

这个时代没人会用这样古老的方式与人争辩，面前这名军官的说话方式好似来自遥远的"文革"时代。

天际的轰鸣声越发低沉，大地再次震动起来，滂沱大雨里，如战鼓般的低鸣自远方缓缓推来。

"我们需要立刻退出雾区。"曹斌不再与军官争论，转身朝雾区边缘走去，"我会向你的上级表示抗议的！"

林睿与江乔犹豫了一会儿，也跟上了曹斌的脚步。那名军官只是沉默地注视着他们，黑色的瞳孔像是深不可测的深渊，从那双眼睛里看不出任何情绪。林睿不禁打了个寒战。

"本来还可以再定位得准确一点，可惜被发现得太早了。"军官叹了口气。下一秒，呼啸的大风穿林而过，吹散了那名军官的躯体，如同吹散一片尘埃一般。细小的碎片随风飘向天际，风中只剩他还没来得及散去的叹息。

"你看到了吗?"林睿震惊地望着军官消失的方向,"他就这么……消失了?"

"见鬼,那到底是什么东西?"曹斌半晌才反应过来,"量子幽灵？这玩意刚才还一直坐在我旁边,他不会还将身体的一部分粘在我们身上吧……"

"我们得走了。"林睿转过身,"这次行动上级可能根本不知情,我们得回去向他们报告这一情况……"他忽然说不出话了。身后的二人也停下了脚步,流露出茫然的神情……随后又渐渐变为惊恐。

他们分明是在朝着雾区边缘走,可面前忽然出现的那个巨大的黑影,分明就是"米粒"!

"回头,我们立刻离开这儿!"林睿转身喊道。真是见鬼,每次结局都是这样,带着研究的兴致而来,而后尖叫着逃跑,"江乔你还能跑得动吧?"

"这回背你也没问题。"江乔咧嘴一笑。

"米粒"发出一阵悠长的尖啸声,面前的雾气竟开始有规律地浮动起来,随后相互旋转、缠绕,密度也越来越高,很快他们的视野范围降低到了一米以内,甚至连彼此的脸都不能完全看清。

"你大概又猜对了一点!"曹斌喊道,"这些浓雾,很可能就是外星生物本身!"

"现在先别讨论这个,大家聚在一起,不要散开了!"他转过身拉住江乔,"这回别再乱跑了!"

"行了,那姑娘能照顾好自己!"曹斌也握住了林睿的手,"接下来我们朝哪个方向走?"

"背对'米粒'的方向。"林睿强迫自己冷静下来,"我们能安全地走出去一次，就能再出去第二次。"

林睿的话音刚落，脚底的地面忽然发出轻微的撕裂声。那一瞬间，林睿只感到脑子里一片空白，空气中的味道令他恶心。浓雾，"米粒"，漫天大雨和泥泞的土地在他面前翻转，他感到胸口像是被一颗炮弹击中，五脏六腑都拧成了一团。重力在这一刻好像是不存在了，他感到自己好像是悬在半空，脚底踩着天空，脑袋向着土地。一阵天旋地转的眩晕之后，林睿发觉自己正四仰八叉地躺在泥坑里，江乔和曹斌不见了踪影。方才他站立的地方多出了一棵望不到顶的大树，树顶被大雾遮盖。

林睿努力爬出泥坑，感到浑身的骨头都要裂开一样。小腿大概骨折了，一牵动神经就传来一阵剧痛，激得林睿眼前一黑。这不是最糟糕的情况，最初的耳鸣消散后，林睿听到防护服的警报器在鸣叫，眼前的防护面罩裂开了无数细小的裂痕，氧气正在从那儿泄漏，雨水正在从裂缝口渗进来。

"见鬼见鬼！"林睿嘶哑地大骂，他挣扎着打开通信器，里边只有一阵电流杂音。

"有人能听到吗？"林睿尝试呼叫了几次，但频道里毫无反应，大概通信器也被撞坏了。

氧气含量正在减少，林睿必须在氧气泄漏干净之前离开雾区。他艰难地辨认着方向，"米粒"大概在他左侧，大雨和浓雾十分影响视线，但他还是能依稀辨别那个巨大的黑影。

"米粒"发出了第二声尖啸，远处有更多树木拔地而起。来之前林睿反复确认过，雾区深处的氧气含量几乎为零，接近真空环境，那么震动声是如何发出的？难道在五维空间的概念里，声音也是呈非线性传播的？也就是说，这是来自过去的声音？

眼下不是考虑这个的时候。辨认清方位后林睿开始挣扎着朝雾区外爬去,雨水使土地变得泥泞不堪,每前进一步都要耗费巨大的体力。林睿尝试用泥土覆盖住裂纹,但泥土很快又被雨水冲刷干净。而爬行的每一步都会造成身体一阵撕裂般的疼痛,没有爬出多远,林睿已经精疲力尽了。

现在林睿终于相信自己这是要死了。他感到有黏稠的血液贴着大腿滑动,他在大量失血。而防护服内剩余的氧气大概还够泄露几十秒,几十秒内他是无法穿过面前这片密集的树林的。即使没有受伤也做不到。

真是喧嚣,林睿想,死前的一刻都不得安静。遗憾的是他还没有弄清"米粒"究竟是什么,就这么不明不白地……被一棵树撞死了……这个死法不由得让林睿想要扶额。

"江乔那姑娘还不得笑话我?"林睿想。也许罗磊那小子说得没错,他一早就应该去和那姑娘打声招呼。来了这个营地,谁知道下一秒会不会就忽然发生意外?说起来那姑娘人其实蛮好,聪明伶俐,模样也挺好看,林睿在航天局这个大理工科聚集中心待了这么些年,头一回见到这么一个让他心动不已的姑娘……好吧,好像是想偏了……如果没有这次危机,他大概也不会认识江乔,而是在航天局度过他漫长而平凡的一生。说起来能够作为航天局第一批技术代表来到前哨营地,还是林睿拼命为自己争取来的机会,他的内心实际上和曹斌一样,不愿错过这个可以创造历史的时刻……可是历史好像还没来得及创造,自己就要成为历史了……真是……不甘心哪! 不甘心!

心底的火焰渐渐燃烧起来,力量似乎又重新回到了林睿体内。他再次挣扎着爬起身,死死捂住了面罩前的裂缝。左腿无法动弹了,林睿就用右腿爬行。大树在他身边破土而出,掀起漫天泥水与落叶。林睿看也不看它们,只坚定地向前爬去。

"不能死在这儿,林睿!"林睿在心底吼道,"在这里停下脚步,就什么都没了!"

他艰难地穿过草丛,绕开大树,他在不顾一切地燃烧着自己所剩无几的体力……最后被一片乱石堆挡住了去路。

"真是……见鬼了……"林睿愣了许久,忽然大笑起来,笑得撕心裂肺。

"到底还是……没能爬出一条生路啊。"林睿笑得快喘不上气了,"原来不是拼命,命运就会发生改变的……"

血液在一点点冷下去,林睿感到自己的意识正在渐渐陷入黑暗。

真是……不甘心哪……

视野被黑暗覆盖前的那一刻,林睿看到一个人影从雨幕中冲出来,似乎在大喊着什么。林睿听不见那个人的声音,却看清了她的脸。

是江乔。

她一把将林睿背在背上,曹斌落后了两步,在后边扶着江乔。

"我说到就会做到!"江乔咬着嘴唇说道,"林睿,坚持住,我带你回家!"

外星物体降临第十一小时,前哨营地。

"刘宇上尉这是怎么了?"吴文斌询问身边的医疗人员。

"不清楚,医护人员现在也不敢进入隔离室,上尉同志现在具有极强的攻击意图。"

吴文斌隔着观察窗望向隔离室。刘宇木然地站在日光灯下,输液管被他拔下来握在手里,像是握着一柄宝剑。

"他这个状态是从什么时候开始出现的?"

"大概是在感染半小时后,当时还打伤了一名医护人员。随后我们发现上尉同志似乎并不具有清晰的意识——你看，他甚至不知道该如何行走，之前袭击医护人员时也是手脚并用地扑上来。"

"可是……他现在已经能比较正常地行走了。"吴文斌皱了皱眉。

此时刘宇正在摇摇晃晃地绕着病房转圈，虽然看上去仍有些不自然，但基本与常人无异了。

"他似乎……是在适应该如何使用自己的肢体……而且学习速度很快。"医生也不知道该如何形容。

"为什么不第一时间控制住他，反而让他四处走动？"

"我们之前已经控制住他了，并对他的脑部进行了扫描分析。"医生示意将军随他来，"我们在他的大脑里发现了……一个正在生长的肿块。"

"一个什么？"

"肿块，或是瘤，大概占据了左半脑的三分之一。"医生给吴文斌看CT图，"我们怀疑这是外星病毒感染造成的。"

"所以我们更应该立即控制住他。"吴文斌有些生气。

"但是，上尉同志在清醒过来后，下意识地说了几个词，让我们感觉，此时真正代替他说话的，可能是几公里外的外星人……"

"他说什么了？"

医生给吴文斌播放了录音。细微的空气杂音和仪器声中，夹杂着男人沉重的呼吸声。呼吸声正不断变得急促，最后忽然归于平静。

"水……水球……"男人忽然开始说话，声音沙哑低沉，"红色……大球的……第三个……徘徊者……进入他们的河流……隐藏起来……咳咳咳……"男人忽然剧烈咳嗽起来，录音到此结束了。

吴文斌沉思了一会儿："你认为他说的是什么意思？"

"我想他的前半句,说的是地球在太阳系中的相对位置,从水星数起,我们恰好是第三颗行星,而他们大概将我们围绕太阳的公转运动称为徘徊。至于他的后半句,我就不理解了……难道是指某条河流?"

"不是单纯指某条河流。"吴文斌揉着太阳穴,十几分钟前他才听另外几个年轻人向他解释了外星人隐藏自己的方式,结合这段录音,他忽然发现所有的事都可以联系起来了。

"藏在时间的河流里……"他低声喃喃道。

外星物体降临第二十四至二十五小时,田明瀚。

"太安静了。"齐志忍不住念叨。

他们出了小区大门,警卫缩在值班室里探头探脑,街道上零零散散的行人和店铺老板也躲在道路两旁的屋檐下,望着远处的阴影。

整个城市陷入了一片寂静中,漫天大雾下能见度变得很低,车辆行驶速度甚至还没有步行速度快。

"大妈,这场大雾是从什么时候开始下的?"田明瀚拦住了一个一身晨练打扮的大娘。

"谁说得清哪,我一早就在广场上练功,那会儿还啥事都没有。好像是从七点多开始吧,大雾就跟个罩子似的一下子落下来了。"大妈似乎仍心有余悸,"当时就有七八辆车撞在一起了,因为一下子都看不清路了,谁也闹不清是谁撞的谁,太突然了。"

"那您知道那个大黑影是从哪里来的吗?"

"我哪能知道这个?"大妈斜眼扫了扫田明瀚,"就知道是跟着大雾一起出现的,好像是停在离这儿不远的中心广场上了,直升机都在往那边赶呢,好像那儿已经被封锁了。"

"您觉得……那会是什么?"

"外星人呗,最有可能的不就是这个?"大妈倒一脸平静。

"您不害怕吗?"

"害怕又能怎么样? 我孙子我老伴都在这,我还能抛下他们跑了不成?"大妈晃了晃脑袋,"而且外星人来了这么久了,不也没动静呢吗? 没准是来找咱们和谈的呢? 我倒想着要看看新鲜呢。"

"我知道了,谢谢大妈。"田明瀚转身离开。

"他们……太乐观了一点吧?"齐志挠挠头。

"反正我总是觉得内心非常不安。"田明瀚皱着眉头,"通信中断,天降大雾,你不觉得就好像是外星人把我们的城市包围了一样吗?"他忽然想起了那个老人的警告,"也许那个老人的想法是对的。"

"难道真要逃离城市不成?"

"咱们先姑且做好准备……万一真的没出什么事,我们慌慌张张地就跑了,回头还得让人笑话……"田明瀚和齐志正商量着,远处的黑影忽然震动起来。人群爆发出一阵惊呼,田明瀚与齐志下意识地朝那儿望去,只见浓雾背后的阴影似乎正在缓缓升起,好像是一扇大门正在开启。片刻之后,空气沉默下来,所有人都屏息凝神地注视着黑影的动向。

一排浓稠的白雾,毫无征兆地从黑影中部滑出,如瀑布般四下洒落,犹如白色的潮水,朝下方的城市覆盖而来。

外星物体降临第二十五小时,江源。

苏启年的妻子正在张罗午饭。他邀请江源和张博来家里吃饭,化解一下早上争执的不愉快,顺便进一步讨论今天发生的诸多变化。

"进货厂区那边忽然失去联系了,电话怎么打也打不通,就知道一大早的时候那边也起了大雾,跟着就失去联系了。真是邪了门。"张博依然大大咧咧,"难不成真被外星人入侵了?"

"老张,你能不能盼点好。"苏启年瞪了张博一眼。他们俩当年是从同一所工人子弟学校毕业的,读书时张博就是同学口中公认的大嘴巴,心直口快,虽然为人实诚好交流,可他的说话风格着实让他在社会上吃了不少亏。

"好好,我知道了。"张博收了收声音,笑眯眯地拍了拍江源,"老江,别愁眉苦脸了,小乔一早不是还给你发了邮件吗? 孩子大了总归是要出门闯荡的,哪能总把她拴在身边?"

"这不是一回事!"江源简直被他的逻辑气得说不出话。

"你这么想啊,小乔她是不是在为研究外星人做贡献? 她早一天研究出外星人的弱点,咱们才能早一天放心不是?"

"哎,老张话糙理不糙啊,说得确实没错。"苏启年附和道,"好了,你现在瞎担心也没用,一会儿哥俩陪你喝两杯,帮你解解愁。"

"唉……"江源好歹是缓和了一点情绪,"我也不是在这里和你们俩矫情……这事你们真没意识到有多大? 一群从没接触过的外星人,忽然就在自家后院冒出来了,这事你们不害怕吗?"

"害怕? 它又没有闹着要毁天灭地的,怕什么? 区区十几根'擀面杖'(如果林睿在这里大概会感到觅得知音)就想把地球上的人们都给灭啦?"张博大笑道。

"我明白你的意思。"苏启年沉思着,"可是这事我们想了也没用,历史上科技先进的殖民者入侵的时候,土著人中虽然有人担心会打不过对方,但这担心有意义吗?"苏启年伸手制止了江源的反驳,"我知道这个例子举得不太恰当,我就是说这么个意思,看开一点。还有,我们这会也和旧时候不一样啦。我们会交流,会观察,我们有极强的学习能力,并将其运用到我们的科技和军事力量上。你还是要对人类文明有信心。"

"信心? 你没看到网上的谣言都传成什么样了……"

"我从不会相信不正规渠道传播的消息。那帮人为了吸引眼球什么事都编得出来……昨天晚上才报道疑似有人感染外星病毒,还不确定的事呢,何况和我们还隔着几百公里呢。这不,今天一早就有谣传说醋能解毒,大伙都跑去商店哄抢了。咱们小区外边的小卖部,大门都被撞坏了。"苏启年说着摇了摇头,"现代人内心还是太焦虑,一点点风吹草动就会引发群体性恐慌。"

江源不置可否,张博倒是听得津津有味,还接着追问:"还有啥消息?"

"还有就是医院,大医院今天都挤得人满为患,一夜之间忽然冒出一大群自称有感染症状的人,实际上都是捕风捉影……还有什么消息你不能自己看新闻吗?"苏启年说着打开了电视,电视里恰好又在播放新一轮的特别报道……

"……现在我们可以看到失控人群正在成群结队地越过高速公路,朝前哨营地前进……陆军某机械团已经在沿路布下防线,他们会使用空包弹和催泪弹驱散人群,实弹武器已经被明令禁止使用……"记者在直升机上进行报道。镜头推向下方,广阔的田野上,密集的人群犹如黑色的潮水般缓缓推移,后方不断有人小跑着汇进队伍里,人群正在以肉眼可见的速度不断壮大,目测已经有上万人的队伍在此汇集。

"……我们连线地面记者……吴岚,能听到吗?"

"……可以……"地面传来的信号质量很差,画面在不停闪动。

"城市的骚动还在持续吗?"

"依然在……持续……目前为止……演愈烈的……势……"闪动的画面中,街道乱成一团,愤怒的人群正疯狂地打砸店铺和车辆,警察和军人都无力维持秩序,甚至制造动乱的人群里也有警察的身影。

画面切回直升机,记者开始回顾这一切是如何发生的:"……稍早前本市疑似出现了被外星物体制造的雾区所覆盖的现象,雾区中可能含有某种导致人神志不清的病毒,大量市民因为感染了病毒而变得极度暴躁……甚至自发汇聚成示威队伍朝前哨营地前进,有分析认为这很可能是外星物体在背后操纵,但目前尚不清楚外星物体的意图是什么……"

啪嗒。苏启年关闭了屏幕。一屋子人陷入了漫长的沉默。什么地方传来了盘子打碎的声音,以及儿童的哭闹声,街道上开始变得嘈杂起来……越来越多的人受到新闻的影响,变得惊慌失措起来。

"那是……我一早要去进货的地方……"张博低声喃喃着。

"怎么会变成这样……"苏启年也满脸震惊。

唯有江源脸色惨白,浑身微微颤抖着。

"老江,你别……"苏启年张了张嘴,却不知道该说些什么好。

"新闻刚才说……"江源努力了半天,好歹能说出话了,"说那些被感染的人……要去哪儿?"

外星物体降临第十二至二十小时,前哨营地。

"首长,您可能得做好心理准备。"宪兵轻声建议道。

"没事,我有准备。"吴文斌走到观察窗前。

得知刘宇上尉出现异常状况后,为了便于观察与交流,警卫立刻给他注射了安眠药物,并给他穿上了拘束衣,将他转移到了镇上的派出所审讯室。整个过程中刘宇十分平静,甚至没有流露出一丝抗拒的意思。

现在吴文斌知道士兵们脸上畏惧的表情是从何而来了。拘束衣仍在审讯室的座位上摊放着,刘宇本人却惬意地躺在桌子上,似乎是在打盹。军官调取了监控录像给吴文斌看,视频里刘宇原本被牢牢束缚在椅子上,可令人惊恐的一幕发生了:刘宇忽然化成了一团白雾,渐渐从他所在的椅子上升,融入空气中,随后又渐渐凝结为实体,飘飘然地落在了审讯桌上。

"这还是……人类吗?"巨大的恐惧在军官们心底炸开。

"也许他们真的是对的。"吴文斌想起观察小组的话,"他们真的可以任意跨越时间。"

"我是中国人民解放军陆军少将吴文斌,是这个营地的最高指挥官。"吴文斌通过对讲机和刘宇对话,"还请贵方能够亮明身份,我们好进行进一步交流。"

审讯室里,刘宇慢慢坐直了身子,张了张嘴,似乎在适应他的声带。

"现在在说话的,会是外星人吗?"有军官疑惑道。

"安静!注意观察。"有人呵斥道。

"他会不会不理解您说的话?"一名军官对吴文斌说道。

"不会。如果他们真的已经来了几千年了,那么他们一定能理解我在说什么。"吴文斌目光一直没有离开刘宇,他身后的军官们则面面相觑,没人理解将军这句话的含义。

"将军你好。"刘宇缓缓说道,声音还有些发颤,似乎还没有完全适应,"我们是'虚无者'。这个名字是以你们的文化为基础创造出来的。用来形容我们很合适,因为我们是'不存在'的生命。"

满屋军官没人说话。所有人都沉浸在巨大的震惊中。这是人类第一次与外星生命的对话，每个人都在不知不觉中见证了这历史性的一刻。可那一瞬间浮上人们心头的，却是深深的恐惧。

"你的意思是，你们没有存在的实体?"吴文斌很快冷静下来，继续问道。

"我们有自己存在的方式，在更高维度的空间里。在你们的空间里，我们没有实体。"

"那个筒状物是什么?"

"一个容器。用来装载我们没有实体的实体。"

这话很令人费解，吴文斌思考了一会儿:"你的意思是，你们在三维空间的表现形式，就是那些白雾?"

"它们不是雾。它们是和我们一样的虚无者，我们是一个。"

"一个?"吴文斌愣了愣。

"我们是一个整体，千万个体组合起来。我们只有一个思想、一个大脑。"

后来江乔和她的团队发现那些层层嵌套的单细胞生物就是它们的具体形态，白雾是它们的生物武器，这些微生物通过某种感应形式接受来自主脑的指挥，某种意义上他们确实是在面对一个个体。

"你们的来意是什么?"

刘宇沉默了。

"你们的来意是什么?"吴文斌重复了一遍，刘宇依然保持沉默。正当吴文斌以为对面的外星人可能暂时中断了对刘宇的控制时，刘宇忽然抬起头直视着吴文斌站立的方向。

"你的资格还不够。找更高一级的人来。"

两小时后，吴文斌收到了观察小组整理的对于五维空间生命理解的初步报告，可他暂时没有精力去处理这件事。

直升机群划破夜空，将整个小镇照亮。中央政府的官员们行色匆匆地穿过街道，路上他们已经简单阅读过报告了。

"根据虚无者描述，他们在更早前与美方有过简单联系，原因是有一位美军大校当时恰好毫无防备地进入雾区内，随即被虚无者有计划地感染了。它们通过这位大校与美方交流。可美方却没有透露出一丝消息。"吴文斌汇报道。

"知道了。还有其他消息吗？"

"美方暂时不清楚虚无者有跨越时间的能力，我们要向他们通报这一点吗？"

"我记得你的文件里提过，稍早前，我们的观察队就整理过一份观察报告吧？把这份报告发给他们。"

"是。"

吴文斌再次站在观察窗前，刘宇一下子坐直了身子。吴文斌注意到刘宇似乎有一丝紧张。

"你看不到我的位置，但我可以向你保证，我的上级们此刻就坐在我身后听我们对话，我所说的话就代表他们的意志，这点你完全不用担心。"吴文斌一边缓缓说道，一边观察着刘宇的神情。

"我可以看到他们。你们的阻碍对我而言不会造成影响，如果我愿意，我随时可以穿过这堵墙。"刘宇意味深长地说道。

吴文斌知道这只是试探阶段，大家都期望给对方一个下马威。他不动声色地接过刘宇的话："看来我们面对的是一个遵守规则的对手。那么现在,你有什么话要对我们的国家、我们的文明说吗?"

"现在这是两个文明的代表在对话?"

"你可以这样理解。"

"那么,我要你们离开这儿。"

吴文斌愣了愣。离开这儿?可是所有人才刚刚到齐,现在又说要他们离开,这是什么意思?

"抱歉,你的意思是什么?"

"离开这儿。"他重复道,并用一根手指点了点他脚下的地面。

离开这儿?吴文斌陷入沉思,他隐隐感到这句话里隐藏着巨大的危机……

电光石火间,吴文斌忽然理解了他的含义。

离开这儿。这儿是哪儿?不是审讯室,也不是这个营地,不是这片平原上的什么地方,而是一整颗星球。

离开地球。

"你要驱逐我们?"

"是的。我们不能同时存在于这颗星球上。我们互相是对方的威胁。"

"那么为什么不是你们离开?"

"我们的徘徊者被摧毁了。黑色的战争。我们的世界已经不适合生存了。"

后来人们进一步了解虚无者的文明后,才真正理解黑色战争的含义。那是发生在高维度文明之间的战争,至于究竟是怎样规模的战争才能导致一个高维度文明不得不流落到低维度,人们不得而知,也无法想象。黑色的宇宙中隐藏着无数高等文明之间的战争,也许宏大到超乎人们的想象。

"所以你们要侵占我们的世界?"

"是。你们是低一等的文明。你们无法与我们抗衡。"

在场的社会学家随后总结出了外星文明的逻辑:与人类文明截然不同,虚无者不会以道德观念思考问题;一个高等文明要生存下来,低等文明就必须为它牺牲,这是强者对弱者的权力,大概也是宇宙中各个文明相处的规则。

"你们准备怎么处置我们呢?"吴文斌冷冷地问。

"人口迁移。我们会给你们半个世纪的时间,并给你们传播低等技术,帮助你们离开这里。"

"你要我们半个世纪迁走所有人?"

"一部分人。让你们能以自由的身份在宇宙中存活下来。剩下的人,将成为虚无者的容器。"

"容器?"

"就像你面前这个人一样。"

吴文斌沉默了。整个屋子都沉默下来。在地球一处小小的角落,一场关乎未来所有人命运的谈判,就这样在一段近乎轻描淡写的对话中展开。他们说出的每个词都带着千钧的重量,可他们说话的语气却又那么平淡,仿佛是在讨论明天的天气。

"你想让剩下的人成为你们的傀儡?"

"容器。从高维到低维,我们需要容器。"

"你凭什么认为我们会同意?"

"因为我说过,你们无法与我们抗衡。我并非在开玩笑。如果我们愿意,我们可以立刻发起对你们文明的毁灭性打击。"

吴文斌暂时关闭了对讲机。他发觉自己的衬衫已经不知不觉被冷汗浸湿了。他沉重地转过身,与在场所有人对视。

所有人也沉默地望着他。

最后,有人对他点点头,眼里闪动着坚定的光。

很奇怪,越是重大的决定,留给你犹豫和思考的时间越是短暂。于是你只能凭借自己内心深处的声音,给你指导,给你力量。

吴文斌转身打开对讲机。

"我们的意见:也许我们确实无法与你们抗衡,但我们会反抗到底。"吴文斌直视着刘宇,要把人类坚定的意志传达给蔑视他们的外星文明,"不要小看我们的决心。我们会为我们生存的土地奋战到底,全人类会为他们的生存奋战到底,我们会永远战斗下去,直到文明灭绝,或是入侵者被消灭。"

"我们的忠告:你们可以尽力反抗,最终你们一定会输,而且会付出沉重的代价。"

"感谢你们的忠告,我们考虑得很清楚了。"

"不,我的意思是,我们大概表达得太匆忙了。"刘宇摇摇头,"我们会再给你们一天的时间。明天的零点时分,我们会再来和你们谈谈。在此期间,谈判的窗口会暂时关闭。"

吴文斌听出了虚无者话里的意思。明天,他们大概会给人类一个下马威。

"你们不是可以到达任意一个时间点吗?那么你大概也能看到明天夜里会发生什么吧?"吴文斌冷冷地问道。

"到明天,你们就知道了。"刘宇依然是平淡的语气。

　　"除美国以外，刚刚与俄罗斯、德国、英国、印度等十四个降临国互相交换了信息。在过去的半个小时内，他们也先后收到了类似的警告。现在十六国战备状态都已经提升至最高级，全球对虚无者的攻击随时可能展开。"

　　"已经通知下去了，全军进入一级战备状态，导弹随时可以发射。"

　　"空军时刻待命，最近的战斗机群可以在十分钟内到达。"

　　"明天正午时分，我们会统一向全国人民报道这一事件。民政方面的工作，我们会连夜讨论出紧急预案，把可能产生的社会动荡降到最低。"

　　"军事部署方面……"

　　"社会舆论方面……"

　　"……"

　　"……诸位……这是中华人民共和国成立以来，我们面对的最大危机，希望大家做好打苦仗硬仗的心理准备。危急关头，希望诸位同舟共济，共渡难关！"

　　与会人员走出指挥中心时，天边已经泛起鱼肚白。"米粒"在这个距离上已经不见踪影了，但所有人都知道它们就在十几公里外的平原上，沉默地注视着正在升起的太阳，沉默地沐浴在火一样的阳光中。这是一个全新的早晨，在这一片沉默中，血与火的时代正在悄然降临。

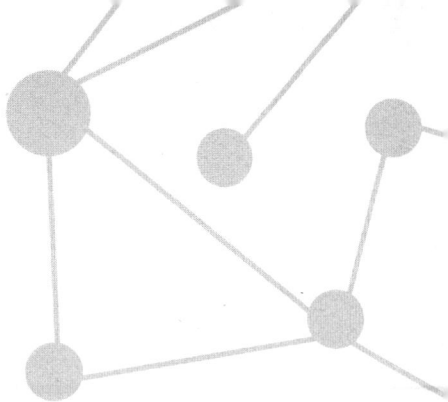

第四幕

崩　溃

外星物体降临第二十四小时,距公元纪年结束还有二十小时。

"林技术员脱离生命危险了吗?"吴文斌神色匆匆地穿过医院走廊。

"还处在昏迷状态,但生命体征已经恢复平稳。"

吴文斌微微松了口气:"观察小队的其他成员怎么样了?"

"受了些惊吓,但没什么大碍,现在正在休息。"

"先行将学者和文职人员进行转移,我们还有很多疑问需要他们来解答。"

"是。"

"你们随后也和直升机一同撤离,速度要快。"吴文斌站在小窗前看了看昏迷中的林睿,"战争要爆发了。"

异变几乎是同时发生的。一小时前营地军官发现观察小队的三名成员集体失踪。监控设备在雾区外的一片旷野上发现了千疮百孔的军车,士兵们赶到现场时,除了曹斌还在努力试图发动汽车外,其他两人都陷入了昏迷状态。震惊之下,军官们随即开始调取车辆管理信息和监控录像,发现各个系统里竟无一例外地出现了一段空白时间,大致是早晨六点至七点这一时间段。负责装备管理的军官甚至完全不记得自己给观察小队提供过防护服,系统记录里也没有显示——好像是有人凭空将某个时间点从现实里"切除"了。

更邪门的是执勤宪兵们的汇报。根据当时的执勤班长回忆,他们在五点四十分,也就是观察小队成员消失的二十分钟前,在小镇边缘见到一个浑身冒白光的人影。有宪兵以为那是有不放心自己财物的居民悄悄溜回了小镇,可任凭那名宪兵如何呼喊,那个人全然不做理会,转眼便消失在一条巷子里。宪兵们随即朝小巷跑去,只看到一条空荡荡的死胡同。

"那条巷子两面都是高墙,那个人是怎么消失的?"执勤班长到现在还在琢磨这一点。负责小镇监控和警戒的军官则感到大受侮辱:这一军事区域的戒严级别是最高级,理论上不可能有人悄无声息地进入小镇却不被察觉,如果真的出现了,就是他们工作的失职。可在场宪兵一致言辞凿凿地证明,的确有未知身份的人在小镇里出没。

"知道了。大家先回到工作岗位上。"吴文斌感到太阳穴针扎般的疼痛——突发状况太多了,而且可以想象,未来类似的麻烦只会越来越多。

但是眼下,他有更重要的战役要指挥。

北京时间八时整,外星物体降临第二十三小时。

对"米粒"的攻击正式展开,陆军导弹旅向"米粒"方向发射了六枚东风11甲型对地近程导弹、四枚搭载常规高爆弹头、两枚搭载电磁脉冲弹头,全部直接命中目标。

其实"命中目标"这一形容并不完全准确。六枚导弹在进入雾区范围后随即失去信号,雾区内也没有观测到爆炸现象,但可以明显观察到雾区向内急剧收缩了一段距离,随后又缓缓扩张回原位。

"就好像是一个气球被针刺了一下,发生了弹性形变。表面向着内部蜷缩,却没有爆炸,反而在失去了外部压力后回归了原位。"现场的军官报告道。

"但是电磁脉冲弹头对虚无者也许有效,雾区的浓度明显变淡了。虚无者曾经提及它们是一个由无数个体构成的整体,也许它们之间是通过某种电磁感应进行联系的。"物理小组建议道,"尝试使用更多电磁脉冲导弹,也许能形成有效打击。"

第二批八枚近程导弹全部搭载电磁脉冲弹头,同时空军部队发射了八枚凝固汽油航空炸弹,对雾区覆盖范围及周边进行焦土打击。这一次雾区的收缩更为明显,近程导弹以两枚为一组,从四个不同方向进入雾区,如果说之前的雾区像是被针刺过的气球,现在就像是被一只巨大的手掌握住的气球,向着雾区中心不规则地坍缩下去,尽管依然没有观测到爆炸,但就打击效果来看似乎确实发挥了一定作用。

"导弹应该是直接进入了虚无者的五维空间,之前我们对它们的理解可能有误差,并不是只有生命可以跨越空间限制,虚无者应该可以自由选择让什么物体进入它们的空间。"物理小组紧急分析后得出结论,"它们不愿让雾区中间的'米粒'承受打击,换句话说,'米粒'无力承受打击。"

空军投放的燃烧弹似乎也起到了部分作用。雾区周边的土地此刻已经陷入一片火海,十几公里外的小镇都能感受到从"米粒"方向传来的热度。火焰灼烧的地面雾区无法通过,随着燃烧区扩张雾区甚至正在缓缓后退。

"加大打击力度,敌人似乎缺乏反击能力。"战况通过卫星监控传输到指挥中心时,参谋们立即向吴文斌建议道。

"太顺利了。"吴文斌心底升起强烈的不安,"这和虚无者表现的强硬态度完全不符合。"

"也许,对方完全低估了我方的军事力量。"

"刘宇还在审讯室吗?"

凌晨的谈判结束后,虚无者依照人类的要求穿上了拘束衣,根据它的说法,在谈判大门再次开启前,它会一直留在营地里。

"到目前为止,它还没有什么异常的动静。审讯室也处在严密监控当中。"

"如果它真的要走,我们大概是拦不住它的。"吴文斌摇摇头。

"首长,空军的观察报告送来了!"有参谋起身回报道,"情况似乎不太对劲!"

众人拥到指挥中心的大屏幕前。浓烟与火光之间,可以观测到雾区的浓度已经变得很淡了,大家得以清晰地看见雾区内部情况,下一刻所有人都倒吸了一口凉气,人群瞬间骚动起来。

"'米粒'呢……"有人茫然地喃喃着。

雾区内部,此刻已经空空如也。

外星物体降临第二十四至二十五小时,小镇西北方向的高速公路上。

"整座城市都被感染了?"郑程远上校神色严肃地听完了报告,"失控的人群大概有多少人?"

"初步观察,人数已经接近五万人,这个数字仍在不断扩大。"

"五万人? 我们要怎么把这五万人阻挡在防线以外?"

"上级的命令是,不能让任何人靠近前哨营地;同时上级强调这些群众是被外星物体控制了,他们不是敌人,不得对群众使用杀伤性武器。"

郑程远犹豫了一会儿，政委焦急地强调道："优柔寡断不是军人的作风！"

"知道了。我立刻下达命令。"郑程远沉重地点点头，登上面前的指挥车。

"通知下去，前线部队一律更换空包弹，在城市至雾区方向建立路障防线，阻挡人群前进。注意，先对空鸣枪示警，不得造成人员伤亡。必要时以人墙战术进行阻拦。"郑程远低声吼道。

参谋犹豫了一会儿："团长，那可是……几万人的队伍。"

"就是几十万也得给我顶住！现在对外星物体的进攻正在展开，前哨营地不能出现意外！"他顿了顿，"另外，从附近调集高压水枪，越多越好，当人群冲击无法控制的时候，就朝他们喷射，这大概能起到一些作用……这帮外星孙子，耍的这点阴招，还难不倒我们！"

这支部队在外星物体降临的第一时间就完成了集结，通过火车运输抵达了前哨营地，作为营地附近的最大机动力量，时刻防备突发状况发生。此刻绵延几公里长的庞大车队缓缓行动起来，满载一整个装备齐全的装甲步兵团，朝前线坚定地推进。轮式战车与自行火炮从旷野那头向高速路口前进，扬起了遮天蔽日的尘埃。

同一时刻，前哨营地的审讯室，刘宇忽然意味深长地微笑起来。

"你在笑什么？"执勤的班长冷冷地注视着它。

"笑你们。"刘宇歪着头，笑得越来越开心，如果不是拘束衣束缚着它，它大概会笑得前仰后合，"天哪……我快受不了了。"

"你认为我们抵抗的决心很可笑，是吗？"班长的眼里几乎要喷出火来。

"哈哈……别，先别说话。"它忽然剧烈咳嗽起来，眼泪都快呛出来了，"我需要……缓一缓。"

"你很快就不会有说话的机会了。"执勤班长用枪口对准刘宇,"我倒正想着帮刘宇上尉解脱出来!"

"给我把枪收回去!"一名上尉用对讲机喊道,紧跟着审讯室大门洞开,两名宪兵上前扯住了班长。

"等着接受处分吧!"上尉走进来瞪了一眼班长,转身注视着刘宇,"你有什么话要对我们说吗?"

"没有……没有。"刘宇好不容易才止住笑。

"如果你有什么问题想与我们的上级交流,你可以随时提出——我们的部队,一向有优待俘虏的传统。"上尉不动声色地为自己的部下扳回一成。

"等等,等等。"刘宇喊住了准备离开的上尉,"我可以和你们谈一谈吗?"

上尉愣了愣:"那么我现在去告知我的上级。"

"不,我就和你们谈谈。只是……闲聊而已。"

上尉不理解虚无者的意思,警惕地打量着刘宇,后者仰起头,挑衅式地回望着上尉。

"我们没有时间听一个敌人的闲聊。"上尉冷冷地回答,"如果你没有话想对我们的上级说,那就保持沉默……"

"我在时间的河流里,观察了你们几千年。"刘宇打断了上尉的话,自顾自说道,"你们总是很容易陷入一个巨大的陷阱中。"

"什么?"上尉眉头一皱。

"你们有狭隘的道德束缚。这也是你们的文明之所以是低级文明的原因。"虚无者的声音有些嘶哑,听起来仿佛毒蛇的嘶鸣,"最初,我们不了解人类的弱点。我们通过生物研究,诱发地球本土的微生物进化为病毒,形成席卷大地的瘟疫。可那样消灭你们的速度太慢了,而且最后你们都能研制出疫苗。"

"你是说，历史上所有的瘟疫都是你们造成的？"上尉瞪大了眼睛，觉得虚无者大概是疯了，不然就是这个世界疯了。

"我们只是诱发。就像一个孩子站在山顶，轻轻推动一块即将坠落的巨石。只需要一点点引导，巨石就会造成巨大的破坏。而这个诱导，就是你们自身的道德陷阱。"虚无者很享受它的演讲，"黑死病，传播的诱因是蒙古人将尸体投入被围困的城市内。战争，死亡，混乱，这几乎是制造一场大规模瘟疫的最好舞台。蒙古人害怕尸体带来的瘟疫，就将它传播给城市里的人——你看，你们会畏惧死亡，却从不会敬畏生命；你们将自己的生命视为珍宝，又将他人的生命视为粪土，为了自身存活可以牺牲一切。当这一特性从个体延续到国家时，我相信你们会在战争开始后，迅速陷入内部的混乱中。"

"难道你们的文明不是这样？以牺牲其他文明的代价来获得生存？"

"那是对待不同的文明。虚无者文明内部的稳定和秩序，是我们所有力量的来源。万千个体放弃自主意识而融汇成一个整体，这个整体的意志就是文明的意志。我们内部没有战争，因为每个人都是我，我就是每个人。"虚无者制止了上尉的反驳，"可你们不同。你们的文明内部充满仇恨杀戮。你们的个体都具有近乎无限膨胀的欲望，这些欲望扩张到国家上，造成了你们的互相防备。即使是现在，在两个文明已经宣布开战的现在，你们的国家之间仍在相互猜疑，你们没有意识到毁灭性的打击很快就要到来了。"

这句话让上尉心头一颤："你什么意思？"

"我们只需要做那个在山顶推动石头的人。我说过，你们狭隘的道德观念最终会使你们自己坠入陷阱里。你们对待敌人残忍无情，对文明内部却又优柔寡断。上尉，我现在提出这样一个假设，假如此刻我们入侵了附近城市里数十万个像这个军官一样的容器，操纵他们向你们的营地发起攻击，你们会不会像进攻我们一样,对他们进行反击?"

"……我们会尽全力保卫人民。"上尉犹豫了一会儿后回答。

虚无者大概猜到了这个答案,轻蔑地笑了笑:"在我们的世界被高等文明的战争摧毁前,我们建造了这十六个可以跨越维度的容器。容器无法装下所有个体,但我们可以只装下一部分,也就是说,让一部分个体存活下来。当文明面临生死存亡的时刻,抛弃更多人而保证文明延续,才是正确的选择。我们不会有犹豫,就像从躯体上挖走一块烂疮,剩下的部分才能存活。可对你们而言,这样的选择大概会让你们的文明面临崩溃——没有人想做被抛弃的烂疮,如果有人获得了存活的资格,也会被没有这一资格的人剥夺。我们的瘟疫会随风扩散,当它最终传播至整个世界的时候,你们谁也无法幸免。我们慈悲地允许你们以小规模的状态进入太空,保存文明的火种,可你们狭隘的道德观会使你们拒绝这一点。"

"我们不会抛弃任何人。"

"但是,当灾难真正到来时,你们内心深处的狭隘会使你们不顾一切地想要逃离,所有同甘共苦的宣言,最后都会被内心深处对生存的渴望击败,因为你们不会允许在死亡面前出现不平等的特例——说到底,你们还是只在乎自己。所以结局已经注定了,你们的文明将在自己内部的溃败中消亡……最可悲的一点是,即使知道了这一点,你们依然无能为力,因为没人可以跳出这个道德陷阱,所以我才觉得可笑。这大概是宇宙中最可笑的事了。"刘宇说完真的大笑起来,空气中只剩下来自外星文明毒蛇般的笑声。

在场的宪兵们愤怒地注视着面前这个疯狂的敌人。子弹已经上膛,他们只需要长官的一声命令,就会毫不犹豫扣动扳机,将面前的虚无者,连同它不可一世的野心,一同消灭在喷射的火焰中。

　　"你们大概搞错了一点。"上尉制止了士兵们进一步的举动,转身冷冷注视着虚无者,"我承认,我们的文明,也许确实有自私残酷的一面,有些时候会让人们对现实感到沮丧,似乎找不到为它奋战的动力。可是,这是我们的世界。几十亿人生活的每一个角落里,蕴含无数纯粹、美好和善良的力量。这些力量使人们能够直面灾难和死亡。它使不相识的人们可以为了共同的理想而奋战至死,它使人们在生死存亡的时刻,能够放弃自身生存的希望,而让他人存活下来——不是什么抛弃溃烂的疮口,而是人们内心深处自然升起的责任感与使命感,升起的对生命的敬意、对受难者的同情、对信仰的坚守。这些感情隐藏在我们的血液里,即使在最艰难最黑暗的岁月里也从未消失过。我告诉你这绝不会是所谓'低等文明'的象征,这是一个人之所以生而为人的根本。我们不会在危难时刻抛弃任何人,也不会在生死存亡时刻拖累任何人。你自以为已经了解了我们的文明? 我看你们连皮毛也没有摸到。"上尉扭过头走到门口,"最后,有一点,大概是你们的文明永远无法理解的——这颗星球上的每一个人,都是独特的个体。你们也许可以杀死人类的躯体,但你无法杀死他们的思想。当所有人都拥有独立的思想时,几十亿人就是几十亿个文明的火种。思想,是一个文明最大的尊严,只要有一个火种保留下来,人类文明就能再次结出辉煌的果实。但你们——你们只是一群极权控制下的傀儡,一个麻木脆弱的大脑。我们只需要击败你们一次,你们就彻底失败了。"上尉大步走出大门,不再回头看虚无者一眼,"不用理会这个疯子。在正式谈判开始前,我军不接受私下的交流!"

　　大门沉重地闭合,审讯室一下安静下来。刘宇对着面前空荡荡的墙壁一言不发,脸上却仍挂着诡异的笑,像是刚才的争论从没有发生过一样。

　　"开始了……"它忽然嘶嘶说道。

唐纳德迷迷糊糊睁开眼。黑暗中一阵细微的振动声惊醒了他,这个夜晚他睡得很不安稳。

振动声来源于酒店床头柜旁的手机。唐纳德摸索着点亮了屏幕,迷迷糊糊爬起身,只看见黑暗中坐着一个人影,背对窗外的城市灯火,在月光下投出巨大而扭曲的影子。

"上帝啊。"唐纳德清醒了大半,"肯? 你怎么像个木偶一样呆坐着?"

肯在黑暗中点燃了一支烟,唐纳德注意到他的双手有些颤抖:"抱歉……我的脑子现在有点乱……有些事在折磨着我……你知道,就好像那场灾难重演了一样。"

"什么灾难?"唐纳德很少见肯这副模样,但他很快反应过来肯所说的"那场灾难"指的是什么。上一次肯这样失态,还是在席卷全美的衰萎病第一次扩散时,"那场灾难"指的就是它。没人说得清这种流感是怎么产生的,它最早暴发于密歇根州,短短几个月时间就扩散至整个美国。在衰萎病横行的一年时间里,全美大约有上百万人染病,死亡者数以万计。最初衰萎病的症状只是普通的发烧,可随后感染者身体器官各项机能开始高速衰竭,任何药物都无法延缓这一进程,患者最终会因为器官(主要集中在心脏)衰竭而死亡。现代医疗手段对它几乎无能为力,只能眼看着死亡人数不断攀升——肯的父亲就是在这场灾难中丧生的。一年后,人们在流感暴发的源头密歇根州的州立医院旁修建了巨大的死难者纪念馆,在巨大的石碑前摆放了密密麻麻的小花,每一枝花都代表一个逝去的生命。实际上最终人们也没能战胜这一流感,而是在某一时刻,它自己忽然消失了。所有患者在一夜之间痊愈,没有任何后遗症的迹象,有如上帝之手将它从人间抹去了。几家大型生物制药公司甚至为此打起了旷日持久的官司,只为证明是自己的疫苗发挥了作用,但流感肆虐期间向民众表示束手无策的几乎也是这帮人。衰萎病事件最直接的影响,是导致了整个美国经济社会的大衰退。接下来几年政府都紧张兮兮地防备着其他国家的反超,并紧锣密鼓地提出了一系列国际贸易与经济领域的制裁和保护措施。古老的冷战思维在一点点复苏,大国关系一下变得复杂而微妙。无数人感慨美利坚昔日开放与自信的时代似乎已经消失不见了,剩下的只有阴谋与猜疑。后来人们将这一灾难,及其随后造成的一系列影响取名为"黑色蔓延事件",现代社会自此蒙上了一层危险的阴影。

"现在想来,那场流感就好像是这一切危机的预演。"肯稳住了双手,"衰萎病的源头也是在密歇根州,这一切会是巧合吗?"

"你想表达什么?"唐纳德上下打量着他的这个同事。

肯徐徐吐出一缕长烟,烟雾在微弱的光线照射下缓缓飘散。以昏暗的房间为背景,那缕烟雾宛如宇宙中的星尘。肯望着那团青烟,轻声问道:"你有没有想过,当人类文明走到尽头时,会是怎样的景象?"

"我记得你是一个务实主义者。"唐纳德坐直了身子,"现在怎么开始关注哲学领域了?"

"哲学?"肯扬了扬眉毛,"不不,这次你可想错了。我问的其实是再现实不过的问题。"

唐纳德收起了调侃的心思。他直视肯的眼睛,一双浅蓝色的眼睛,却泛着生铁般灰暗的光,像是遭受了什么巨大的打击。唐纳德的脸色也渐渐阴沉下来。

"发生什么了?"他低声问。

"我本来应该第一时间叫醒你的……不过都一样。"肯指了指唐纳德手里的手机,"你自己看看吧。"

唐纳德点开了手机屏幕。手机网络延迟率非常高,所有的网页此时似乎都处于崩溃状态,信息和新闻迟迟无法显示——必然是有什么重磅消息放出了。这一幕让唐纳德想起他见鬼的中学老师,总是喜欢慢条斯理地宣布每一个学生的评分,唐纳德的成绩很糟糕,所以他一向视等待成绩宣判的时刻为巨大的煎熬,一如此时此刻。

最先刷出的是路透社的新闻:路透社援引印度军方的新闻报道,一小时前新德里近郊的"回旋镖"向人群释放了白雾生化武器。短短几分钟内,约有一万平民被外星病毒感染,进而变得极具攻击性。人群向新德里前哨营地与城市发起疯狂进攻,印度军方在市区布置的第一道防线被人群冲散,大量士兵与平民在冲突中死亡;随即印度军方转而向人群使用大规模杀伤性武器,繁华的新德里街头成为战场,民众被大量屠杀,但同时有更多人被外星病毒感染,进而加入冲击军营的行列。截止到发文时间,新德里街头的混乱局势仍在不断恶化。

"外星文明……向我们宣战了?"唐纳德震惊地读完报道,"密歇根湖畔的'回旋镖'有什么动静吗?"

"你……接着看吧……"肯望着夜幕下的华盛顿出神。

"你是丢了魂吗?话都说不出了?"唐纳德恼火地抱怨道,"你看看这些见鬼的加载条!"

不断有新的新闻被置顶,接下来是《泰晤士报》:威尔士境内的外星文明发出宣战信号。外星文明代表(代号为"虚无者")于格林尼治时间二十一时整,在威尔士前哨营地与内阁大臣进行了秘密会晤;会谈结束后,内阁大臣随即照会新闻部发出战争警告:虚无者带着奴役全体人类的目的而来,是人类文明共同的敌人。首相正式宣布对虚无者文明进行战略打击。

两分钟后唐纳德刷出了下一条新闻:导弹攻击无效!地面部队被疯狂的民众攻击!威尔士地区陷入全面混乱,英国或将启动全国战时状态。

随着新的消息不断涌现在屏幕上,消息的字数也在不断减少,甚至开始出现语法与词汇的错误。每一秒都有突发状况发生,新闻编辑似乎已经来不及再进行更细致的语言组织,只顾一股脑儿地发布消息,好似一个着急向大人汇报消息的孩子,连吼带叫地将眼前所看到的一切展示出来。

"推特服务器已经爆炸了。"肯也摸出手机,"在它还能运行时,所有人都在转发一条新闻。"肯颓然地掸了掸烟灰,"我们的政府最先与外星文明进行了交流,外星人不知道用什么方式说服了军方高层,双方似乎达成了短期的和平协议。就我所了解到的,目前只有我们国家境内的'回旋镖'——哦,现在叫虚无者了,是完全平静的。那条推特说,高层甚至对外星文明提出的让少部分人口撤离地球的计划表示赞同,并随即派出了代表了解行星级飞船的建造进展……这是密歇根湖畔前哨营地一名军官发出的消息,这条消息发出后不久就被删除了,但有无数人保存并转发了它,短短二十分钟内已经造成了瘟疫式的消息扩张,然后推特的官方服务器就宣告瘫痪了。我想应该是人为的。"

唐纳德的脸色变得很难看。消息仍在刷新,中国、俄罗斯、德国……十五国的战争消息纷至沓来,唯有美国境内一片令人心悸的平静,好似这场战争与他们无关。

"这算什么? 如果说此刻对人类文明宣战的外星文明是恶魔的话,那我们就是……和恶魔签订了协议!"唐纳德不再刷那些无穷无尽的新闻,转而给家人发信息,"这让其他国家怎么看我们?"

"这不是重点。"肯摇摇头,"我更好奇的是,虚无者到底向高层展示了什么，让白宫那帮政客立刻相信，人类在这场战争中注定失败?"肯伸手指了指远方雾气缭绕的华盛顿特区，"让当今世上最强大的国家肝胆俱裂的力量，会是什么样的?"

这话里隐藏的信息太沉重了，唐纳德只稍作思考，便感到不寒而栗。

"我们对宇宙文明的无知才使我们如此惊慌失措。"唐纳德冷冷地说道。

"现在我赞同你的说法了。"肯转过头，"那句东方的谚语是怎么说的?"

"那句谚语用东方的语言说，更有韵味。"唐纳德的中文发音有些蹩脚，但他还是一字一顿地念道，"世人皆醉……我独醒……"

二人陷入漫长的沉默。什么地方传来呼啸的警笛声。酒店对面的巨大霓虹灯变幻着色彩，光斑在两个男人的侧脸上跳跃，像是什么抽象主义画家随意挥洒的画作，带着混乱与无秩序的诡异画面感。

"我有预感，接下来坏消息只会越来越多。"肯掐灭了烟头，点点火星在黑暗中挣扎了一下，转眼便消失不见了。

郑程远拔出腰间的QSZ-11手枪，这把枪射击精度高，重量轻，近距离杀伤力极强。他对着几米外密集的人群做了一个短促的点射。两个试图爬上指挥车的男人应声倒地。这个距离上空包弹也具有一定杀伤力，郑程远有意瞄准了他们的大腿发射，弹壳在他们的大腿上绽开了血花。被击中的两个男人痛苦地哀号起来，但依然挣扎着想要越过指挥车。在他们身后，更多失控的人群正在不断冲击全团已经摇摇欲坠的防线，黑色的洪流正一点点吞噬奋力抵抗的士兵们。

"崩溃得太快了!"政委打空了弹匣，绝望地后退了两步，躲开了从人群中抛来的石块，"我以为至少能坚持几个小时!"

"几个小时?"郑程远也在换弹,"能坚持几十分钟已经很出乎意料了! 我们现在就是在用现代武器打一场冷兵器战役,常规战争的战略战术完全失效,这会儿拼的就是人海战术!"

"人民战争的汪洋大海? 这下可算有体会了。"一名参谋无奈地大喊。

"你很幽默!"政委冷冷地扫了参谋一眼,后者转身扛起了水枪的水管。

人群不断突破防线,此时所有的中高级军官也不得不顾一切地投入到阻击战中。

"古代两军对垒时,如果最高将领被逼到不得不拔剑自卫,那这支军队大概也处于崩溃的边缘了!"郑程远冷冷地给手枪上膛。

"别忘了我军的战史,总司令,主席,哪个没在最前线战斗过? 人民解放军和封建军队可不是一回事!"政委一挥手,警卫部队纷纷朝他靠拢过来。

"是啊……所以我们还在战斗!"郑程远站起身,神色如决死冲锋的将军一般肃穆。

战役是在四十分钟前打响的。上级发来警告,失控群众的攻击意图极为强烈,已经证实是虚无者文明在背后操纵,从这一刻起两个文明之间正式宣战。郑程远的装甲团驻守的公路连接着几座百万人口的城市,因此他们的背后不仅仅是一个前哨营地那样简单,还有上千万来不及疏散的无辜民众处于失控人群的威胁中。郑程远的部队是距离虚无者文明最近的军事力量,唯有不惜代价地死守。

收到警告后,郑程远随即下令,装甲团列装的LL09-122毫米自行榴弹炮向十公里外的旷野上发射半个基数的炮弹,炸毁了沿线高速公路与省道;在此之前,直升机中队已经反复确认过这一区域的居民已全部撤出。前方反馈的炮击效果非常良好,高架路整体倒塌,水泥路被撕裂开,碎石瓦砾堵塞了整片道路,数万人想要通过这一区域绝非易事。

但接下来,前方的观察汇报让郑程远感到事情不会这么简单。第一批失控人群约数千人率先抵达了轰炸区。他们一改混乱而无秩序的前进状态,开始有条不紊地清理路面,搬运石块,推平泥坑。有数百人被滚烫的砾石烧伤,但他们像是没有知觉一般,毫无反应地继续清理着路面。后方不断有人群汇入队伍,清理路面的工程也变得越来越轻松。上万从未接受过训练,来自各行各业,在今天之前完全不相识的普通人,在这一刻默契得仿佛是一个整体。这一事例在后来被无数社会学者用以分析虚无者的社会构造,借此窥探这个外星文明绝对极权统治的冰山一角。大约半小时后,一条宽阔的临时路面被清理出来,在废墟前完成集结的数万人随即继续坚定地向着防线推进。

随后装甲车队列里的99式主战坦克在人群可能行进的路线上做了几轮齐射,试图制造更多废墟作为障碍,但黑色的洪流忽然突出了一小团,走在前列的数百人毫无征兆地加速朝防线跑来,飞射的炮弹与火光都无法阻挡他们的脚步,转眼间就有数十人被飞溅的弹片与碎石击倒。负责前沿观察的军官立即汇报了这一突发状况,郑程远随即命令停止炮击。对地形的破坏工作被迫终止,黑色洪流的前进之路再无阻碍。

"我们不可能在这里和几万人拼消耗。"郑程远看着屏幕上显示的密集的红斑,那是人群散发的热量,"对市区外星物体的攻击展开了吗?"

"空军已经发动两轮打击了,情况和之前前哨营地一样,市区里只剩下浓雾,'米粒'不见踪影!"参谋大声汇报道。

"又消失了?"郑程远心底升起强烈的不安,"有检测到它在其他地区出现吗?"

"暂时没有。"

"敌人在和我们玩捉迷藏?"郑程远瞪着不断接近的红斑,它们是如此巨大,挡在它们面前的细细的防线似乎随时会被击穿。他忽然感到后背升起一阵凉意——如果虚无者文明可以悄无声息地从前哨营地消失,出现在城市里,那谁能保证下一秒它不会出现在自己身后呢?

"通知前哨营地撤离了吗?"

"已经通知了。撤离工作正在进行,但需要时间。"

"我们会全力争取时间的。"郑程远低声说道。

第一批人流在天际涌现时,自行火炮与主战坦克组成的钢铁防线已经构筑完毕。所有人都清楚,无论如何,人民解放军绝不会将炮口对准无辜的人民,因此装甲团仅能用这些战车作为阻挡人群的最后障碍。威力巨大的现代战车沦为了古代防御城墙,这大概是外星人有意要看他们的笑话。

大地微微颤动起来,千万人的脚步声汇聚在一起,有如雷鸣轰响,带着沉重的威压,缓缓向前推进。平原上的一切:灌木,草丛,围栏,公路……都在这片足以吞噬一切的洪流中消失不见。他们从不同的方向汇来,凝结,扭曲成一团,不顾一切地推进。他们中有老人,孩子,上班族,家庭主妇……无数平凡却又独立的个体。但此刻他们是虚无者巨大整体中无意识的棋子,万千失去意识的个体,汇聚成一个冷酷的整体,为一个共同的目标不计代价地前进,那是人类文明无法想象的画面。

布置在最前沿的连队装备了从附近城市调来的高压水车,此时数万人队列的最前端已经距离这支连队不足二十米了,在对空鸣枪与投放催泪弹都无法产生效果后,他们开始对人群喷射水枪。数十只水枪同时喷射,汇成一片汹涌的洪流。走在前列的人群被水流冲击得无法前进,一时间有上百人被水流击倒在地,可紧随其后的人群越过他们的同伴继续前进,前沿连队的攻击仿佛是在用刀剑劈砍大海,撕开一道口子,很快又被人海填平。尽管行进艰难,但人群与前沿连队阵地的距离仍在不断缩小。

"第二防线构建完毕,三连向后撤。"指挥部发出指令,前沿连队随即登上时刻保持发动的军车,向后方撤退。撤退过程中有数十人扑上来,士兵们被迫向人群开枪扫射。在近乎短兵交接的距离上,空包弹的杀伤力也变得十分可怕,中弹的失控者立即失去了行动能力,巨大的伤口血如泉涌,血液与高压水枪的水流汇成一团,在公路上四下流动,仿佛血色的河水。虚无者似乎仅仅是操控普通人的行动,一旦中弹,他们还是会有下意识的生理反应。车队很快甩开了人群,经历了方才接触战的士兵们皆心有余悸——那些中弹的失控者只是倒在地上抽搐,没有发出一声哀号,像是一只断了线的木偶……这是他们从未经历过的战争,每个人都在震惊与畏惧中学着适应。

第二道防线由路障和更多的高压水枪构成。这是指挥部拟订的作战计划,通过一道又一道随时建立的运动型防线消耗失控人群的冲击力,为后方争取更多的应对时间。这次坚守防线的连队对人群使用了震爆弹,产生了意想不到的效果——每一枚落入人群的震爆弹都会掀倒一大群失控者,更边缘处的失控者也会受到波及而变得行动迟缓。但这也是会对人群造成巨大伤害的举动,近距离被震爆弹伤害的失控者很可能会失明或是耳聋。在这场两个文明间的首次对战中,他们被迫成了第一批牺牲品。

战术上的微弱优势并没有持续太久,之前在主战坦克进行炮火打击时出现的突发状况再次上演:又有数百人从人群中毫无预兆地蹿出来,飞速越过防线与失控者人群间的空地。士兵们立即朝他们开火,大部分人在越过路障前就中弹倒地了,但他们仅仅是用来吸引正面防线的注意。更多人迂回到防线的两侧对防线内的士兵进行了合围,整连士兵被迫与失控者展开近战,仅仅几分钟内就被黑色的洪流吞没了,仅有少数士兵得以撤出防线。

没过多久,那些消失在失控者人群中的士兵很快便再度出现在战场上——转而加入了失控者的一方。白色的雾气如同毒蛇般扭动着从失控者的鼻腔与口中钻出,转眼又消失在士兵们的嘴角——一次感染就此完成了!

"通知全团,不要与他们纠缠,人群一旦接近到三十米以内的距离,立即后撤。"郑程远命令道。

第三道防线很快建立起来,但不到十分钟就被人群突破了。所有人仿佛都接收到了共同的指令,同时飞速朝指挥车所在方向飞奔而来,整齐划一,有如机器。第四道防线在更短的时间内被冲溃,震爆弹都无法阻挡他们前进的脚步,而第五道防线甚至还没来得及完成构筑。由自行火炮与主战坦克汇聚成的绵延几千米的钢铁防线直接承受了数万人的冲击。围绕这道防线双方展开了近乎白刃战的交锋,装甲团的士兵凭借装备优势和默契的战术配合勉强将战线维持在防线两侧,但失控者巨大的人数优势弥补了装备与训练上的差距——正应了郑程远所说,他们是在打一场冷兵器时代的战争,而对方完全能够依靠人海战术拖垮他们。

"坚守阵地!"前线军官嘶吼着下令,"装甲步兵团,攻必克!"

"守必坚!"士兵们大吼着回应。

同一时刻,前哨营地。

林睿挣扎着睁开眼,鼻腔呼出的热气在呼吸器里打着圈。

他呆望着头顶的日光灯愣了许久,这才渐渐相信自己还活着这一事实。

这一发现多少使他有些开心——至少,以后不会因为被一棵大树撞死这样愚蠢的死法而被江乔嘲笑了。但随即林睿隐隐发觉有些地方不太对劲,内心深处的不安并没有随着意识逐渐清醒而消除。他无意识地聆听着自己凌乱的心跳和呼吸声,许久后才恍然反应过来——四周太安静了。没有仪器的嘀嗒声,没有医护人员走动的声音,排气扇也没有运转,只有一片死水般的寂静。在这片空间里,林睿感受不到时间的流逝,也感受不到和外界的任何联系,仿佛这是一个无声的囚笼,沉默地将林睿的躯壳与精神囚禁在其间。

"有人吗?"林睿试着大喊,声音出乎意料地洪亮,简直中气十足,听上去完全不像是一个刚在生死线上徘徊过的重伤员的声音。

"什么情况?"林睿被自己的嗓门吓了一跳,这声音听起来唱上一整段京剧似乎也毫无压力。可他清晰地记得,自己在之前的撞击中折断了不下三根肋骨。他尝试抬动手臂,没有任何的酸痛或是不适的反应。下一秒他干脆坐直了身子,一把扯掉了呼吸器和输液管,赤着脚站在冰冷的地板上。脚尖传来的凉意使他打了个寒战,身体感官传来的信号显示他此刻处于再健康不过的状态,也许有些轻微的头晕,那也是昏睡太久带来的后遗症,和濒死之人的状态毫无关系。

林睿猜想这大概又是现代医学的某项奇迹,甚至为军方如此不顾代价地挽回自己的生命而感到受宠若惊。他认为有必要对主持手术的医生表示感谢,因此他再次提高了嗓音高喊道:"有人在吗?"

回应他的依旧是沉默,寂静得令人不安。

林睿心底升起一丝警觉。他无端地想到森林里的捕猎者,在捕食之前,也是这样的寂静。

病房大门只是虚掩着,一阵穿堂风推开了它,发出一阵刺耳的嘎吱声,听上去好似一扇来自上个世纪的老化厚板木门。林睿小心翼翼地从门边探出头去，走廊两侧空空荡荡，护士站也空空如也。日光灯投出惨白的光晕，照亮了幽长走廊的深处。林睿与航天局的同事们热衷于收藏老科幻电影，拍摄于九十年代的《异形》系列是他们最钟爱的几部。不执勤的夜晚，他们时常围成一团，用航天局的老式碟片播放机重温一遍，重温那虚构中的宇宙深处，狭小的太空舱内，船员们被嗜血的外星怪物捕猎与屠杀的恐惧。

眼前的景象很难让人不联想到那部电影里的场景。林睿感到腿肚子莫名发软。

"不该看那么多遍的……"林睿低声嘟囔。

远处忽然传来房门开合的"啪嗒"声，在这一片死寂中极为清晰。林睿下意识地朝声音来源望去，却没有看见医护人员的身影。那又是谁拉动了房门？是风吗？

林睿走到窗边，窗外一片漆黑——他大概一觉睡到了入夜。几盏昏暗的路灯照亮了医院大楼之间的庭院，花坛与灌木丛都在夜色中变得模糊不清。对面的大楼也是一片灯火通明，却没看见有人影走动，好像整个医院只有林睿一个人。

这个景象让林睿相信他其实还是在梦里，这些自认为真实的触感和画面，大概只是大脑随机读取记忆信息而产生的错觉。每个人在做梦时都感受不到自己在做梦，只有清醒过来后才会发觉梦里一些混乱或不合逻辑的细节。想明白这点林睿便没有那么不安了，躺着等梦醒就好了。

在转身返回病房那一刻，不远处护士站的电话忽然尖叫了起来。刺耳的铃声在整片大楼回荡，像是什么人发出的难听的笑声。

不安又涌上心头。尽管是做梦，这阵突兀的铃声还是无端地让人畏惧。

林睿打定主意不去理会那通电话，可那阵铃声似乎也在和林睿较劲，不依不饶地尖叫着。默默对峙了两分钟后，林睿最终选择了妥协。

他一把抓起电话："你好？"

电话那头传来一阵如释重负的叹气："林技术员！你终于醒了！"

"是……刘宇上尉吗？"林睿记得这个声音。

"是我。"刘宇的语速有些急促，"前哨营地刚刚受到攻击，小镇已经进行紧急疏散，大部分人都撤离了。很抱歉，因为我们工作的疏忽，撤离的时候遗漏了部分人员……"

林睿这才恍然大悟，原来不是梦境，这间医院确实空无一人，因为大家都撤离了，除了某个因为呼呼大睡被遗忘掉的倒霉蛋……

"你刚刚说，营地受到攻击？"

"是，一小时前'米粒'忽然向营地方向释放了大量生物武器——大概是病毒之类的，上级为了保证前线人员的安全命令全体后撤……"

"那怎么会出现遗漏的情况？"林睿感到有些恼火，如果外星文明真的释放了病毒，那么他现在就是因为"工作疏忽"而被抛弃在沦陷区里和外星病毒做伴的倒霉蛋了。

"我代表疏散小组郑重向您道歉。现在已经确定外星病毒并没有扩散到小镇方向，您所在的医院暂时是安全的。护送您离开的小队已经在路上了，他们很快会到达医院，请您耐心等待一会儿。"

"知道了。"林睿不满地哼哼着，既然没有造成太严重的后果，他也不好再过多指责上尉。毕竟事发突然，数千人同时撤离，难免会出现意外状况。

可下一刻，林睿想起另一件事："上尉同志，我记得之前有报告提到过，你在进入雾区后出现了被感染的症状，怎么还让你来负责撤离工作？"

"哦,医疗小组给我检查过了,是误判,没有什么问题。"

"是吗?"林睿回忆着他和吴文斌将军对话时的最后一幕,一名参谋汇报说刘宇的病情出现了恶化,需要将军亲自去查看——结果只是误判这么简单吗?

林睿回想起《异形》电影中人类成员互相猜忌与防备的桥段,航天局的前辈总结说,人心险恶,经历的事情多了,每个人的肚子里都藏了一堆不可告人的秘密。越是混乱的时候,越不要轻易相信任何人。

"观察小组的成员在不在你身边? 能不能……让他们接听电话?"林睿试探着问。

"哦,他们有另外的任务,不在这儿。"

"这儿? 这儿是哪儿? 上尉同志,你们现在在什么位置?"

"正在撤离途中。"

"撤往哪里去?'米粒'不管了吗?"

"你的问题太多了。"刘宇冷冷地打断了林睿的话。沉默了一会,他接着说道:"技术员同志,你的情绪有些紧张,这我们可以理解。但接下来请你务必保持冷静,我们的人很快就到了。"

"那能不能联系到江乔? 我有一些发现要和她分享……"

"有什么话,见面再说吧。"刘宇急匆匆地挂断了电话。

"不对……这很不对劲。"林睿放下话筒。这通电话是直接打给这一层的护士站,这一点本身就很诡异。而且既然他被安全带出了雾区,并第一时间安排了抢救,必然会有医生时刻关注他的生命体征,无论如何也不可能会被单独遗忘在医院里。最后,刘宇上尉的反应也非常不自然,前言不搭后语,像是有意在隐瞒什么。这种被暗处的迷雾包围的感觉很不好受,无形的危机似乎随时会从黑暗中刺出来。林睿开始考虑要不要立刻离开这个鬼地方。

"你不该接那通电话。"一个低沉的声音几乎贴着林睿的耳朵响起,像是毒蛇贴着他的皮肤滑到了耳边。

"谁在那?!"林睿猛然转过身,身后的走廊空空荡荡,日光灯在风中轻晃。

"出来! 别装神弄鬼!"林睿放声大吼,紧绷的神经在这一刻崩溃。他像疯子一般在走廊上张牙舞爪起来,似乎想借此吓退黑暗中的敌人……只是在旁人看来好似一只抽搐的猩猩。

"我对你们的文明也有一定的了解,我想我见过这套拳法。"那个声音又出现在林睿身后,"这是……醉拳吧?"

"去你妈的!"林睿回身猛然挥拳,带着开天辟地般的力量,伴着自己鬼哭狼嚎般的怒吼。在拳头击中面前那名军官的瞬间,刺眼的白光骤然迸发,飞射向四面八方,日光灯的光芒都变得黯淡,窗外的夜色也一同被照亮。飞散的流光转眼将林睿整个吞没在一片白色的帷幕中。

"平常心,年轻人……"光幕中那名军官拍了拍林睿的肩膀,林睿一下子失去了浑身的力量,双手软绵绵地垂落下来。

"你做了什么……"林睿惊恐地大吼,但喉咙里只挤出一阵意义不明的咕哝。

"这样就好很多了。"军官打了个响指,光幕渐渐减弱,他们又回到了那条安静的走廊。林睿得以看清这名军官的脸——是那个把他们带进雾区后神秘消失的军官!

"你……你是什么……东西?"林睿慌乱地后退,那名军官微微叹了口气。

"我们没时间慢慢安抚你,孩子。你脆弱得就像个婴儿……现在给我仔细听好了!"他神色一沉,"接下来我说的每一句话,都对保住你的性命至关重要!"

林睿迅速与那名军官拉开了几米远的距离："我凭什么相信一个凭空冒出来的人？你还曾在我们面前化成过灰！"

"这就是我要告诉你的第一件事。"军官平静地说道，"你会觉得我是'凭空'出现或消失，是因为我们对时间与空间的感受不相同。你是怎样理解空间和时间的概念的呢？如果我告诉你，你现在正处在一个与外界的时间线相对独立的碎片时间点里，这里的一切都与现实没有关联，你还认为你所看到的画面是真实的吗？"

"这是什么意思？"林睿愣了愣，"我觉得你看起来就很不真实！"

"我是这个时间碎片的拥有者，理论上，这里是我的庇护所，用来躲避……虚无者的视线。"他直视着林睿，"就像你分析虚无者文明一样——哦，你大概还不知道它们的名字——就像你分析'米粒'一样，它们具有跨越时间的能力，而恰巧，我也同样具有。"

林睿低头沉思起来。这话的信息量太大了，他一时还无法理解。

"你也是……那个什么虚无者？"

"我们同属一个维度的文明。它们在我们的宇宙中像瘟疫一样扩散，我们之间的战争持续了千万年。"军官顿了顿，"我们是清理者。"

于是，在虚无者文明降临二十五小时后，在这一片混乱的时刻，人类再次与另一个来自太空深处的文明展开交流。后来人们依照它们的自称，将它们称为清理者文明。此时的人类还尚不自知，自己所处的世界已经沦为两个外星文明之间生死厮杀的战场。谜底揭晓的那一刻很快就要到来了。此时正处于外星物体降临的第二十五至二十六小时之间，对林睿而言，他正在一个不属于任何一个时刻的独立时间点里，但对于正在陷入战乱与动荡的人类文明而言,属于他们的公元纪年,仅剩不到十八个小时。

"为什么会是我?"林睿感到舌头打战,"为什么会选择最先和我接触,而不是将军,或是营地里某个位高权重的官员?"

"在当时的情况下,我别无选择。这一点,我晚些时候再和你解释。如果那时你还能听到的话。"

"这是什么意思?难道我现在会有什么危险?"

"是我的老朋友。"军官叹了叹气,"他要来接你了。"

"接我?"林睿想到刘宇上尉的话,"是来营救我撤离的小队吗?"

"确实有一整支小队,一个标准的十一人战斗班,装备精良,训练有素。他们已经找到这个时间碎片的入口了。"

"那是不是说明……我现在安全了?"林睿打量着那名军官的表情,听起来刘宇上尉派来的小队已经到达了,可是……"时间碎片"和"入口"又是什么意思?而且来营救他一个人……需要派出一整个战斗班吗?

"和你想的恰恰相反,他们是来杀你的。"军官冷冷地注视着林睿。

"杀我?"林睿感到不可置信,"我发誓我绝没有……"他望着军官咽了咽唾沫,"……和外星人通敌。"

"是吗?现在可说不准了……"军官意味深长地笑了笑,"他们接到的命令是,见到你立即开枪扫射,争取当场击杀。哦,就在我们说话的当口,他们已经来了。"

住院部大门被狠狠撞开,底层的庭院闪动着密集的战术手电光柱,他们在寻找上来的路。那名军官拍了拍手,整栋大楼的灯光逐一熄灭,微弱的月光照在林睿和那名军官脸上,投出扭曲的影子。

"我找到了这栋大楼断电的一个时间点切入了进去。"那名军官解释道，"不过现在的你大概还不明白我在说什么。总之，他们现在只能爬楼梯了。这大概能为我们争取到几十秒的时间。"

"争取时间……做什么？"

"逃跑。"军官大踏步朝林睿走来，为他拉开了身后的一扇门，门后是一个昏暗的楼梯间。

"这里可以直接通往地下车库，那儿有一个出口可以离开这里。"

"可是……他们真的是来杀我的？从头到尾都只有你的一面之词，我怎么相信你？"

"我证明给你看。"那名军官走到窗边，对着窗外大吼道："同志们！我在这里！"

下一秒，他迅速蜷缩起身子，翻滚着越过走廊，躲在一间病房的墙壁后边。几乎是在他蹲下身的同一时刻，一排子弹呼啸着击碎了窗户，碎片漫天飞溅。士兵们开火的火光在黑暗中飞射，照亮了他们巨大而狰狞的人影。

"见鬼……他们真要杀我！"林睿绝望地躲在墙后。那名军官迅速冲上来拉住了林睿："现在我们得改变逃跑路线了。"

"我我我……我跟着你……"林睿两腿有些发软。干了这么些年文职工作，这回在短短一天内几次经历这种出生入死的大场面，回去后和同事们可有得吹了……前提是还有命回去。

"三个三人小组，负责追击和拦截，两人小组控制出口。他们手里大概有热成像仪，可以立即定位我们的位置。"军官咧嘴笑了笑，"它们对你们的战术风格已经非常了解了。"

"老大……你这个时候微笑……是说明我们现在比较安全吗?"林睿心底发怵。

"不,说明我们现在非常危险,闹不好就得葬身于此了。用你们的话说,叫'在抗击外星人的战场上为国捐躯'。"

"那你还能笑得出来?"林睿带着哭腔喊道,"而且你自己身为一个外星生物,有什么立场说这话? 见鬼,你们好像比我们自己还了解我们。"

"因为我们已经来了几千年了。"军官拉着林睿穿过走廊,一脚踹开了眼前的一扇大门。大门后是另一条走廊,走廊尽头,一支全副武装的三人小组已经做好了射击准备。

在枪口的火舌闪烁的那一瞬,军官猛地挥手,整条走廊都剧烈扭曲起来——病房、长椅、日光灯,都开始沿着某个中点做逆时针旋转。林睿忽然分不清自己脚下踩着的究竟是地板还是天花板。尖锐的嘶鸣声从远空传来,那是林睿再熟悉不过的声音了——"米粒"雾区内,每一次异变时都会发出的声音!

"站稳了,这个庇护所里保存了上百年的时间碎片,如果你不小心掉进某个时间点里,我大概也要花上同样的时间才能把你捞出来。"

"这么重要的事……能不能别用'明天吃什么'一样平常的语气说出来!"林睿被这个面瘫脸气得说不出话来。

"这会儿你还在想明天吃什么?"军官扬了扬眉毛。

空间的扭曲持续了十几秒后平静了下来,走廊尽头那三名士兵不见了踪影,连着四周的景物都变得和之前不太一样了:墙壁变成了绿白相间的老式粉墙,日光灯也换成了锈迹斑斑的吊灯,最诡异的是病房上的标签通通变成了日文字符,墙面上悬挂着刺眼的日本国旗。

窗外的景物也发生了变化,庭院与其他几栋大楼都消失了,取而代之的是一片低矮的瓦房,黑夜也变为了白昼。

"这是……什么地方?"林睿满脸震惊。

"还是同一家医院,这是它1939年的样子,二战期间这里是沦陷区。我说了,我保存了上百年的时间碎片,这只是其中一个。"他打开身边的一扇门,门后又是一个楼梯间,"虚无者也能自由跨越时间,它们很快会找来,我们得继续前进了。"

林睿跟着军官奔跑时,心底不由升起一丝担忧——在时间的维度上,人类真的有可能战胜虚无者吗?

隔着厚厚的墙壁,林睿听见什么人的怒吼声和枪械开火声,紧接着军官摁住林睿趴在了地板上,一排密集的子弹几乎是贴着他们的脑袋擦过,在墙面上撕开巨大的弹孔,粉尘与木屑四下飞溅。

"他们找到我们了。继续跑,不要停下。"那名军官猛地站起身,掏出腰间的手枪,对着窗外迅速打空了一整个弹匣,一名士兵哀号着翻倒在空地上。

"他们现在……"林睿望着那名中弹的士兵。

"他们已经不是人类了。"军官冷冷地给手枪上膛。

第二支三人小组从背后追了上来,军官头也没回,只挥了挥手,整条走廊再次旋转起来——这次是呈顺时针旋转,窗外的光影在白昼与黑夜之间飞速交替,瓦房碎裂开来,苏联风格的红砖楼与茂密的槐树拔地而起。林睿这次老老实实地跟在军官身后。经历了一轮又一轮洗礼,今后无论再发生什么事,大概也不会再让林睿感到震惊了。

当空间的扭曲结束时,林睿发现他们已经到达楼底大厅了。大厅一片凌乱,文件与纸条洒落满地,西医药品满地皆是,而且看上去似乎被什么人狠狠践踏过。挂号窗口处摆着厚厚一摞红本,林睿好奇地拿起一本翻看——是《毛主席语录》。

"这是……"林睿张了张嘴。

"1969年。"军官点点头。

"我们要怎么离开这里?"林睿小心翼翼地放下语录。

"我们要回到最开始的时间点。"军官举起手枪,"有一个两人小组已经运动到我们面前了,一旦时间跳跃完成,他们会立即发现我们。"

"我们要怎么做?"

"他们只能定位我们的大概位置,但不清楚我们会从哪个方向出现。我会控制跳跃位置,让我们出现在他们身后。"军官盯着林睿,"现在分配任务,你左我右,你需要帮我争取到至少两秒钟的时间。"他加重了语气,"能不能活着离开这儿,就看这一搏了。"

"我知道了。"林睿嗓子有些发涩。

"开始了!"军官挥了挥手,大厅飞速扭曲起来,满地文件都随之漫天飞舞,时间在此刻变得迟滞而缓慢。流转的光影中,一个持枪警戒的士兵背对着林睿遥望远处,林睿随即不顾一切地朝他扑去。一阵枪响撕破了空气,林睿来不及观察是什么方向的枪声,也不知道子弹究竟击中了谁……那名士兵惊慌失措地转过身,林睿扑上去死死握住了他的枪口,转眼就被士兵踹倒在地,黑色的枪口对准了林睿,林睿感到浑身的血液都在无声地凝固……

砰!第二声枪响,林睿捂着脑袋蜷缩成一团,耳中尽是枪械近距离开火带来的耳鸣,那声音震得他头皮发麻,感觉自己好像已经坠入了地狱。

"起来,我们没时间在这里耗着!"那名军官一把扯住林睿。

"别管我……我中弹了……你继续走吧……"林睿有气无力地哀号。军官无可奈何地瞪了林睿一眼，反手赏了他一耳光："现在清醒点了吗?"

林睿毫无预兆地挨了这一巴掌，整个人从地上猛地蹦起来："靠! 痛死老子了!"

"会觉得痛就没事! 继续走!"军官在他背后踹了一脚。林睿这才看清地上躺着的两具尸体，第一具是胸口中弹，第二具就是举枪对准林睿的那名士兵，被大口径步枪击碎了半边脑袋。林睿胃里顿时一阵翻江倒海。

"这还只是开始。"军官扯着林睿飞奔起来，"打仗就会死人，这一点你必须要开始适应了!"

所有的战术小组都在朝他们合围过来，有人击碎窗户从高层探身朝他们射击，被密集的槐树与庭院廊道阻挡，击落了漫天泥土与枝叶。

"出口在哪儿?"林睿在震耳欲聋的枪声中大吼道。

"就在你脚下。"军官狠狠拍下一块石砖，"这是我的'门钥匙'。"

视线再一次扭曲起来，白色的光幕自天际洒落，他们从枪弹横飞的医院步入了一片漫天白幕的空旷世界。

林睿一头跪倒在地上，开始大口干呕起来，恨不能把整个喉咙都吐出去。干呕过后他干脆转身瘫倒在没有实体的白色大地上，精疲力尽地喘着气，宛如一头刚跑完马拉松的豪猪。

"我不行了……打仗这活……真不适合我……"林睿有气无力地喊道。

"至少你活下来了。"军官蹲在他身边，"你应该感谢我没有杀了你。我刚刚失去了我最好的庇护所，接下来虚无者会大肆追杀我。"

"那可……可够惨的了……我是真心的……"林睿话都说不利索了，"你可以向……向我国外交部提交避难申请。"

"我真喜欢你们的幽默。"军官笑了笑，"有一点我必须要告诉你，从现在起,你,或者说是属于你的时间,就是我的庇护所。"

"什么?!"林睿一下从地上蹦了起来,"这话是什么意思?"

"这个临时的时间碎片大概能维持二十分钟,足够给你上第一课的了。"军官拍了拍林睿,示意他少安毋躁,"接下来仔细听好了。你们最初的分析基本是正确的,虚无者文明对时间的感受是非线性的,它们可以在时间的河流里任意跨越,时间的阻碍对它们而言是不存在的……"

星辰与时间在无声地流转,此时此刻,在时间的某个独立的角落里,一场关于入侵者文明的对话正在展开。在唯一一个人类见证者的聆听下,虚无者文明的起源秘密被初步揭开了一层面纱。

"它们可以轻易抵达你们人类所知历史的开头。"军官竖起一根手指,"注意,只是抵达开始,而不是未来。从你们的星球形成起,直到我们此刻所处的时间点,这个区间内的任何一个时间点都在它们的跨越范围内……

"但它们无法到达未来。

"你可以这样理解:假设时间是一条从山谷中发源的河流,山谷内的一湾清泉就是这条时间线的源头。河流沿着不确定的路线向前奔流,一点一点冲刷前方的土地,将它改造成河床。而虚无者能到达的位置,就是河流的尽头,或者说是河流的最前端。这个"最前端"的概念是相对的,因为随着河流不断延伸,最前端的位置也在不断发生变化。对于虚无者而言,它们不能跳出河流的尽头,只能跟随着它一点点延伸。受限于此,它们不能抵达未来,但是它们可以在已知的时间范围里任意跨越。

"也许说它们无法抵达未来也不准确,因为'未来'对虚无者而言也是相对概念。比如当时间的河流已经流淌到了二十一世纪,而虚无者却仍停留在十一世纪,那么对于生活在十一世纪的古人而言,虚无者可以抵达相对于他们的时间点的'未来'。

　　"我知道你要问,它们是怎么确定时间河流的尽头的? 实际上靠的是它们的容器,也就是你们口中所说的'米粒'。它具有跨越时间的能力,而且它们能计算出跨越的临界值,在那个临界值往后的时间是无法抵达的。看你的表情,我想你大概也猜到了——我们现在所处的时间点,即二十一世纪中期上下浮动十年的区间,就是虚无者时间跨越的临界值,或者说,时间河流的尽头即在此。在这个临界值之后的未来是它们无法预测的……

　　"但它们可以施加影响。还记得我之前说的吗? 时间河流的前进方向是不确定的,它会是笔直向前流动,还是会曲折前进,甚至是拐一个大弯掉头,都是无法预测的,或者说,是文明发展过程中的偶然性与不确定性决定的。你们很不幸,在你们的文明处于刚刚萌芽的阶段时,虚无者就发现了你们。在它们看来,这是一个再合适不过的侵略对象:弱小,自私,残忍,又具有强大的野心……这话你大概不太爱听了……在虚无者看来,对这样一个弱小又多疑的文明施加影响,是再轻松不过的事。

　　"但很黑色幽默的一点是,它们最初不知道该如何消灭你们。别感到不可置信,我是认真的。你们也许一直认为高等文明具有极其可怕的进攻能力,但一切力量其实都是相对的。五维宇宙里的战争武器大多对三维宇宙没有影响,这是让虚无者很无奈的一点。因此很长一段时间里,它们只是充当观察者的角色,看着你们的文明一点一点发展壮大。

　　"但随后它们发现,它们可以借助这个星球本土的力量对你们的文明发起打击,那个力量就是病菌。它们研究人体的弱点,研究刺激病菌增强感染能力的方法,制造出无数种令你们人类闻之色变的可怕瘟疫:天花,鼠疫,禽流感……它们原本不至于产生如此强大的破坏力,但有了虚无者在背后的推动,一切就不好说了。

"在施加了瘟疫的影响后,时间河流的流向变得更加充满不确定性,这大概是虚无者没有想到的。它本以为能够用病菌彻底摧毁你们的文明,进而达到侵略的目的,但它们没想到,你们的适应能力竟然如此可怕……你们的文明在一次次打击中不断变得更强大,在医学领域的巨大进步更是它们始料未及的。这点其实不难理解,虚无者文明只有一个大脑,千万无意识的个体只知道机械地执行命令,它们没有争论,也没有同类间的交流,因此它们的文明内部几乎没有学习与进步的能力。这几千年来,它们可以说从你们人类身上学到了很多:谋略,野心,残忍狡诈,为达目的不计代价……抱歉,我并非是要表达你们的文明只有这些可以学习……我想我们还是暂且跳过这个争论吧。

"时间长河流动到了临界值,也就是现在的时间点。准确地说,此时此刻就是临界值范围里的最大值,今天往后的未来,是虚无者无法预测的——但它们可以施加影响。虚无者文明确定现在可以发起侵略战争。它们可以制造人类无法治愈的疾病,但这次,疾病只是调味剂。它要在你们内部挑动猜疑与争执,让你们各个国家之间先掀起战火,让你们从内部崩溃。这场好戏很快就要开始了。

"啊,我知道了,你肯定想问,它们既然已经了解了人类的全部弱点,为什么不回到人类最弱小的那个时间点去消灭你们,对吧? 不得不说对虚无者而言,这是一个非常合理,也非常安全的策略。真想不到对于毁灭自己的文明,你们居然能想出这么多狠招……啊,我好像偏题了。

"它们不能这么做。依然是时间之河的例子,在河流还没有确定流向的时候,它们可以施加影响,让河流朝它们想去的方向流动;但当河流的流向确定了,它们再试图改变历史,就是在动摇它们自己存在的根基。虚无者虽然可以任意跨越时间,但也是在一定的框架里跳跃的。如果说时间是河流,虚无者就是船舶。假如它们在河流已经确定流向之后,再回到河流上游,试图改变河流的某段流向,那么它们在下游存在的痕迹也会一同被抹去。这是一个奇妙的时间悖论,我观察过你们关于时间旅行的电影,里面也提到过类似的思考:如果你回到过去,杀死了自己的祖先,你还会存在吗? 我想虚无者也会认为这是一个有趣的实验,但它们在这个星球待了数千年,已经和这个星球的历史融为一体了,它们不敢再付出巨大的代价去改变河流的流向。老实说,我倒希望它们这么做,这样我就能定位它们的真正位置了……

　　"是的,它们在临界值时间点出现的只是它们的投影,换句话说,你们现在看到的'米粒'既是它的本体,又不是。这么说可能有点绕了,仔细回忆,你们每次能清楚看到'米粒',是不是都在进入雾区后? 你应该了解过你们国家北方地区的皮影戏——光线将人偶的影子投在屏幕上,假设屏幕表面有一群观察者,它们会认为这个人偶就在自己面前。而实际上要真正看到人偶的位置,就要穿过这层帷幕。虚无者干的就是类似的事,它们躲在你们数千年的历史长河里,不存在任何一个特定的时间点,只是在现在的时间点留下了一个投影。只凭借这个投影,我们是无法找到它的,更不用说击败它了。

　　"啊! 看看你这副面若死灰的表情,现在终于意识到你的对手的可怕了? 现在知道你们的文明正处于全面溃败的边缘了吗?

　　"虚无者几乎监控着整条时间之河,想要不被它们发现,只有制造属于自己的时间碎片。我收集了这个小镇镇属中医院前后近一百年的碎片化的时间点——所谓'碎片化时间',就是这间医院的闲置时间,没有人员使用的空白时间——为自己建造了一个独立的时间线,长久以来躲避着虚无者的探查,直到你忽然出现。"军官冷冷地注视着林睿。

　　林睿仍在大口喘气——这次不是因为疲倦,而是因为惊悚,他的后背已经被冷汗浸透了。清理者描述的故事实在太过诡谲,历史的概念在此刻完全被颠覆。此刻正发生的一切突变,原来早在几千年前就已经注定——这大概是真正的"天意难违"。此时此刻,对林睿而言,全新的世界就在这一片惨白的旷野中无声地诞生了。

　　"我为什么会出现在你的……时间碎片里?"林睿艰难地张口。

　　"我感染了你,现在你也初步具备了跨越时间的能力。"

　　"为什么要这么做?"

　　"原本的计划,我希望能借助一个合理的身份,进入雾区确定它们的位置。要知道,你们两次都能顺利进入雾区不是偶然,是它们开放了空间的入口,它们希望你们能参观它们的神迹。"

　　"外星人也喜欢瞎嘚瑟吗?"林睿心想。

　　"但我计划得太过草率,导致同时引起了你们和虚无者的怀疑,在那种情况下,我只能选择就近进入一个人的时间河里隐藏起来。"

　　"我也有时间河?"

　　"每个人都有,从你们成为一颗受精卵开始,时间河对你而言就开始流动了。我可以在你三十年的时间河中的任意一个时间点隐藏起来,它们要找到我也需要费些功夫。"

　　"二十九年,谢谢! 我还没有那么老!"林睿忍不住反驳。

　　"直到你接了那通电话,那是虚无者用来定位你的位置的方式。"军官低声叹了口气。

　　"非常抱歉……"林睿又蔫了下去。

　　"没事,好在现在还有你,我可以借助你躲避虚无者的搜索。"军官咧嘴笑了笑,露出一副"接下来全靠你了"的轻松表情。

"喂喂,别随随便便就给别人安上这么要命的任务啊……特种部队都要先从小兵开始锻炼起呢……"林睿小声嘀咕着。

"我知道你会抱怨,但我想你大概不会拒绝。"军官笑了笑。

这次林睿没有追问为什么。军官的笑容意味深长,他对人类的了解可能超过了人类自身。

"你知道,在这场两个文明的战争中,一个人的力量简直微不足道。虽然你享受作为一个普通人的平凡生活,但你内心深处还有极强的野心——实际上每个人都是这样。"他直视着林睿的眼睛,"现在,一个可能让你成为救世主的机会就在你眼前,我想聪明人都不会选择拒绝它。"

"是吗?"林睿轻声说道,"你说你的目的是为了消灭虚无者文明,但是你们真的就没有自己的打算吗? 你也不会毫无保留地把信息都和我分享吧? 当然我也不奢求你这么做。和外星人谈判,我还没有这个经验。"林睿想起曹斌,也许那个满脑子阴谋论的小子在这里,会谈得更游刃有余。

"而且有一点你其实还是猜错了。我确实会尽我的努力帮助你,但不是为了什么救世主的野心,也许有时会在梦里幻想过拯救世界的剧情……但我相信每一个英雄最初都不是为了成为救世主而去奋力战斗的。他们,也是有不得不豁出性命去保护的人,有不得不去奉献自己的理由。"林睿回想起自己的同事,自己的家人,最后没来由地想起江乔,那个傻姑娘要是知道她面对着永远无法战胜的敌人,得被吓成啥样? 最后,每一个他认识的人的笑脸都在他眼前流转,让他一点点平静下来。

"所以我不会拒绝。在没有力量的时候,我只能选择袖手旁观。但现在,情况就不一样了。"他鼓起勇气与军官对视,"告诉我,下一步该怎么做。"

"真是个好小伙子。"军官似乎略微卸下了防备,露出了轻松的微笑,"别太着急,现在的你还是什么都做不了,我们需要等待时机——你刚刚说你二十九了? 这个年纪还单身,是不是太惨了点?"

"外星人也会八卦的吗?"林睿被他的神反转噎得说不出话来。

"现在守在你身边的这姑娘就很不错。好好珍惜来之不易的缘分。"军官拍了拍林睿,从平地上站起身,"下一步,和那姑娘好好说说话。你们大概有很多话要说。"

"什么姑娘?"林睿有些糊涂。下一刻,白色的帷幕忽然向着四处晕染开来。林睿感到自己的躯体似乎脱离了引力的束缚,向着天空缓缓飘去,连着自己的意识,一同融入了这片浓稠的白色光幕中。

林睿挣扎着睁开眼,感到脸颊有些发痒。眼前的画面还有些模糊,他隐约能看见一束微卷的长发在他的鼻尖轻晃着。

"谁……在那儿……"林睿张了张嘴,喉咙里发出一阵金属般沙哑的声音。

"是我……你终于醒啦。"江乔握住林睿的右手,"你刚才一直在说梦话。"

意识终于变得清醒了一些,耳边传来细微的嘀嗒声,四周轻微的晃动表示他们正在某种移动载具上——大概是一辆医疗车。待到视线逐渐恢复正常,林睿终于得以看清自己所处的环境———一个狭小的车厢,摆满了各类医疗仪器。一名军医正在车尾打盹,江乔守在林睿身边,看上去疲倦而憔悴。

"这姑娘……是在担心我吗?"林睿忍不住在心底笑了笑。他现在的状态和他最开始的预计比较接近:浑身酸痛,小腿上装着石膏,胸口每一次呼吸都会带来一阵针扎般的刺痛。现在想来,几十分钟前在医院走廊上的狂奔与战斗倒像是上辈子发生的事。

"发生了什么？"林睿声音嘶哑地问道，"我们这是在哪？"

江乔的回答让林睿唯一的一丝好心情都烟消云散："我们……在撤退的路上。就在你出事昏迷过去之后，距离这里不远的一座城市受到了病毒侵袭……"

根据江乔的描述，大约有数万市民被虚无者的病毒感染而进入了某种狂躁状态，不顾一切地朝前哨营地方向发起冲击，负责营地陆地防御的装甲步兵团受命对失控人群进行阻击。阻击战持续了不到一小时，整条防线就全面崩溃了。军区正在紧急调动更多部队进行增援，前哨营地的学者和文职人员需要往更后方进行转移。不单是中国境内，全球十六个降临国，除美国外，都发出了类似病毒侵袭的警告。

"流言已经开始四处传播了。有人说，印度军方为了控制新德里街头的混乱局势，对平民开展了无差别屠杀……现在谣言的传播已经无法控制了，难以想象不知情者看到消息……得吓成什么样……"她将身子蜷缩成一团，"我爸看到新闻……又该唠叨我了，他们得多担心哪……我真是……太任性了。"

"为什么……不和家人联系？报一声平安也好呀。"

"还是电磁干扰……通信都受到影响了……军营里每个人都想和自己的家人联系，但现在我们还不能让自己的情绪失控，不是吗？"

林睿无言地望着面前这个脆弱的女孩，不知道该怎么安慰她。他也有家人，想到他们此时也可能随时处于危险中，他恨不能立刻站起身出现在他们面前，陪着他们直到最后一刻。

"'米粒'呢？它现在在哪儿？"林睿猛然想起虚无者此刻的动向。

"消失了……没人知道它接下来还会在哪儿出现。"江乔抹了抹眼泪，翻了翻背包想找卫生纸，却注意到林睿的目光，微微别过脸，"抱歉，刚才有些失态了。"

"不不，这样……很真实。"林睿虚弱地笑，"别总是一副女超人的样子啦，你的外套下穿着变身服吗？"

"因为不喜欢被别人看到自己脆弱的一面。"江乔也轻笑，"有时候我会想啊，有的小姑娘遇到点事就又哭又闹的，如果没有人愿意来安慰她，她又该怎么办？我想最好的办法就是自己解决问题。"她这么说时脸上认真的表情表示她真的是这么想的。林睿现在相信这是个吃过很多苦的女孩。他呆呆地望着江乔抽动的鼻尖和眼帘，一下有些手忙脚乱："你……要不用我的袖子擦擦眼睛……"他晃了晃自己的病号服。

"见鬼，你他妈在想什么？"林睿在心底骂自己。

"没事了。"江乔平复了情绪，"我抗压能力很强的。"

沉默了几秒，江乔又小声问道："我这么想……是不是太幼稚了？"

"挺好的。"林睿望着江乔清澈的眼睛。

"我很喜欢。"他在心底无声地说道。

郑程远遥望着被甩在身后的防线，神色凝重。他们到底还是抛弃了阵地，可全团仅有不到两百人安全撤离了战场。视线所及之处，冲天的火光与浓烟接天连地地在天际扭曲，黑色的人潮在平原上缓缓退去，在几公里外重新集结。指挥部判断这是对方在积攒新一轮的冲击攻势。全团剩余的战斗力集中在一处，准备做最后的搏斗。趁着短暂的休整空当，郑程远最终下达命令："撤退吧，带剩下的人平安回家。我们已经坚守得够久了。"

对这个命令，各级军官均不置可否。实际上他们已经暂时失去了思考战局的能力，而陷入了某种茫然无措的状态。在他们的有生之年，再没有一场战役，像今天这样令他们刻骨铭心。

近七万人参与了这场规模宏大的阵地攻防战，人群如潮水般不断冲击装甲团的防线，每一次撞击都会留下数百具倒在血泊中的躯体。他们大多不是被击毙，而是被击中大腿或手臂，进而失去了行动能力——但随后他们被自己数以万计的同伴踩踏致死。无论他们如何克制武力，伤亡数字仍在不断扩大，尸体与鲜血几乎铺满了整片大地。

事后在接受军事法庭调查时，郑程远表示，这是一场艰苦而又没有意义的战争。他们是在和自己的同胞作战，而在虚无者的控制下，与自己敌对的同胞数量多到几乎无法战胜。无论是哪一方的牺牲，都是国家惨痛的损失。他指出，当时一旦指挥上出现失误，在新德里发生的屠杀平民的惨案就会在这里再次上演，这是使亲者痛仇者快的最坏结局，他庆幸这一切最终没有发生。

郑程远最后如此陈述："这就是外星文明的战略。它们正是希望通过这样的道德陷阱，让我们陷入内部的混乱。事实上，它们也几乎做到了。想通了这点后，我认为再坚守下去已毫无意义，我只有选择撤退。很抱歉我没能坚守装甲步兵团的荣誉，但至少，我做了我认为正确的事。"

田明瀚从满街废墟中缓缓站起身。此时浓雾已经散去，街道在灼热的火焰中扭动。大批车辆在道路中央交叠成一团，发出一阵刺鼻的焦糊味，绿化带与护栏在钢铁的碰撞中扭曲燃烧。四下充斥着车辆警报声和人群的哭号声，路面上沾满了猩红的血液，在汽油与火舌交织的大地上缓缓流淌，宛如人间地狱。视野中的一切都在燃烧：房屋，道路，车辆……仿佛整个世界都将在这片吞噬一切的火焰中化为灰烬。

"这是怎么了?"田明瀚茫然地在满地火焰中行走,犹如行尸走肉。

"这是怎么了?"他重复道。发生了什么? 为什么大地在哭泣? 为什么上一秒还是一派繁华景象的城市,下一秒就成了一片废墟? 为什么每一个认识的人忽然都像疯了一样互相伤害? 他望了望沾满鲜血的双手——自己,也成了行凶者的一员吗? 这是怎么了? 到底……是哪里出了问题?

田明瀚麻木地向前走了很远,看到了倒在血泊中的齐志。齐志瞪大了眼睛望着灰色的天空,似乎想要发出怒吼,但眼神里早已失去了生命的迹象。田明瀚不知道自己在看什么,他下意识地别过了头。齐志无名指上的结婚戒指刺得他心底生疼。他才新婚不久,大概不到半年吧?

"这是……怎么了?!"田明瀚扑通一声跪在齐志身边,心底的愤怒和茫然交织在一起,让他想放声怒吼,却又不知是为谁而愤怒。只是在不知不觉中,浑浊的泪与黑色的血早已经流了满脸……

"米粒"降临第二十六小时,暴动的人群整齐划一地停止了攻击。他们随后纷纷恢复了正常,意识也逐渐清醒。但接下来,他们将直接面对这片被他们亲手毁灭的和平土地。事后根据官方不完全统计的数据,有至少两千人在这场病毒侵袭中丧生,还有更多人在与军队的对抗中瘫痪、失聪或失明。即使有幸免于难的人,当他们知道,有无数人因这场暴动而付出沉重的代价,有无数家庭因此破裂,有无数年轻的生命因此逝去时,即便这并非他们的过错,但愧疚与自责,将伴随他们的余生,不断地折磨他们的内心。

而这一场改变无数人命运的暴动,不过是整场浩劫的开始。

"白宫依然没有任何声明要发出吗?"唐纳德的电脑已经断网半小时了,

酒店的网络此时正处于瘫痪状态。

他们收到了报社的指令,取消前往密歇根州的行程,留在华盛顿随时接收新的消息。此时他和肯正在第一万次尝试刷新白宫新闻部门的消息页面。

"看来他们是要将沉默进行到底了。"肯愤怒地一捶窗口。

"现在十五国与外星文明的战争正在展开,我们此时保持沉默,到底是在等待什么呢?"

"那帮官僚,手里也许握着什么不可告人的底牌,不到关键时刻不肯轻易示人。"肯放弃了刷新,将一头乱毛揉成了鸟窝。

"战争真的要来了……"唐纳德抬头仰望黑色的云层。大风卷着尘埃呼啸而过,一场大雨似乎在厚重的云层之上酝酿,发出如钟声般的低鸣,有如隆隆战鼓在天际齐响。

"米粒"降临第二十七小时,北京时间十二时整,距公元纪年结束还有十七小时。

张博拜托了各方熟人,请他们尽量多收集一些"米粒"降临地区的消息。他的熟人多是各个货运公司的老总或是司机,他们中有相当一部分人的生意都在动乱地区,自然会密切关注前方的动态。

在所有消息尚不明朗的时候,江源时刻处于坐立不安当中。妻子丢下了医院的工作急匆匆赶回来,却也不知道能帮上什么忙,只能和江源并排挤在一起,眼巴巴地望着苏启年和张博。那眼神看得苏启年心底发怵。

"你先别着急,小乔不是和军队在一起吗?要对咱们的解放军有信心。啊,他们那么多人呢,连一个小姑娘都保护不了吗?"苏启年干巴巴地安慰道。

"刚刚老严打了电话,说动乱的人群好像已经冷静下来了,正在一窝蜂地往回退。"张博放下手机,端起桌上的茶杯灌了一大口,"嗓子都说哑了,可算听到了点好消息。"

"退回去了?"江源仍有些茫然,"那就是说……"

"你家闺女八成没事,那帮人连前哨营地的边都没摸着呢,那么多军队屯在那儿,你当是摆设哪?"张博嘿嘿一乐,"你是没听老严说的那话——他说他这辈子都没见过这么大的场面,足足几公里长的装甲车队,还有直升机啊战斗机啊,漫天飞来飞去,不知道还以为是老天爷在敲鼓呢,哈哈哈……下次见面他还不得铆足了劲和我们吹?"

苏启年打量着张博。这个上午他见到的几乎每个人都是一副世界末日即将到来的阴沉表情,可也许张博这样的人才真正懂得生活的真谛——外星人? 不是还没来吗? 只要人还在喘气,日子不是还得继续过?

江源疲倦地靠在沙发上,妻子站起身理了理裙摆:"我去端两个菜来……今天我们在你这搭个伙成吗?"

"你这是说什么话。"苏启年摆摆手,"你也别忙活了,坐下好好歇着。提心吊胆一上午,我看你俩的魂都快丢一大半了。"

"心里还是不踏实……这事……实在太大了……"

"我就知道,这帮外星玩意儿就没好东西!"江源猛地一拍桌子,"老苏你还不相信,现在你倒瞧瞧看,这帮人和当年的列强有什么差别……"

"我琢磨着也是这个道理,人家千里迢迢跑来地球,不是为了侵略,还能是为了什么?"张博附和道。

"唉……现在说这些都没意义了……没准明天一觉醒来,街面上已经枪炮横飞了……"苏启年颓然地倒在藤椅上。

"日子还得继续过!"这是张博时常挂在嘴边的名言,"我相信咱们国家有这股韧劲,我们什么强大的敌人没见过? 他们可能也有不可一世的时候,但转来转去这么多轮,最后的胜利还是属于人民。"

"老张……有时我真挺羡慕你的……"苏启年苦笑道,"真希望每个人都能有你这心态……那样局势还不至于变得太乱……"

街道上传来密集的车笛声,每个人都在拼命按喇叭,为了抢先离开街道他们甚至可以大打出手。街道上背负行李的人络绎不绝,火车票和长途车票都售空了,每个人都在往离降临区更远的地方逃离。

"抱歉今天早上脾气冲了点。"江源向张博道歉。

"唉,都这会儿了,谁还计较那点事……"张博摆了摆手。屋子里一下变得有些沉默。

"听听新闻吧。"江源妻子起身打开了电视。

电视里正在播放最新的特别新闻。不同于之前的特别新闻,直播间的背景与长桌都刷成了刺眼的红色,主持人的神色也异常凝重。屏幕上没有其他新闻滚动了,所有的信息窗口都用来报道正在发生的动乱。

以下是特别报道的内容:

"……谈判结束后,谈判小组整理了已知的关于外星文明的信息——它们来自第五维空间,生命形态为简单的细胞生物,但却拥有高度发达的文明。它们有一个共同的大脑,负责控制所有的个体,社会结构与人类截然不同。它们自称为虚无者。在刚刚结束的×市动乱中,正是虚无者释放的生物武器在背后推动。被虚无者感染的民众会成为它们万千无意识个体中的一员,只接受虚无者主脑的控制。在今天早些时候,陆军某装甲团对失控人群进行阻击,防止他们对附近城市与居民造成伤害,有近三千人在这场冲击中丧生。截止到目前为止,失控人群已经主动退回城市,局势正初步得到控制……

"国务院在半小时前公布了虚无者文明对人类提出的条件:第一,人口集中。将全世界全部人口有组织地集中在十六个降临国附近区域。容纳范围以降临点为圆心,半径两百公里为保留区;五年内,十六个保留区内必须集中全世界所有人口。这个迁移计划可以延期二十年执行,与第二个条件的实际进展相结合。

"第二,少量迁移计划。虚无者文明允许有能力制造光速飞船的国家迁离地球,携带少量人口去往太空深处。当太空舰队建造完毕时,人口集中计划就要开始执行。虚无者为流亡太空的人类指定了七点五光年以外的一颗类地行星,那儿将作为人类文明在地球以外的保留地。虚无者将在迁离地球的人类身上注射隐性病毒,这种病毒会延续到自己的后代身上,至少在三代之后才会逐渐衰减,保证人类至少在几代以内不会回到地球向虚无者复仇。

"虚无者表示,如果人类答应这两个条件,虚无者将不会向人类文明发起全面攻击。如果全面开战,它们可以在一小时内控制超过数千万普通人,在全球范围内制造动乱,同时释放迄今为止人类已知的传播速度最快、症状最恶劣的全部病毒。和平与毁灭的选择权,实际上掌握在人类文明自己手里。

"国务院对虚无者文明的无理条件提出了严正抗议,人类绝不能接受这样的侮辱。除美国以外,十五个降临国的意见保持了一致:人类绝不能接受被殖民与奴役的要求。但出于为亿万普通人的生命与财产安全考虑,十五国代表将会进一步与虚无者代表进行谈判……

"这是人类文明生死存亡的时刻,全体人类共同接受来自外部文明的威胁,此刻正需要内部的团结,社会秩序的稳定。即日起国家将实行战时应急状态,金融行业将暂停业务,交通系统将优先供应军队运输。网络信息将被全面管制,禁止一切谣言传播,国家将统一发布最新消息与通知,请大家时刻留意新闻频道的各个官方平台。医疗系统将进行调整,将成立专门的病毒控制部门,一旦身边发现有人疑似被外星病毒感染,立即上报最近的市级医院,病毒控制部门电话将在屏幕下方放出……

"战时状态在未来会持续升级,直到双方谈判结束,或虚兀者文明最终被消灭。党和政府会全力保障全国人民的正常生产生活秩序,人民军队将时刻待命,为保卫国土与人民的安全而奋战。中央下发文件,要求党员在危急时刻,务必在社会各界起到带头作用,响应战时政策,维护社会秩序,捍卫人民权益……

"危难当头,我们号召大家,同仇敌忾,团结一心,为夺取最终的胜利而贡献自己的力量……"

这一刻,每一个守在屏幕前聆听消息的普通人,心底都泛起了一个共同的想法……

田明瀚这么想着。

林睿、江乔这么想着。

曹斌、章远、刘文选这么想着。

苏启年、张博、江源这么想着。

吴文斌和郑程远也这么想着。

他们的想法汇聚在一起,形成了无声的呐喊,仿佛是向和平、繁荣的旧时代的告别,对混乱与崩溃的新时代的畏惧——

"巨变的时代,很快要到来了!"

第五幕

公元纪年的倒计时(上)

外星物体降临第二十至二十七小时,东部时间十七时至二十四时,密歇根"回旋镖"前哨营地。

罗德森仔细整理了着装。黑色条纹的登喜路领带,搭配丝质白色内衬衣,定制西装。Portuguese Chronograph(葡萄牙精密计时)系机械手表,玫瑰金表盘,简洁不失大气……罗德森立誓要在外星访客面前展示他与众不同的气质与魅力。

他是临时受命前往与虚无者文明交涉的,具体缘由是因为他的导师向军方推荐了他,导师形容罗德森"在言语交际与谈判学的领域,是我十年来带过的最优秀的学生,有古希腊雄辩家的风采。如果他早出生一个世纪,也许能说服希特勒放弃发动二战的企图"。

对于导师如此高度的评价,罗德森不由得感到受宠若惊,一飞抵军营就赶忙当面去向他的导师表示谢意。

"不用谢我,去做你该做的事。"导师看上去无比疲倦,目光也空洞无神,"我了解你,像你这样有野心的年轻人,可以用利益去衡量一切得失,不会被其他情绪困扰,这是你的优势。"老人吞下几粒药片,"也许是我太老了……有些事是我无论如何也不能接受的……"

罗德森很快理解了导师的态度。军方将虚无者向全世界提出的条件给罗德森看过了,即使在做好了心理准备的前提下,他依然感到愤怒与屈辱。不战而降从来不是美利坚合众国的传统,伟大的美国从来都是要在强敌面前血战到底的……至少他们对外输出的价值观是如此。

但观察在场将军们面如死灰的神色,罗德森隐约猜到,对方可能已经占据了战略上的绝对优势,我方只能被迫接受协议;不然就是我方对战胜敌人有绝对信心,此时只是通过谈判来进行战术欺骗。但就目前虚无者对全球同时发起打击,官方却一丝态度都不敢对外界流露的态势来看,后者的可能性微乎其微。

他在虚无者降临第二十小时进入雾区。陆军工程团围绕雾区修建了一圈隔离网,只在面朝前哨营地的方向开设了一个出入口,还要经过层层安检审核。罗德森知道这些防御不是为了阻止里面有什么东西出来,而是担心外边有什么人溜进去。按照将军的说法,他们更担心"我方有意外举动导致这帮外星强盗有借题发挥的机会"。话说到这个份儿上,罗德森大概有了底。虚无者降临第二十至二十七小时,他一直和军方代表待在雾区里,仅有指挥中心的将军们通过实时监控了解他们的谈判内容。与罗德森谈判的对象则是最开始被感染的那名美军大校。感染二十余小时后,那名大校已经没有多少人类体征了,四肢变得干瘪,头部却变得格外肿大,倒像是抽象动画里的人物。罗德森一见他就感到强烈的不适。

在长达七个小时的谈判过程中,罗德森的世界观一再被洗刷,对方魔法般的强大科技给他留下了深刻印象,很快他就和那帮忧心忡忡的将军一样,对人类能够在这场战争中获胜不抱有太大期望了。他甚至庆幸,外星文明愿意与他们进行谈判而不是先发起战争。实际上，在经历了几年前的衰萎病肆虐的打击后，美国的国力大不如前，倘若此时再经历一场全面战争，伟大的美利坚合众国可能真的要终结它骄傲的历史了。

"关于这点，我们有必要声明——衰萎病，就是我给你们的测验。"被感染的大校嘶嘶说道，有如撒旦的低语，"我们想知道，人类文明中自诩最强大的国家，在一种你们已知的医学无法治愈的病毒面前，会如何应对。事实证明，这是一个很有意义的实验，我们看到了这个国家的应对能力与战争潜力，正因如此我们才选择与你们合作。但为了防止意外发生，我们针对衰萎病产生的效果，为它精心调制了升级版本，传播途径更广，发病速度更快——我的意思是，希望未来，我们不会有在这片土地上使用它的机会。"

罗德森不由得感到寒气直冲脑后。那场席卷全国的疾病也带走了他很多朋友的生命，那段四处出席葬礼的岁月一度令他濒临崩溃。有那么一段时间，他几乎以为世界末日降临也不过如此，但现在却有人跑来告诉他，那些你们无法治愈的病毒只是我养的小宠物……最初的寒意过后，罗德森只感到一阵几乎要从胸腔喷薄而出的恐惧……与愤怒。

"先生，东方有句关于兵法的谚语，叫'能战方能止战'。你们会优先选择与我们谈判，必然是不希望双方爆发战争。换句话说，即使在你们有把握战胜我们的前提下，你们依然希望能和平解决，也许是因为与我们开战会使你们至少蒙受一定程度的损失？"罗德森竭力维持己方的尊严，"我们感谢你们为和平做出的考虑，我们也愿意为此进行和谈，但恕我直言，你们提出的是有计划地灭亡人类文明的条件，我们能平心静气地就这些条款进行讨价还价，已经是给人类文明脸上蒙羞了。倘若你们依然要不依不饶地进行威胁，我们也只得选择与你们开战。"罗德森的话让后方的将军们听得脸色煞白，但罗德森身边的军方代表却隐隐流露出赞同的神色。他们宁愿战死,也不愿被侮辱。

"我们确实很重视自己的生命,但有些时候,有些事,我们会看得比生命还重要。"罗德森最后如此说道。

那名大校沉默了一会儿,似乎他背后的操纵者也需要思考该如何回应罗德森"突如其来"的强势,也许在虚无者的角度上,它只是陈述了一件再平常不过的事。半晌,大校微微点了点头:"我其实仅仅是阐述事实,并没有威胁或宣战的意思。也许言语中有冒犯的地方,我愿意为此道歉。但我不希望因为这点不愉快而打断我们的谈判进程。先生,我想我们还是继续之前的话题吧。"

数万人的惨死被一句"这点不愉快"的形容一笔带过……罗德森内心的愠怒再次增长,但他立即压制住了自己的情绪。在绝对的实力差距面前,弱势的一方总是不具有话语权。这一点,昔日里纵横世界的强大的美军自然深有体会。只是讽刺的是,这一次,弱势的主体发生了掉换。罗德森忽然理解了导师的心情,他想到了临别前导师的那句话:"也许是我太老了……有些事是我无论如何也不能接受的……"

但罗德森可以接受。他这些年以谈判顾问的形式接触过无数见不得光的案子,见过形形色色的委托者:华尔街的证券投资人,律师事务所不愿接手的麻烦原告,政客们笼络民心的代言者……见过毫无底线的交易,也见过交易表面冠冕堂皇的口号,了解了所谓"太阳底下没有新鲜事"。任何事都可以被标上价码用来交易或出卖,无论是肉体,还是灵魂,甚至是一整个世界,只要出价的一方给出的筹码足够诱人……或是足够强势。

虚无者为美国提出了一个极具诱惑力的方案:当太空舰队建造完毕时,当保留区人口集中基本完成时,虚无者许诺将美国作为它们统治全球的代言人,保留一定的武力与科技,届时伟大的美利坚合众国将在外星文明的支持下,稳坐全球唯一霸主的席位,再无人可将它撼动。这就是出卖尊严的价码,听起来回报丰厚而划算。

因此谈判得以继续进行。接下来他们就保留区的划定和太空舰队的技术细节进行了讨论。就在他们设想未来虚无者统治下的世界格局时,其他十五个降临国与虚无者之间的战争正在轰轰烈烈地展开。而罗德森,及所有参与谈判的军官与官员们能够对外界保持绝对沉默的底气,都来自虚无者的一句保证,或是一句预言——

"所有国家的抵抗,都会在明天的落日到来之前结束,没有例外。"虚无者在说这句话时语气毫无起伏,仿佛是在叙述一件再平常不过的事,而这句仿佛穿越了时间、预见未来的笃定判断,令所有听到它的人都不寒而栗。

谈判中途休息时,一名军官前来和罗德森握手:"你创造了历史,先生,虽然不见得会是好的……但我们会记得你所做的贡献,和你所展现出的无与伦比的勇气。"

"我只是尽我的职责。"罗德森厌倦了这样的官腔,"最终的决定还是要由那些大人物去做出。现在想想,我之前一直沉浸在自己无所不能的幻觉里,是多么可笑的事……"

"今天之后,很多人的想法都会发生改变。"那名军官的神色也有些复杂。

"我不知道那些大人物会怎么决断,但我现在只有一个想法。"罗德森回头望着浓雾中那片巨大的阴影,"我的后代,无论如何也不能留在这颗星球上。他们一定要登上那艘流浪太空的飞船。哪怕是死,我的后代们也要有尊严地死在通往自由的路上。"

外星物体降临第二十八至二十九小时,"米粒"雾区以北三十公里,前哨营地临时驻扎点。

神经外科的医生们对着显示屏面面相觑。他们刚刚对前线送来的二十具尸体进行了颅内检查,发现他们左半脑无一例外都出现了一团矿泉水瓶盖大小的肿块,直接附着在大脑表层,并伸出无数丝状物连接大脑神经。医生们推测这大概就是虚无者控制人群的方式。躺在这里的二十具尸体,都是一个小时前在装甲团防线上与军队进行过殊死搏斗的普通人,他们身上密集的枪伤令在场医生感到不可思议。看上去他们像是在身中十余枪的情况下依然坚持向防线发起冲击。医生推测这也许是他们大脑里那个肿块的影响,它大概会阻断身体接收到的痛感信号,让感染者保持麻木,只顾向前冲锋。只是虚无者究竟是如何在短时间内同时感染上万人,而病毒又是如何传播的,那个肿块是如何形成的……这些都尚是未知数。最关键的,也是最令人不安的一点是,下一次会是什么时候?

"啊!"一名实习医生发出了一声惊叫,手里握着一份刚取出来的头部扫描图。所有人下意识地朝他那边望去——不过是一份脑内肿瘤图,这样的图他们已经见过二十张了。医生们对这个年轻人的慌乱感到不以为意。

但随即有人意识到有什么地方不太对劲——二十张检测图都在这里了,那这名实习医生手里拿的又是什么?

"这是……一个头部被流弹击伤的士兵的扫描图……"那名医生声音在颤抖。

"你能确定,他没有在现场被那些奇怪的雾气感染吗?"有人大声质问。

"他的战友可以为他做证……他们说这名士兵在中弹前一直和他们并肩作战,并没有出现失控或其他异常现象……"实习医生话里带着哭腔,"我也不知道这是怎么了……"

"立刻给所有伤员进行头部扫描检查!"神经外科组的组长立刻反应过来。

临时营地的医疗设备有限,神经外科组随机检查了十名士兵的颅内神经状况。二十分钟后,检查结果出来了。当士兵们的颅内图像在显示屏上缓缓刷新的那一刻,空气都变得凝固。

十名士兵颅内,都出现了那块肿瘤。

"立刻将所有信息上报给指挥部!"组长感到自己的冷汗在止不住地涌出,"同时立刻隔离所有参与过阻击战的伤员,病毒……可能扩散了!"

同一时刻,营地另一端,林睿正在不安中等待吴文斌少将的到来。出于谨慎考虑,林睿并没有立刻将清理者的事与江乔或是其他人分享,而且林睿潜意识里也不希望把这个单纯得令人心疼的姑娘拉进这场战争里来。因此车队到达临时营地后不久,林睿就委托护送的宪兵,将他希望会见吴文斌少将的请求传递上去。林睿为此已经做好了心理准备:当高层知道他身体内还潜藏着另一个外星文明的代表,并且这个代表还是与虚无者文明有多年世仇的死敌时,他一定会被作为战略筹码严密保护起来,也许人们还会在他身上做各种人体实验,就像电影《异形》里的情节一样……当然林睿可不希望自己肚子里会钻出什么外星虫子……

他已经打定主意,要让自己成为两个文明之间交流信号的传达者。独自拯救世界这样的重担他承受不起,也不敢不自量力地去承受。只是一想到从此以后,再见到江乔的概率可能会变得十分渺茫,林睿就会感到莫名的悲伤。他们才认识不到两天,却感觉像是认识很久很久了。他盘算着在将军把他带走之前,要不要和江乔做一个正式的道别。

女孩此时正在长椅边打盹,她大概太疲倦了,这十几个小时经历的事已经使她心力交瘁。林睿悄悄收回目光,转眼打消了告别的想法。那感觉太糟糕了,仿佛此行将会是永别。

还会有再见面的机会的,一定会有的……林睿在心底想。不过再见时,也许就是胜利后了吧?那时我能以什么身份去见她呢?同事?战友?跟着他忽然眉飞色舞地挑了挑眉毛——也许可以是……为人类战胜外星侵略者做出杰出贡献的英雄?啊哈,想象一下,英雄在胜利的歌声中威风凛凛地凯旋,温柔似水的姑娘守候在黄昏的地平线,在逐渐消散的夕阳中拥抱那个风尘仆仆的男人,最后在磅礴的背景音乐中出字幕什么的……活脱脱一出感人至深的史诗大剧嘛!

长椅旁的女孩忽然"扑哧"一声笑出来,林睿被她打断了思路,好奇地仰起头去看她。

"抱歉抱歉。"江乔躲开了林睿的视线,仍是止不住地笑,"我不该偷看你发呆。"

"什么?"林睿有些茫然。

"你的表情……就好像一个等着大人发糖吃的孩子。"江乔擦了擦眼泪,"一会儿满脸悲伤,一会儿咧嘴傻笑,一会儿忽然变得很严肃……"

林睿想象着那个画面,不由得想要捂脸……但双手只是软绵绵地在原地挪了挪,一丝力气都用不上,最后林睿忍不住也加入了女孩抑制不住的轻笑中。

"只是想到了一些很复杂的事。"林睿好不容易止住笑。

"我想也是。"江乔话里仍含着笑意,眼底渐渐泛起一层雾气,像是一潭棕色的湖水,倒映着整个宇宙。林睿为她那一瞬间散发出的神秘与迷人的气息所倾倒。

完了。他见过了世界上最美的眼睛,他也许此生都不会再忘记它了。

江乔注意到林睿忽然安静,也渐渐止住笑。他们就如此平静地对视,仿佛时间在此刻静止,又仿佛光阴在此刻飞逝。林睿感到自己的意识仿佛都坠入到了女孩深不见底的湖水中,他向着深处坠落,一整个银河在他的背后流动,在女孩的眼底倒映出璀璨的星光……

"别一副痴呆的模样看着我。"军官的面瘫脸忽然出现在林睿面前,击碎了林睿所有的幻想。

"见鬼,你怎么忽然冒出来了?"巨大的落差吓得林睿险些没站稳身子,随即他发现自己又站在那片白色的光幕里了。

"我一直在你的时间河里。刚刚去拜访了你的童年时代,只是那时的你还不认识我。"军官面无表情地说道。他已经换下了那身军官服,不知从哪找来了一件古老的白T恤和花裤衩,T恤上还印着写意的"男儿当自强"笔墨画……这副打扮如果扔进人群里绝对是一分钟就找不到人影的主。

林睿开始回忆自己的童年时期,是不是见过这么一个毫无波澜的面瘫军官,随即林睿想到自己在二十年前已经被一个外星生命暗中注视着,不由得感到浑身不自在。

"这种事可以不用与我分享。"林睿嘀咕道,"你来得正好,我正要告诉你,我一会儿要去见这个营地的最高长官……"

"我已经知道了。"军官冷冷地打断了林睿的话。

"怎么了?"林睿注意到军官神色有些阴沉。

"麻烦来了。"军官沉沉说道。

林睿的时间线，二十一年前，二〇××年九月二十七日。

军官穿过熙熙攘攘的公园。八岁的林睿正在远处的草坪上放风筝，动作全然不得要领，印着红色超人图案的风筝被他在草坪上一路拖着跑，不像放风筝倒像是在遛宠物。

"这个孩子和长大后完全是两个样子。"军官注视着小林睿微笑。

这是一个一切巨变都还没有发生的年代。北方的沙漠化趋势才初现端倪，遮天蔽日的沙尘暴要在十年后才会成为常态。酸雨和超级雾霾并没有二十年后那样严重，衰萎病也没有在遥远的大陆上肆虐，这时大概是人类文明最后的黄金时代。

军官闭上眼享受着初秋的阳光。银杏叶打着旋漫天飞舞，微风拂过湖面吹向远方。老人在湖边的石桌上摆开了棋子对垒，秋游的学生们聚成一团在长椅上打电子游戏。空气中满是阳光与平静的味道。有时他会忘记自己不属于这个世界，而是感觉自己就是这个世界里的一名普通的上班族，下班后路过这片小小的公园，在树荫下小憩一会儿，享受难得的闲暇时光……

他警觉地睁开眼。小林睿已经跑出很远了，他必须跟上那个孩子的脚步。他在时间河里的活动半径是有限制的，他不能离时间河的主人太远。

而且在刚才短暂的走神中，他感受到人群中有一道阴冷的目光正在注视着他，如果他的感觉没有错，那很可能就是来自古老故人的问候。

军官走上石砖小道，小林睿正在远处收拾着缠绕成一团的风筝线。军官远远注视着他，同时留意着四周的动向。这个时代按理说不会有虚无者出没，但……总归是谨慎为上。

可是军官的反应终究还是慢了一步。小林睿解开了风筝线后开心地向前奔去,在向着前方跑出几米后,忽然消失在了面前的空气中,他所经过的地方留下了类似船舶划过水面的痕迹,在穿林的大风中缓缓扩散。

"见鬼。"军官停住脚步。他意识到自己现在已经在虚无者给他布下的时间囚笼里了。他迅速找到附近一块花岗石,以它为掩体隐蔽起来。很快他观察到,这是一片有范围的空间,半径大约五百米。时间在这里是不断循环的,上一时刻经过他面前的游人,在穿过这片循环空间的边缘后,又会在另一头重新出现。

"老朋友,几千年过去了,你对我的感情还是一如既往的深厚。"军官从鼻腔里挤出一声冷哼,猛地从岩石后边探出身,掏出腰间的手枪,对着远处的灌木丛接连开火,做火力压制前进。游人对时间和空间的感受与军官不同,因此他们不会对这阵突然的枪击产生任何反应。平静的景色仍在,只是因为虚无者的介入变得极具讽刺意味。

"来啊,老朋友,你不是找我找了很久了吗?"军官射空了一个弹匣,迅速更换了一个新的。灌木丛后边一个抽搐的人影倒在地上,身上的宪兵装束显示他来自二十年后的前哨营地,而能被军官的子弹击中则意味着这也是一名受虚无者控制的感染者。

"这份见面礼还喜欢吗?"军官冷笑。四周的空气泛起了一阵涟漪,游人再次往来如织,空间循环的限制正在崩塌。

"好……"那名垂死挣扎的宪兵嘶哑地咳出了这个字。

"期待下次见面。"军官冷冷地射出了最后一颗子弹。

此刻,清理者时间线,时间碎片内。

"情况大致是这样。你的时间线里也开始有虚无者介入了。"

"见鬼,它们怎么会来得这么快?"林睿脸色也变得很难看。

"那名感染者,就是负责替你联络你的上级的宪兵。他几乎第一时间就注意到你的时间河有不对劲的地方……这么说吧,既然你会第一时间想到联系你的高层,那么你凭什么会认为,我会没有想到这一点?"

林睿愣了愣,很快意识到自己似乎做了一个错误的决定。

"你不想在人类高层面前暴露自己的身份?"林睿试探着问,"我只是联系了吴文斌少将,但还没有向他汇报任何消息。"

"结果都是一样。"军官叹了叹气,"我无意责怪谁,你会做出这个决定也是情理之中……只是我没想到,它们已经感染了这个营地里的大半士兵……"

"什么?"林睿感到心跳漏了半拍。

"虚无者的感染是有不同的级别的,最低等的一种,你已经见过了,就是使大批普通人失去意识而任它们摆布的病毒,我把它称之为第一级感染。第二级感染者则初步具备了和虚无者类似的体质,对时间河的感受进入了它们的层次,与你的情况类似。在二级感染状态下,我在时间河里的隐藏痕迹已经可以被它们发觉了。在我们最初收集到的信息中,虚无者要对人类个体完成二级感染,至少需要一周以上的时间,而且有很高的失败率……但现在,它们的技术显然进步了。"

"你的意思是……"林睿隐隐有了预感。

"那名执勤的宪兵,在你醒来之前,一直在帐篷门前站岗。天知道他对你观察了多久……总之,我们的位置暴露了。虚无者很快会对我们动手。"

"对我们动手? 在这军营里?"

"还没想明白吗? 这整个军营已经几乎被它们感染遍了,只要它们想唤醒潜伏的病毒,我们身边的每一个人都可能成为敌人。"

"那我们岂不是……深陷敌营里了?"林睿愣住了,"见鬼,我们又要被自己人追杀吗?"

"看你怎么定义'自己人'了。"军官忽然望向远方,"你运气不错。现在有一个真正的'自己人'找上你了。"

"什么意思?"林睿又是一愣。

"意思是,你可以借他的帮助,离开这个军营。"

面前的白雾缓缓散去,女孩精致的面庞渐渐变得清晰,林睿意识到时间仍停留在他与江乔对视的时刻。

"我该回到我的岗位上去了。"江乔收回目光,脸颊泛起一层红晕。

"等等……"林睿下意识地想留住江乔,却又不知道该说些什么。

一阵令人煎熬的沉默。

"江乔,林睿。"一个大大咧咧的声音远远传来,打破了沉默的空气,曹斌一把掀开帐篷钻了进来,"我就知道你们俩窝在一起呢。"

"曹教授?"江乔愣了愣,"你怎么知道我们在这?"

"军医告诉我的。"曹斌将视线移向林睿,咧嘴一笑,"我来看看我们大难不死的林技术员。我就知道,你小子运气真够好的,我们江技术员当时可是拼着命把你背回来的。"

林睿一下愣住了,这点他从没听其他人说起过。他下意识地望向江乔,后者脸颊上的红晕更浓了,声音也有些慌乱:"当时情况危急,换谁都会这样做的。"

"啊哈,说的话都和林睿背你时说的是一样的。"曹斌扬了扬眉毛,嘴角挂着坏笑,江乔则有些恼怒地别过头不说话了。

"谢谢……"林睿忽然轻声说道。

"没事……"江乔轻声回答。

曹斌望望江乔,又瞧瞧林睿,挠了挠头:"我……我的车还在等我呢,我就是来看看你们俩,没什么事我就先……"他竖起两根手指比了一个步行的姿势,林睿头一次见这位自诩严肃的物理学家做出这样孩子气的举动,不禁莞尔。

"请等一等,曹教授。"林睿喊住了曹斌,"接下来你要去哪?"

"继续往后撤离。"曹斌摆了摆手,"少将命令所有的学者暂时离开前线,撤往更安全的后方……尽管没人可以保证什么地方是绝对安全的。所有学者和技术员是按照各自所属单位分别撤离的,来接你和江技术员的车队应该很快就会到达。"

"我大概等不到那个时候了。"林睿在心底嘀咕。他犹豫了一会儿,对曹斌说道:"你能不能……带我上你们的车队?"

"带上你?"曹斌愣了愣,"可是……你现在这个状态,怎么和我们的车队走?医生刚刚还说要把你转送到最近的医院静养。"

"我觉得我已经好多了。"林睿挣扎着支起身,"我有……不得不立刻离开营地的理由。"

"什么理由?"曹斌意识到林睿并非在开玩笑,神色也变得严肃。

"江乔,你能不能帮我们看看附近有没有可疑人员靠近?"林睿转头对江乔说道。

"什么人会是可疑人员?"江乔顺从地走到帐篷边。

"任何配枪接近这顶帐篷的士兵及军官,都在这个范围里。"林睿低低说道。

　　江乔和曹斌都被林睿的样子吓住了。曹斌冷冷注视着林睿:"你在说什么胡话?"

　　"相信我,曹教授,在过去的几个小时里,我经历过的事绝对超乎你的想象。我无意中知道了一些秘密,而很不巧,那些想隐藏这些秘密的人会不择手段地将任何知情者抹杀。"

　　曹斌观察着林睿的神情,像是在打量一个怪物。

　　"证明给我看。"曹斌说道。

　　"暂时无法证明,时间也不允许我证明。"

　　"那我不能因为你的只言片语,就违反这个营地的军事条例,万一出了事谁来负责? 要知道我们现在正处于战争状态!"

　　"正因为是战争状态,很多事就不能按照以往的经验去分析。"林睿有些着急,虚无者操纵的士兵很可能已经在赶来杀他的路上了。

　　"抱歉,我不能帮你这个忙。"曹斌冷冷回绝了林睿,"我想你需要好好休息一会儿……"

　　下一秒,曹斌忽然瞪大了眼睛愣在了原地,像是看到了什么令他难以理解的事物。林睿朝曹斌的视线望去,那儿什么也没有。林睿不知道他这是在闹哪一出,眼下他也没时间在这里干耗下去了,他忍不住焦急地高喊道:"曹教授? 曹教授!"

　　"啊!"曹斌回过神来,慌乱地四下扫视着,"你……刚刚看到了吗?"

　　"看到什么?"

　　"白光……忽然冒出来的一片白光……还有那个奇怪的男人!"

　　"白光?"林睿隐隐猜到了些什么,"那个男人胸口是不是还印着一句土气的'男儿当自强'?"

"对……"曹斌的神色渐渐镇定下来,注视林睿的眼神也变了一层含义,带着莫名的茫然……与敬畏。

"他和我说了一些关于时间的事。"曹斌眯起眼睛,"看来,你也已经见过那个人了。"

"是的。"林睿平静地点点头。

"在他的能力范围里,外界时间的流逝,会变得相对缓慢?"曹斌神色忽然变得有些兴奋,"我确定我至少和他交谈了二十分钟。"

"是这样。"林睿有些哭笑不得,"所以……他有没有告诉你,我们现在的状况很危险?"

"提到了!"曹斌一拍后脑勺,"看来不能把你扔在这个军营里了,我还有很多问题要问你呢——"

"林睿,有一队士兵正在朝这里靠近。"江乔探进头来。

"我们必须得走了。"林睿脸色一沉。

"我们得带上江技术员。"曹斌指了指江乔,后者愣了愣,连忙追问到底发生了什么事。

"不行,这事和她原本就没有关系,不能把她拉进来。"林睿拔掉手臂上的输液管,艰难地坐起身,感到全身每一根神经都在向外拉扯,"妈的,真疼!"

"到底出什么事了?"江乔上前扶住林睿,"你现在还不能做剧烈运动。"

"那个人说,她已经不能置身事外了。"曹斌也有些不解,"谨慎起见,我们不能把江技术员一个人留在这里。"

"不能置身事外?那是什么意思?"林睿被胸口传来的撕裂般的疼折磨得几乎无法思考,"清理者……它向我隐瞒了什么?"

"清理者是什么?"曹斌追问道。

"别他妈问问题了！现在不是讲学术的时候！"林睿忽然放声大吼道，"再不离开这里，咱们任一个都走不了！"

物理组的车队就在林睿的帐篷附近，曹斌以公主抱的姿态抱着林睿穿过帐篷到车队的空地，江乔用一大团棉被盖住了林睿，远远看去曹斌倒好像抱着一具尸体。

"这样目标会更明显吧？"林睿被这俩货的脑回路气得说不出话来，但却无力反抗，只能眼见曹斌一把将自己从床上揽起来，江乔则慌慌张张地用棉被盖住林睿全身。理工科的思维果然够简单——你看不见我怀里抱的是谁，你就不会怀疑我了。林睿现在绝望地相信自己很快将葬送于自己的两位好队友手上。

一队全副武装的士兵急匆匆地从远处奔来，似乎是赶着去与什么敌人作战，带着杀气腾腾的气势——林睿的心几乎跳到了嗓子眼……接着士兵们纷纷与他们擦肩而过，忽视了怎么看都十分可疑的三人组，一头扑进了林睿的帐篷里。

"感谢虚无者更简单的头脑。"林睿在心底画着十字，透过棉被的缝隙，林睿看到物理组的车队就在自己眼前了。

"最后一段路了。"曹斌低声说道。

"知道了。"林睿闷声闷气地回答。

"我必须得说……你真的很沉……"

"那是因为棉被增加了重量！"林睿毫不客气地反驳道。

一阵尖锐的呼啸声撕裂了空气。在巨大的火花绽开之前，曹斌几乎能看清驾驶座上的同事不耐烦的表情——下一秒,一枚黑色的单兵火箭筒炮弹击中了车辆。转瞬之间,冲天的火光拔地而起,灼热的气浪掀翻了所有站在车辆附近的技术员,曹斌也被气浪掀倒在地,怀里抱着的林睿在巨大的冲击力中向外翻滚了很远。

"见鬼!"林睿感到浑身的骨头要在这阵撞击中散架了,朦胧的视线中,一群士兵正从远处向爆炸发生点靠近。

"是谁在开火?!"有军官大声咆哮道,但正在接近爆炸点的那群士兵似乎完全不为军官们的怒吼所动,反而整齐地给自动步枪上膛,似乎下一秒就会毫不犹豫地朝人群进行扫射,尖叫声与哀号声在燃烧的汽车四周此起彼伏。

"到这来!"江乔猛地扑到林睿身边,像是拥抱自己的孩子一样将林睿搂在怀里,长发垂落下来盖住了林睿的脸。林睿能感受到江乔急促的呼吸喷在自己头顶,鼻尖满是女孩的发香味。

"帮帮我!"江乔主动朝那群士兵喊道,"这是我们生物小组的同事,他被碎片击中了!"

那群士兵面无表情地从江乔身边经过,开始在燃烧的车辆旁进行搜寻。远处的曹斌连滚带爬地扑到江乔面前,江乔镇静地扶起林睿:"他们的智商好像不怎么够用。"

"我……我……"曹斌一下子说不出话来了,泪水在眼眶里打转,"我的同事……他就那么在我面前……炸成灰了……什么也没剩下……"

林睿忍着剧痛支起身:"我……我很抱歉……"

"先离开这里再说。"此刻最镇静的反而是江乔,"我们的十点钟方向,有一辆没有司机的军车,是军队使用的东风越野车,装甲应该足够厚了,至少可以扛下火箭筒的一炮。"

"你怎么会……了解战车配置?"林睿感到不可思议。

"书上看来的,我看的书很杂的。"女孩平静地站起身,将长发在脑后盘成马尾,神情坚毅决然。

"好似战场上的女武神。"后来每当林睿回想到这一幕,总会忍不住地感慨。

曹斌面如死灰地背起林睿朝那辆东风走去,江乔用身体挡住林睿掩护他们。当他们拉开车门时,一个意想不到的老朋友正蜷缩在后排向外探头探脑。

"刘文选……技术员?"曹斌想起了这个一度和他起过争执的语言学家。

"好久不见,诸位。"刘文选尴尬地笑了笑,"啊,林技术员,你没事真是太好了……你们这是要……上哪去呀?"

"上车! 难道我们表现得还不够明显吗?"曹斌恨不能抬脚踩在他脸上,"快给我们挪个位置!"

刘文选连忙接过林睿,往里挤了挤,所有人一头钻进了后排座位。短暂的沉默之后,刘文选小心翼翼地问道:"你们……只是在这里……坐着休息一会儿吗?"

"有谁……能开车的……快去……"林睿几乎要被气晕过去了。

"我……我的驾照还没有考下来……"曹斌黑着脸说道。

"我很多年没开过车了,我的驾照……就是用来借给朋友扣分的……"刘文选也哭丧着脸,"要不我们等司机回来? 他刚才下车去查看情况了。"说着他摇下车窗准备大喊,被曹斌一把掐住了喉咙。

"自己人自己人!"刘文选连忙举手投降。

驾驶座车门被一把扯开,江乔跃上驾驶座,熟练地换挡,踩下离合。东风的引擎发出低沉的轰鸣声。

"大家都坐稳了!"江乔紧张地握住方向盘……还不忘先打开转向灯,"可能会有点颠簸!"

"姑娘你真是………无所不能……"林睿在心底赞叹。

东风轰然发动,如离弦之箭刺破空气,卷起漫天尘埃,向前疾驰而去。这一切发生得如此突然,正在搜索爆炸残骸的士兵们还没反应过来,挂到最高挡的越野车已经呼啸着从他们身边掠过,撞倒一片防护网,歪歪扭扭地朝着公路方向驶去。

"真是惊险!"刘文选心有余悸地回头看了看,"我们有几次差点翻车!"

"能安全逃出来已经是万幸了。"曹斌低沉地说道。

"你们怎么从头到尾一副通缉犯的语气?"刘文选上下打量着三人,"见鬼,我不会是上了什么贼船了吧?"

"你可以这样理解。"林睿忍着剧痛坐起身,"一会儿找个安全的地方,我们会把你放下去。"

"不行。"曹斌冷冷地驳回了林睿的建议,"他可能会向虚无者泄露我们的行踪。"

"什么? 泄露什么?"刘文选感到莫名其妙,"我上哪去找虚无者? 你们的行踪有什么值得我泄露的?"他转了转眼珠子,"哦,我明白了——你们仨不会是私下通敌被发现,现在正在被军队通缉吧?"

"文科生。"曹斌冷哼着摇摇头。

"林睿,你身体没事吧?"江乔转过头来。

"别别,林技术员有我们照顾着,姑娘你专心开车就好了!"刘文选慌忙摆手。

"他不会泄露的。"林睿苦笑着望向刘文选,"我们自己都不知道下一步该往哪去。"

"到底发生什么事了？"刘文选盯着曹斌和林睿，"我总不能糊里糊涂地就跟着你们一起被追杀了吧？"

驾驶座上的江乔也侧耳过来聆听。

"曹教授，是你来说还是我来说？"林睿望向曹斌。

"你说吧。我也有很多疑惑需要你来解答。"

"好吧。"林睿低头沉思，他需要整理自己的思路。接着他将自己这几个小时以来的经历和发现分享给其他三人听了。其间曹斌几次打断林睿，询问了一些关于时间碎片和感染者的细节问题。当林睿将已知信息分享完毕时，除了曹斌的神色还算平静以外，江乔和刘文选都陷入了巨大的震撼中。尤其是刘文选的表情，用"面如死灰"都不足以描述他复杂而绝望的神色。

"有一个好消息，虚无者已经到达了时间河的临界值，至少以时间为参照，我们和虚无者是在同一起跑线上。它们也无法预测接下来会发生什么。"林睿安慰道。

"可是现在它们显然占据更大的战略优势。"曹斌对林睿的乐观表示不以为然。他比林睿受到的刺激还要更大一些，因为一切都是突然发生的，留给他的反应时间显然比林睿少了很多。何况十几分钟前他还亲眼目睹了同事惨死在自己面前，此时此刻还能平心静气地坐在这儿，和一群"神棍"讨论正在追杀自己的外星人，整个人还没有陷入崩溃，曹斌自己对此都感到不可思议。

"它们早就已经占尽优势了。"一直沉默不语的刘文选忽然开口道，"你们都没有意识到这一点吗？虚无者，它在几千年前已经到达了这里，你们知道这意味着什么吗？"

曹斌与林睿面面相觑。

"我们的历史不再纯粹了!"刘文选振臂高呼起来,"不再纯粹了! 想想吧,它们可以在现在控制成千上万人,为什么不能在古代做同样的事? 林技术员你提到过,它们可以对未来施加影响对吧? 那么你有没有想过,它们究竟施加了什么影响? 换句话说,我们的社会,科技和文化,真的是自然选择的结果吗?真的是历史自然发展的产物吗? 此外它们在数千年的时间里制造的病菌,究竟杀死了多少可能足以改变未来的关键人物? 有多少战争是可以避免的?有多少动荡原本是没有必要发生的? 虚无者大可不必在意时间和临界值在哪儿,它们只需要隐藏在历史的阴影里,做一个操纵棋子的棋手,把我们的文明揉捏成它们想要的样子……仔细想想吧,我们现在看到的历史,未必就是它原本的模样!"

在历史对文明的意义这一点上,曹斌与林睿不如刘文选那样敏感,但此刻他们也隐隐体会到了刘文选绝望的来源。一时间后排三人各自陷入了沉思当中。今天听到的坏消息已经足够多了,而在可以预见的未来,类似的坏消息大概只会越来越多。

"别忘了还有清理者。"江乔忽然轻声说道,"虽然我们不能以人类文明的道德观去衡量清理者的意图,但至少眼下,我们双方面对的是一个共同的敌人,清理者至少有能够战胜虚无者的方法。"江乔在一个岔路口拐弯,离开了省道,进入了一片房屋密集的村落,"而我们现在的首要目标,既不是要弄清楚虚无者究竟改变了多少历史,也不是讨论时间碎片的概念,而是保护好他。"江乔伸出一根纤长的手指指向林睿,"林睿,现在是我们手里最大的筹码。"

林睿通过后视镜望着正经起来的江乔,公事公办的模样让林睿忽然对她感到有些陌生。

"接下来我们去哪?"曹斌问道。

"先换辆车。"林睿虚弱地说道,"军车都有定位系统,一直开着它迟早会被发现。"

东风在狭窄的村落小道间穿行。因为严重的沙尘肆虐,北方地区有很多农田已经无法种植庄稼了,政府将大片闲置土地整合起来,建造了巨大的人工种植棚,用合成的有机土与人造阳光培养庄稼,最快能够达到两个月收获一季。而种植棚以外的广大农村地区则渐渐变得人烟稀少。祖祖辈辈赖以为生的土地已经种不出粮食了,而遮天蔽日的沙尘又摧残着这片土地上居民的健康,人们最终不得不选择离开这片无数代人生活过的广阔土地。

随着太空开发计划因为技术突破而提上日程,太空领域相关的制造产业也开始普及,政府将部分制造与组装航空材料和部件的权力下放给民营企业,大型钛合金材料加工与组合工厂对劳动力的巨大需求量,恰好弥补了大量农村人口涌入城市造成的就业缺口。政府在其间牵线搭桥,为应对城市人口的飞速膨胀做了大量的安置工作。在这个过程中也产生了无数社会问题,例如基础设施供应不足,医疗与教育资源的分配落差,这些问题早在二十年前已经初现端倪,而在资源与环境日渐稀缺与恶化的当下,这些矛盾被进一步激化……社会学家将这一时期称作"倒退式转型"。虚无者危机爆发后,人们将世界各国二十年来经济上的衰弱和社会上的动荡组合在一起分析后得出结论,此时此刻对虚无者而言,的确是一个再合适不过的侵略时机。

随着倒退式转型期的到来,农村地区的空心村率大幅度提升,成片的空屋沉默地矗立在荒芜的大地上,无声地诉说着它们往日的繁荣与辉煌。

江乔在一栋废弃的二层楼前停下车。这是一栋仿西式风格的二层楼房,一层被辟为两半,一半作为车库,另一半为客厅。这样的洋房在如今的村落里比比皆是,房屋主人们大概花费了不少心思,房屋建筑风格上既效仿了西式的尖顶屋,又保留了东方的砖瓦楼阁。如今这些精致而华美的建筑都在漫长的寂静中变得黯淡无光,门前的春联也是很多年前贴上的了,大红纸在风吹日晒中几乎褪成了白色,在冷风中微微晃动着。

曹斌跳下车,试着拉了拉车库的卷帘门,居然很幸运地将它拉开了。江乔则发动东风,将它停了进去。

"看看这个地方。"刘文选站在路基旁,遥望远方一整个广阔而荒芜的平原,"也许虚无者再晚来三十年,地球上的人自己都已经逃到太空去了。"

"我们总是在口号里爱着我们的家园。"曹斌轻声叹气。

"现在我们快要连口号都没有资格喊了。"刘文选不再看面前这片了无生机的土地。

外星物体降临第二十八至二十九小时,吴文斌。

吴文斌刚刚听完神经外科小组代表的紧急汇报,此刻正对着空空荡荡的会议室出神。

"几乎每一名参与阻击战的士兵都受到了感染。"吴文斌感到浑身泛起一阵强烈的无力感,"大敌当前,如果连我们的军队都无法依靠,我们还能依靠谁?"

"至少,他们暂时还没有出现失控迹象。"身后的参谋轻声说道。他跟着老首长快十年了,很少见他在人前流露出疲倦的模样。

"我们不能抱有这种侥幸心理。只要士兵们存在失控的可能,这支部队的忠诚性就不好判断了。"

"各军区的支援部队正在向我们集中,我们要不要向他们发出警告?"

"立刻通知他们的指挥官,不要耽误。"吴文斌揉了揉太阳穴,"将医疗小组整理的报告转发给中央军委,我们需要警告的不单是支援部队,而是全军指战员。"

参谋很快转达了吴文斌的命令,当他再回到将军身边时,忽然发现老首长的神情忽然变得很迷茫,像是陷入了某种巨大的困惑中。

"想到什么了?"参谋轻声问。

"我在想……虚无者到底在想什么呢……"吴文斌眉头几乎拧成了一团,"刘宇现在怎么样了?"

"已经安全转移到临时营地了,但他还是什么也不肯说。"

"不用刻意逼他说些什么。照现在这个局势,它很快就会主动联系我们了。"

"这些外星人的战略思想……真是难以捉摸。"

"是啊……它们的很多举动,以我方角度是完全无法理解的。"吴文斌缓缓展开地图,"首先,它们同时攻击了十五个国家,却唯独在美国境内保持平静,按照人类思维理解,这几乎已经向世界宣告它们与美国有更为密切的交流。它一边声称要全球国家服从它的指令,一边又对当今世界最强大的国家畏首畏尾,虚无者在这一点上到底是怎么想的?"吴文斌虽然在发出疑问,但语气里却毫无疑惑的意思,"最大的可能性会是什么呢?"

"如果我是虚无者,假设我方能抛出某种条件,与敌对文明中最强大的势力达成和平协议,我一定会这么做。"参谋回答道。

"是啊……所以我的疑惑其实是……他们究竟达成了什么协议?"吴文斌微微眯起眼,似乎想要穿透层层迷雾看见事情的真相。

"难以想象,也不敢想象。"参谋摇摇头,"毕竟我们缺少直接证据。"

"只是内部讨论而已,不必太过严肃。"吴文斌摆摆手,"我们暂且跳过这个设想,接着往下看。第二个让人不解的举措,就是他们的病毒。现在我们知道虚无者不单单感染了城市里的人群,还同时感染了我方士兵。那么假设我是敌方指挥官,我完全可以不必浪费人群的力量去冲击防线,因为我可以直接让敌人的武装部队临阵倒戈,届时两股力量合为一体,甚至可以直接攻取敌方最高指挥部。"

"也许是虚无者战略指挥失误? 它们毕竟只有一个大脑,没有协同配合的意识。"参谋推测道。

"会是失误吗?"吴文斌淡淡说道,"我之前也产生过类似的推断,但后来我看到其他交战国发来的报道,各国军队几乎都出现了不同程度的对平民的误伤或屠杀。我忽然感觉,这也许是虚无者为我们设计的一个无法跳出的死亡陷阱。"

"您的意思是……道德选择?"参谋隐隐反应过来。

"不朝失控人群开火,失控人群将威胁到更多人的生命安全;朝人群开火,那么全世界人类都将看到,原本是保卫他们安全的国家机器,现在反而成了屠杀者。"吴文斌敲了敲桌面,"从破坏敌人内部稳定的角度考虑,这真是一着好棋。这也就意味着,虚无者并不在乎一城一池的得失,防线攻不攻破对它而言毫无意义,它只需要逼迫我军不得不对人群使用大规模杀伤性武器,它的目的就算达到了。"他低低地冷笑了两声,"可是它失算的一点是,我们在最危急的状态下,也没有想过伤害无辜的人。尽管伤亡仍然存在,但人心还远不到崩溃的地步。"

"所以……下一步虚无者很可能会对军队下手?"参谋感到不寒而栗。

"这也是我最担心的情况。我已经在报告里写明了这一点。"

"那我们现在的处境就非常被动了。"

"没错……但是,对于第三个疑惑点而言,我们现在的处境可以说是微不足道的。"

"是什么?"参谋追问。

"虚无者提出的条件,太空舰队和保留区。"吴文斌指了指天空,"如果我的猜测是正确的,那么虚无者这一步走的,比之前任何一步都要阴险……

"因为它触及了人类的道德底线。没有人有资格决定谁去谁留。假设——只是假设,有一天全世界向虚无者屈服了,开始建设太空舰队和划分保留区,那时会发生什么? 太空舰队会耗费地球大量资源,在环境日益恶化的今天,建造这样一支舰队会使整个人类社会陷入巨大的动荡和倒退中。可以想象当太空舰队建成的那一天,人们的生活水平将倒退数十年。而即使是人类倾尽全力打造的舰队,也不可能容纳地球的全部人口,必然会有人留下来,生活在虚无者为他们划定的保留区里,成为外星人的奴隶。试想一下,到那个时候,谁会不想登上那艘飞船?

"接下来的剧情,我都可以大致猜到了。高级官员与精英阶层肯定有优先登船的机会,剩下的名额大概会分给少数好运的普通人;绝大部分人都不会有登船的机会,只能留下接受成为奴隶的命运。试问一句,有谁会甘心接受这样的命运? 而且这个问题实际上一点也不遥远,很快会有越来越多有远见的人想到我所想的。如果各国政府在虚无者的压力下坚持推行太空舰队计划,那么来自底层的革命者必然要站起来反对和破坏这个计划——那应了刘宇所说的,世界会陷入内部的矛盾与战争中,一点点消磨掉自己的力量……"

吴文斌陷入了沉默。

"可是……这一切都是建立在我们向虚无者屈服的基础上。"参谋不以为然地摇摇头，"老首长，您知道这是不可能的。"

"你小子。"吴文斌笑了笑，"作为你的上级，我应该教导你，凡事无绝对。"顿了顿，他慢慢收起笑容，"但从一名军人的角度，我必须赞同你的想法。人民军队不会向任何人屈服，今天不会，以后也不会。如果有一天，虚无者控制了我的意识，我希望你立即向我开枪，不要犹豫——换成是我，我也会这么做。身为军人，应当时刻有这样的意识：宁可战死，也决不能向敌人卑躬屈膝。"

外星物体降临第三十小时，北京时间十五时，距公元纪年结束还有十四小时。

林睿在军官的时间碎片里短暂地与他交谈了一阵。军官看上去有些狼狈，白T恤上沾满了鲜血，裸露在外的皮肤也伤痕累累。

"很抱歉在你的时间河里开战。"面瘫脸淡淡地说道，语气里却没有任何道歉的意思。林睿感觉他其实要表达的意思是"老子只是和你打声招呼，你不答应也得答应"。

"虚无者已经发现你了吗？"林睿缩了缩脑袋。

"是我有意让它们发现的。"军官不知道从哪里摸出了绷带，开始包扎伤口，"它们进入某条时间河时会留下痕迹，我可以顺着痕迹定位虚无者本体所处的时间点。"

"好一招顺藤摸瓜。"林睿赞叹道，"可是万一你死在我的时间河里怎么办？"

"死了，不就是死了？"军官头也不抬，"从此这个世界上不会再有我的痕迹，死后就是一片安静，我很向往那片安静。"

"我忘了，你们从不忌讳生死这样的事，你们是一群怪人。"林睿耸耸肩。

"但现在还不是时候。"军官站起身，"说起来，你得感谢我，帮你说服了那个脑子转不了弯的教授。"

"谢谢。"林睿从善如流。

"你很没劲，真的很没劲。"军官摇摇头，"我以为你们都很有幽默感。"

"怎么了？想听我说两段书解解闷？"

"下次吧。"军官笑了笑，"我只是想说，在无尽的时间河里往返重复，其实是一件很乏味的事。"

林睿心底一动。他犹豫了一会儿，低声问道："你们两个文明之间，到底有怎样的仇恨？"这个问题在林睿心底酝酿很久了，现在才找到机会说出口。不了解这一点，人类就无法相信清理者与人类联手的诚意，最糟糕的结果大概就是被这个第三方势力坐收渔翁之利。

"这一点，我迟早会告诉你们的，但不是现在。"军官望着林睿的眼睛，"我和我的老朋友之间的战争，涉及了太多黑暗的秘密，那些秘密是现在的你们还无法理解的。相信我，时机成熟时，我会把这一切都解释给你们听。"

"黑暗的秘密？"林睿隐隐有不好的预感。

军官看出了林睿的警惕："我知道，你们还无法完全信任我。这样吧，下一次再见时，我会和你说说她的故事。"军官将一张小小的照片塞到林睿手里，"故事有些俗套，但年轻人应该都爱听。"

"这是什么？"林睿低头去看那张照片，照片里一个笑起来很温柔的女孩正歪着头看他，"你个外星物种……还想祸害我们人类姑娘？"

"现在我们先不谈论她的事。"军官的神色忽然有些落寞，但只是一闪而过，很快又恢复了那张面瘫脸，"你们要在午夜之前，赶到一座老信号塔附近，具体坐标我已经标记在那辆东风的车载地图里了。我需要你把我安全带到那儿,剩下的事交给我来处理。"

"虚无者的实体可能会隐藏在那儿吗?"

"根据对袭击我的感染者的痕迹观察,概率很大,但停留时间不会太久。这次我必须准确定位它的位置,争取早日结束这场战争。"

"这么快就要决战了吗?"林睿忽然有些兴奋。

"不见得是决战,一旦成功,对虚无者而言至少是一次重大的打击。只要让人类看到它们是可能被击败的,接下来它们再意图从内部瓦解你们,就不那么容易了。"

"我知道,这在教科书上叫'打破敌人不可战胜的神话',很能鼓舞士气的。"林睿笑了笑。

"这就是你的幽默感。"军官板着脸赞叹,"不过总是在不合时宜的时候出现。"

"下次改正。"林睿自讨没趣地收住笑,又拿起那张照片,"不过在这之前,能不能先稍微透露一下这姑娘是谁?"

林睿的话在寂静的空气中回荡。他的面前此刻已经是空无一人,无边无际的白色旷野在他眼前延伸开来。

"溜得真快……"在漫天白雾覆盖住林睿的视线之前,他忍不住低声嘟囔着。

"那是一座修建于上个世纪九十年代的电视信号塔,至今还在给一些地方电视台转送信号,是我们的爷爷辈了。"江乔查阅了信息,"信号塔距离我们大约有两百公里,没有交通工具的话我们是不可能在午夜之前赶到那里的。"

"刚刚查过了地图。"曹斌收起手机,"沿着乡道往上走一段有一座镇子,镇子里还住着人,每天会有三班长途公交开到那里,公交路线和信号塔方向有一部分是重合的。"

"那我们就朝小镇前进。"林睿有气无力地表示了赞同。

"你的身体状况在恶化。"江乔担忧地说道。

"没事……能扛得住……"林睿难看地笑了笑,"我还等着……和外星人大战八百回合呢……"

"都一副死狗的模样了,还在姑娘面前逞强呢?"曹斌在心底骂道。

四人组沉默地穿过寂静无人的乡道。天色逐渐阴沉下来。云层染上了如墨般的阴影,缓缓向着大地低垂下来,一直垂落到与地平线相交的大地尽头,像是要与广袤的黑色大地融为一体。远处的群山之间漫出了一层水雾,如瀑布般沿着山体滑落下来,有如覆盖在群山间的一层白色绸带。古老的山脉不会因为人类文明的兴衰起伏而悲伤或是欣喜,它们只是永恒地沉默着,沉默并注视着山脚下的人类。那些如同蚂蚁一般渺小的人类,他们喧闹着来来往往,建立盒子一样大小的城市,发动战争,毁灭,重建,再毁灭,文明的发展永远伴随着血与泪的战争。想象有一天,人类打了一场失败的战争,从此这群吵吵闹闹的小蚂蚁消失不见了,他们的盒子城市很快被茂密的草木覆盖,只一眨眼就不见了踪影,想来实在无趣得很。

"知道吗? 我时常会想,这个世界如果没有人类,会不会享受到更多的安宁与平静。"刘文选幽幽说道。

"生命是一个相互影响的过程。"江乔摇摇头,"我们的文明能走到今天,很大程度上是自然选择的结果,我们既影响着这个世界,又被这个世界影响。没有人能够断言,人类出现后地球究竟是在朝着更好的方向发展,还是相反。"

"是吗? 回过头来看看我们的影响吧。"刘文选指了指这片寂静的土地,

"即使虚无者不来,再过几代人,我们自己都要被这个世界驱逐了,那么这是在朝哪个方向发展呢? 从这个角度看,我们最大的敌人到底是虚无者,还是我们自己呢?"

回应他的是无言的沉默。

步行了大约二十分钟,他们与一场大雨擦肩而过。那是一幅非常奇妙的景象,滂沱大雨从大约几公里外飞速飘来,在离他们还有数百米的距离上拐了一个大弯,向着另一个方向飘去了。一线之隔,一边雨幕笼罩,一边波澜不惊。

"雨区在这里到达尽头了。"曹斌指了指头顶的黑云解释道,"这种情况在平原地区很常见,只要你恰好处在一场局部降雨的边缘。运气好时,你还能看到一头阳光明媚,一头倾盆大雨的奇观。"

四人不由自主地停下脚步,默默欣赏了一会儿远处的雨景。群山在雨幕中变得模糊不清,天地之间只剩白茫茫的一片大雾。在低沉的雷鸣声中,黑色的天穹渐渐变得明亮,白色的云层正一点点显露出来。

"用民间的俗语形容,这个景象叫'开天了',意思是老天爷劈开了乌云,让大地重见天日。"曹斌望着雨幕出神,眼底渐渐泛起一阵潮意。

"这样完美的艺术品,谁会忍心选择抛弃它而去呢?"江乔轻声赞叹。

短暂的停留之后,众人继续向小镇前进。这是一座行将没落的矿业小镇,因为山脉中的矿产即将被挖空,这座镇子的支柱经济正面临崩溃。走上小镇的街道,随处还能看见上世纪风格的矿业生产标语和口号,只是经历了漫长岁月的流转,那些标语也渐渐变得模糊不清。

虚无者发动袭击的消息显然已经传播到镇子里了。林睿一行人沿着小镇的主干道走了很远,视线所及之处尽是逃难的人群和竭力维持秩序的交警。沿路的店铺纷纷拉起了卷帘门,满街都是拖着巨大行李箱和包裹的矿工。男人们在混乱的人群中吆喝着自家女人,孩子夹杂在密集的人潮中哭闹不止,看起来一派战争来临前的兵荒马乱。

"每个人都拼了命想要离开,可他们又能往哪儿去呢?"曹斌摇了摇头,"现在谁也无法预测虚无者会在什么地方,什么时间发起攻击。"

"他们也许……只是需要一些心理安慰。"林睿轻声说道。

"长途车站已经挤满了人,一时半会儿大概是走不了了。"刘文选满头大汗地从人群中挤出来。

"地方交管局刚刚发布了信息,接下来会紧急增开更多往返于城乡之间的班次,很快会有很多长途班车开往这里。"江乔负责留意交通信息,"在班车到来前,我们也许可以先找个僻静的地方休息一会儿。"

"我担心的是,虚无者控制的感染者,此刻很可能正在追捕我们的路上。"曹斌有些坐立不安。

"这一点,我们担心也没有用。"林睿叹了叹气,"仔细留意你们的四周,一旦发现有异常情况,第一时间发出警告。"林睿压低了声音,"现在我们是同一条战线上的四只蚂蚱,只有我们能相互信任。"

其余三人用沉默表示了赞同。

"会是巧合吗?"曹斌忽然咧嘴笑了笑,"从我们刚来前哨营地,组建观察小组的那一刻起,咱们这生死之交好像就已经结下了。"

"恍如隔世。"江乔也跟着笑,这姑娘总是很爱笑。

"大概是孽缘吧?"刘文选揶揄道,"那么当心别被外星人抓去了,生死之交们。"

"你也是,文科生。"曹斌皱着眉头嘟囔着。

外星物体降临第三十至三十一小时，越过万水千山，联合国大厦，十六国危机应对理事会第二次大会正在召开。

"陆空联合打击到现在为止已经发起了三轮，可我们连虚无者的皮毛都没有摸着！"英国代表扯开了领带，看上去已经十分愤怒了，"威尔士地区已经陷入一片火海，我们是在对自己的土地狂轰滥炸！"

"代表先生，请保持冷静。"理事会轮值主席敲了敲桌子。

"我们已经打开了地狱之门。"印度代表双手合十放在胸前，"我们的人民正在遭受恶魔的侵袭，而你们却站在高地上隔岸观火！"

"隔岸观火？"美国代表冷冷地打断了印度代表的哭诉，"如果我没有记错，是你们的军队在大肆屠杀平民吧？老实说，新德里地区的人道主义状况非常让人忧虑，如果不是在战时状态，对印度政府的调查和制裁早就开始了。"

"这是联合国的提议，还是白宫的提议？"中国代表平静地问。

美国代表顿了顿："当然，我们必须在联合国框架下做出决议。"

"贵国主动提出要遵守联合国框架，真是难得一见。"俄罗斯代表冷哼道。在解决失控人群方面，他们刚刚为各国提供了创造性的思路。俄罗斯军方通过农用飞机向人群喷洒了大量致幻剂和麻醉剂，用量调整到了常规用量的三倍，才对数万疯狂进攻城市的市民产生了抑制效果。但如此大规模投放此类药物，稍有不慎就会对人体产生巨大损伤，实际上已经有近千人因为吸入过量致幻剂或麻醉剂而陷入深度昏迷，精神状况也出现问题。但对比其他国家惨重的人员伤亡，俄罗斯无疑提出了目前而言最为可行的解决方案。

"先生们，我能不能先简单打断一下这场争执？"韩国代表举手示意，轮值主席随即示意会场肃静。

"谢谢。"韩国代表向主席鞠躬示意,随后举起面前的一份材料展示给所有人看,"在我受命来参加会议之前,我们的国会正在紧急商讨要不要制定一部《反互相猜疑法》。因为虚无者能够控制普通人的消息在全国扩散开后,每个人都开始怀疑自己身边的朋友对自己抱有攻击意图。虚无者虽然仅在釜山地区发起了侵袭,但袭击发生后,全国各地都有疑似虚无者病毒侵袭的报告。经过证实后,我们发现大部分侵袭事件都是虚报。但这时调查清楚事实真相已经太晚了,互相怀疑的人们,脑子里紧紧绷着一根弦。当它骤然断裂的那一刻,即使是普通人,也会陷入和失控者一样的疯狂。短短几个小时,已经有数千人在人们疯狂的互相伤害中丧生。"

与会代表各自陷入了沉思。

"敌人还没有发起全面进攻,这一次侵袭事件仅仅是虚无者的开胃菜,但我们已经陷入内部的混乱与猜疑中无法自拔。我的人民是如此,世界各国亦是如此。老实说,我们这是不战自败。"他最后将目光投向美国代表,"我希望在人类文明空前的危机面前,我们能坦诚相待,不要对与自己同一阵线的盟友有所隐瞒。"

这句话中隐含的指向所有人都心知肚明:在十六个降临国中十五国都遭受了虚无者的疯狂侵袭的局势下,美国是不是能解释一下国内不同寻常的平静呢?

"我可以确保我们对世界毫无隐瞒。"美国代表有些恼怒,"你们这是没有根据的指责。"

"代表先生,没有人说要指责你,你自己倒先跳出来了。"中国代表意味深长地笑了笑,"用我们的一句谚语形容,代表先生这叫'此地无银三百两'。"他转过身向其他人解释这句谚语的含义:"一个想把白银藏起来的人,在他埋藏白银的地方竖下一块牌子,告诉大家这里没有埋藏白银。"

会场响起了几声零星的掌声,低笑声此起彼伏,美国代表的脸色变得很难看。

"这个故事倒很有一丝英式冷幽默。"英国代表眯起眼睛望着美国代表。

"我再次声明,我们的军队还在密歇根州与虚无者对峙,目前为止我们得到的信息和诸位所知的信息是一致的,我们也受到了同样的威胁。"美国代表平复了情绪,"我不明白,诸位为什么会以'外星文明在该国领土发起侵袭'来作为该国会坚决抵抗的证明,难道没有受到攻击的国家就是可疑的? 先生们,你们有没有考虑过,这也许正是虚无者分化我们的方式,让美国承受全世界的怀疑。看着吧,当人类世界正处在互相猜忌与防备的时候,虚无者的下一次打击也许已经到来了。"他环视着会场内的所有人,"虚无者现在会考虑使用心理战术来破坏我们内部的稳定,表明它对短时间内战胜我们还没有十足的把握。想想看,当虚无者连分化战术都不屑使用的时候,当虚无者开始不顾一切地发起全面进攻的时候,谁能承受得住? 到那时,先生们,我会再来和大家讨论什么叫'此地无银三百两'。"他顿了顿,"如果那时这里还没有陷入火海的话。"

同一时刻,华盛顿特区。

"你真要和他们一起去吗?"肯慌乱地拉住唐纳德。

"这是我们最好的机会。"唐纳德提起背包,"进入雾区去,挖出政府想隐藏的秘密,从此以后我们就一举成名了。"

"可是那些秘密……不是我们可以轻易触碰的!"

"我知道。"唐纳德平静地说道,"我已经做好了心理准备。"

"见鬼。"肯一把甩开了唐纳德的背包带,"我迟早有一天得被你拖累死!"

此刻正是凌晨时分,浓重的夜色中传来人群兴奋的呐喊和口哨声,密集的车队正从大街小巷汇聚而来,在空无一人的街道上汇成一道明亮光带。

这是一场有组织的进军行动。推特上一个来自前哨营地的ID(即账号)发布了一条消息,消息宣称,在今天日落到来之前,世界将发生巨变。虚无者文明将向人类文明发出一条至关重要的公告,也许能够改写整个世界的命运。想要见证历史的人,请在日落降临前汇聚到密歇根湖畔的前哨营地,他们将同全世界一起见证神迹的出现。

这条消息在公布后不到二十分钟就被删除了,但它依然造成了核爆般的巨大影响。数十万人在第一时间转发了此条消息,熟睡中的人们陆续从睡梦中醒来,自发汇聚到街道上,与见到的每一个人讨论世界正在发生的战争与巨变。人们心底潜藏的不安与兴奋在此刻被无限放大,年轻人对世界即将发生的变革感到兴奋不已,因为灰头土脸的现实已经使他们厌倦不堪。尽管有无数质疑消息可靠性的声音,但它们迅速被陷入兴奋状态的人们发起的网络狂欢吞没。很快,第一批前往密歇根州的车队已经在各城区汇聚完毕,他们将连夜前往虚无者降临之地,见证即将发生的历史时刻。类似的景象正在全美各地发生,零星或成群结队的车辆正朝同一个方向汇集,此时此刻大约有数千人正在向着"回旋镖"前哨营地赶去,接下来几个小时这个数字会呈指数级增长。这条巫师预言般的神秘推特在短短二十分钟内唤醒了整个美国,也成为未来惊涛骇浪般的巨变的序幕。

第六幕

公元纪年的倒计时(下)

外星物体降临第三十二小时,距公元纪年的结束还有十二小时。

在全世界都紧张起来的时刻,四人组挤在车站旁的长椅上,很开心地唠起了家常。

"我老爹,是全家最能瞎操心的那一个。每次通电话都要事无巨细地唠叨很久,能从国际政局一直聊到菜市场鸡蛋价格。有时恍惚间我会感觉是我母亲又回来了。"曹斌挑了挑眉毛。

"你爹……真棒……"江乔不由得捂脸。

"阿姨她……是什么时候去世的?"林睿轻声问。

"在我很小的时候。"曹斌脸上没有太多表情,"死于呼吸道疾病。我的家乡曾经是雾霾最严重的地区。"

"抱歉。"林睿有些手足无措。

"她走的时候,我只有五岁。五岁的孩子,能记什么事?"曹斌摆摆手,"就记得她特别爱唠叨。上学迟到了要唠叨,雾霾封路了也要唠叨。菜市场鸡蛋涨价就更别提了,能唠叨一个礼拜。"

"明明记得很清楚啊。"林睿在心底想。

"后来她去世的时候，老爹搂着她的遗像说，那么爱说话一个人，怎么说没就没了？从今往后没人和你拌嘴了，你该多寂寞啊？"曹斌忽然笑了笑，"很奇怪，一个你很亲密的人永远离开了你，很多年后你再回想她时，脑海里最先浮现的居然是这些无关紧要的琐碎细节。这些细节也许还有相当一部分，是令那时的你感到厌烦的。只是事后回忆起来，才发觉它竟然那样令人怀念。"

"都是这样。"江乔抬头望着满头黑云，"我的老爹也特别能唠叨，天天觉得老妈这里做得不好，那里做得不对。两人几乎每天都得吵上一阵，从我记事起一直是这样。那时我简直觉得他们俩烦透了，只想着快点毕业好了，可以早点逃离这个家。其实读书时我特别调皮，有一回做了一张大字条，上边写着'江源是这个世界上最糟糕的老爹'，趁他不注意贴在了他的外套上。他那天去上班时快被同事们笑死了。"

"原来你也不是看上去那样文文静静。"林睿笑了笑。

"每个人在生活中都有无数种面孔吧？"江乔收回目光，"就像我最厌烦的老爹，其实我知道他的工作压力是最大的。他在铝合金加工厂工作，是一名车间主任。他的手下有无数更年轻也更有野心的工人，时刻盯着他的位置。生活的压力在压迫着他，所以他才那么爱唠叨。"江乔轻声叹气，"现在我发现自己居然和他越来越像了，一样爱遇事碎碎念。也许有一天老爹不在了，我反而会想念他的唠叨。"

"当你开始用父辈的思维思考生活的时候，说明你也老了。"刘文选咧嘴一笑，"我的小女儿快五岁了，我也成天念叨她'吃饭太慢，起床太晚，在家太闹腾'——这些话当年可是我最讨厌听的。现在看来，重复就是生活的本质。"

"老了老了。"林睿有气无力地附和着。曹斌眉毛一扬说："你小子还没谈对象吧？还强装着一副领悟生活真谛的语气？"林睿反驳道："没谈对象就不能领悟生活了吗？生活可不只风花雪月那点事！"曹斌眼见气势被压了下去，便伸手去戳他腿上绑的石膏，林睿疼得气不过，便用另一只完好的脚去踹他。江乔神色严肃地说："两个大男人能不能别像孩子一样幼稚？"曹斌与林睿便互相朝对方龇牙，扭过头去谁也不搭理谁。

"每个人内心深处都有孩子气的一面。"刘文选轻声笑道。

这是外星人降临的第三十二小时，天色阴沉，一如他们一路上见到的每个人的脸色。虚无者正在沉默中酝酿着新的攻势，人类世界忧心忡忡，一切都在变得紧张起来。可此刻挤在一条长椅上的四人组居然莫名有些开心。在他们看来局势远没有那样糟糕。结局还未注定，未来谁也无法预测。不过既然此刻他们除了老实等车以外什么也做不了，为什么不像普通朋友那样坐在一起拉拉家常？片刻的安宁也是安宁，何况在血与泪的悲剧舞台即将降临的暴风前夜，越是短暂的平静，越显得弥足珍贵。

直升机群呼啸着掠过天际，这已经是十分钟内的第二批了，不知道此刻全国各地有多少战斗部队在向着这一地区集结。

"不知道老爹看到这一幕又该怎么唠叨了？"江乔轻声说道。

"我们该走了。"刘文选站起身。方才他就注意到远处有几道视线一直在监视着他们，过了一会儿再朝那个方向望去，监视他们的人已经消失不见了。刘文选立刻与其他人分享了自己的不安，大家纷纷表示在这个节骨眼上，任何潜在的危险都必须受到重视。

"四个人抱团目标太大了。"曹斌低声说道。他注意到有三辆长途汽车正在缓缓进站，便向其余三人建议道："我们散开走，分别上不同的车。"

"这样不是会更容易被各个击破吗？"刘文选表示质疑。

"以我们三个弱不禁风的文职人员,加上一个半死不活的病号,即使是抱成一团,面对虚无者派出的追杀部队又能有什么优势?"曹斌把林睿交到江乔手里,"我们三个中无论谁被抓住都是无关紧要的,因为我们的最终目的,是要确保林睿能够顺利到达信号塔下。这个过程中任何损失都是可以接受的。"曹斌停顿了一会儿,神色有些决然,"我和刘技术员分开走,吸引虚无者的注意力,林睿你和江乔上中间那辆车,尽量混迹在人群里隐蔽自己。如果一切顺利的话,我们在终点站碰头。"

江乔神情还有些犹豫,林睿却忽然低声笑了笑。

"想当英雄吗? 曹教授?"他轻声问。

"是啊,总不能耍帅的事都让你一个人干了吧?"曹斌咧咧嘴,"我也是……想过要创造历史的啊。可是既然这个机会已经被你抢走了,那我就勉为其难,做一个为创造历史者保驾护航的英雄好了。"

林睿知道他心意已决。阻拦一个准备为荣耀而冲锋陷阵的战士是很不明智的选择,尽管这位战士柔弱不堪……身上还忘了揣零钱。

"出门太着急了……"曹斌面有难色地挠了挠头。刘文选一声不吭地甩了几枚硬币给他。

"谢了。"曹斌收好硬币,"你和我搭一辆车吗?"

"不,我们分开走。"刘文选叹了口气,"见鬼,越到这种时候,越会想念家里那个烦人的小丫头。"

"想念也别说出来。"曹斌望着林睿和江乔背影消失的方向,"电视剧里,但凡在战前说这句台词的人都活不长的。"

"我还没想过要死在这里呢。"刘文选平静地说道。长途汽车缓缓在站台边停靠,人群纷纷朝车门涌去。交警在站台旁竭力阻拦人群以维持秩序,但效果不大,每个人都拼命想挤上这趟车。交警们不得不撤换下来,由镇里的武警部队接替他们的位置。武警们手挽手结成了人墙对人群进行阻拦,并建立了一条导流通道,混乱的乘车状况逐渐得到了控制。

"看到了吗?"刘文选艰难地转过身。人群太过密集,他得费很大功夫才能完整地观察完四周的情况。

"看到了,两名宪兵装束的士兵,在队尾监视我们。"曹斌压低了嗓子说道,"还有两个似乎往林睿那个方向去了。"

"你觉得他们为什么不直接截停车辆?"刘文选感到好奇。

"虚无者大概还没有完成对高层人员的渗透,因此没有资格和权限对交通进行管制。"曹斌猜测道,"无论如何,这对我们来说是个优势。"

"哪还有什么优势?"刘文选苦笑,"我们现在已经被发现了。"

"既然已经被发现了,不如拼一把。"曹斌直视着刘文选的眼睛,"我们要为林睿争取上车的时间。"

"怎么争取?"刘文选愣了愣。

"我有办法……只是要对不住你了。"曹斌怪笑起来。

"什么?"刘文选一时还没反应过来,曹斌忽然毫无征兆地将他扑倒在地。

"少他妈诬陷人! 老子才没有动你的钱包!"曹斌在人群中放声大吼起来。

"你疯了吗?"刘文选瞪大了眼睛低吼道,随即他注意到人群中的宪兵们纷纷将目光投向了这里,转眼反应过来。

"我诬陷你?"他站起身怒视着曹斌,"我还是头一回见小偷偷人东西还这么嚣张的,简直世风日下!"

文科生! 曹斌在心底骂道,吵个架还这样文质彬彬的吗?

"少来这一套,老子要告你诽谤!"曹斌说着卷起袖管又要扑上去揍他,人群自觉围成了一圈看起了热闹,圈外的武警拼命吹着口哨想要进来维持秩序,却碍于密集的人群阻挡,迟迟无法抵达现场。分布在人群里的宪兵则迅速朝这里靠拢过来,随即也受到了人流的阻挡。

"告我诽谤?你这是贼喊捉贼!"刘文选反手还了曹斌一拳,曹斌当即被打翻在地。

"你他妈来真的?"曹斌捂着红肿的脸颊瞪着刘文选。

"抱歉,为了追求逼真效果。"刘文选耸了耸肩。

"感觉更像是为了解气!"曹斌爬起身,大吼着朝刘文选扑去……又被一记扫堂腿摔了个七荤八素。人群纷纷叫起好来。

"你是不是练过?"曹斌眼前有些发黑。

"单位里组织过擒拿术兴趣班……"刘文选摆摆手。

曹斌几乎要被他气晕过去。两人来来往往揪斗了半天后,曹斌几乎被揍到毫无还手之力。接着刘文选猛地上前几步扯住曹斌:"现在承认是你偷的吗?"

"林睿和江乔那趟车已经发车了,虚无者没有注意到他们。"他在曹斌耳边低声说。

"好,任务圆满完成了。现在该琢磨琢磨,我们俩要怎么离开这里。"曹斌笑了笑,接着放声大吼道:"老子问心无愧,没偷就是没偷!"

此时武警已经挤到了人群边缘,虚无者控制的宪兵几乎也同时到达了。看起来他们已经陷入了无路可退的境地。

"没希望了,我们跑不掉的。"曹斌观察四周局势后表示了绝望,但面前的刘文选却陷入了沉思中。片刻之后,他猛地抬起头。

"我有办法。"刘文选神色忽然变得凌厉凶狠,犹如恶鬼附身,"不过我们俩大概只能走一个了。"

"你要做什么?"曹斌心底升起不祥的预感。

刘文选只意味深长地笑了笑,低声说道:"曹教授,看来这次,我要先当一回英雄了!"

下一刻,刘文选忽然毫无征兆地瘫倒在地,人群被这突如其来的变故吓得一愣。曹斌迅速上前去扶刘文选,只听见他在耳边轻声说道:"告诉所有人,我感染了外星病毒。"

曹斌转眼间明白了刘文选的意图。他没有太多犹豫的时间。在虚无者的傀偏即将冲出人群的瞬间,曹斌放声大吼道:"这个人感染了外星病毒! 他快要死了!"

这句话如同瘟疫般在人群中迅速扩散,以曹斌和刘文选为中心,惊恐的人群成波纹状向外扩散,转眼之间,四下乱作一团。刘文选张牙舞爪地站起身,满嘴鲜血地朝人群扑去,看上去像是急病发作的病人——他咬破了自己的嘴唇! 四周所有的人因为刘文选的横冲直撞而变得更为惊恐,已经挤到曹斌面前的宪兵,转眼就被混乱的人群包围了。

"这次算你赢一局,文科生!"曹斌努力克制自己不去看他。此刻刘文选正在被众人推搡,被他靠近的人无不对他拳打脚踢。曹斌趁着混乱挤上了正在发车的公交。

"都说了战前别说不吉利的话吧!"曹斌鼻头忽然有些发酸。人群中的刘文选……似乎在对他微笑。

"别死在这儿!"曹斌在心底喊道,"要活着,活着见到这帮侵略者灰飞烟灭的那一天!"

"后边那趟车跟上来了吗?"林睿轻声问。

"跟上来了,但不确定他们是不是已经顺利上车了。"江乔像搂着孩子一样将林睿搂在怀里,"你的状态很糟,你在发烧。"

"没事。"林睿感到这个姿势有些羞耻,但他实在提不起力气再做挣扎了,这个状态下,连一个十岁的孩子都能轻易制服他。

"真可怜……林睿……短短两天经历了这么多事……"江乔揉着林睿的乱发。林睿感到这姑娘的手法好似在抚摸一只温顺的小狗,不由得想要表示抗议。但女孩轻柔的声音好似一支催眠曲,呼唤着林睿潜藏的睡意。他感到自己的眼帘在沉沉地下坠,下一刻,一阵浓稠的白雾渐渐在眼前浮现……

"我打扰到你了?"军官面无表情地问道。

"习惯了。"林睿耸耸肩。他转身观察着四周:"这个时间碎片……好像和上次有些不一样了。"

时间碎片内仍旧是一片无边无际的白色旷野,但与之前不同的是,空气中隐隐浮动着水纹般的涟漪,好似一片透明的水面。

"是的,多了许多时间迁跃点——就是你看到的那些扭曲面。"

林睿好奇地凑上去打量那些扭曲面,猛然想起他们在第一次进入雾区探索的那个夜晚,江乔向吴文斌将军描述的"魔镜",似乎与面前的这些"时间迁跃点"极为类似。

"这些就是我要给你上的第二课。"军官走到林睿身边,"你有没有好奇,为什么你已经被清理者的病毒感染,却没有任何外在体现?"

"我不是能看见你吗。"林睿摆摆手。

"这不一样。我是在你的时间河里截取了一段空白时间,创造了这个时间碎片,它是独立于现实之外的。我的意思是,现在的你,其实已经拥有了在现实中跨越时间的能力。"

"这么厉害?"林睿愣了愣,"那我要求回到虚无者来到地球的那一天,再给我配上一枚单兵火箭筒,老子一炮轰下去,没准就拯救世界了。"

"不可能的。"军官摇了摇头,"已经发生的事是不可能做出更改的。我们能改变的只有未来。"

"那这个能力对我来说岂不是很鸡肋?"林睿顿时失去了兴趣。

"但你可以改变正在发生的事。"军官淡淡说道,"其实我的表述不够完全,因为我担心你得知全部的秘密后,会做出危险的选择。"他低头沉思了一会儿,"实际上,过去并不是无法改变,只是改变的代价过于沉重……

"它会影响到我们此刻的存在。如果说现实中正在发生的事件是一块投入水面的石块,水面扩散开的波纹就是石块投入水面造成的影响。相对于正在扩散的水纹而言,石块就成为了事件中的过去。想象当波纹正在时间的河流中散开时,有人改动了历史,将石块从水底移走了,那么水面的波纹也就成了没有源头的'死波纹',或者说叫'死去的时间'。假设水面上生活着一群浮游生物,在波纹的推动下向前流动,当推动它们的波纹成为了'死去的时间'时,它们向前移动的痕迹也就成了没有意义的、不存在的痕迹。

"我这样说也许太过抽象,我们不妨回到你的假设。假如你能回到虚无者来到地球的那一天,并将它消灭,想象你们现在的社会会发生怎样的改变?

"不用深入思考了,因为你们现在的社会根本不会存在。虚无者对你们的历史改变得实在太多了,就像那位语言学家所说的,早已经不是自然发展的结果。无数本可以避免的战乱发生了,无数可能改变历史的关键人物在他们崭露头角之前已经死于瘟疫。这就是虚无者这个'石块'投入你们的历史长河中带来的改变，如果有人想将它从源头剥离出时间河，那么伴随波纹流动的一整个人类历史都会成为'死去的历史'，一切都将归零，如同计算机清除缓存数据一样，人类文明，重头来过。"

"那你为什么要教我跨越时间？"林睿听着心头发怵。

"因为你可以改变正在发生的事。"军官又重复了一遍。

"实际上，时间迁跃点属于第五维度的科技了。它在最初并不是为改变历史而设计的，即使现在也是如此。它的作用更多是在过去与未来中间架设一座沟通的桥梁，让观察者得以分析历史，预测将来。高维度的战争爆发后，普通人选择将时间河作为自己的庇护所，它们以避难者的身份躲藏在时间河中，不对历史施加任何影响或改变。但随着战争惨烈程度不断提升，时间河也渐渐沦为了战场。于是清理者文明中的科学家计算出了一个可控的迁跃范围，这个范围内发生的事件是可以施加影响的，换句话说，可控范围内的事件是能够逆转的。应用到具体事例上，当虚无者的傀儡对你们发起袭击时，你可以第一时间进入迁跃点内进行躲避；当虚无者的子弹击中了你的胸膛——哦，只是假设——你可以通过迁跃点回到中弹前的时刻，以躲避这灾难性一刻的发生，好像是游戏里的重新读档。在这个可控范围里，你可以无数次循环往返，用游戏中的血条表示，你几乎拥有无限的生命值，如同一个开启了作弊模式的玩家。怎么样，现在还觉得，这个迁跃能力鸡肋吗？"

"就像是……奇异博士？"林睿想起自己脑海里的电影储备，"那个可以任意跨越时间和维度的男人？"

"维度的限制是现在的你们无法跨越的，别贪心不足了。"

"够了，单是跨越时间这一点……已经够惊人了。"林睿久久沉浸在震惊当中。

"能看见扭曲面吗?"军官开始指导林睿寻找空间中的迁跃点,"它们很好辨认,在光线折射下它们会呈现出明显的痕迹。"

"能看见。"林睿点点头。

"这样的迁跃点在空间中随处可见,你可以随时进入这些迁跃点,也可以直接越过它们,这都取决于你的意志。"

"就是说……我可以自由控制自己进出迁跃点?"

"只要你的注意力足够集中。"军官推了林睿一把,"现在试着去穿过一个迁跃点。"

"等等,穿过迁跃点后我会到达哪里?"

"进去后,你就知道了。"

"这种要命的事多解释两句会死吗?"林睿在心底抱怨。

林睿微微蜷缩起身子,钻入了一片扭曲的空间中。

面前的空气中传来微微的阻力,耳边响起呼啸的风声。穿过迁跃点后的世界豁然开朗,一条望不到尽头的走廊在林睿面前延伸开来。走廊两侧闪动着无数凌乱的画面,都是以第一人称视角播放的。林睿在其中看到了曹斌,他在漫天大雾中飞奔;接着看到了刘文选,正在阅读那份德国军方发给前哨营地的文件;最后看到了江乔,她在摇晃的长途车上握着什么人的手,鼻腔里哼着一支轻柔的小调。

"这是……"林睿有些茫然。

"这些都是你经历过的事件。"军官出现在林睿身后,"它们不光是画面这样简单,当你触碰它们时,你就能回到那个时刻。"

"这样的话……那个时刻不就有……两个我?"

"只有一个你,另一个只是绸带上的投影。"

"绸带?"

"现在我们换一种比喻。时间不再是河流,而是一条绸带,我们将这条绸带结成一个圆环后,它是几条绸带?"

"还是……一条。"

"时间迁跃就是在这个圆环上钻了一个孔,让你身处当前时间点的同时,可以将自己投射到另一个时间点上。换而言之,你还是你,绸带还是那一条绸带。只是借助迁跃点的帮助,你得以欺骗了时间。"

"这……太奇妙了……"林睿一时无法接受如此高密度的信息量。高维度空间的科技已经超出了此刻人类的理解范围,人类渺小的个体在无穷无尽的时间长河中显得自惭形秽。

林睿在军官的指导下尝试跨越了几个时间点,初步掌握了在时间河里隐藏自身的方式。但那些过去的时间点已经远远超出了可以逆转的时间范围,因此林睿不能对那些时刻施加任何影响或改变,不然会在未来引发无法预计的动荡。

最后一项附加的能力,是对无机物的时间河进行修改。这一点林睿在进入雾区的夜晚已经见识过了,虚无者曾利用这一技术瘫痪了刘宇的车队。事后林睿看到过参谋的报告,提到雾区外的护送车队内部构造老化到像是使用过三十年一样,但它们在出发前还是完好如新的。

"你们的技术好像魔法一样。"林睿不由得感叹。

"你们的思想也像魔法一样。"军官意味深长地回答。

"逆转的范围值是多少？"林睿问。此刻他们正在夜幕下的前哨营地漫步，士兵们在他们身边来来往往，却没有人注意到他们。军官解释说这一时间点的人是无法看见投影的。

"以事件发生的即刻算起，范围值是两个流沙，那是清理者内部的计时系统。换算成太阳时，为事件前后五分钟的范围，共计十分钟。"

"十分钟。"林睿默默记下这个数字。

"十分钟。"军官强调道，"这是最危急的时刻到来时，你能够改变过去，或是逆转未来的可控时间。"

"希望不要有机会用到它。"林睿轻声说道。他们在营地边缘停下脚步。此时营地正收到警告，雾区刚刚有扩散迹象，整个营地需要向后方小镇迁移。越过尘埃飞扬的平原，黑色的虚无者容器沉默地矗立在夜色中，也许正在暗处窃窃私语，窃笑人类的弱不禁风与不可一世。

"对了，你把它落在我这了。"林睿摸出那张清理者交给他的照片，"你不是说，等下次见面时，要和我说说这个姑娘的故事吗？"

"我居然答应了你这样的事？"军官挠了挠后脑勺。

"少来，这还是你主动提起的，这会儿别装傻啊。"林睿满脸八卦，眼珠子滴溜溜地转着，"招了吧招了吧，是不是看上人家姑娘啦？这也没啥大不了的，战争结束了没准我还可以给你俩当个牵线搭桥的媒婆呢……"

军官默默转过身，在空间里划开了一道波纹。

"这是我保存的，关于她的时间河。"他指了指那道波纹，"你为什么不自己进去看看呢？这也是给你的测试。"

"这……不太好吧？怎么感觉和偷窥一样？"林睿嘴上这么说，脚步却不由自主地朝迁跃点挪去。

"你觉得不太好就算了。"军官伸手便要取消迁跃点。

"哎！我也没说不看哪！"林睿哭笑不得。

"我知道。"军官咧嘴坏笑。

空间内先是一片黑暗,而后视线中建筑的轮廓正一点点变得清晰,像是人眼骤然从明处进入暗处而需要逐渐适应光线的过程。当整片空间的光线逐渐变得清晰时,林睿意识到自己正身处一个昏暗的房间中。

"不会有……什么限制级画面吧?"林睿莫名有些期待。

穿睡衣的女孩侧躺在沙发上。电视信号已经停止传送了,屏幕上只剩一片沙沙响的白浪。时针指向凌晨三点,整个客厅只有惨白的电视屏幕照亮一小片范围。

女孩看上去睡得很不安稳,眉头微微皱着,呼吸也很不均匀,大概是在做什么噩梦。空气中弥散着淡淡的酒精味,林睿注意到茶几上倒着几个空酒瓶,角落里还有半箱没开过的啤酒。

"这姑娘还酗酒?"林睿啧啧称奇。

房门被轻轻拉开。一身民警装束的军官悄悄走进来,很熟练地收拾起了酒瓶子,关了电视,俯身抱起熟睡中的女孩。

"怎么……才回来?"女孩含混不清地问。

"所里有点事。"军官轻声回答,"怎么又喝上了?"

林睿从没见过面瘫脸如此柔情似水的模样,感到世界观在此刻受到了洗刷。他果然还是对爱情的力量一无所知。

"因为我在生气!"女孩在军官怀里挣扎着,"非常生气!"

"我知道了。"他试探着揉了揉女孩的脑袋,后者并没有反抗的意图,"有什么话明天再说,现在先休息。"

"明天……永远是明天再说……"女孩皱起鼻子,"哪,睡前还忘了什么事?"

"不会忘的。"面瘫脸低头在女孩额前留下一吻。

"明天再找你算账……"她的声音越来越低,转眼又沉沉睡去。

军官把女孩放在卧室,替她披了披被角,站在她身边默默看着她熟睡。时间在此刻仿佛陷入静止,柔和的灯光投射在女孩脸上,军官站在阴影里,林睿看不清他的表情。

军官伸手关闭了台灯,走到林睿身边。

"这是我们俩合租的屋子。"他淡淡地说道。

"你能看见我?"林睿愣了愣。

"普通人看不见你,可我是普通人吗?"军官扬了扬眉毛,"整条时间河都是属于我的。"

"这个女孩,你们认识多久了?"林睿感到好奇。

"两年了。"军官望着黑暗中的卧室,"她是一名中学老师,是教音乐的。"

"她的声音很好听。"林睿点点头。

"那时我只是想在人类社会稳定下来,以便更好地隐藏自己,偶然认识了她。"军官和林睿并排穿过走廊。窗外的光影在变幻,阳光照射进小屋,女孩忽然出现在一楼,端着一盘热气腾腾的红烧鱼,欢呼雀跃地越过客厅。

"新鲜出炉新鲜出炉!"女孩开心地喊,"快下来尝尝看。"

"这就来。"军官微笑着回答。

他们走下楼梯时,光影仍在飞速变幻。女孩在角落里安置了一台旧钢琴,这让狭窄的屋子看上去更加拥挤了,但她看上去依然很开心,坐在钢琴前弹奏了一曲《致爱丽丝》,军官和林睿坐在沙发上静静地聆听。

"其实我融入人类社会的方式很不得要领。时间对于我来说完全是乱序的,有时我会满口古文,有时满脑子都是革命口号,和现代人交流起来显然前言不搭后语。"

"有所体会。"林睿想起他们第一次见到军官时的情景。

"可是这姑娘有一天跑来告诉我,你一本正经地说一些胡话的样子很可爱……"军官下意识地想要捂脸。

"女生的心思真是……神秘莫测。"林睿也跟着捂脸。他在这方面可谓毫无经验。

"生活中,很多事看起来是我在照顾她,实际上是她一直在照顾我。"军官默默注视着女孩弹奏钢琴的背影,"她告诉我该怎么与人交流,怎么表达或是隐藏自己的情绪,怎么学会关于爱与被爱的感情。"

"你很幸运,在陌生的世界遇到了愿意照顾你的人。"林睿说道。

"是啊……我总是说,在时间河里循环往复是一件很乏味的事,因为每个人对我而言都是符号。但是她出现之后,时间的意义变得不一样了。她不是符号,而是活生生的人……那一刻我才真正意识到,你们每个人都是如此独特的个体,没有谁应该被作为符号对待。"他望向窗外,"但是清理者文明不同。它本质上与虚无者没有区别,都是无数相同的个体,服务于一个至高无上的意志。有时我会告诉自己,把两个极权文明的战场拉到一个美丽却又脆弱的世界上来,是宇宙中最糟糕的决定。"

"但你们已经来了。"林睿语气有些低沉。

"是啊,我们已经来了。我还能说什么呢?"

"你可以帮助我们打赢这场战争，像个英雄那样。至少，别让那个女孩看到你这样的面目。"林睿闭上眼睛享受耳边轻柔的钢琴曲，"她弹得真好听。"

"当然。这是世上最美的曲子。"军官也闭上眼。

女孩的演奏结束了，林睿与军官一同为她鼓掌欢呼。

"实际上，我能够陪在她身边的时间很少。"军官站起身，流转的光影中，那个女孩消失不见了，"我们相处的大部分岁月里，我都在时间河中奔波，处理虚无者对历史可能造成的改变，寻找它们真正的位置。有时我会想，我也许正在耽误这个女孩的一生。她会老去，时间河会夺走她的生命。而我却只能在永恒的岁月流转中重复，直到目标完成的那一天。我们注定不能长久。"

"那么你一开始，也许就不该去认识她。"林睿轻声说道，眼底泛起一阵潮意，"不过现在这么说也许已经太晚了。你能够轻易跨越时间，可以到达任何一个你想要到达的时间点，甚至可以回到你还没有认识她的过去，但你没有学会怎么忘记一个人。忘记是这个世界上最简单，却也最困难的事。这个女孩，已经在你心里扎下根了。"林睿指了指自己的胸口，"知道吗？有些太美好的事物，你一旦见过，便会永生难忘。可是当你知道那些美好注定不属于你时，巨大的落差会使你失望。最搞笑的一点是，即使知道最终只会结出痛苦的果实，人们依然无法拒绝它的诱惑，所以这个世界上悲伤的情种才会越来越多。"

"这不像是你的智商能想出来的话……"军官愣了愣。

"我也会看这方面的书的，书上都这么写。"林睿无奈地扶额，"没吃过猪肉还没见过猪跑吗？"

两人互相瞪着对方，谁也不甘示弱。

"也许我确实不该去打扰她的生活。"良久，面瘫脸忽然叹了叹气，"这个姑娘，比你想象的要更坚强，也更脆弱。"他转过身。此刻窗外下起了倾盆大雨，女孩浑身淋得湿漉漉的,在沙发上蜷缩成一团,手里握着手机,哽咽着对着她的朋友哭诉。

"我也不知道自己是怎么了……就是特别讨厌现在的样子。"女孩哭得梨花带雨,"有时候我会想啊,我要是什么都不会就好了。什么都不会的人才有人疼有人爱呀,比方说这些换灯泡、通下水道、修电脑的事……我一点也不想自己动手,但有时候又好像能习惯性地解决一切,不去麻烦其他人……我不是说那个呆子不好……可是他就是个呆子……什么都不懂,总是要人给他操心……"

林睿和军官陷入了沉默,沉默地聆听一个女孩温柔的抱怨。林睿听着她的话,脑子里却想起了另一个女孩,一个和她一样死倔死倔的姑娘。

"所以我时常会感觉……自己是做错了什么事。"面瘫脸有些低沉。

"不是感觉,就是错了。"林睿扭过头不去看那个姑娘,另一个女孩的脸在他面前晃来晃去,心底像是有爪子在挠痒痒似的,"可是喜欢这种事谁说得准? 外星人又怎么样? 还不是一样搞得焦头烂额? 喜欢就是喜欢了,天王老子来了也挡不住。事后再来想谁对谁错,还不如把握住你们每一刻难得的相处时光。"

"你说得对。"面瘫脸低下头接受林睿的教诲。两个男人在女孩微弱的抽泣声中沉默。

许久之后,军官抬起头:"我们该走了。"

"不再多看她两眼吗?"林睿愣了愣。

"不用了。"面瘫脸转过身,脚步随着声音一同远去,"等到一切都结束,万水千山,我也会去找她。"

林睿感到脸颊传来一阵刺痛，挣扎着睁开了眼。视线里江乔正满脸慌乱地望着林睿，右手扬在半空，眼看着就要狠狠扇下来……

"我醒了我醒了！"林睿大喊道。他终于明白脸颊传来的刺痛是怎么一回事了，这姑娘手上的力道和满脸温柔的表情真是丝毫不匹配啊！

"抱歉抱歉！"江乔收住手，"我看你怎么也叫不醒，担心你是昏厥过去了……"

"没事……"林睿哭笑不得地捂着红肿的脸颊，"下次……可以不用使这么大劲……"

视线渐渐变得清晰起来后，林睿低声问道："怎么了？"

"我们快到站了。"江乔指了指窗外。暮色四合，长途车正在缓缓驶入城市。街道已经被拥挤的车流占满，红色的车尾灯汇成了巨大的洪流。武警部队封锁了主干道上的两条车道用以保证军车通行，此时一长列轮式履带车正在缓缓穿过街道，引擎发出沉闷的轰鸣声。人行道上挤满了人，在武警部队的指引下缓缓向着城市里的各处临时安置点集中。

"发生什么了？"林睿问。

"官方渠道只发布过一条几十个字的短讯，大意是，前哨营地的士兵发生了暴动，有一部分士兵携带武器脱离了组织领导，朝四周城市散去了。"江乔直视林睿的眼睛，"很有可能是冲我们来的。"

"可能性很大。"林睿愣了愣，随即神色变得严肃，"有曹斌他们的消息吗？"

"没有。我们现在不能冒险进行通信，虚无者很可能可以定位我们的位置。"

林睿惊叹于江乔的心思缜密。他艰难地站起身："如果是这样，我们必须得抓紧时间往信号塔赶了。"

外星物体降临第三十四小时,北美东部时间七时,距公元纪年的结束还有十个小时。

罗德森正在营地休息,忽然听见外边传来巨大的喧闹声,好奇地走出帐篷。凌晨时分的密歇根湖畔泛起一阵朦胧的水雾,空气中传来莫名的寒意。罗德森拦住一名行色匆匆的军官,向他询问情况。军官有些恼怒地摆了摆手:"我们中间出了个疯子,秘密使用营地里的通信网络,向所有人发出了公告,说什么政府正在和外星人签订协议⋯⋯这帮阴谋论者,什么异想天开的事都想得出来。"

罗德森听着感到冷汗直流。营地里的低级官兵大概不知道高层正在和虚无者进行怎样的谈判,但一手推动整个谈判进程的罗德森可是一清二楚⋯⋯

"⋯⋯现在收到消息的平民正在向这一区域汇集,人数已经超过五千人了。我们受命要在营地外围构筑防线阻拦人群⋯⋯看看吧,现在倒好了,敌人还在保持沉默,我们内部却先发生了混乱⋯⋯"军官摇摇头,"你们文职人员最好待在帐篷里,随时做好转移准备。"

"转移?"罗德森望着军官匆匆远去的背影,"现在的世界,恐怕没有什么地方比谈判桌前更安全了。"

"真是⋯⋯壮观。"唐纳德从车窗里探出头,视线所及之处尽是密集的人群,汇成了一道黑色的洪流,向着浓厚的水雾中心隐去。

"嘿,向着神迹进发!"有人冲唐纳德吹了声口哨。

"我们是历史的见证者!"有人大声回应道,"世界末日万岁!"

"末日倒不见得。"一个中年男人在胸口画着十字,"如果外星文明真如他们所说的那样,能够跨越过去与未来的话,"他登上车顶,对着迷雾中若隐若现的黑色虚无者容器张开怀抱,"那对于正在腐坏的现代文明而言,它们的出现意味着救赎,意味着革命!"

"最疯狂的人都汇集到一起了!"肯打着方向盘,"这帮疯子聚在一起,天知道会发生什么!"

"把车停在路边。"唐纳德收回目光,"前边已经完全堵住了,我们得步行到最前沿去。"

"差点忘了,我旁边就坐着一个最大的疯子。"肯碎碎抱怨着开启了转向灯。

外星物体降临第三十五小时,正在指挥部队追捕叛逃士兵的吴文斌少将收到前方报告,侦察连在三十公里外的一座矿业小镇旁发现了被江乔开走的东风战车。随即他们了解到镇上曾发生过一场大范围骚动,目击者描述有一群宪兵装束的士兵忽然出现,似乎在追捕什么人。

"是虚无者。"参谋分析道,"他们是在……追击观察小队的成员?"

"林睿,曹斌,刘文选,江乔。"吴文斌依次念出他们的名字,"他们一定知晓了关于虚无者的秘密,虚无者才会不惜暴露目标也要抹除他们。"

"那么观察小队现在的处境非常危险。"参谋一愣。

"我们在信息上已经落后太多了,也许我们正在错过让我军掌握主动权的机会。"吴文斌沉思良久,猛地一拍桌子,"通知侦察连,不惜代价追查虚无者的动向。一旦发现它们的傀儡,立即开火。一定要抢在虚无者之前,找到观察小队成员!"

外星物体降临第三十六小时,十五个降临国纷纷宣布了全国进入战时状态,世界范围内有近百万人的部队正在紧急调动与集结,卫星系统时刻监视着地面,战机围绕国土做警戒巡航,以应对可能爆发的全面战争。

同一时刻,在密歇根湖畔聚集的人群已经超过两万人,这一数字仍在不断增长。

外星物体降临第三十七小时,林睿与江乔搭乘前往信号塔方向的顺风车前进到了山脉脚下,距离信号塔二十公里。信号塔位于深山里,他们需要等待一辆进山的车。

外星物体降临第三十八小时,危机应对理事会召开第三次会议,向美方质问几小时前发生的推特消息泄露事件,美国代表对网络上公布的信息再次表示否认,并重申这是虚无者在人类内部制造矛盾的手段。第三次会议上各国通过了攻击预警和通报协议,当虚无者的全面攻击发起时,确保所有国家能第一时间收到警告与共享信息。

外星物体降临第三十八小时三十分,侦察部队通过地方交通系统的配合,确定了林睿一行人的最近行踪,启程向距离信号塔最近的小镇赶去。镇上的警察系统也被动员起来寻找林睿的踪迹,最终通过道路监控确认,林睿与江乔已经在二十分钟前搭乘一辆载货车进了山。山里有几个小村,但已经没有太多居民了。村干部收到消息后立刻组织村民在山里搜寻他们的行踪。与此同时,距离小镇最近的战斗部队也开始向山脚的小镇集中,以信号塔为圆心的十余公里山区在此刻成了风暴的中心。

同一时刻,密歇根湖畔的前哨营地已经汇集了近十万平民,这一数字仍在增长。距离前哨营地最近的人群已经和构筑防线的美军发生了激烈冲突,更多的陆军部队正在前往虚无者的降临区域进行增援。

外星物体降临第三十九小时,北京时间零时整,距离公元纪年的结束还有五个小时。

老式货车刺破了雨幕。江乔蜷缩在副驾驶座上聆听窗外的雷雨声,身子微微有些颤抖。

"我们就快成功了。"林睿握住江乔的手,"只差最后一段路了。"

"嗯。"江乔轻声答应,"你的手好凉……"

"也许是我在害怕。"林睿轻声说道,"很抱歉把你拖进这场战争里来。"

"这不是你一个人的战争。"江乔反握住林睿的手,手心带着微微热气,"身处巨变中的人们总是有许多的迫不得已……但现在,我们正在改变这个世界的命运。"

"谢谢你。能与你并肩作战是我的荣幸。"林睿笑了笑。

"也是我的荣幸。"江乔望着林睿,棕色的眼睛泛着清水般的微光。

"孩子,我猜你们要去做一件了不起的大事。"司机师傅淡淡说道,"衷心祝你们好运。"

"谢谢。"林睿愣了愣。

"其实山里的村子已经没有我认识的人了,所有人都搬走了,我来为我的妻子收拾东西,恰好遇上你们。"师傅点上一支烟,"山里早些年还不是这样空旷,那会儿还热闹得很,戏班子和集会常常来。但好像是忽然之间,所有人都走了,山里的树死了一大片,村子也空下去了。"他缓缓吐出一圈长烟,"一切看上去都是突如其来一样,可一切又早有预兆。"

林睿和江乔默默听着。

"我们把我们的世界弄得一团糟,真的,不能再糟糕了。这些年我们毁掉了多少好东西啊……"师傅眼神有些迷离,"这两天我也一直在关注新闻,外星人说,要把我们的土地改造成它们的殖民地?听到新闻时我只有一个感觉,老天到底还是把报应送来了……"

林睿想要反驳,被江乔制止了。

"但也许我们还是得抵抗下去吧。"师傅忽然笑了笑,笑容泛着苦涩,"我们也许要为我们创造的这个千疮百孔的世界支付代价,但还远远轮不到外星人来插手。我们还生活在这里,这是我们的土地,我的孩子、妻子的……墓地。我们所珍视的一切都在这里。先辈的血脉都系在这片土地上,我们的后辈也要仰赖这片土地生存下去,这是我们的根源和灵魂所在。不流尽最后一滴血,我们不会停止抗争。"师傅掐灭了烟头,"勿谓言之不预也。"

夜空中划过一道惊雷,黑色的大地仿佛在发出愤怒的咆哮,在震慑所有暗中蠢蠢欲动的敌人,震慑它们的野心,宣示它的威严。

"信号塔。"林睿指了指矗立在黑暗中的巨大阴影,"我们到了。"

呼啸声划破了空气,一排子弹击碎了车窗,雨水与碎片四下横飞。林睿不知道从哪里爆发出巨大的力量,一跃而起将江乔护在身下。接着他猛地爬起身,一脚踹开了车门:"虚无者找到我们了!快离开这里!"

江乔跌跌撞撞地扑进漫天雨水中,一下消失在了林睿的视线里。林睿转身去看司机师傅,转眼间又别过了头——师傅的脖颈上插着一块玻璃碎片,血如泉涌,胸口的弹孔也在汩汩地冒着血花。

"去啊……去战斗……"师傅嘶哑地说道,"为……我们的……世界……"

林睿闭上眼,转身跃入了倾盆大雨中。

道路两侧的密林里闪动着无数阴影,喷射的火舌划裂了空气和雨水,在货车外壁上撕开一道又一道弹孔。林睿在雨水中翻滚,一头钻进了货箱底部。黑暗中他看见江乔蜷缩在不远处的密林里,一动不动,生死未卜。虚无者控制的傀儡正在朝那个方向持续开火。林睿感到浑身的血液都在往脑门上涌——这是一场有准备的伏击!虚无者已经知道他们要来了!

"迁跃点!"林睿猛然想起面瘫脸教给他的第二课。他全神贯注地凝视着面前的雨幕,密集的水花中忽然闪动着一团巨大的扭曲面。林睿连滚带爬地朝扭曲面扑去,眨眼跃入了一片白色的旷野中。

"成功了!"林睿有些兴奋。随即他在时间碎片中寻找迁跃入口,发觉四周原来遍布迁跃点。他很快找到了军官带他去过的那条时间长廊,在闪动的空间点中看到了货车中弹前的一刻。

"外星孙子们,没想到吧,老子可是开启了无限读档的作弊模式!"林睿伸手触摸时间点,呼啸的大风迎面袭来。

"勿谓言之不预也。"师傅满脸深沉地掐灭烟头。

"停车!"林睿拉住师傅,师傅一愣之下猛地踩下刹车,车轮发出一阵刺耳的摩擦声。几乎是同一瞬间,雨幕中钻出了一群阴影,对着货车进行扫射。

"后退,后退!"林睿大吼道,师傅猛地拉起倒挡,却被一排流弹击中了胸口,横飞的血水溅了林睿满脸。

"见鬼。"林睿转身拉开车门,一个迁跃点就在车门外等着他。

"看到那个扭曲面没有?"林睿对江乔喊道,"跳进去!"

"什么?"江乔满脸惊恐地望着林睿。林睿来不及和她多做解释,一把拉起她跳进了漫天白光中……

林睿狠狠摔落在时间碎片里,但江乔却不见了踪影。

"见鬼,她不会没跳进来吧?"林睿慌乱地四下张望。难道这个时间碎片只有他能够进出? 面瘫脸好像说过,他是被清理者感染后才具有跨越时间的能力的……

"我需要更多时间!"林睿再次触摸时间点。

"孩子,我猜你们要去做一件了不起的大事……"师傅幽幽说道。

"不,师傅,我们的计划改变了。"林睿急促地喊道,"现在掉头,我们不能再继续前进了!"

"怎么了?"江乔不明白林睿为什么忽然变得这样慌乱。

"虚无者在前边设好了陷阱要抓我们。"林睿低声回答。

师傅掉转了方向盘,开始往他们来的方向驶去。林睿还没来得及喘上一口气,一枚拖着尾迹的火箭弹从黑暗中飞射而出,击中了货箱尾部,掀起了一大团火球。驾驶座上的师傅和江乔在这阵巨大的震动中摔作一团,林睿则直接从碎裂的车窗中翻滚出去。林睿拼命将身子缩成一团,在落地的瞬间坠入了时间碎片中。

"它们怎么会在后边出现!"林睿感到巨大的惊恐,看起来虚无者已经控制了信号塔周边区域,他们似乎已经毫无防备地闯入了敌人严密防守的老巢!

"孩子,我猜你们……"

"师傅先别说了,听我的,立刻掉头,以最快的速度离开这里!"林睿几乎喊破了音。师傅疑惑之下还是照做了。

"怎么了……"江乔张了张嘴。

"先别问问题,我一会儿会告诉你。"林睿心烦意乱地摆摆手,"向右打方向盘!"

师傅熟练地一转方向盘,货车在雨幕中划出一道曲线。下一秒,一团燃烧的火球在他们猛然避开的方向炸开,掀起漫天碎石与火花。

"那是什么?!"师傅惊恐地大吼起来。

"能要我们命的玩意儿!"林睿脸色惨白,"我们先离开这里再说!"

师傅一脚踩下油门。引擎发出一阵低鸣,货车在黑暗中疾驰而去——却被第二发火箭弹击中了车轮。

"见鬼!"林睿在被灼热吞噬的瞬间钻进了迁跃点。

无数次循环读档之后……

"面瘫脸!我们已经到信号塔下了,你再不出现,我们他妈都得死在这儿!"林睿精疲力尽地躺在时间碎片里,扯着嗓子大吼。

空气中泛起一阵涟漪,一个浑身湿透的男人从扭曲面中钻了出来。

"你还知道来啊!"林睿气急败坏地站起身。接着,他的声音渐渐低沉下去,浑身的血液在一瞬间无声地凝固。

面前站着的男人,是刘宇。

唐纳德和肯随着人群突破了陆军布置的警戒线。刚刚竖立起的拒马被人群掀倒,各方人马在浓雾中揪斗成一团,宛如置身冷兵器时代的战场。

　　冲突是毫无预兆爆发的。汇集在前哨营地前的近十万人里,居然早已经划分出了无数不同理念的派别,其中就有肯在报道中看到的"回旋镖崇拜者",奉外星文明为拯救人类文明的救世主;另　派是激进的人道主义者,质疑政府在企图奴役人类的外星文明面前卑躬屈膝,坚持要军队主动对虚无者发起进攻。两派人马在前哨营地的防线前相遇,从简单的口角冲突升级为大规模的混战。军队试图出面控制局面,却被人道主义者发现了空隙,人群一拥而上突破了警戒线,源源不断地涌入前哨营地,任何试图阻挡这股庞大洪流的士兵都在转瞬之间被人群吞没。

　　此时此刻,阻拦在十万人和虚无者之间的,仅剩那一圈薄薄的铁丝网。

　　"来啊,把你的神迹展现给我看!"唐纳德高举相机,满脸兴奋的神色。

　　"你们都疯了吗?"肯不可置信地看着自己的同事。

　　"我比任何时候都清醒。"唐纳德指着四周疯狂的人群,"看看这些人吧,他们只相信他们愿意相信的! 无论是仇视外星人,还是崇拜外星人,他们只是看到了他们想要看到的,他们最后在乎的其实只有自己的想法。这就是虚无者到来的意义。"他转身望着浓雾中的巨大黑影,"它好像是人类社会的一面镜子,照出了我们所有的自私、无知和丑恶——所有的污秽,都展现得清清楚楚。"他全神贯注地注视着隐藏在浓雾背后的虚无者,"人类将借助虚无者的威压,更深刻地了解自己的文明。"他顿了顿,"我有预感,当虚无者许诺的神迹降临时,世界将发生巨大的改变。旧的秩序……也许要一去不返了!"

　　"是你!"林睿惊恐地大喊道,"你怎么会在这里?!"

　　"你又怎么会在这里呢?"刘宇露出意味深长的笑容,"你不是已经体会到自由跨越时间和空间的美妙快感了吗?"

"你……也被感染了?"林睿反应过来。他下意识地想要离开这个时间碎片,但迁跃点似乎都失去了作用,林睿无论如何也无法离开。

"看来我的老朋友给我留下了不少惊喜。"刘宇上下打量着林睿,"别上蹿下跳了,对于迁跃点的应用,你还只是个孩子。"他好奇地望着林睿,"你怎么会同意接下这样一个要命的任务?"

林睿气喘吁吁地放弃了挣扎,不知道对方怎么会慢悠悠地摆出一副唠家常的语气。

"应该是搞错了。"林睿喘上一口气,"我其实也没想过一路上会这样危险,我要是知道就不会来了。"

"我想也是。"刘宇冷笑道,"你也不像是会为了所谓人类文明的未来而甘愿牺牲自己的人。"

"话说这么直白的吗?"林睿缩了缩脑袋。

"我可以毫不费力地杀死你,也可以选择让你活命。"刘宇拔出腰间的手枪,"会有什么结果,都取决于你。"

"你这一副严刑逼供的模样……是要我透露什么组织的秘密吗?"林睿老老实实高举双手。

"你只需要告诉我,清理者都和你说了什么? 它的分身现在在哪?"

"分身? 什么分身?"

"你以为它们只有一个吗?"刘宇悠闲地给手枪上膛,"看来你知道的也不多,你大概也只是清理者手下的一枚随时可以牺牲的棋子而已。"

"对对对,我真的什么都不知道。"林睿满脸真诚。

"那你知不知道,清理者和我们,本质上没有太大区别?"刘宇直视林睿的眼睛,"你以为它们就可以信任? 觉得它们是站在人类这一边?"

林睿愣了愣。

刘宇发出嘲讽的笑："你们到现在,还在用你们那一点点脆弱的道德观来衡量宇宙生存法则。我不妨告诉你,虚无者和清理者,无论是哪一方获胜,你们的文明都难逃灭亡的命运。"他举枪对准林睿："你们实在太弱小了。"

"弱小,就应该被奴役吗?"林睿忍不住小声反问。

"林技术员,想必你对你们文明的历史也有一些了解。哪个弱小的文明,能躲过被吞并的命运?"

林睿沉默不语。

"好了,看来你这里并没有我想要的东西。"刘宇打开保险,"再见了,林技术员。"

他猛地扣动了扳机。

林睿下意识地护住脸。

子弹转眼消失在了空气中。

虚无者难得流露出困惑的神情:"你什么时候……对迁跃点的使用这样熟练了?"

林睿的面前,浮动着一团拳头大小的扭曲面。

"我……天资聪慧。"林睿小心翼翼地说道。

刘宇不耐烦地再次举枪。

"等等!"林睿大喊道,"反正横竖是难逃一死,不如让我把遗言说完?"

刘宇愣了愣,沉思了一会儿,收起了手枪。

"很有意思,林技术员。你是我见过的最有意思的人。"他笑了笑,"你将得到我的特别宽恕,你可以说完你的遗言。"

"我其实只是想要澄清一点,我确实不知道这一趟会是这样一个要命的任务,老实说,我现在非常后悔。"林睿看上去有些沮丧,"本来以为能当一把英雄呢,结果现在都快把命搞没了,早知道就不来了。"

"这很符合我对你们大部分人的了解。"刘宇冷笑。

"但这话其实也只是说说而已。这事要真摊在我头上,我也不会选择袖手旁观,即使我可以选择拒绝,结果依然是一样。"

刘宇慢慢收起笑容。

"'拯救世界'的大口号太虚无缥缈了,谁知道自己糊里糊涂献身救的是什么玩意?"林睿摆摆手,"我会来到这里,是因为有不得不来的理由。"

"什么理由?"刘宇愣了愣。

"你看,你们反派总是喜欢好奇,话也多,和你们交流还蛮有意思的,比较符合我对大部分反派的了解。"林睿发现自己越是生死关头越控制不住自己的冷幽默,"我不妨告诉你,我会到这里来,是因为我认识的所有人都在我身后,我所珍视的一切都在这里。我的家人,我的朋友,我的同事,航天局大院里存的科幻片光碟,对空观测中心和对地观测中心还没有打完的篮球赛,还有后街的卤猪蹄子……你有机会一定得去尝尝,右数第三家摊位的卤猪蹄子,那美味简直叫人永生难忘……"

"卤猪蹄子?"刘宇一下子有点跟不上面前这个脱线男人的脑回路。

"回头你来航天局,我请你尝尝。"林睿豪爽地一挥手,"还有那些只见过一面,连名字都还没问到的漂亮姑娘,说起来我活了这么些年都还没处过对象呢……"

"你到底要表达什么?"刘宇几乎要开枪了。

"我的意思是,这些生活中的无数琐碎——对你们而言完全没有存在必要的细节——构成了一个人心底的全部勇气。有时候告诉一个人,要他为拯救地球而献身,说破天他也不会搭理你。但如果你告诉他,是时候为你珍视的卤猪蹄子和漂亮姑娘而战了,他会毫不犹豫地挺身而出。"林睿脸上挂着微笑,眼里却毫无笑意,只泛着铁一样森严的寒光,"世界是什么? 那么宏大的命题,要为它拼命还得琢磨琢磨自己有没有这个资格。但为卤猪蹄子而战,每个尝过它的人都会挺身而出,因为那就是……我们仅有的一切了,谁不会为自己的一切而拼命呢?"

"说了这么多,原来是在威胁我吗?"刘宇隐隐反应过来。

"知道我为什么喜欢你们这样的反派吗? 因为你们总是话很多,也总是喜欢给好人留足够多的活命的时间。"林睿冷笑,"而且,人类世界有一个通用的定律,反派,永远死于话多。"

林睿胸前那团拳头大小的迁跃点忽然迅速扩张开来,一个黑色的人影渐渐在迁跃点中浮现。

面瘫脸已经在这里等候多时了。

刘宇脸色瞬间变得极其难看。

"我知道,你在想,为什么派出二十名全副武装的士兵进入时间河,还是没能杀死我,对吧?"军官缓缓走出迁跃点,浑身上下伤痕累累,衣衫已经被黑色的血迹浸透。

"现在不奇怪了。"刘宇冷着脸,"我看到现在的你,已经具有了清理者和虚无者都不具有的力量。"

刘宇的神色居然出现了一丝羡慕:"你有了不得不拼命保护的东西,你拥有了……信念。"接着他像是谈到了什么令他惊恐的事物一般猛地摇了摇头:"信念,对我们而言是十分危险的事。它会吞噬我们的文明。"

"对两个不允许出现自主思想的文明而言,这当然是危险的事。"军官平静地说道。

"是啊……看来你已经对秩序产生了怀疑,你是我们文明内部产生的病毒。"

"你要抹除我这个病毒吗?"

"你是秩序的威胁。"刘宇猛地举枪。

"不,我是在为自由而战!"军官迎着刘宇的子弹撞了上去。

稍早之前,林睿从大雨中跃进迁跃点的瞬间。

"目前为止,你应付得还算不错。"面瘫脸疲倦地躺在白色旷野上。

"简直九死一生好吗!"林睿也躺在地上大喘气。

"虚无者派出的小队已经被我清理干净了。"军官的声音听起来十分虚弱,"它们大概还不知道我已经摸到了它们的容器旁。"

"接下来你要怎么做?"林睿问道。

"我会放它们的一个分身进来,你要尽可能拖住它,让我有机会定位它们在时间河中的真正位置。虚无者的容器要启动时间迁跃器需要一定的时间,而且必须要所有分身都在场的情况下才能启动。"

"分身,和那些被控制的傀儡有什么区别吗?"林睿一愣。

"它们在虚无者的社会结构中属于金字塔的顶端,是直接从主脑中分裂而出的次级大脑。"

"听起来真恶心。"

"从人类的角度看,确实够恶心的。"

"它们知道虚无者所处的真正时间点?"

"它们当然知道。"军官挣扎着支起身,"清理者的舰队已经将目光投向了这里。所有十六个虚无者容器中,我们是最接近本体所在的。一旦对虚无者的定位完成,我们会对它的容器进行毁灭性打击。"

"听上去……我们好像是要成为英雄了。"

"是啊……只差最后一步了。"军官的声音里依然透着无尽的疲倦。

此刻,刘宇已经打空了两个弹匣,却没能击中军官一枪。

"这个人已经被我困在这片时间碎片里了。"面瘫脸通过迁跃点躲避刘宇的射击,"你是这个时间碎片的主人,你要继续向信号塔前进。容器的本体就隐藏在这个信号塔的时间河中,你距离它越近,我就能定位得越准确。"

"想直接攻击我们的容器吗?"刘宇冷笑着更换新的弹匣,"你们不会成功的。"

"我们已经快要成功了。"面瘫脸冷冷回答。

林睿钻出迁跃点时,司机师傅仍在念叨:"孩子,我猜你们……"

"好了,师傅,就到这儿吧。"林睿按住师傅的肩膀,"就在这里停下。"

"知道了。"师傅愣了愣,踩下刹车。

"我们到目的地了吗?"江乔望向窗外。

"就快到了。"林睿转过头对着江乔微笑,"你在这里等我一会儿,我要去和那个外星面瘫脸聊一会儿。"

"哦哦。"江乔乖巧地点点头。

"真是个听话的好姑娘。"林睿在心底赞叹。

"师傅,麻烦你在这里稍微停一会儿,我很快就回来。一会儿不管你听到外面发生什么,都不要发动汽车,更不要往前走哪怕一步。"林睿叮嘱道。

"知道了,小伙子。"师傅严肃地点点头。

"真像交代后事。"林睿笑了笑,一把拉开了车门。

"你的伤口……"江乔提醒道。

"已经没事了。"林睿摆了摆手,走进了漫天大雨中。大风扬起他的衣摆,林睿感觉自己好似电影故事里独闯龙潭的孤胆英雄。

以信号塔为中心,半径五百米的范围,是虚无者的"雾区",即它们控制的时间河范围。因此林睿无论怎样跨越时间,都无法逃离虚无者的追杀。但虚无者最终的目标只是林睿,所以只要林睿离开那辆车,其他人都不会有事。

"接下来一定会很痛。"林睿下意识地想要紧闭双眼。

转过一个拐角后,信号塔已经近在眼前了,但这几百米的距离,林睿将要花费巨大的代价通过。

树林中缓缓走出来一名全副武装的宪兵,毫不犹豫地对着林睿举枪射击,林睿被巨大的冲击力撞得向后退了几步,直接跌入了身后的迁跃点中,身上的枪伤也一并消失不见。

"啊!妈的!真疼!"林睿倒在时间碎片内抽搐。枪伤虽然会消失,但那一瞬间的痛感还是存在。

军官与刘宇已经跌入林睿的时间河里展开追逐大战了,林睿的抱怨只能说给空气听了。

"左边林子里有三个,配备自动步枪。"林睿回忆那一瞬间观察到的景象,"右边是一片山坡,林子足够密,应该可以找到有效掩体。"

林睿再次跃出迁跃点,在落地的瞬间径直奔向右侧树林,在一块巨石后边躲过了一轮密集的扫射。他顶着枪林弹雨在密林中拼命地飞奔,不顾一切地向着信号塔脚下靠近。一发子弹几乎贴着他的皮肤擦过,撕开了一道血口,另一发子弹则击穿了他的大腿。林睿活了二十九年,从未像今天这样体会到人间地狱的真切感受。他再次钻入了时间碎片中,伤口转眼消失了,但巨大的痛苦感依然停留在他的大脑皮层里。

"真疼!疼死老子了!"林睿近乎撕心裂肺地哀号起来,"敢不敢再射准一点啊?!给老子一个痛快好了!"

抱怨归抱怨,下一刻林睿更为鸡贼地扑进雨幕中,沿着山体做曲线运动。弹雨在他身后横飞,训练有素的士兵们惊奇地发现对方居然能巧妙预判自己子弹射出的方向,就好像是……已经经历过这一切一样。

"哈哈,游戏通关的奥秘不就是背熟地图和敌人分布点吗?"林睿眉飞色舞地奔跑着,"老子可是开启了作弊模式,会栽在你们这帮外星孙子手里?"

下一刻,巨大的火花在林睿面前骤然绽开,灼热的气浪一下掀翻了林睿,密集的弹片眨眼插了满身……

"我知道你们装备好……但火箭弹都搬出来了,未免太欺负人了吧?"被气浪吹到半空中的林睿哭丧着脸。

铁丝网轰然倒地,人群一拥而入,涌进了"回旋镖"雾区。

鹰派与鸽派的战斗仍在继续。人道主义者自制了燃烧瓶拼命朝虚无者容器掷去,试图引发虚无者的反应,但燃烧瓶像是被浓雾吞没了一般,一丝火花也没能掀起来。"回旋镖"崇拜者愤怒地阻挡下了鹰派的亵渎行为,用手边能够着的一切武器与鹰派人群搏斗起来,战况正逐渐升级。

大批整队完毕的警察部队手持催泪弹和防爆盾冲进雾区内驱逐人群,但在数万人的混乱人群中犹如投入巨浪中的一颗石子,很快就被人群冲散了队形,转眼又演变成三方的混战。只有虚无者在沉默地注视着一切,沉默地隐藏在浓雾背后,或许是暗自窃喜,或许是不屑一顾。疯狂着或愤怒着的,只有虚无者脚下的这群蝼蚁般的人类。

直到那一刻的到来。

那一刻,虚无者的巨大容器发出一声尖锐的嘶鸣,划破了清晨的空气。在徐徐升起的朝阳中,虚无者向着天际缓缓升起,黑色的阴影阻挡阳光,投下了足以吞噬一切的黑暗。

地面上厮杀或喧闹着的所有人,都下意识地朝虚无者望去,宛如仰望他们的天神。

地面上的每一个人,或惊喜,或忧虑,或若有所思,他们屏息凝神地仰望着缓缓升起的虚无者,等待着即将改变历史的时刻诞生。

那些凝视虚无者的眼睛中,有政客、有军人、有父亲、有母亲……

无数普通人的眼睛凝望着虚无者,一如数千年来,虚无者对人类的凝视一样。

林睿已经数不清自己是第几次进入迁跃点了。在一次又一次的濒死与重生的过程中,他感到自己的精神已经接近崩溃。看上去他的躯体毫无损伤,但他的大脑已经无法承受这样超负荷的刺激。

再一次被步枪子弹击穿小腿后,林睿如同发条用尽的机器人一般扑倒在地。

"后悔了,这回……是真的后悔了……"林睿麻木地躺在泥水翻飞的土地上,漫天大雨冲刷着他的视线。

"英雄果然不是这么好当的。"他在心底对自己说道,"你一次又一次拿出命来拼,最后得到的结果又是什么呢? 好像除了失败,还是失败。经历了这么多,你的生活还可能回到从前吗?在这个血与火正在降临的时代,在这个正在崩坏的时代,有那么多无辜的生命无端地牺牲掉了。发生了这么多可怕的事,这个世界还能回到从前吗?如果这是一个英雄故事,正在读这个故事的人,怎么可能会相信,这个故事会有美好的结局?"林睿缓缓闭上眼,"睡吧,睡过去,一切就都和你没关系了……"

就这样结束了吗?

这样结束了。

这样结束你甘心吗?

……无所谓了。

真的无所谓了吗?走了这么远,就差最后一步了,就这样停下,真的无所谓吗?

"等到战争结束,千山万水,我也会去找她。"没来由地,林睿想起了面瘫脸的话。

"原来还是挺在意这句话的。"林睿忽然笑了笑。

四周的士兵纷纷朝他围拢过来,其中一名士兵注意到林睿还有呼吸,准备给他补上最后一枪。

下一刻,巨大的力量涌入林睿体内。他猛然站起身,在所有人震惊的目光中跃入了一片扭曲的空气中,消失不见。

"开玩笑嘛!老子的卤猪蹄子还没吃够呢,怎么能死在这个鬼地方!"林睿大吼道。仅仅休整了几秒钟,他又重开了迁跃点,手脚并用地爬了出去,犹如一只英勇的猩猩。

"这次老子可把地图背熟了!"林睿一头窜进密林里,密集的弹道再次在林睿身后横飞。士兵们惊恐地发现任凭再猛烈的火力也无法伤到林睿分毫，仿佛这个在黑夜中连滚带爬地飞奔的男人被施了"无法命中"的魔法。眨眼之间，林睿已经穿过了几百米的山林，冲到了信号塔脚下。

"面瘫脸，现在看你的了！"林睿大吼道。

面前的空气卷动起来，一个黑色的人影沉重地砸向地面——是刘宇，已经不省人事了。林睿愣了愣，顺着打开的迁跃点钻了进去。

军官身上的伤口更密集了，看上去好似一个血人。他跪倒在白色旷野上，眼神空洞无光，好似已经被剥离了灵魂。

"怎么了？"林睿伸手在他面前晃了晃，"赶紧召唤你们的舰队啊，一会儿虚无者该跑了！"

"舰队……无视了坐标信息。"面瘫脸面如死灰，"它们……默许了虚无者，侵占这个世界。"

"你的追随者还真是拼命。"刘宇发出讥讽的笑声。

"他也有他的信念。"军官躲避着刘宇的子弹。

"那么整个清理者文明呢？"刘宇反问，"我们的战争持续多久了？ 快两万年了吧？ 你凭什么会认为，我们的主脑还愿意继续将战争进行下去？"

"什么意思？"军官愣了愣。

"你明白我在说什么。"刘宇停止了射击，"看看这个脆弱的世界，我们只是想借助它延续我们的文明，无意再将战争持续下去。清理者究竟还有什么必要将我们赶尽杀绝？"

"对敌对文明赶尽杀绝，是高等文明之间的相处铁律。"军官冷冷地回答。

"现在不再是了。"刘宇摇摇头，"我们都从人类身上学到了很多，其中最大的收获就是,利益交换。"

"利益?"军官心底一沉。

"我们的维度已经不适合生存了,但这个维度还没有遭到战火侵袭。要在这个维度生存下去,我们需要容器。虚无者文明需要容器,清理者也是一样。我们愿意与清理者共享这个世界。"刘宇摆摆手,"互利共赢。"

"人类文明呢?"军官反问。

"他们,没有资格在这个谈判桌上说话。"刘宇缓缓吐出了对人类世界的判决,"被奴役和控制,就是他们最后的命运。"

林睿浑身泛起一阵强烈的无力感。他慢慢瘫坐在军官身边,两个男人相视无言。

"最后……无论怎样挣扎,结果都是一样的吗?"林睿想这样问,但已经无力再张口了。他想起几分钟前自己神经质一样地拼命,最后换来的只是一个早已注定的结果,想到时间的帷幕之后的那群外星人,站在高高的山顶上俯视着所有人,而山脚下却有一个愚蠢的蝼蚁以为只要拼上性命就能改变被牺牲掉的命运,他竟然遏制不住自己想大笑的冲动。

"抱歉——"面瘫脸轻声说道。

"多说无益。"林睿打断了军官剩下的话,他一秒钟也不想在这个满世界白色的鬼地方待下去了。他缓缓站起身,钻出了迁跃点。

此刻夜色中的信号塔已经发生了巨大的变化。信号塔的塔身已经消失不见了,取而代之的,是那个巨大的,被江乔称之为"米粒"的黑色容器。它沉默地矗立在漫天大雨中,沉默地俯视着这片大地。面瘫脸找了它那么多年,此刻它居然就这样冠冕堂皇地站立在林睿面前,像是在发出无声的嘲讽。

"明明……更像擀面杖。"长久的无言后,林睿低低地说道。

车灯刺痛了林睿的眼睛,江乔的声音远远在喊他。林睿意识到师傅还是把车开了上来。

"我们在远处看到'米粒'忽然冒出来,担心出了什么事,就上来找你了。"江乔跳下车向林睿解释道。

"路上没有士兵攻击你们吗?"林睿轻声问道。他注意到躺在地上的刘宇也消失不见了。

"没有,一路上很平静,半个人影也没有。"江乔歪着头打量着林睿,"你怎么了? 脸色怎么这么难看?"

"我只是……需要休息一会儿。"林睿感到自己快虚脱了。

"孩子,一切都会过去的,打起精神来。"师傅伸手扶住林睿,"姑娘,帮我扶他上车。"

"好。"江乔凑上来帮忙,林睿却甩开了他们。

"不,不用。"林睿低头沉思了一会儿。他注意到,信号塔旁有一座老式广播站,他想去看看那儿还能不能正常运转。

"那是村上的广播站。"师傅顺着林睿的目光望去,"再往里走一小段,就是我们村了。"

"广播站还在使用吗?"林睿轻声问。

"逢年过节还会放些曲子,应该还能用。"

"我知道了。"林睿点点头。他转过身凝望着江乔,后者也回望着他。

"告诉我发生什么了,我们一起面对。"江乔平静地说道。

"没有发生什么,我们的任务完成得很顺利。"林睿笑了笑,"有没有人说过你的眼睛特别好看?"

"经常有人这样说。"江乔也回以微笑,笑容美得让人心碎。

"我会记住这双眼睛的。"林睿在心底说道。

"你们现在开车离开这儿。"林睿收起笑容,"清理者呼叫了它的舰队对虚无者进行打击,这里很快会陷入一片火海的。"

"你呢?"江乔拉住林睿的袖子。

"我有清理者保护,它们的黑科技多到你无法想象,跟着它们安全得很。可惜它们是一群非常小气的人,不肯再多带上哪怕一个人,不然我就把你俩都留下来见证虚无者被毁灭的这一刻了。"

"是真的吗?"江乔凝视着林睿的眼睛。

"是真的。"林睿平静地点头。

货车沿着山路缓缓离开,林睿目送货车消失在视线里,摇摇晃晃地转身走进了广播站。

稍早前,在江乔和师傅到来之前,林睿收到了曹斌发来的信息。

"林睿,我这里有非常糟糕的消息要告诉你。世界刚刚发生了剧烈的动荡,虚无者对全球展开了可怕的病毒打击,打击效果是人类无法想象的。"

"你现在在什么地方?"林睿回复道。

"山脚下,很多部队都在向这一区域集结,我说服了将军,让他不要贸然派遣部队进山。"

"你们现在能对山顶进行覆盖打击吗?我已经成功定位了虚无者的位置。"

"那对我们而言是再好不过的消息了。因为人类很快要向虚无者妥协了。"

"它们发起的打击已经摧垮了所有降临国吗?"

"比那更糟糕。它们摧垮了整个世界。"

"……"

"你的计划是什么?"曹斌问。

"向信号塔方向开火。"

"自动制导系统受到了干扰,只能手动输入坐标。"

"我不清楚这里的坐标是多少……但这里也许可以通过无线电信号定位。"

"知道了。你务必要在导弹发射之前离开那里。"

"收到。"林睿关闭了手机屏幕。

老式扩音器发出了一阵沙沙的声响。林睿靠在转椅上,悠闲地打开了播放器。一阵舒缓的旋律逐渐响起,在夜空和雨幕中回荡,夜色下的虚无者也随着林睿一同聆听这支曲子。这是老一代人耳熟能详的曲子,是诉尽了无数岁月沧桑、浸透了漫长光阴的传世之作。这帮没有自我意识、没有艺术与文化的外星物体,大概永远也无法理解歌里唱出的精神与力量。

"外星孙子们,哪怕你们已经沆瀣一气了,爷爷我照样能将你们一军!"林睿忽然大笑起来,"准备好,接受这片燃烧一切的焰火吧!"

他将广播声音调到了最大,在盛大的旋律中,他随着音乐一同高唱起来:

让海风吹拂了五千年

每一滴泪珠仿佛都说出你的尊严

让海潮伴我来保佑你

请别忘记我永远不变

黄色的脸……

巨大的呼啸声撕裂空气而来。林睿走到窗台边，望着明亮的导弹尾迹照亮的那一小片夜空，等待着那阵毁灭一切的震动的到来。他没有移开视线，他不会移开他的视线，他一定要亲眼看到火焰将虚无者整个吞没的那一刻。

但那一刻始终没有到来。导弹在距离虚无者容器上方数百米的半空中遭遇了一层透明的防护层，绚烂的火焰在半空炸开，流光与碎片贴着防护层滑落，照亮了整片夜空，恍如是漫天繁星在同一时刻坠落下来。明亮的火光下，林睿最后的希望也随之破灭了。

"看来你的计划没有你想象中那样成功呢。"江乔的声音从背后传来。林睿愣了愣，过了许久，才慢慢转过身。

"你没走……"林睿低声说道。

"你没走。"林睿提高了音调重复道。

"是是，我没听你的指令，我道歉还不行？"江乔吐了吐舌头，"你们男生撒起谎来总是那么没水准，一眼就能看透了。"江乔几步走上来把林睿的头发揉得乱七八糟，"瞧你一脸将要英勇就义的死样，什么情绪都挂在脸上了，想不看出来都难吧？"

林睿一时语塞。他小心翼翼地伸出手，将面前的女孩搂在怀里，最后忽然像个孩子似的号啕大哭起来。

"我把一切都搞砸了……都是我的错……"他咬着嘴唇克制自己的泪水，一张脸憋得通红，"我对不起大家……我辜负了你们的期望……"

"好了好了，一切都会过去的。"江乔轻轻拍着林睿的脑袋，"你看你，都老大不小的人了,怎么还和小孩似的?"

"对不起……对不起。"林睿大声喊着抱歉,却不知道是在对谁。

他们长久地相拥,仿佛外界的一切都和他们不再有联系,仿佛时间在这一刻陷入了永恒。盛大的流光在他们头顶绽放、飞溅、滑落,照亮了地面上两个人小小的影子。他们紧紧依偎着,仿佛没有任何事物能够将他们分开,直到世界末日来临。

外星物体降临第三十九至第四十二小时,虚无者在包括美国在内的十六个降临国境内,共挑选了二十二座十万至百万人口规模不等的城市,释放了迄今为止虚无者研制出的效力最强的病毒。遭受虚无者病毒打击的城市,根据事后官方统计,没有幸存者。

没有幸存者!

有近五百万人在这场毫无征兆的病毒打击中丧生,死亡时间基本分布在病毒侵袭后的十五分钟至三十分钟,现代医疗手段远远来不及查出病因,病人就已经停止了呼吸。

庞大的死难者数量使后续的清理与收殓工作遭遇了巨大的困难。尽管各国政府动员了大量军队与志愿者前往受打击城市收殓遗体,但因尸体腐败而造成的二次感染与衍生疾病依然在各国肆虐开来。

二十二座遭受病毒侵袭的城市在很多年后依然无人敢前往居住,渐渐沦为了破败的空城。很多年后拾荒者经过那些城市时,还能隐隐听见城市里传来死难者沉痛的哀号声,那是对恶魔般的外星文明的控诉。

打击发生一周年之际,十六国政府共同进行了死难者公祭活动,并修建了巨大的死难者纪念碑,每座纪念碑高度达一百八十米,宽九十米,上面密密麻麻地刻满了死难者的姓名。每年来此凭吊亲人的人络绎不绝。这将成为人类文明史上一道难以抹去的新伤疤。

虚无者在病毒释放完成后发布了声明，称这只是第一阶段的打击，倘若人类依然拒绝接受虚无者提出的条件，第二轮打击随时会发起。

在短暂的考量与犹豫之后，联合国大厦内，第一次出现了虚无者操控的代表。这也预示着人类文明即将向来自第五维度的极权文明妥协，旧的国际秩序行将崩塌，全新的时代正在血泪中徐徐展开。

后世的史学家在整理这一时期资料时，一致将虚无者的代表参与联合国会议的这一刻，视作公元纪年的终结。因为在这场大会上，虚无者正式提出了迁移地球和建设保留区的具体年限与细节，并划定从此刻起人类文明将进入秩序纪元，旧的国家体系将被打破，世界将归于虚无者绝对极权秩序的统治下。

美国尽管也遭受了虚无者的打击，但却是十六国中人员损失最小的一国。在秩序元年九月，美国被正式宣布为虚无者在人类文明中的代理国，负责在过渡时期协助虚无者改造旧的社会体系，建立全新的社会秩序。

后来人们在分析虚无者降临初期波谲云诡的国际局势时，一致认为虚无者危机爆发的前四十八小时的局势最为错综复杂，也是对人类文明而言最为关键的时期。人类在某个瞬间几乎与虚无者站在了对等的谈判位置上——因为有隐藏在幕后的清理者文明的帮助。它们在全球范围内的活动对虚无者的战略部署起到了重要的牵制作用，但在虚无者即将对人类社会发起全面打击的前夕，清理者却忽然保持了沉默与中立姿态，致使人类失去了仅有的战略优势，最终不得不选择向虚无者文明卑躬屈膝。

人类文明与虚无者文明正式开始谈判后，刘宇将奄奄一息的刘文选送到了军医院。吴文斌少将几度亲自前去慰问刘文选，赞赏他在最危难时刻所展现出的巨大的勇气。

"可是……我们到最后还是什么都没有做好。"刘文选失落地回答。

"我们是败在了巨大的科技悬殊上。"吴文斌叹了叹气，"也许我们已经被技术制胜论占据了头脑，而忽视了最重要的一点：一个文明最伟大的力量，其实是它的人民，在平凡的生活中展现出的一切美好的、善良的事物。"

"也许有一天，这些看似平凡的事物，能成为我们最终战胜敌人的强大动力吧？"沉默良久，刘文选轻声附和道。

吴文斌渐渐陷入了沉思。此刻血色的夕阳正缓缓照进病房，晕染出一片刺眼的红。在一片令人心悸的红色霞光中，在旧时代与新时代交替的落日中，这位戎马一生的少将郑重地点了点头。

《失落世界》上部完

失落世界（下）

猎户座悬臂 ———— 著

LOST WORLD

浙江文艺出版社
Zhejiang Literature & Art Publishing House

下部

> 你的父亲，
> 做了一个英雄般的决定。
> 我永远，
> 深爱着他。

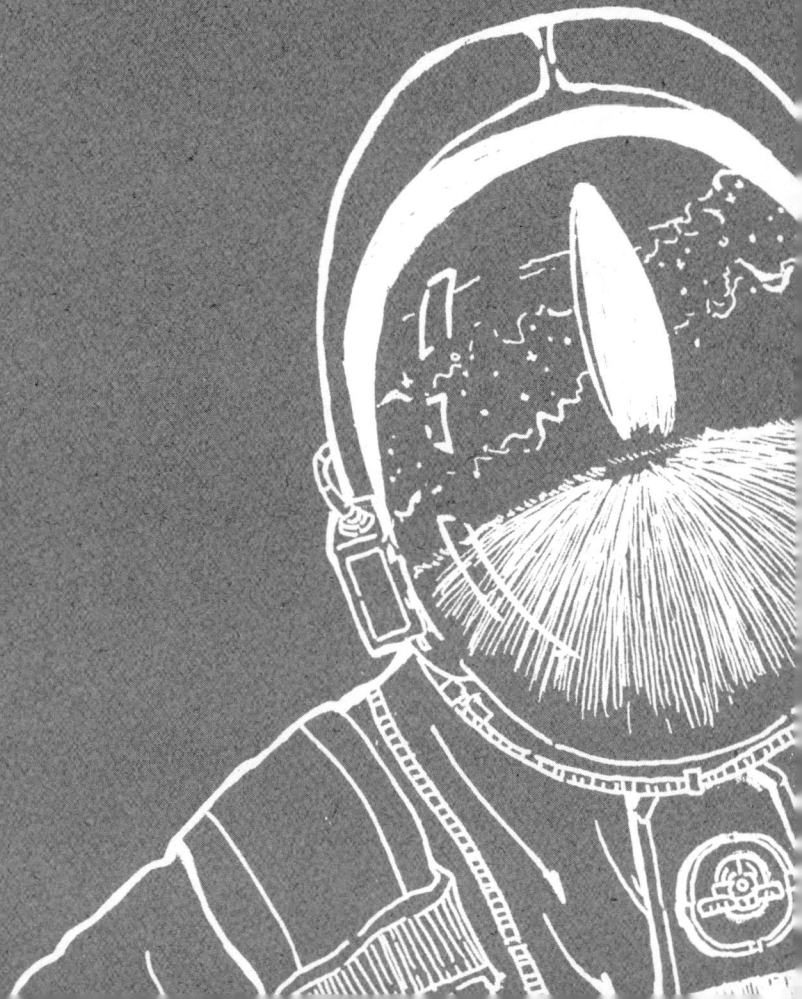

下

部

秩序纪元一百三十五年,灰星。

袅袅青烟在房间里缓缓升起,向着四周晕染开来。柔和的白色微光照亮了红木古案,古色古香的屏风后边,颤颤巍巍的老人正在提笔写一封长信。

如今在灰星上,笔和纸已经是古老的回忆了。年轻一代人甚至完全不知道还有手写这样一种"落后"的信息传递方式,知道的人则会笑一笑说,这是属于老人们的浪漫。

此刻这位老人似乎对正在构思的这封信极为重视,落下每一笔都要经过深思熟虑;目光深邃而迷离,仿佛直面倾诉者本人。

点着灯笼的廊道外响起了沉重的脚步声。木纹雕刻的大门感应到脚步,无声地滑向了两旁。来者走近几步,在老人的屏风外缓缓坐下。

"还在写那封信吗?"来者轻声问,是个西装革履的年轻人。

"很快就要完成了。"老人头也不抬,给手里的钢笔重新灌了墨水,干枯的双手微微有些颤抖。

"我来帮您……"年轻人见势想要起身。

"不用,你就坐在那儿。"老人示意年轻人少安毋躁,"我还没有老到拿不动笔。"

年轻人只得再盘腿坐下。

"说说吧,舰队怎么样了?"老人问。

"第一批舰队已经启航了,先锋部队是我们的首批曲率加速战舰。它们将在两年后抵达地球,在那里,人类文明将迎战他们古老的敌人……"

"曾经击败了你们父辈一代人的古老敌人。"老人扬了扬白花花的眉毛。

"如今灰星上每个人都在传颂您的事迹,您的研究为我们反抗清理者提供了巨大的帮助。您是英雄。"年轻人的目光中流露出敬仰的神色。

"但是这一天……来得实在太晚了。"老人声音有些低沉。

年轻人微微叹了叹气。

"您写的这封信,已经不知道还能再寄给谁了吧?"他低声说道。

"我会随着第二批舰队启航,前往地球。"老人缓缓地为写满了字迹的长信添上一个结尾,"即使走遍万水千山,我也要找到关于她的痕迹,曾经生活过的屋子也好,墓碑……也好。我要找到她,而后慢慢地把这封信读给她听。"

"如果那时,人类已经胜利了。"他颤抖着将信纸装入信封里。

此时灰星大地上的夜晚正在缓缓降临,夜空中两个月亮正逐次亮起,清冷的白光照射进安静的小屋,照亮了两个男人沉默的侧脸。

第七幕
秩 序

　　时间回到此刻,吴文斌与刘文选正沉默地眺望着缓缓沉没的太阳。同样的夕阳照耀下,群山间的信号塔脚下也迎来了两位访客。

　　刘宇斜靠在信号塔基座旁,眺望着远方玫红色的霞光出神。空气中掀起一层涟漪,随即呈波纹状向四周扩散。刘宇知道他等的人已经到了。当波纹扩散至一人的高度时,清理者的代表缓缓从迁跃点里走了出来。

　　来者一身暗纹切斯特大衣,深色圆礼帽,手里提着一把英式长柄伞,一张苍白的脸夹在竖起的领口之间,好似一位没落的英国绅士。

　　"你来迟了。"刘宇上下打量着来者。后者正悠闲地擦拭大衣上的水珠,它浑身上下泛着水汽,似乎是刚刚从一场倾盆大雨中走出来。

　　"曼彻斯特的天气糟透了,永远是阴雨连绵。"清理者无视了刘宇的抱怨,转头欣赏起远方的景色,"还是落日赏心悦目。我喜欢落日。"

　　"是吗?"刘宇意味深长地笑了笑,"但是很快我们就要看不到它了,拜你我所赐。"

　　"文明的发展本身就伴随着巨大的牺牲。"清理者收回目光,"这一点想必你们比我们更清楚。"

刘宇耸了耸肩，不置可否。

"好了，我这次来，是带着至高权威的命令来的。"清理者神色一凛。

"是你们的至高权威，不是我的。"刘宇淡淡地回答。

"就结果来看，没有太大区别。"清理者冷冷说道，"至高权威在责问虚无者，人类世界已经表示了屈服，可保留区的建设为什么迟迟没有动工？第一批容器的培养计划会在什么时候开始？以及最关键的一点。"清理者顿了顿，"为什么要允许少量人类逃离地球？实际上这一点最令至高权威愤怒，因为这已经超出了我们协议的范围。"

"我会依次向你们的至高权威做出解答。"刘宇微微点头示意，"首先，保留区的建设并没有想象的那样简单。人类文明只是在我们的病毒打击下暂时表示了屈服，并不代表我们真正控制了这个世界，隐藏在暗处的反抗力量仍在酝酿，我们仍处在危险当中。接下来，我们还需要在人类世界中建立起属于虚无者社会的全新秩序，在这个新秩序下，人类个体将成为我们庞大机器中的无意识零部件，成为虚无者融入永恒的一个组成部分。当新秩序建成时，保留区的建设也将不再是困扰我们的问题，容器更是多到取之不尽。那时将再不会有人类与虚无者的划分，人类，即虚无者。"

"这个过程需要多久？"

"多久？人类的时间对我们而言还具有意义吗？"刘宇忽然笑了笑，"十年，五十年，一百年，对我们而言存在区别吗？我们有足够多的时间建设我们的新世界。"

"不，我们的时间没有你想象的那样多。"清理者摇了摇头，"这个维度里也有无数高等文明在窥视着宇宙，时间对它们而言是具有意义的。我们必须要在它们将目光投向水球之前，完成对它的改造和同化。"

"这样一来，我们的时间就很紧迫了。"刘宇似乎并不感到意外，"因此我们才需要太空计划。"

"这二者有什么联系?"清理者愣了愣。

"它们的联系千丝万缕。相信我，这将是一个巨大的陷阱，一个足以让人类社会迅速走向崩溃的陷阱。"刘宇低笑，"人类幼稚的道德观念，在生存死局面前，将面临巨大的考验。"

"你指的是，去和留的矛盾?"

"远不止这样简单，还有低技术国家和高技术国家之间的矛盾，贫资源国家和富资源国家之间的矛盾，平民阶层与社会精英阶层之间的矛盾……受限于人类自私自利的本质，这些最根本的共享环节几乎是不可能完成的。这道关乎数十亿人性命的选择题，几乎可以让人类艰难维持的社会秩序在一夜之间崩溃。"刘宇笑得越来越开心，"天啊，我都迫不及待想看到这个陷阱网住人类的那一天了。"

"希望一切皆如你所说。"清理者微微点头。

"还有一个问题，不知道至高权威会怎样处理?"刘宇慢慢收住笑，"关于你们文明内部出现的异端。"

"那些自由意志者?"清理者的神情像是看见了什么令它恶心的事物，"它们早已不属于清理者文明，对于这些文明内部分裂出的病毒，我们的态度一向是将它们彻底清除。"

"那些脱离控制的个体，现在已经成为我们两个文明共同的威胁了。"刘宇目光森冷，"它们借助人类世界隐藏自身，你们大概很难找到它们，除非借助我们的帮助。"

"至高权威能找出它们。"清理者握紧了长柄伞。

"在虚无者的帮助下,这个过程会更轻松。"刘宇嘶嘶地说道,"我们也会借助人类世界的力量,实际上我们手里已经有无数听命于我们的人类傀儡。既然那些异端的思维已经脱离秩序的控制而更接近人类,那么使用人类的办法去追捕它们,显然是更合适的选择。"

清理者犹豫了一会:"无论如何,它们曾经也属于清理者……"

"我只是找到它们,最终的处决,我们会转交给至高权威。"

"不……不必了。"清理者拉低了帽檐,一个新的迁跃点出现在他身后,"如果找到它们,请立刻处死。这对它们而言,大概是最好的解脱。"

"与面对至高权威相比……"它的声音随着身影一同消失不见。

秩序元年至五年,人类世界。

唐纳德夹着两卷馅饼,穿过人潮拥挤的街道。身后一辆辆军车正在络绎不绝地通过,装甲车外壳上坐满了全副武装的士兵。

"又是镇压暴动吗,大兵们?"街头有流浪汉冲他们大喊,"呸！你们这帮外星驴子养大的走狗!"

士兵们神色漠然地望向前方,对流浪汉的怒斥无动于衷。唐纳德注意到士兵们臂章上的图案是一面黑色盾牌。这块臂章以及这支队伍不属于陆军任何一支部队,而是来自政府新成立的"新秩序过渡委员会"下属的特别机动部队。

"世界变了。"唐纳德微微摇头,"人们熟知的一切都在发生改变。"

拐过街角是一个十字路口,视野转眼变得开阔起来。路口中央一辆双层巴士翻倒在地,外壳已经烧得漆黑,铁皮微微向外翻卷,碎片与血迹撒了满地。

"真是一群疯子……"附近有路人在窃窃私语,"反抗阵线这样无差别袭击,和恐怖分子有什么区别?"

"谁让我们是支持新秩序州? 在反抗阵线眼里我们大概都是虚无者的仆从。"

"这个样子让我想起十九世纪的内战……"

"这个比喻大概不太恰当,我们已经没有林肯那样的革命者来挽救美国的堕落了……"

唐纳德决定离那些路人远一些。近来新秩序委员会对人民言论的管控和监视力度正在不断增大,也许不久的将来,大街上会遍布新秩序的秘密警察。唐纳德自认为自己善于审时度势,此时此刻去触政府的霉头显然不是明智的选择。

唐纳德的新同事正在收集事故素材。这是一次有组织的恐怖袭击,嫌疑人随身携带了自制炸药,在车辆行驶至十字路口时忽然引爆。制造爆炸的恐怖分子已经随着公共汽车一同烧成了焦炭,但远离爆炸中心的部分车厢有乘客幸存下来。根据幸存者的描述,嫌疑人在引爆炸弹时曾放声高呼"人类至高无上",众所周知,这是反抗阵线一贯的宣传口号,警方由此判定这场袭击是由反抗阵线的死士组织策划的。

"给你带了一份。"唐纳德给他的同事扔了一份馅饼,"一家中式快餐店买的,中文名好像叫……抛魔?"

"是泡馍。"唐纳德的新同事是个亚裔,中文发音比唐纳德标准一些,"一种面粉制品,两层面饼夹着一层猪肉,是中国北方人比较喜爱的食物。"

"哦哦,泡沫。"唐纳德蹩脚地重复着。他的老同事肯在虚无者全球打击事件后与唐纳德决裂了,辞掉了工作,不知去向。唐纳德一度为此感到伤心不已,认为是自己对同事的态度太冷淡,于是在面对新同事时便费尽了心思要搞好关系。他和他的老同事肯原本有巨大的上升空间，因为他们曾在"回旋镖"前哨营地给后方发去了珍贵的报道。但自从虚无者宣布秩序纪元开启后，肯像换了一个人一样，对工作变得漠不关心，整日沉浸在沉默当中，不与任何人交流。全球攻击爆发两个月后，肯正式提出了辞职。临走前，肯找到唐纳德，问他愿不愿意一起离开报社。

"为什么？世道险恶，这个时候放弃一份稳定的工作，还能去做什么？"唐纳德感到无法接受。

"我们的工作已经失去意义了。"肯的眼神里泛着绝望的死灰，唐纳德不敢与这样的目光对视，"至于去做什么……我们在这个时代能做的，其实比你想象的还要多。"

这句话在事后回想起来，唐纳德仍旧感到心悸不已。

唐纳德最后还是拒绝了肯。肯也许更像一个纯粹的理想主义者，当灰头土脸的现实不符合他的预期时，就会感到彻底的绝望。唐纳德理解肯的心情，但现在这个世界，显然不适合像肯这样的人生存。

"素材都采集完了，我们走吧。"新同事接过馅饼扔在采访车里，"这股血腥味实在叫人不安。"

"我来开车。"唐纳德拉开驾驶座车门。

此时距离他们几米外的警戒线旁却发生了一阵骚动。一个西装打扮的男人和收集证据的警官起了争辩，两人看上去都有些恼怒。唐纳德望着远处那个西装男人，神色渐渐变得有些迷惑。他敏感地捕捉到西装男人话里的几个关键词：反抗阵线，谋杀，外星人。

"嘿，你走不走？"同事摁了摁喇叭。

"抱歉，稍等一会，那位先生好像遇到了点麻烦。"唐纳德对同事示意，转身朝那名西装男人走去。

"我不能因为你的一面之词就委派警力保护你,我们的人手也严重不足。"警官对着西装男人怒目而视,"看看那些在事故中不幸丧生的人,他们的善后事宜已经够我们焦头烂额一段时间的了。如果一切真的如你所说,杀手是为杀你而来,而你只是提前一站下车而恰好躲过了爆炸,那那些死难者可就是为你而无故牺牲了!"

"你这是在偷换概念。"西装男冷冷驳斥道,"一个恐怖分子为了杀一个关键人物,而不惜造成大量普通人的伤亡,这一切的责任要怪罪于那个关键人物? 警官您的逻辑显然出了问题!"

西装男人的话大概没错,但对改善状况并没有太大用处。警官的神色比西装男人的神色更森冷:"恕我直言,先生,你算哪号关键人物?"

"关于这个问题,我们能不能找一个更隐秘的地方谈论? 我不能在公开场合袒露这一点!"西装男人感到自己受到了侮辱。

"那——请原谅,我眼下没有闲工夫处理这件事,你可以待在警车上等着,等我们把街面上的烂摊子收拾完,再来听你的什么秘密故事。"警官的声音随着背影一同远去。

"打扰一下。"唐纳德眼看西装男人也准备离开,便上前去按住他的肩膀,"你刚刚是说反抗阵线要谋杀你吗?"

"你是谁?"西装男人狐疑地打量着唐纳德。

"我叫唐纳德,是一名记者,恰好在报道这场事故……"唐纳德给西装男人看他的记者证。

"我和记者没有什么好说的。"西装男人不耐烦地打断了唐纳德的介绍。

"你看,你刚刚说反抗阵线意图谋杀你,这次袭击不成功,你觉得他们会放过你吗?"唐纳德低笑道,"看你公文包里漏出来的文件盖章,好像是新秩序过渡委员会的标志吧? 眼下这个机构确实不太讨反抗阵线喜欢。"

西装男人这才意识到在刚刚的混乱中自己的公文包被拉开了,他随即不动声色地将文件整理好:"你想怎么样,记者先生?"

"想和你聊聊这场事故。"唐纳德指了指身后的废墟。

"恕我直言,这里面的水比你想象的深得多,最好不要对这些事太好奇。"

"这个世道,谁心底没藏着些秘密呢?"唐纳德顿了顿,"罗德森先生?"

西装男人脸色一沉:"你认识我?"

"大概六个月前,在前哨营地,我们有过一面之缘,那时你也像现在这样自负,直接拒绝了我的采访。"

"是你?"罗德森略微回忆了一会,"我想我大概有些印象。"

"虽然不见得会是什么好印象。"唐纳德耸了耸肩。

"记者先生,你看起来似乎是个聪明人,大概也很善于察言观色和审时度势,但浑身上下都透着让人恶心的味道。"罗德森皱眉,"也许正是像你这样的人才适合在乱世生存下来。"

"这算是夸奖吗?"

"你可以自行理解。"罗德森怀里的手机微微振动起来。他低头扫了一眼信息,将目光投向街道另一头。一辆黑色劳斯莱斯正缓缓停靠在路边。

"你看,新秩序的人来接我了,看来我们只能改日再聊了,记者先生。"

"这是我的联系方式。"唐纳德将名片递给罗德森,"随时联系。"

"也许吧。"罗德森漫不经心地接过名片。

同一时刻,北美中部平原,太空舰队的建造与组装厂房正在紧张运转。

"A区是已经升级完成的六台核聚变推动器,应用了虚无者传授的转换器技术,能够大幅度提升对核聚变能源的利用率。"罗伯特正在给新秩序的官员汇报他们的工作。他现在已经开始专职负责太空项目的推动器部分工作。之前这一部分工作一直进展缓慢,主要缘由在于核聚变能量利用率过低。假设推动一艘百万吨级别的太空飞船,考虑到大部分能源都会流散,为了保证飞船的推进能力,动力方面至少要提供数倍于飞船体积的核聚变能源,在能源消耗方面无异于天文数字。但有了虚无者提供的能源转换器,人类对于核聚变能源的利用率得到提高,从而极大减少了能源的消耗量,也为进一步提升飞船速度奠定了技术基础。NASA的实验室经过精密计算得出,以现在对核聚变能源的利用率,可以将百万吨级别的飞船提速至光速的百分之十,在可见的未来,这一数字还能得到缓慢提升。但即使如此,要到达七点五光年以外,虚无者为人类指定的那颗类地行星,依然要经过七十五年漫长的航行岁月。

"新型号的推动器,什么时候能装载到'深空'号上?"新秩序的官员轻声问道。他是第一次见到规模如此浩大的太空项目,此刻的心绪有些复杂。如果不是因为虚无者的出现,这个太空项目本应该成为人类文明的骄傲。但现在,它却成为人类抛弃地球溃逃的耻辱象征。

罗伯特则笑了笑,他想起半年前五角大楼的军官前来视察"深空"号时,也是这样复杂的神色。

但当他意识到,这半年来发生的一切,并没有什么值得笑的时候,神色又渐渐变得肃穆起来。

"等到实验室进行几次设备调试后,就可以组装到'深空'号上了。最终的组装步骤我们将在太空船坞完成。"

太空船坞的建设计划是在四个月前批准通过的,短短四个月内NASA发射了无数运载火箭,将数以万吨的建筑材料运送到近地轨道,而后由AI控制的机械设备进行组装。此刻的近地轨道宛如一个巨大的工地,四处散落着各类笨重的材料。在晴朗的夜里眺望太空船坞的方向,能隐约看见闪烁的推进器火光。

"现在我们要正式考虑'深空'号的装载容量了。"新秩序官员停在'深空'号的平面图前。

"这点我们已经计算过了,尽管'深空'号是百万吨级别的飞船,但放在宇宙航行的维度上,实际上显得微不足道。生态循环舱、舰桥及各级操作室,还有人体冷冻设备舱,单这些舱室就要占用大量空间,再考虑到推动器所占空间,最后的有效载人容量其实非常有限。"

"大致能容纳多少人?"

"半年前我向五角大楼汇报的人数是两千至两千五百人,是按照常规星际航行角度考虑的。但现在我们是为了带更多的人走,那么可以考虑取消船员的起居室,改装为冷冻舱,这样一来生态循环系统也可以裁减一部分。在'深空'号航行的七十五年里,除开少量轮班的执勤人员,其余人都可以进入冷冻休眠状态。按照这个思路计算,我们可以再增加超过两倍的人员,大致载人容量为六千到七千五百。"

"六千到七千五百人?"官员下意识地重复道,"还是……太少了。"

"根据NASA初步的规划,未来我们会陆续建造十一艘和'深空'号同级别的飞船。"

"那样就是……七万两千人到九万人。"官员停顿了一会,"这个国家有两亿人,先生。"

罗伯特明白这句话的含义。如果政府倾尽全力只能建造这么多飞船,那么这支不到十万人的舰队，将是美利坚合众国送往新世界的全部人口。

"我们注定无法带走所有人，资源不允许，虚无者也不允许。"罗伯特感到这名官员似乎在闹孩子气，"十万人和百万人，在结果上都没有区别。"

"有区别的。"官员摇了摇头，"每救下一个人，就是拯救了一个世界。"

罗伯特愣了愣："先生，您大概看过《辛德勒名单》吧？"

"是。"官员低声笑了笑，"很古老的电影了……"

"您想做辛德勒吗？"罗伯特在心底问道。他想起电影结尾，负责打印名单的会计举着那一沓印满名字的打印纸，眼含着泪光对辛德勒说道："这份名单，代表着至善。"

"可现实不是童话。"官员深吸了一口气，神色再次变得坚硬如铁，"其实留下来也不见得是糟糕的选择吧？毕竟虚无者有那样发达的技术，在它们的支持下，也许人类文明的未来会朝更好的方向发展呢？"

"这话您还是别在这里说了。"罗伯特制止了官员，"这里有相当一部分技术人员，他们的亲人都死在了虚无者制造的病毒感染下。"

"要建立新的秩序，有时也许就意味着巨大的牺牲。"官员冷冷地说道。

"是，新秩序万岁。"罗伯特面无表情地喊出了委员会面向世人的宣传口号。

章远端着泡面穿过天文站空荡荡的环形大厅。他是今晚的执勤人员，负责监控终端的计算情况。

"食堂又没饭了？"和章远同组的组员抬起头，"见鬼，泡面怎么也能这么香！"

"给你带了一桶。"章远放下手里的泡面，"计算结果怎么样了？"

"正在生成图像,我们围绕七点五光年外的那颗行星拍摄了数千张照片,现在需要进行分析处理。"

犹豫了一会,章远轻声问道:"你认为我们的工作还有意义吗?"

"这是什么意思?"

"我们现在进行的一切研究,和探索太空或其他科研目的已经没有关系了,都只是为了把一部分人类送离地球,剩下的人将放弃所熟知的一切,进入外星人的保留区里度过余生,而天知道在保留区里会有什么等着我们。"

"是啊……我注意到最近站里很多技术员都有类似的困惑……"

"因为他们看不到未来了。未来,已经被清楚划定了,就像按照规划运行的程序一样。"章远轻声叹气。

"可是……不做眼前的事,我们还能做些什么呢?"组员幽幽地说道。

"是啊……我们又能去做什么呢?"章远苦涩地笑了笑,"说到底还是两个文明巨大的实力差距,让我们几乎无从反抗。"他慢慢靠在椅子上,目光穿过环形大厅的穹顶遥望着夜空,"有时我会梦到虚无者降临的那个夜晚。那时我受到邀请,和另外一群来自不同学术领域的学者,一同讨论外星文明可能的弱点。那时我们还天真地相信,外星文明是带着和平的信号来和我们交流的,可看看现在吧……现实好像总是这样灰头土脸。"

"看看现在,才短短半年,一切都和过去不一样了……"组员轻声附和道。

泡面的热气缓缓浮上半空,又渐渐消融在空气里,绵延向不知去处的远方,一如二人的心绪。转眼间,四下只剩仪器运转的风扇声,恍如流逝的时间。

唐纳德哼着小调穿过昏暗的小巷。暮色中一群孩子正在往新秩序的宣传口号上喷涂颜料。一辆新秩序特别部队的军车停在不远处,几名士兵正在押送一个满面憔悴的年轻人。唐纳德猜测这大概又是新秩序的怀疑对象。近期新秩序在所有的支持州内大肆搜捕反抗阵线的成员,一时间支持州内人人自危,因为新秩序鼓励所有人互相检举,并会为之支付丰厚的报酬。每个人一边严防着自己不要被其他人抓住把柄,一边暗中窥视着其他人的一言一行,黑暗正在所有人的猜疑与防备中无声地蔓延。而西部的几个反对州则成为反抗阵线聚集的天堂,反对州的政府旗帜鲜明地站出来反对虚无者的殖民统治,并成立了反虚无者联盟。联盟内的一切医疗机构都被紧急动员起来,尝试针对虚无者的病毒研制疫苗。虚无者曾向人类建议对联盟境内的主要城市发起病毒打击,但被人类委婉拒绝了。人类已经深切体会过虚无者病毒打击的沉重之痛,他们绝不会允许类似的事情在自己眼前再度发生。为了应对西部各州分裂主义势力的膨胀,新秩序在联邦政府与联盟的边境区域部署了大量作战部队,一边对反虚无者联盟形成军事压力,一边与联盟高层进行谈判,期望能以和平方式结束这场内部动乱。

局势瞬息万变,火药味已经遍布人们呼吸的空气,但唐纳德的日子却过得十分开心。他通过自己的关系网搭上了一名负责保留区建设的官员,那名官员承诺可以暗中操作,将唐纳德和他的家人分配到环境较为舒适的区域——当然,必要的上下打点是少不了的。唐纳德经过前哨营地的新闻报道后身价水涨船高,半年来也算小有积蓄,勉强能够应付疏通关节的费用。小人物自有小人物的盘算,而且越是没心没肺的小人物,在乱世当头活得越是逍遥自在。

"日子总得继续过。"唐纳德摇头晃脑地拉开出租屋大门。

接着他满脸呆滞地愣在了原地。

眼前的景象堪称一片狼藉。餐桌上摆着一团不知什么种类的糊状物,表面流淌着棕褐色的不明液体,伴着明显过了火候的焦糊味;厨房正在向外冒着滚滚浓烟,空气中满是刺鼻的烟味,好似有熊熊大火正在厨房内燃烧。

唐纳德只愣了几秒,随即大吼着"救火"冲进了房间里。刚吼完一嗓子,一个更粗暴的声音打断了他:"瞎喊什么哪? 老子还没死呢!"

一个身形健硕的男人从厨房里钻出来。近一米八的身高,浑身的肌肉膨胀得像是要炸裂,最关键的是熊腰上还系着印有Hello Kitty(凯蒂猫)图案的围裙……强烈的混搭视觉冲击叫唐纳德只想扶额。除了面容显得有些苍老之外,单看身材,谁也无法相信这样一个肌肉发达的男人是一个年近六十的老头,同时还是……唐纳德的父亲。

"你怎么回来了? 不是忙着四处打拳赛吗?"唐纳德大声抱怨道,"谁允许你随意进出我的家? 还随意动我的……"他瞪着桌上那盘糊状物,"这是牛排吗?"

"好像没控制好火候……"男人挠了挠后脑勺。

唐纳德的父亲,一个四处奔波的职业拳击手。他那糨糊一样的脑子里大概还没有完全理解"家庭"这一概念的含义,他和唐纳德的母亲在一起大概也不会是因为爱情,而更像是一时逢场作戏。至于为什么会有唐纳德……大概是避孕失败的结果……

但唐纳德的母亲坚持把唐纳德生了下来。唐纳德的母亲是一位超市售货员,也许只是单纯地迷恋着拳击手健壮的肌肉和擂台上的英姿……唐纳德记得她最爱看的动画就是《大力水手》,想来也是受此影响才会爱上唐纳德的父亲。

但这个拳击手显然不像是一个会受家庭束缚的男人,实际上他对唐纳德母子俩的照顾极为蹩脚,不知道该买什么奶粉,也不知道该怎么和唐纳德交

020/ 失落世界

流。倒是唐纳德被学校里的恶棍找麻烦时,这个男人会满身杀气地登场,给他们展示自己的拳头和力量,把那帮只敢找低年级收取保护费的混蛋吓得从此立誓改邪归正,其中一位在日后似乎还顺利考上了警察学院……

这样一个浑浑噩噩的男人显然不会有成为一名合格父亲的潜质,实际上唐纳德确实有好几年没见过他了,尤其是在……他的母亲去世之后。

唐纳德的母亲死于衰萎病肆虐时期,但不是因染病去世,而是被一个感染了衰萎病的小混混开枪打死的。那个小混混大概知道自己时日不多,便举着左轮枪冲进母亲上班的便利店,却不知道该抢些什么。面对小混混的枪口,那个爱看《大力水手》的女人居然天真地试图劝说他拥抱生活,过好余下的每一天。小混混听来十分感动,然后毫不犹豫地开了枪。

那天唐纳德从外地赶回来,在医院号哭了一整夜,而他的父亲,却整晚不见踪影。

第二天,人们在警察局门口发现了被揍得奄奄一息的混混。他的身上还插着一张字条,上边有一行龟爬般蹩脚的字迹:"伸张正义! 你们友好的邻居夜行侠!"

唐纳德一眼就能辨认出,那其实就是老爹的字迹。想来这个男人实在是……有够幼稚。也许他的内心深处,还是爱着那个傻乎乎的姑娘吧? 那时的唐纳德望着那个混混浑身上下触目惊心的伤口,想象那个被他称作父亲的拳击手,在那一夜的愤怒与咆哮……不禁心悸不已。

"算了,不如我们叫外卖吧。"男人望着餐桌上惨不忍睹的一团黑色糯糊,"这玩意……看上去也不像是能吃的样子。"

"你回来做什么?"唐纳德无奈地端走那团恶心的不明物体,"也不提前打声招呼? 我都可以告你私闯民宅了。"

"怎么能这么说？我是你爸呀。"男人挑了挑眉毛。犹豫了一会,他低声嘟囔道:"实际上,今年的比赛都叫停了。各处都是一片人心惶惶的模样,世道都变了,靠老路子已经养活不了自己了。"

"那你准备怎么办?"唐纳德心底隐隐有不好的预感。

"当然是来投奔我亲爱的孩子。"男人咧嘴一笑,"我会在这座城市找一份工作,试着安定下来。在这之前,我能不能在你这里凑合一段时间?"

"不行。"唐纳德毫不犹豫地拒绝。

男人的表情像是被针刺了一下,满脸的委屈和悲伤。

"是因为我的牛排煎得不好吗?我可以慢慢学的。"他像犯了错误的孩子一样低着头,偶尔小心翼翼地抬眼望着唐纳德。

"真是见鬼。"唐纳德忍不住叹气。"你一定会后悔的。"他在心底说道。

"收起那副可怜兮兮的模样吧。"唐纳德无可奈何地摇头,"我改主意了。我这里空余地方不多,你要是能凑合,我可以允许你在这儿挤一挤。"看男人一扫悲伤的表情,似乎还有些开心的模样,唐纳德又赶紧补充道:"但有一点,你不能随意动我的私人物品,不能吓唬我的邻居,更不能打扰我的工作和生活。"

"我懂我懂。"男人咧嘴大笑起来,"我谁也不会打扰。"

"还有,不会做饭就别瞎折腾厨房。"唐纳德抓起钱包,"楼下就有一家便利店,那儿有味道正宗的玉米卷……你不用和我一起下去,你会吓到邻居们的……也不需要你打扫卫生!你只会越搞越糟!"唐纳德忍不住扶额,"你只需要……在这里等我一会。"

"我哪儿都不去。"男人高举双手表示自己会老实待着。"相信我,孩子们都需要和父亲在一起,也许我可以慢慢弥补你这些年缺失的父爱。"他眉飞色舞地说道。

"我有一个好妈妈,这就够了。"唐纳德低声说。

空气忽然变得安静,连着温度也微微降低了几分。唐纳德注意到那个骄傲的拳击手表情渐渐变得有些落寞。

"我知道了。你去吧,路上注意安全。"男人轻声说道,一扫欢脱的模样,像是换了个人。

"原来这样在乎她吗?"唐纳德转身拉开了房门。

稍早前,城市的另一头,罗德森正行色匆匆地行走在新秩序大厦的回廊里。

"今天的意外,完全是安保方面的疏忽。"安保部门的主管再三向罗德森表示了歉意,"我们没想到反抗阵线竟然会如此不择手段。老实说,我之前一直视他们为令人尊敬的对手。"

"这话留着向巴士上的死难者说去吧。"罗德森冷冷回答,"他们也许更有资格向你解释什么叫'令人尊敬'。"

"万分抱歉……未来我们将为所有高级委员配备护送车辆……"主管擦了擦额头上的冷汗。

"上帝啊,你们不如直接解雇我算了。"罗德森心想。他厌烦了主管没完没了的絮叨,便加快脚步穿过了回廊。回廊尽头是大厦底层大厅,率先映入眼帘的是一个巨大的石制雕像,一只宽厚的手掌从水潭中升起,托住了正在缓缓转动的地球。石雕下刻着一行小字:"秩序与稳定高于一切。"这是新秩序声称奉行的信念。

"浓厚的纳粹主义风格。"罗德森在看到这行标语时,第一时间在心底发表了评价。

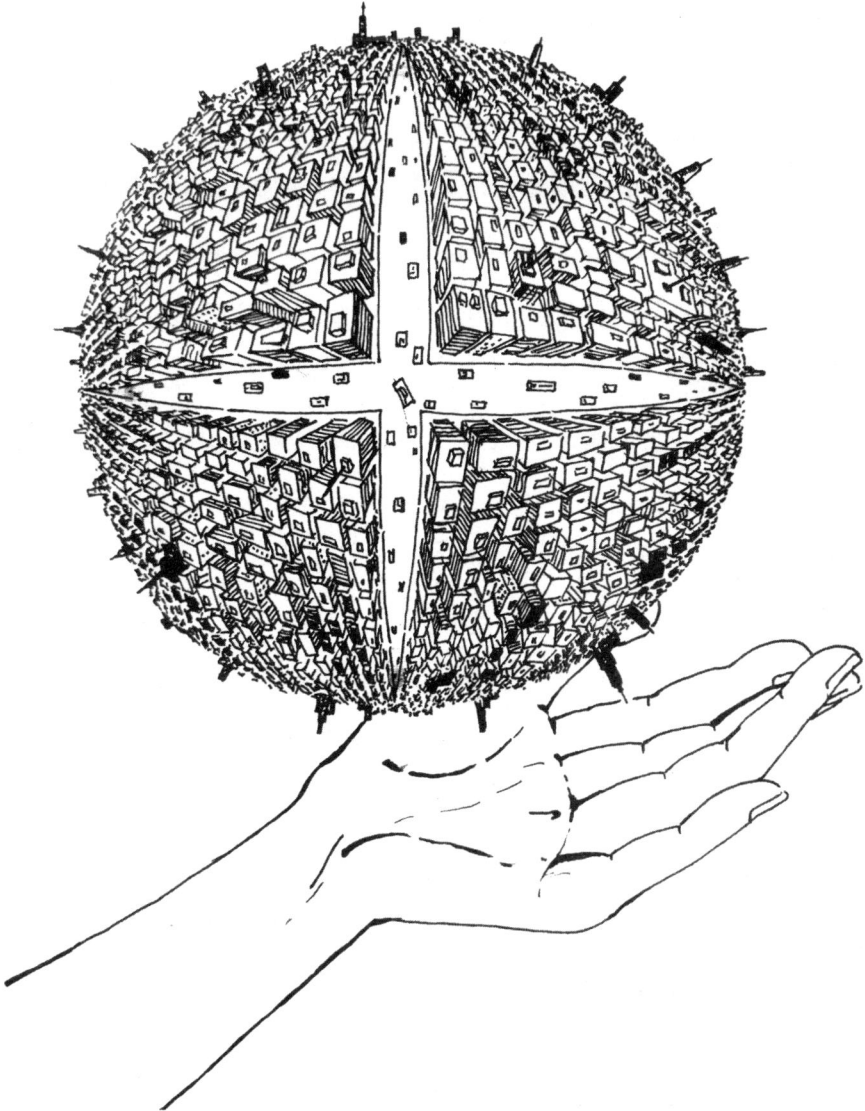

秩序与稳定高于一切

　　大厦的安检程序又增加了几道，包括升级过的身份与指纹识别系统，以及更先进的人体扫描仪器。几周前曾有委员被反抗阵线植入了生物炸药，能够屏蔽一般的扫描器。那名委员携带着炸药一路通过安检到达了主会议厅，幸而反抗阵线错误估计了会议时间而提前引爆了炸药，爆炸发生时会议室内只有几名调试设备的低层文职人员，他们随着那阵惊天动地的爆炸一同化为了尘埃。这一险些成功的袭击事件也惊动了新秩序的所有高层人员，他们不得不开始重新审视这个一度被委员会所轻视的，口号上标榜"为人类自由而战"，实际上对袭击同胞不择手段的恐怖组织。强化大厦内的安保程序，就是升级警戒的第一步。

　　"十二层。"罗德森对着声控系统说道。电梯即将闭合时，另一个满头大汗的男人急匆匆地挤了进来。

　　"差点没赶上。"男人气喘吁吁地抱怨，"大厦的安检程序都快赶上五角大楼了。"

　　"乔纳森博士？"罗德森愣了愣，面前这个男人是NASA派驻新秩序的技术代表，负责观测那颗太空舰队即将去往的行星，一般情况下很少出现在这栋大厦里。

　　"九层，档案室。"乔纳森对声控系统喊道。"啊，罗德森先生，久仰你的大名。"他握了握罗德森伸出的右手，"与虚无者谈判一定不是件轻松的事。"

　　"都过去了，谈不上轻松或不轻松。"罗德森淡淡说道，"您去档案室做什么？"

　　"调取一些数据资料。"

　　"我们的那颗行星……"罗德森琢磨着用词，"现在怎么样了？"

　　"灰星。"乔纳森加重了语调，"这是我们给它取的代号，因为它的表面呈现出水泥一般的灰色。"

"灰星。"罗德森默默记下了这个名字,"这颗行星适合人类居住吗?"

"这个嘛,我们现在对灰星的大部分观测数据,实际上都是由虚无者提供的。它们的探测技术比 NASA 要先进。根据它们提供的资料分析来看,灰星是一个对人类而言有些寒冷的世界。它的平均温度在零下三十摄氏度至零下五十摄氏度之间。一个灰星日的白昼大概有一百六十个地球时,夜晚大约有一百八十个地球时。表面有冻土和封冻的河流,但有一个持续三十个灰星日的夏季,气温会缓慢提升至零度以上,河水在这一时期会融化,河道最宽处可以达到近五公里,融水量极为惊人,我们的密西西比河的水量放到灰星上大概只算一条小溪。"

"听起来……勉强算是一个宜居的世界。"罗德森有些底气不足。

乔纳森听着不由得笑了笑。

"不是你想象的那样,先生。"乔纳森似乎已经很习惯面对类似的问题了,"宇宙中从来没有天然适合文明生存的地方,从来不会有。我们现在生存的环境,实际上是生命数亿年来的适应与改造造就的,比如淡水、有机土壤和适合呼吸的空气,这些都不是纯自然形成的。而要在宇宙中找到和地球一样温暖的小窝,我们也许只有再经历同样时间的适应和改造。当然,有现代技术的支持,这个过程也许会短一些。"

"可是……我们现在的世界已经不堪重负了,也许就在未来一到两个世纪,地球将变得无法居住,生命正在把这个星球变得不适宜生存。"

"这是我们人类自身造成的恶果,不是吗?"乔纳森礼貌地笑了笑,"其实你也不必为数光年外的那颗行星担忧,想必你也清楚,最后能登上舰队的人类可是少之又少……"他压低了声音,"而且就目前全世界反对的声音来看,舰队能不能启航都是一个问题。"

此时电梯到达了九层，乔纳森对罗德森点头示意，侧身离开了电梯。空气转眼间变得安静下来。

罗德森望着乔纳森的背影消失在电梯门外后，低头陷入了沉思。早在他第一次听到虚无者提议的太空舰队方案时，他的内心已经隐隐产生了不安，而乔纳森不过是把他的忧虑直接挑明了。在他内心深处酝酿已久的担忧是：在当今世界，从人类的群体道德观考虑，太空舰队的计划，真的有实现的可能吗？

罗德森心不在焉地走进会议室时，会场上的讨论已经进行了一段时间。罗德森找到了自己的席位，发现空桌上摆放着一份打印出来的文件。罗德森花了几分钟大致浏览了一遍。文件内容是关于保留区建设项目的初步规划，这也是新秩序高层召集的本次会议主题之一。

根据虚无者的划定，保留区大致范围为中部几个农业大州，约占全美国土面积的百分之十。全国两亿人口将在五年内进行裸迁移，仅携带简单生活物品。政府只能在保留区内建设必要的基础设施，而军用设施则一律进行强制拆除。

"我们成为西进运动时的印第安人了，真是讽刺。"罗德森听见有委员低声感叹。

罗德森的团队负责的项目就是移民前期的动员和宣传工作。但根据秩序纪元前虚无者与白宫的协议，美国境内的保留区建设工作将在世界各国的保留区建设基本完成后再展开。现阶段委员会的主要任务，是配合虚无者在全球建立绝对的统治地位。因为当今世界，在十六个降临国以外，还有无数没有遭受打击的国家。半年来这些国家仍处在观望与蠢蠢欲动的状态，英国政府甚至在秘密为部分北非国家提供资金和技术援助,用以病毒疫苗和其他项目的研究……

"时间机器?这算什么研究?DMC-12的时间魔法?"角落里一名委员发出了疑问,带着调侃的意味。会场响起了零星的笑声。这名委员调侃的是德罗宁公司旗下的一款汽车型号。这家汽车公司创办于1975年,致力于革新汽车构件与发动机性能,DMC-12是它生产的第一款车型。但由于这家公司创办仅七年就倒闭了,这一型号也成为该公司售卖的唯一产品……在一部上个世纪老科幻电影《回到未来》中,这台颇具魔幻风格的汽车被一位疯疯癫癫的科学家改造成了一部时间机器,主人公通过驾驶它在未来与过去之间来回穿梭……

英国与其他几个遭受打击的欧洲国家就在秘密从事类似项目的研究。他们聚集了整个欧洲最好的物理学家,在开罗成立了一家研究可控时间穿越项目的实验室,对外则宣称是一家民用天文观测站。他们正在进行的实验就类似于制造时间机器,试图通过时间迁跃技术回到虚无者改变历史的关键时刻,进而从时间的维度上与虚无者对抗……可半年来这一研究可谓毫无进展,任何从事这一项目的学者都会认为,自己正在进行的研究已经步入了某种魔幻领域。假如他们生活在一个可以靠类似"乾坤大挪移"和"破碎虚空"这些神迹去逆转时空的世界,这项研究进展大概会更轻松一些,只需要找一位拥有盖世神功的大侠就够了。

"先生们,他们的努力并没有值得嘲笑的地方。"新秩序规划部的部长敲响了面前的铃铛,"他们在尝试对抗文明的入侵者,单就这一点而言,我们应当给他们基本的尊重。"

原本充斥着激烈讨论的会场忽然稍微安静了一些。

"我得提醒您说这句话时的立场,部长先生。"有人发出了委婉的提示,"站在新秩序的利益上,那些研究所毫无争议是我们的敌人。"

所有人的目光都朝那位部长投去。

"我只是就事论事。"部长神色有些复杂,"我们继续之前的讨论吧。"

罗德森默默收回目光。

"太愚蠢了,在公开场合发表对新秩序敌人的赞赏,这个人是怎么当上部长的?"他不动声色地回味着方才的一幕,监察部门的人势必会记录会议上所有人的言论,"人心险恶,在站队这样关键的选择上万万不能糊涂,学会隐藏想法和明哲保身也是必备技能。部长先生,这一点你还欠缺学习。"想着想着,罗德森忽然低笑着摇了摇头。

"可是在内心深处,人们对于这样的人,还是会充满敬佩的吧?"他不由得轻声叹气。

会议的另一项主题是对反抗阵线的反击。鉴于近几周反抗阵线在新秩序支持州持续进行的恐怖袭击,与会人员一致同意向国会提交更为严密的惩戒提案。由于新秩序属于全新的行政机构,在与其他政府部门的职权分界上仍有诸多交叉或重叠的部分,因此新秩序还需要经历很长一段时间的整合与成长期。不过这并不妨碍新秩序下属的特别行动队对反抗阵线成员的抓捕。行动队的整体行事风格冷峻干练,虚无者在指导组建这支部队时,本身就是参照克格勃(即苏联国家安全委员会)的标准进行遴选和训练人员的。在虚无者看来,当代的秘密机构行事风格还是太过温柔,唯有苏联时代的冷血机器能符合它对建立全新社会秩序的要求。眼下新秩序全然依仗这支部队在各个支持州与反抗阵线周旋,下一步他们必然要对这支部队进行扩编,并努力为它争取更多的权限。

"我们好像……越来越像纳粹德国了?"罗德森听着会议报告,内心渐渐泛起一阵困惑,虚无者试图打造的社会体系怎么看都与纳粹政府极为相似,"看看这份报告……连冲锋队都被我们复原到现代来了,极权政府还会远吗?"

会议结束后,委员们怀着心事各自散去,罗德森留在了最后。他默默站在巨大的落地窗前,远眺着覆盖在霞光下的城市。

此时暮色正在向着大地缓缓垂落,密集的街灯逐次亮起。晚高峰的车流使车道拥堵不堪,街道上往来的行人行色匆匆。这是一个看上去似乎乏善可陈的新时代,但在平静的表象下,汹涌的暗流正在无声地酝酿。

"真是迷惑人哪……"罗德森头抵着冰凉的玻璃,聆听着这个时代的呼吸声,身影渐渐被火红的霞光掩埋,仿佛将与正在消散的夕阳融为一体。

秩序纪元二年,五月十三。

V22鱼鹰划破了长空。罗德森透过舷窗向外望去,密苏里州广阔的原野正在鱼鹰脚下徐徐展开。

新秩序与虚无者在经过大量论证与分析后,最终选定密苏里州为保留区的主要组成部分。委员会选定它很大程度上考虑到了当地农业和交通的发达程度。密苏里州作为美国玉米及小麦的主产区,在农业产量上远比临近的中部州要丰富。在地理位置上,密苏里州接近全美国土的中心点,拥有横跨东西两岸的铁路及公路交通网络,并有密西西比河作为辅助运力。一旦建设工程开始,来自全国各地的建设资源与迁移人口可以快速运达此地。几周前成立的保留区工程调度委员会就将办公大楼设置在了州府杰弗逊市,新秩序的部分机构也将在短期内入驻此地。

"两亿人口都往这么小片土地上集中，真的有可能实现吗？"副驾驶员转头问道。

"在工程没有开始实施前，谁也说不准。"罗德森板着脸回答道。

"关于这一点，我看过一个有趣的假设。"坐在罗德森对面的一位上了年纪的学者缓缓说道，"如果世界上所有人都是标准的六英尺高、一英尺厚（实际情况中人类的身材普遍要比这个数字小），那么全球现有的七十二亿人口可以被装在一只约二英里见方的箱子里，大概就是佛罗里达地区某个小村子的大小。这个时候如果有人在远处对着这个箱子发射一枚导弹，砰！"他张开手臂，"在一片盛大的火焰和烟尘中，让我们恭喜那个人吧。他成功灭绝了除他之外的全部人类。"

"文明本身就是这样渺小而脆弱。"老人最后幽幽地说道。

"您很幽默，教授。"副驾驶员听起来居然还有些开心，想来大概也是个神经大条的主。

"很深刻的类比，先生。"罗德森神情严肃。他还有后半句话没有说出来——虚无者此刻正在要求人类做的事和把全部人类赶进那个箱子，有什么区别呢？

"显然，我们的箱子要更大一些。"老人猜出了罗德森的想法，微微笑了笑。

此刻他们正从一片密集的森林上空飞过。从半空往森林望去，连绵起伏的绿色大地宛如翻腾的潮水，滚动着向前覆盖平原。

"我们正在飞越马克·吐温国家森林。"副驾驶员眉飞色舞地转过头，"参军之前，我在这里度过了无数个夏天。"

"你是密苏里人吗？"老人好奇。

"我的家乡在汉尼拔，马克·吐温童年生活过的港口小镇。"

"我最近正在拜读他的作品，真是一位思想深邃的幽默大师。"老人点了点头。

"生活的成功需要两个因素：愚昧以及自信。"副驾驶员摆出了一副夸张的话剧腔。

"马克·吐温演讲稿中的片段吗?"老人笑了笑，"其实我更喜欢这一句：'当真理还在穿鞋的时候，谎言就能走遍半个世界。'"

两人相视大笑。

"看来我有幸结识了两位文学家。"罗德森也跟着低笑起来。

"保持幽默，这点很重要。尤其在这个时代。"老人神色慢慢变得平静，"人们总是认为，要维护一个时代的和平，或是战胜某个强大的敌人，只能依靠强大的武力和外交场上的斡旋。但想必诸位也能看得出，这两个要素，同时也是制造战争和动荡的源头。有时候越是平凡的事物——例如一阵开怀的大笑，一本幽默的书，一个阳光明媚的午后——越能产生强大的力量。这力量也许会在某一天让那些紧张兮兮的先生们安静地坐下来，互相看一看对方。这个时候他们一定会想，上帝啊，我们到底在争论什么? 我们为什么不能心平气和地坐下来好好聊一聊?"

"您刚才的言论，就非常幽默。"罗德森说道，眼里却毫无笑意。

"我也有类似的感受。"老人漫不经心地回答。

鱼鹰在森林边缘缓缓降落，几名新秩序下属的行动队队员登上机舱接走了老人。一辆发动的悍马正在不远处等着他。

"有机会再来讨论马克·吐温的故事。"老人对着副驾驶员微微点了点头，平静地随着全副武装的队员走下鱼鹰。另外一组队员搬走了机舱角落里堆放的两个黑色箱子,罗德森注意到箱子的外形有些接近太空人体冷冻舱。

鱼鹰再度起飞,罗德森忍不住向副驾驶员打听老人的身份。

"我也知道得不多。"副驾驶员摇了摇头,"他不是新秩序的委员,好像是一个什么生物机构的科学家,主要研究方向是克隆……"

"克隆?"罗德森回头遥望正在消失的森林。大概只有上帝知道,黑暗之中有多少不为人知的秘密在无声地酝酿。

秩序纪元二年,五月十五,南区公寓。

唐纳德提着一袋小笼包和豆浆穿过楼道。四月下旬时街口搬来了一家川菜馆,每日早晨七时至九时会售卖中式早餐,肉包馒头咸豆浆一应俱全……唐纳德发现自己渐渐爱上了中式口味。昨天唐纳德买的是加辣的豆腐脑,给老唐纳德尝过后,这个拳击手直呼这是让男人燃起战斗之魂的力量,而后扛起沙包打了一组训练拳。于是今天唐纳德决定选择口味温和一些的豆浆……

买早餐是一回事,唐纳德还不忘向川菜馆老板打听关于中国方面的消息。根据老板描述,两年前虚无者的病毒在中国南方一座人口密集的城市暴发后,在当晚就造成了近五十万人丧生;然而这仅仅是个开始,尽管整个国家机器在第一时间动员起来前往受打击城市进行善后工作,但数量庞大的死难者尸体依然没能得到及时处理,很快便污染了周边的河流与空气,随即造成了二次感染。感染者病症与几年前美国境内暴发的衰萎病极为类似,但传播速度更快,发病时间更短,似乎是衰萎病的升级改良版本。两年以来这个"衰萎病2.0版"已经造成上百万人感染,近十万人死亡。毫无疑问,这是虚无者有意针对中国进行的第二阶段打击,但中国政府的态度表现得极为强硬,数次发表声明，拒绝接受虚无者提出的一系列条件，这在其他保持观望状态的国家内部造成了极大影响。在经历了几周的谈判与互相警告后，双方各自表示了妥协。虚无者停止了病毒的释放，中国方面也不得不承认二者之间巨大的实力差距，从而只能按照虚无者的要求开启太空舰队的建设与保留区的划定工作。但与其他国家不同的是，中国舰队在启航时不会有人数限制——他们可以带走任意数量的公民，哪怕将全国人口全部迁走也不成问题——前提是他们能建造出数量足够庞大的舰队。唐纳德知道这个许诺不过是个空中楼阁，看起来似乎前景美好，实际上几乎没有实现的可能。

不过根据唐纳德从其他地方听来的一些风声看来，中国政府并没有表面承诺的那样老实。他们和欧洲各国一样，也在秘密进行对抗虚无者的研究。唐纳德对于这样一个拥有古老历史的国家多少怀着一些敬畏。他记得历史上似乎没有哪个文明或国家真正灭亡了中国文明，反而是入侵者无一例外都遭到了惨痛的失败，或是被中国文化所同化。历经千年沧桑，从始至终，皆是如此。

唐纳德提着早餐踹开了房门，一进门就大声嚷嚷起来："起来起来，早餐带回来了！"

他猜老爹大概还在死睡，老唐纳德的起床时间完全取决于唐纳德什么时候喊醒他，而且不扯开嗓子大喊，他是听不见动静的。

但今天似乎出现了例外。唐纳德刚喊完第一声，书房的房门就缓缓弹开了。老唐纳德搬来后一直住在书房。一阵清脆的脚步声，一双被擦得锃亮的皮鞋跃入视野，唐纳德认出那是WOLVERINE（渥弗林）旗下最负盛名的"一千英里鞋"，宣传口号是"走上一千英里也能带来舒适的行走感受"，号称耐久界的王者;接着是一套略显陈旧但依然精致的黑色西装,看质感不像是世界顶级品牌,但大概也价格不菲;然后是一个打了浓厚发蜡的油头……老唐纳德一副骚气满满的模样出现在唐纳德面前,而更骚气的是,这货胸前还深情地别着一枝白色康乃馨,如此盛装打扮好似将要去参加一场盛大的舞会。

"老爹你这是……"唐纳德咽了咽唾沫,"受什么刺激了?"

"你今天有安排吗?"老唐纳德神色肃穆地问。

"刚刚跑完一个专题采访,接下来几天都会闲着……"唐纳德大脑依然处在宕机状态,"老爹你别吓唬我……你这身装束让人觉得你好像是要去相亲,但你的表情又像是一个正在执行什么必死任务的秘密特工……"

"陪我去看几位老朋友。"老唐纳德把车钥匙甩给唐纳德,"还有你妈妈。"

"妈妈?"唐纳德愣了愣。

"今天是什么日子,不记得了吗?"老唐纳德捧起了桌上的花束。

和位于华盛顿的虚无者病毒死难者纪念馆前每日络绎不绝的吊唁者相比,密歇根湖畔的衰萎病纪念馆显得有些冷清。美国官方公布的衰萎病病症消退时间大致在当年的五月十一日至五月十五日,因此这五天被官方定为"人类幸存周",意为纪念人类终于从自然的惩罚下幸存下来。当然现在人们都知道那根本不是自然施与的惩罚或是恩惠,而只是外星文明在人类身上做的一个小小的实验,进入秩序纪元后的"人类幸存周"过起来便显得有些不是滋味,相应的一系列纪念活动也在秩序元年就纷纷停止了。

但一年后的今天,情况似乎又发生了变化。在纪念馆的大厅,以中轴线为界摆放了两排桌椅,一群衬衫上缀有密歇根大学校徽的学生聚集在这里,正在展开一场表演性辩论。

"……综上所述,关于衰萎病期间,以及其后发生的一系列无辜平民死伤事件,虚无者显然要负起全部责任。"反方正在发表陈述,"若要说这样一个杀人如麻的外星文明,能够为人类文明的发展带来新的生机,我方远远不敢苟同。向这样一个冷血的文明屈服,显然是人类文明史上的屈辱。"

"我想提醒对方回到主题上来。我们现在讨论的中心是,向虚无者屈服是否意味着对死难者的辜负。"

"我方观点很明确了,在付出如此大的生命代价后,我们依然选择了屈服,当然是对死难者的辜负——因为他们的牺牲毫无意义,活下来的人类也没能为他们争取到应有的尊严。"

"看看你的四周,我们为死难者修建了庞大的纪念馆。"

"这算是为死难者争取来的尊严吗?对方辩友,我不妨给你举一个历史上的例证:在十九世纪后期,当时世界上最强大的两个殖民帝国联手入侵了当时清王朝统治的东方古国,放火烧毁了它的宫殿,带回了大量稀世珍品。屠弱的清王朝无力保卫它的领土,只能选择屈服。而杀人无数的入侵者修建起了华丽的博物馆和纪念馆来展览那些掠夺来的珍宝,入侵者的后人说,这是我们对清王朝的尊重。"发言的学生是一名华裔,"对方辩友大可以思考一下,这个逻辑合理吗?"

对方微微沉默了一会。

"我方承认,这是一个极为深刻的类比,但你们也恰恰忽略了问题的关键所在:实力对比。今天的人类与虚无者文明之间的科技差距,比当时清王朝与殖民帝国之间的科技差距还要大。它们能在转眼间杀死数以百万计的普通人,就像拍死一只虫子那样简单。殖民者尚且要与殖民地的反抗势力进行艰苦作战,弱小的一方至少清楚地知道自己的差距究竟在哪里。但在面对虚无者时，人类甚至不知道自己究竟是怎么战败的。"

"也许是因为我们被一时的失利吓破了胆？我方坚信敌人并非无法战胜。早在危机初次爆发时，就有他国军方利用电磁脉冲导弹成功攻击虚无者的战例，尽管事后观测发现虚无者已经提前转移了位置，但这是不是在某种程度上说明，人类的武力其实是有可能对虚无者造成伤害的呢？"

正方几位辩手脸上泛起一丝苦笑。

"你们的例证也许听上去很具说服力……但是你能代替那些正在遭受病毒威胁的普通人，去做出坚持战斗的选择吗？诚然，虚无者或许并非无法战胜，但我们需要多久才能研究出它的弱点？这个时间大概没有人可以做出确切的承诺吧？我们大可以假设这个时限，也许只需要几天，也许需要几年。但虚无者呢？它毫不留情地在全球杀死数百万人时，花费了多长时间呢？不到两分钟！看看这组数据比对，难道我们要靠无数无辜者的性命去为难以预测的技术突破争取时间吗？"

"如果最终结果是虚无者被击败，人类获取了自由，也许这个代价并非无法承受。"反方辩手微微攥紧了拳头。

人群哗然。唐纳德站在人群中苦笑着摇头。

"还是一群孩子。"他叹了叹气。

"实际上，我们无法承受。"正方三辩缓缓站起身，"生命的代价不是一个形容词，它是切肤的疼痛，是深入骨髓的折磨。你的同窗、老友、亲人，你认识的所有人，都被扔进你描述的这个针对虚无者的巨大博弈场上。你每失败一次，你就会失去一批你所挚爱的人，你将背负巨大的愧疚和负担。人类不是虚无者的社会，可以抛弃无用的个体来换取其他人的生存，人类无法承受失去挚爱之人，尤其是，毫无意义地失去。对方辩友，试问假如人类最终找到了战胜虚无者的方式，但这个时候，地球上的人类已经在虚无者的疯狂进攻下死伤大半，所有人都失去了自己的一切。这个时候的人类文明，在这场战争中是胜了，还是败了？"

大厅内一片寂静。

"其实是败了。"正方辩手轻声回答。

辩论结束后，人群各自散开了。老唐纳德站在刻满了名字的死难者纪念墙下，伸手抚摸每一个他所熟知的名字。

"那些都是你的老朋友？"唐纳德跟在老爹身后。

"曾经是。"老唐纳德眼底泛起一阵水汽。

"越不正经的人越深情。"唐纳德在心底想。

他们最后停在唐纳德妈妈的名字前。那个名字原本不应该出现在这里，因为她并非染病去世。但官方在事后统计死难人员时专门划分了一个板块，用来纪念为对抗衰萎病而付出生命的医生、警官及其他人员。

"原来还是会想念她。"老唐纳德将胸口的康乃馨轻轻放在纪念墙下。

"她是个好母亲。"唐纳德神色也有些悲伤，"虽然有时单纯得像个姑娘。"

"也是个好妻子。"老唐纳德站起身，"在你还没出生的时候，我们俩还挤在一间廉价的出租公寓里。上帝啊，她那时做的饭可真难吃，秋葵总是烧得太焦，玉米汤尝不出味道。"

"听上去不像是什么美好的回忆。"唐纳德不由得扶额。

"但是她总是很努力地想把菜做好，她总是想做好一切事，每天为一大堆事情操心。天哪，我那时简直要被她烦死了。"

"现在她烦不到你了。"唐纳德冷冷地说道。

"是啊……但是生命里好像从此就缺了点什么。"老唐纳德缓缓站起身，背影看上去落寞十足，语气却忽然变得凶狠，"那个混蛋，那个堵了满脑子粪球的白痴，他怎么能——他怎么敢，伤害那样一个善良的人?"他眼里充满愤怒，好似一只炸毛的狮子，"那个人，就那样毫不在意地开枪，好像是做一件再轻松不过的事情。知道吗? 那时我只差一点点，只差一点，就要杀死那个混蛋了。"

"你为什么没那样做?"唐纳德注视着老爹的背影。

"我需要他活着。"老唐纳德的声音透着寒冰般的森冷，"我要他活着把剩下的苦难经受一遍，我要他活到衰萎病夺走他生命的那一天，我要他感受自己正在一点点死去却无能为力的痛苦。"老唐纳德神色狰狞地回过头，"相比之下，如果我直接杀死了他，对那个混蛋而言，反而是一种解脱了。"

"现在你如愿以偿了。"唐纳德与老爹对视，"我查阅了警局的档案，那名混混在入狱一个月后发病死去了，据说死前经历了巨大的病痛折磨。"

两个男人沉默地对视，又把头别向一边。最后他们的目光都落在了那束康乃馨上。

"可是我并不开心。"老唐纳德垂下头。

"我也是。"唐纳德低声说道。他忽然感到鼻头有点发酸，某种莫名的情绪在刺激着他，那些名字刺得他眼睛生疼。他下意识地不希望老爹看到他这副难受的丧狗样。

"我去一趟洗手间。"他匆匆说道，转身快步离去了。

唐纳德从水池前抬起头，水珠糊住了眼睛，已经分不清是泪水还是洗手池的水了。他迷迷糊糊地伸手去抓纸筒，这时有人将纸巾塞到了他手里。

"谢谢。"唐纳德愣了愣，抓起纸巾擦了擦眼睛。

"没什么,记者先生。"一个有些熟悉的声音。唐纳德回忆了一会,转眼认出了面前站着的男人。

是罗德森。

"我并非有意偷听你们的对话。"罗德森注视着镜面轻声说道,"我也是来看望一些老朋友,恰好碰见了你们。"

"哦……"唐纳德难得感到窘迫,"确实……挺巧的。"

"你父亲,看上去是个很……"罗德森斟酌着用词,"有情有义的真男人。"

"他那是《洛奇》之类的电影看多了,被所谓男人的热血洗脑了。"唐纳德心说。不过这样的话不好对罗德森讲,所以他只得更为窘迫地点了点头。

"更抱歉的是,我好像把你拖进了危险当中。"罗德森忽然压低了声音。

"什么意思?"唐纳德抬起头。

"外面的大厅里,有人已经监视我很久了。"罗德森指了指门外。

"反抗阵线?"唐纳德迅速反应过来。

"不出意外的话,应该就是他们。"罗德森幽幽叹气,"这次他们的任务大概不是暗杀,不然我早被子弹射穿了。他们应该是想绑架我。"

"这副幽怨的语气……怎么听上去好像是对方老大看上你了?"唐纳德心想。

"是为了获得关于保留区的情报吗?"接着唐纳德还是说出了他认为的最大可能。此情此景显然不是一个适合开玩笑的场合。新秩序官方网站上已经公布了保留区建设项目的负责人名单,唐纳德近期一直在关注这方面的新闻。

"我就知道我没有看错人。"罗德森意味深长地笑了笑。

"你想要我怎么做?"唐纳德知道这份赞扬不是白受的。

"带我离开这里。"罗德森眼里闪着刀锋般的寒光。

卫生间的救火警报器忽然尖叫起来,天花板上的喷头开始喷洒水珠。把守在卫生间门外的两名反抗阵线成员注意到卫生间里的动静,一头扑了进来。映入他们眼帘的是一片空荡荡的房间,警报器上捆着一枚银制防风打火机,在水珠喷洒下依旧持续燃烧。闯入卫生间的两人迷惑地相互对视了一眼。下一刻,角落里凶神恶煞地窜出两个手持拖把和笤帚的男人,将手里简陋的武器狠狠砸在两名反抗阵线成员的后脑勺上。被袭击的二人哀号着瘫倒在地,却并没有如唐纳德预料的那样昏死过去,而是指着目瞪口呆的罗德森和唐纳德大吼大叫起来,似乎是在警告其他同伴。

"和电影里演的不一样啊!"唐纳德哭丧着脸喊。

"我也是头一回砸人……"罗德森也有些哆嗦,"如果有什么砸得不对的地方还请见谅……"

"道什么歉,赶紧离开这儿!"唐纳德感觉自己要先被急晕过去了。二人反锁了卫生间大门,试图装作若无其事的样子穿过人来人往的大厅。

"镇静镇静,他们也许还不知道我们已经有察觉了……"唐纳德低声安慰道。

"他们在那儿!"远处忽然有人放声大喊。分散在人群中的反抗阵线成员纷纷向这儿汇集过来。

"好吧,他们发现我们了!"唐纳德也大吼起来。

"还有更糟的。"罗德森回过头,被他们反锁在卫生间的两名反抗阵线成员也迷迷糊糊地撞了出来。

"你的撤离计划是什么?"唐纳德大声问。

"我的车不能用了,我亲眼看见他们在我的车上动了手脚。"罗德森有些慌乱,"你的车在哪?"

一名手持电击棒的暴徒从斜刺里冲了出来,反手一棒就要砸在唐纳德脸上。千钧一发之际,一只粗壮有力的小臂挡住了暴徒的攻击,随即那名暴徒发现自己被扛在半空,而后被狠狠摔了出去,击碎了一排玻璃幕墙。四周的人群纷纷尖叫起来,保安在远处大声吹起了口哨。

"车在C区露天车场,离这里很近。"一个低沉的男声,霸气威武宛如天神,"逃命这种事我比较擅长,交给我来好了。"

唐纳德呆呆望着这名杀神附体般的天神,口中不由得念出了天神的名字:"老,老爹?"

老式福特野马在洲际公路上疾驰。罗德森仍心有余悸地喘着粗气。方才他们在驶出纪念馆时还遭遇了反抗阵线的车辆拦截,老唐纳德径直将车速加载到最高后撞开了拦在野马前的车辆。伴随着一阵清脆的口哨声,老唐纳德甚至打开了车载播放器,欢快地哼起了乡村民谣。

"虽然是很老的型号了,但依然是部好车。"罗德森气喘吁吁地赞叹。

"这是我好不容易在二手市场淘来的,别撞坏了!"唐纳德看着车头的划痕不由得心疼万分。

"年轻人做事怎么能畏首畏尾?我们不是在逃命吗?哪来这么多讲究。"老唐纳德把着方向盘扬了扬眉毛。

"老爹你什么时候对躲避追杀这类事情变得轻车熟路了?"唐纳德感觉自己还是不够了解这个男人。

"人在江湖行走,怎么能不多学点技术防身?"老唐纳德满脸淡定。

"你爹真棒。"罗德森呼吸不畅地喊道。

"这些都不是重点!"唐纳德忽然发现一车人的关注点似乎有些混乱,他转过身瞪着罗德森,"反抗阵线为什么三番五次地针对你?"

"他们不是针对我,而是针对保留区工程。"

"那个工程怎么了? 我们不是要到最后才开始建设吗?"唐纳德感到不解。

"他们打听到风声了,保留区也许是虚无者的某种阴谋……"罗德森语调渐渐低沉下去,似乎在犹豫。唐纳德屏息凝神地等待着罗德森的后文,老唐纳德忽然发出了一声警告:"小心撞击!"

紧接着,唐纳德感到整个人在座位上偏移了一段,直直悬浮在了半空,脑袋顶着车顶。车窗在一阵剧烈的晃动中碎裂开来,玻璃碴漫天飞舞。唐纳德下意识地伸手护住脑袋,一个黑色的阴影已经扑上来护在了唐纳德面前。唐纳德努力想要看清那个黑影的面庞,但下一刻,唐纳德的太阳穴狠狠撞击在了什么尖锐的物体上。伴着天旋地转的剧烈疼痛,浓厚的黑暗转瞬之间覆盖了唐纳德的视线。

罗伯特静静漂浮在太空中,头盔倒映着点点星光,地球在他脚下缓缓旋转。

"真是壮观。"通信器里传来同事的轻声赞叹。

"谁说不是呢?"罗伯特喃喃自语。

所有人都背对着脚下的母星。往常让他们沉醉的地球美景此刻已经不再吸引他们了,他们的视线此时都聚焦在面前的巨大深色阴影上。

他们面前是即将完成建设的一号太空船坞,是政府投入巨资、耗时两年打造的超级工程。它包括四个停泊港口和同等数量的组装工厂,太空舰队的主体部分将在这里完成安装和调试等一系列工作。港口装设有世界上最先进的引导与对接装置,以及四个独立运转的调度塔,分别负责每个停泊口的飞船调度,保证百万吨级别的钢铁怪物在进出港口时的精确无误。整个太空船坞本身就是一个具有半循环能力的太空站,此时上面已经有近两百名工程师及NASA的科学家生活,基础生活设施一应俱全,甚至可以在这里找到台球厅。说是放大版的太空站,其实已经不足以概括它了,也许用太空城市来形容才更贴切一些。

"为了建造它,整个国家的经济都在衰退。"有人在频道里感慨。

罗伯特对此深有感触。太空计划实施两年以来,整个国家的生活和经济水平都呈现出明显的退化,部分地区甚至已经开始实行生活物资配给制度。对此感到不满的公民已经开始成群结队地涌上街头,向当局发出抗议。除此之外,工程建设成本也在不断增大。建设原材料的进口变得越来越艰难,因为其他国家也在面临材料短缺的窘境。而更大的隐患在于广大航天技术落后的小国,他们对于技术与资源共享的呼声正在不断提高,昔日美国的敌人在空前的生存危机下依次复苏并活跃起来,号称将不惜代价破坏太空计划的实施,以此胁迫各个航天大国加入技术共享的行列。

"山雨欲来……"NASA一位华裔工程师低声念道。

"各位,乔纳森的事都听说了吗?"有人切断了公共频道,建立了太空船坞外几人之间的专属频道。

"听说了一些。"罗伯特神色淡然地点点头,"他不是被行动队逮捕了吗?"

"据说是因为几度越权调取保留区建设信息,并将情报倒卖给反抗阵线。"有人补充道。

"不见得是倒卖,我在行动队的朋友说,乔纳森根本就是反抗阵线的一分子。"

"乔纳森加入了反抗阵线?在政府全面清剿他们的当口?"有人感到不可思议,"在我印象里,他不是这样一个糊涂的人。"

"会加入那个疯子团体的人,本身就已经不在乎生死了吧?他们找到了自己所谓的信念。"

"什么信念?信念能够帮他在虚无者的病毒威胁下多活几分钟吗?"现实主义者对这个词不屑一顾。

"我更好奇的是,反抗阵线为什么要费尽心思获取保留区的情报。"罗伯特转身凝视着脚下的蓝色星球,"那儿现在明明什么都没有。"

"只是看起来什么都没有吧?新秩序就是一个大号的秘密收容所,天知道有多少不可告人的交易在这里进行。"

"注意你们的言论,NASA也在新秩序的监视之下。"有人低声警告。

"我们什么也没有说。"说话的人关闭了专属频道。

"保留区。"罗伯特依旧沉浸在思索中,却发现自己只是想越想越乱。他忍不住重复了一遍那个华裔工程师的话——

"山雨欲来……"

唐纳德在黑暗中睁开眼。窗外淅淅沥沥下起了细雨。房间内的灯光有些昏暗,唐纳德一时辨认不出自己身处什么位置。

暗处传来一阵衣料摩擦的响动。唐纳德警觉地爬起身:"谁在那儿?"

"动作还很敏捷嘛。明明看起来没什么大碍却昏了这么久,是又不小心睡过去了吗?"一个有些沙哑的声音,不知为何在唐纳德听来却感到莫名熟悉。

"你是什么人？"唐纳德慢慢站起身，观察着远处那个人的动向。如果他有掏枪的动作，那唐纳德会第一时间勇猛地……往床底钻。老唐纳德常挂在嘴边的一句话即是，万事以保命为第一要义。

"一个有些日子没见的老朋友。"黑影几步走到了灯光下，唐纳德终于看清了来者的脸。

居然是辞职出走的肯。

日光灯在头顶微微晃动，发出难听的吱吱声，远处隐约传来排气扇的嗡嗡响。

"抱歉环境有些嘈杂，诸位请尽力克服。"肯低声说道。

此刻房间里的局势略有些微妙，一张长桌分隔了两派人马。老唐纳德一副将要掀桌子全面开战的凶狠表情，唐纳德则憋着一肚子的问题却不敢贸然向肯发问。罗德森满脸淡然地坐在两人中间，一副华尔街专业证券咨询师的模样，好似此刻正坐在高档写字楼前谈论着今天的股票。

但罗德森和肯只是微笑地互相对视着，谁也不开口说第一句话，远远看来倒像一对饱含深情的恋人。

"你们是在通过意念对话吗？"老唐纳德一拍桌子，"能不能给个痛快话？"

"这是专业人士的谈判技巧，谈判的最高奥义就是等对方先开口，我方再通过对方言语中的信息和漏洞寻找机会。"唐纳德低声解释道。

"哪来这些七弯八绕的程序，有话不能挑明了说吗？"老唐纳德怒目圆睁。

肯脸色微微变了变，似乎是在憋着苦笑："这是……你老爹吧？好像听你说过几次。"

"是……上回咱俩采访回来，他还说要请我们吃法餐。"唐纳德忍不住把脸埋进手掌。

"后来放我们俩鸽子的那次?"

"就是那次……"唐纳德窘迫到了极点。

反抗阵线的死士们在一旁面面相觑。严肃的双方会谈气氛瞬间崩溃,谈判桌变成了家庭聚会,看上去长桌两侧的两位老同事还聊得蛮开心的。

"你们三番五次针对我,是想从我这里得到什么?"罗德森终于淡淡开了口。

"我们针对你?"肯慢慢收起笑容,"委员先生,你大概还没有搞清状况。你以为今天在洲际公路上忽然蹿出来的那辆货车是我们安排的吗?"

"难道不是吗?"罗德森微微眯起眼。

"那是新秩序的人干的。"唐纳德忽然低声说道。罗德森有些不可思议地望着唐纳德。

"在撞击发生的那一瞬间,我看见了司机的脸……是新秩序下属行动队的一名指挥官,曾经策划过对反抗阵线的抓捕活动。我认识他是因为那次抓捕行动是我报道的。"唐纳德神色有些不自然,"我在报道里写了很多赞扬新秩序的话……"他的眼神下意识地扫向四周那些全副武装的反抗阵线成员。

"在其位谋其职,这不怪你。"肯示意唐纳德不必紧张。

"这又能证明什么? 不过是说明新秩序和反抗阵线两个组织都是一群人渣。"罗德森冷笑。

"你大概搞错了一些事。"肯摇了摇头,"就像大部分人对反抗阵线的印象一样,你也认为我们一出现在公开场合,就伴随着杀戮和袭击。"

"我看到的事实就是如此。"罗德森直视着肯的眼睛,摆出了一副发布官方声明的腔调。唐纳德敏锐地注意到,罗德森现在说的话并不是他内心真正要说的。他在等肯先开口。

肯意味深长地笑了笑。他慢条斯理地给自己点上了一支烟,在阵阵烟雾中,缓缓开始了他的叙述。

"罗德森先生,你是个聪明人,想必你多少也能看得出,自从进入秩序纪元以来,伟大的合众国正在一步步走向堕落——人民的生活水平在倒退,无数宝贵的战略资源被用来打造太空舰队和建设保留区,说穿了都是在为谄媚虚无者而服务。在这样的大环境下,人民很难不对现有的政府产生失望的情绪。这个时候,作为统治者的当局,应该做出什么应变?"

罗德森并不打算回答这个问题,只默默注视着肯。肯似乎也并不期望罗德森做出什么回答。反而是唐纳德小心翼翼地举起了手:"如果是我站在白宫的角度,我会考虑为国家竖立一个外在的威胁——创造一个疯狂的、为达目的不择手段的敌人,让人民感到畏惧,从而不得不继续依靠他们的政府。"

"你看,太阳底下从来没有新鲜事。"肯微微点头,"这一招在美利坚合众国伟大的发展历程上已经使用过无数回了。用一个新的矛盾转移旧的矛盾,反抗阵线,就是被人为创造出来的,美国的新敌人。"

气氛微微沉默了一会。

"你的意思是,那些袭击不是反抗阵线做的?"唐纳德试探着问。

"我们不会为自己粉饰什么。"肯轻声叹气,"为了打击新秩序和虚无者的力量,我们确实在支持新秩序州发动了一些袭击事件,但那些袭击仅仅是小范围的,并且是在隐秘状态下进行的。我们承认在行动的过程中造成了无辜人员的伤亡……"肯顿了顿,"但那些伤亡,远远没有新秩序自导自演的袭击事件那样惨重。"

"包括在市区引爆那辆双层巴士?"罗德森反问。

"既然你恰好问到了这件事,我不妨解释一下。"肯露出了正中下怀的轻松表情,"明眼人都看得出,反抗阵线的活动仅仅限于获取新秩序内部的情报,真正公开的袭击实际上从来没有,更不会在公开场合高喊组织口号进行炸弹袭击。老实说,行动队诬陷人的手段,还停留在中东战争时的老一套思维。罗德森先生,难道你没有怀疑过是谁在爆炸发生的前几分钟给你发出警告信息,让你提前下车吗?"

"是你们?"罗德森愣了愣,随即他的神情变得有些恼怒,"为什么不提醒其他人? 你知道有多少人在那场袭击中死于非命吗?"

"我们并不是全能的,新秩序竟然会选择在巴士上直接引爆炸药,这是我们无论如何也无法预料的。实际上爆炸发生后很长一段时间,我们都无法接受这一事实。"

"这不合理啊,新秩序为什么要大费周章地迫害自己人?"唐纳德忍不住发问。

"那次爆炸针对的目标,并不是罗德森委员,而是另外一位知晓更多秘密的国防部官员,只是委员先生十分碰巧地也乘坐了那一趟巴士。"肯的神色有些落寞,"原本组织一直在和这名官员保持联系,通过他获取关于虚无者和保留区的情报,但没过多久,那名官员就被新秩序监察部注意到了。他们立刻意识到这是一个不打算服从虚无者的反抗分子,于是他们干脆导演了一出排除异己、顺带嫁祸于人的好戏。尽管罪魁祸首是新秩序,但从某种意义上来说,也是我们间接地害了那一车无辜者。"

"为什么不提前救下那名官员?"罗德森感到疑惑。

"他的所有通信都被监控了,我们无法联系他。"

"那为什么选择联系我?"

"因为反抗阵线也在观察你。"肯迎上罗德森的目光，"你很早就在我们的争取对象名单中，我们注意到你也并非完全忠诚于新秩序。"

罗德森感到后脊背微微发凉。他从没打算效忠新秩序，他只是需要一个在乱世中苟且偷安并能保持尊严的身份罢了。如果能顺便找出虚无者的弱点，再将情报贩卖给有此需求的国家或势力，那就再好不过了。但一直以来，罗德森认为这只是他隐藏在内心深处的想法，他自以为能很好地掩饰自己的真实面目……但此时此刻，连新秩序的敌人都能看出罗德森心底的心思，想必新秩序监察部也都看在眼里……

"不必慌张，罗德森先生。"肯似乎是看出了罗德森的担忧，"我们有自己获取信息的渠道，有时甚至比监察部的情报网还更有效。至少就目前看来，新秩序还没有对你的忠诚性产生怀疑。今天行动队的攻击完全是针对反抗阵线展开的，只是不巧误伤了你们罢了。"

罗德森忽然感到有些恍惚。新秩序似乎已经变得无法信任了，而此刻自己理论上的敌人却在安慰自己不必慌乱，敌我关系在转瞬之间发生了掉换……这个世道果真是乱得一塌糊涂。

"好了，看来我们很快就要聊到重点了。"唐纳德咽了咽唾沫，"从你们刚才的对话中，我大概听明白了一点：新秩序在极力隐瞒什么事，并且那正是反抗阵线不惜代价想要知道的事。而你们想知道的……"唐纳德指了指肯，"和你们想隐瞒的……"他又点了点罗德森，"都和保留区内正在发生的事有关。"

对峙着的双方各自陷入了沉思。

"老同事还是这样快人快语。"肯叹了叹气，"感谢你直接说出了我们的疑问，不然我还真不知道该怎么开口呢。"

"你们真想知道？"罗德森脸色有些阴沉。

"不妨说说看。"肯比了一个"请"的手势。

罗德森缓缓坐直了身子,双手不安地交叠着。他在思考自己即将说出的话,对反抗阵线而言意味着什么。

"秩序元年九月,我认识了一位NASA的科学家。"罗德森慢慢地说道,"他叫乔纳森,你们大概也听说过他,因为近来灰星项目的探测工作也逐渐为大众所熟知。他和新秩序内部的一些富有远见的委员,组成了一个针对虚无者战略战术的分析团体,通过虚无者提供给人类的信息,去猜测它们的真实意图。这个团体一年多来的分析结果显示,保留区的建设仅仅是一个幌子,用来掩盖虚无者真正要达成的目的……

"为了让你们更好地理解我接下来要说的秘密,我们必须回到虚无者危机爆发的源头,回到世界发生巨变的那个夜晚。大概在虚无者降临的第十五小时,我们收到了中国方面发来的观测报告。报告认为虚无者属于五维空间的生物,拥有自由跨越时间的能力。这一部分的推断基本没错,根据两年来我们对虚无者的观察,事实确实是如此。但致命的偏差出现在报告的后半段,他们认为虚无者早在几千年前就已经抵达了地球,这样才可以解释为什么虚无者会如此了解人类文明的历史,以及人类的各项弱点。这一推断从我们得到的情报来看,出现了明显的漏洞,它们实际来到地球的时间,不会比我们正式发现它的时间久。这个漏洞的源头则在于,虚无者的寄生技术……

"希望你们做好了足够的心理准备。因为这项技术是两个文明的黑暗秘密。

"虚无者和清理者的黑暗秘密。

"我们对清理者文明知之甚少,只知道虚无者畏惧清理者,它们似乎是一个凌驾于虚无者之上的高等文明。我们可以构建一条宇宙食物链,食物链的顶端是清理者,中部是虚无者,底层是我们。

"回到寄生技术,虚无者的寿命并非是无限的,它们也许对时间的感受和人类不同,但它们也会衰老,也会死去,宇宙不会允许有超越死亡的生命存在。但借助寄生技术,虚无者可以无限地延长自己的生命。具体做法就是,吞噬一个人的时间。

"听起来像是魔法一样,对吧？被寄生的感染者,以被感染的那一刻为中心时间,在中心时间之前已经经历过的时间,和未来将要获取的时间,都是虚无者的食物。

"是的,它们以时间为食物。想象一下,如果虚无者早在几千年前就抵达了地球,那么人类文明绝无发展的机会,所有人都会成为虚无者的食物,一点点被虚无者吞噬掉。我无法解释其中的原理,也无法想象被吞噬时间的感染者是怎样的感受,不过我可以举一个很典型的例证:新秩序内部有一位被感染的委员,虚无者对他的时间的攫取比一般的感染者要快许多。感染一周后,那名委员整个人凭空消失了,而且是彻底的消失,官员档案里找不到他,税单、保险、驾照信息里也没有他,所有曾经认识他的人也声称对此人完全没有印象——他就好像是从这个世界里整个被抹去了,没有留下一丝痕迹。除了虚无者自己记录的感染者档案。

"而乔纳森借助职务之便,获取了这份档案。

"不过他的运气很不好,在他获取了大部分秘密之后,还没有来得及把情报传递给你们,就被监察部发现了。行动队大概很快会对他处以死刑……

"但乔纳森在被捕的前一刻,将一个装满信息的硬盘寄到了我的办公室,由此我才得知关于虚无者的一切秘密……

"虚无者通过吞噬被感染者的时间,来延长自己的寿命。被吞噬者将不会在这个世界上留下一丝痕迹,甚至连一个能记住他的人都没有。这大概是世界上最糟糕的死法了……

"而虚无者感染普通人的方式,就是那些雾。但是它们的雾是有范围限制的,档案里恰好提到过虚无者雾区可以扩张到的最大范围……"

罗德森停顿了一会,森冷的目光注视着所有人。

"知道答案是什么吗?"他轻声问道。

"这个范围,不会就是……保留区的面积吧……"唐纳德脸色惨白。

"答对了。"罗德森打了个响指。

空气陷入一片死寂。

"这样看来,虚无者的真正目的,是要灭绝整个人类世界。"肯的脸色也不好看。

这是一个关乎人类生死存亡的黑色秘密,在场每一个人无不沉浸在巨大的震撼……和恐惧中。

大概除了老唐纳德。在双方放下剑拔弩张的架势开始谈正事时,老唐纳德就意识到这部分聊天内容不是他的脑回路能够理解的,于是很自然地趴在长桌边呼呼大睡起来。无知总是让人分外快乐,在一派如临大敌的慌乱氛围中,老唐纳德居然很开心地咂了咂嘴,发出了猪一样的哼哼。

"老爹你……"唐纳德恨爹不成钢地扶额,他原本想说"你丢尽了我的脸",临了想来还是不好说得太重,于是话到嘴边又变成了"这么睡会着凉的"。

"你的故事还没有说完。"肯慢慢从震撼中回过神来,"虚无者明明提到过,它们参与过无数人类历史上的重大事件,你又说它们是这几年才来到地球的,这不合逻辑啊。"

"从三维空间的角度,确实无法理解。"罗德森意味深长地拉长了语调。

"但虚无者是五维生命,不是吗? 既然时间在它们眼里不再呈线性分布,在它们能够到达任意一个时间点的条件下,它们在抵达地球的第一时间便参与并影响了地球的整个历史,也不是无法想象的吧? 假设线性时间是一把标明了刻度的尺子,五维空间就是尺子测量的一面白纸,虚无者则可以是这张白纸上的任意一个点,能够出现在直尺的任意刻度上,它们可以影响尺子的测量数据,但它们无法将直尺变成三角尺,或是圆规。虚无者能够对人类历史发展施加影响,但是无法彻底终结人类历史,或是直接吞噬古代人的时间河。因为已经死去的人,他的时间也随着生命一同消逝了,在虚无者眼里,死的时间就是失去意义的废弃时间,哪怕他生前的寿命再长也是一样。"

"那清理者呢?"肯轻声问。

"关于清理者,档案里的描述很少……"罗德森缓缓说道,"他们只提到一句,虚无者的食物是时间,清理者的食物,是虚无者。"

这个夜晚他们沉默了许多次,这一次是时间最长的一次。不是因为恐惧。在了解了虚无者的黑暗秘密之后,每个人都在紧锣密鼓地思考着对策。

"知道我们接下来该怎么做吗?"唐纳德目光炯炯地望着肯。

"单靠反抗阵线的力量,肯定无法与虚无者抗衡。"肯将目光投向罗德森,"我们需要借助……更强大的力量。"

"世界的力量。"唐纳德说出了下半句,"那个硬盘,如果我们将里面的内容向全世界公布,会引发多大的动荡?"

罗德森转眼明白了唐纳德的意思。

"不行。"罗德森立刻表示了拒绝,"我早就猜到你们会有这个想法,才一直没与你们联系。"

"为什么?"唐纳德认为罗德森大概还没有搞清状况,"人类之所以会选择屈服，是因为虚无者许诺人类，不反抗就能享受和平。但现在我们知道和平的许诺都是谎言，虚无者是要把全人类作为口中的食物，全人类如果知道这一点，必然会团结起来反抗虚无者……"

"就是因为，人类会选择反抗到底，才不能公布这些档案！"罗德森忽然有些愤怒，猛地高声咆哮起来。

唐纳德被吓了一跳，不明白罗德森受了什么刺激。一旁熟睡的老唐纳德都被这阵动静惊醒了。

"是害怕战争吗？"肯问道。

"是害怕无谓的牺牲。"罗德森摇摇头，"今天在衰萎病纪念碑前的辩论，你们都听了吗？人类和虚无者，其实是一个很显而易见的局势。我们之间隔着巨大的技术差距，它们屠杀我们就像碾死一群蚂蚁那样轻松。想想那场夺走数百万人性命的病毒吧！那只是虚无者整个武器库中微不足道的一种，同样的病毒它们可以毫无压力地再放上无数次！无数次！"他一挥手臂，"今天我们公布了这些文件，引起了全体人类的公愤，而后呢？战争再起？全体人类国家团结起来，共同对抗虚无者？听起来似乎是很美好的愿景，但现实呢？是人类团结起来找到虚无者弱点的速度更快，还是虚无者用死亡瓦解整个人类的抵抗决心速度更快？"

唐纳德和肯无言以对。

"看看我们这几个人，说到底都是这个时代里微不足道的小人物。我们凭什么，我们有什么资格，去决定数百万，甚至数千万人的生死？"罗德森颓然地倒在座位上。

满房间的人面面相觑。这似乎的确是一个难以抉择的道德陷阱。

"孩子，你说错了一点。"一旁的老唐纳德忽然幽幽地说道，"我们从来没有决定什么人的生死。最后的选择，其实都是人类自身做出的。"

"什么?"罗德森愣了愣。

"在我还是个拳场上的毛头小子的时候，我参加了一场业余拳赛。负责抽签的裁判告诉我，我抽中的对手是我绝对无法战胜的。如果贸然上阵，我会受伤，会承受很大的痛苦。裁判大概见过许多栽倒在擂台上的年轻人的故事，所以想以过来人的身份劝导我，让我放弃那场拳赛，少吃些苦头。"

"这样不是很好?"罗德森说道。

"这样好吗? 一个刚踏入拳场的年轻人，怀着满腔热血渴望着战斗，站在擂台上直面对手的那一刻，就是他的荣耀时刻。而这个时候有人告诉你，对手太强大了，你还是认输吧，可以少吃些苦头。对一个拳击手来说，这无异于剥夺了他的荣耀。知道吗? 有些时候，对有些人来说，捍卫荣耀比性命更重要。"

罗德森抿着嘴不置可否。

"都是孩子气的话。"唐纳德不由得叹气。

但老唐纳德无视了儿子的嘲讽："我当然可以在强敌前选择退让，但下一次呢? 再一次遇到无法战胜的敌人，该怎么办? 继续退让? 那么再下一次呢?"老唐纳德摆摆手，"'无法战胜'这个词，本身就是一个极其鬼扯的词。谁来定义这个概念? 谁来为你的未来下定论? 告诉你孩子，能否战胜你的敌人，不是一个精确的数值对比，而是你内心深处的勇气，对信念的坚守，对必胜的信心。当你失去了这一切，你永远只能选择退让。当你丧失了奋战的勇气时，任何敌人都是无法战胜的敌人。"他不知从何处摸来一支烟，"就像你说的，为了维持现在的和平，我们必须继续向虚无者表示屈服。但这个屈服的结果是什么? 如果我没听错，好像是全人类都将成为虚无者的食物? 换句话说，我们不过是比站起来反抗，多苟活了几年罢了。但在我看来，苟活着的人类，和已经死了，几乎没有差别。"

罗德森脸色微微变了变。

"如果和平的结局是注定的死亡，那这样的和平又有什么意义？你又为什么会认为，保持这样的和平，会比起身反抗更为合理？"老唐纳德吐出一阵长烟，"抱歉我的学识不像你们那样丰富，但这个道理，我想每一个接受过基本教育的普通人都能想明白。"他直视着罗德森，"因此，从来不是你决定了数百万人的生死，是他们自己，为自己的命运做出决定。而且其实你的潜意识里已经清楚，人们在得知这个结果后，必然会不惜一切代价地进行反抗。他们注定要在虚无者这个强敌面前，捍卫属于自己的荣耀。"

罗德森陷入了沉思中。他下意识地避开了老唐纳德的目光。面前这个男人的语气似乎毫无波澜，但眼底却燃烧着几乎能将世界吞没的熊熊烈火，叫人不敢与之对视。

"保持屈服，还是奋起反击，交给你们决定。"老唐纳德意味深长地笑了笑，"老男人这种时候在一边默默抽烟就够了。"

秩序纪元二年，五月十六，凌晨时分。

深夜的地下车库忽然变得人声鼎沸起来。黑色的吉普依次发动，引擎的低鸣声响成一片。人群从各个通道涌入地下，在车灯的照射下投出巨大而扭曲的影子。

"一会进入街道后，分三路走。"肯通过对讲机指挥着反抗阵线的士兵们，"尽量避开新秩序控制的关卡，保持隐蔽前进，争取在天亮之前越过东部军的封锁线，进入联盟控制境内。正午时分，我们在爱达荷州会合。"

"见鬼。"罗德森被紧张的气氛感染，变得坐立不安起来，"我打赌我一定会后悔的。"

　　他到底还是答应了肯的请求，同意将硬盘转交给反抗阵线。但在新秩序控制州内，反抗阵线显然没有合适的技术条件对硬盘内容进行全面公示，因此肯决定带队护送罗德森前往反虚无者联盟控制的西部，在那里他们将获得技术、装备和人员的支持。

　　"我们可能得抓紧时间了。"罗德森摊开地图，在盐湖城与黄石国家公园两点之间画了一条直线，"东部军在这里部署了重兵，预备一旦谈判失利就发起武力进攻。现在这一区域都属于军事戒严区。"

　　东部和西部的谈判已经进行到第二轮了，但双方都清楚单纯的谈判必然无法说服对方。在支持新秩序和反抗新秩序的根本问题上，双方没有谈判的余地，因此白宫方面近期正持续向两派交接地区增派部队，内战的阴云正逐步笼罩美国。

　　"我们有自己的渠道穿过这里。"肯自信地表示不必为此担心。

　　"我相信你们自然有自己的渠道，但我要说的是，现在战争一触即发，一旦东西之间开战，我们要穿过战区就不容易了。"罗德森表示了他的担忧，"而且西部联盟和联邦政府之间的差距太大了……"罗德森犹豫了一会，"老实说，一旦开战，你们抵抗不了多久的。"

　　"委员先生倒是坦诚。"肯收起了地图，微微叹了叹气。

　　"如果条件允许的话，你们一定要赶在开战之前，将消息发布出去。"唐纳德慌忙上前补充道。

　　"为什么?"肯问。

　　"战争还没有打响，国家就还没有正式走向分裂，东西两派的矛盾就并非不可调和。一旦双方开战，我们就会在内部先产生裂纹，未来将以什么面目再团结起来对抗虚无者……"

唐纳德的话还没有说完，罗德森已经忍不住冷笑起来。

"怎么？我的想法很可笑吗？"唐纳德神色渐渐变得冰冷。

"我只是没想到，记者先生，原来你也是一位理想主义者。"罗德森微微摇头，"知道吗？这个国家的裂纹，早在秩序纪元到来的那一天，就已经产生了。"罗德森伸手合上了车门。风中传来不知谁发出的一声轻叹。

"行了，我们已经做了该做的。"老唐纳德按住唐纳德肩膀，"现在该回去过我们的日子了。在革命的风暴到来之前，我们最好找到一个安全的地方待着。"

"你们可以和我们一起去西部。"肯诚挚地邀请二人。

"免了，那儿听起来可不像是个安全的地方。"唐纳德苦笑着摇头。

两位昔日的同事在刺眼的灯光与凌乱的脚步声中无言地对视。

"本来应该好好聊聊近况的。"唐纳德遗憾地摆了摆手。

"是啊，刚见面就急匆匆分别了。"

"下次再见可就不知道是什么时候了。"

"战争胜利后，我来找你，那时咱们再好好叙叙旧。"

"我……期待着那一天。"唐纳德忽然不知该说些什么了。

"怎么了？"

"……你和以前相比，变化真的很大。"唐纳德神情有些复杂，"现在的你，已经有了为之奋战的信念。我不知道这算好事还是坏事。"

"有信念当然是好事。"肯淡淡说道，"尤其是在这个时代。"

"是吗？这样说来，我该羡慕你了。"唐纳德笑了笑。

肯无言地摇了摇头，郑重地说道："再会，老朋友。"

"再会。"唐纳德拍了拍肯的肩膀。

夜空中忽然响起一阵惊雷般的震动。下一刻,尖锐的警报声此起彼伏地响起,散布在四周的反抗阵线成员惊恐地四下张望。远处呼啸的警笛声正在飞速接近,穿过天花板的穹顶,唐纳德甚至听见直升机卷动气流的轰响。

"关闭车库大门!"肯放声咆哮。

"发生什么事了?"唐纳德拉住面如死灰的肯。

"是新秩序行动队,他们发现我们了!"肯从牙缝里挤出了这句话。

厚重的闸门依次闭合,发出沉闷的撞击声。每一次撞击声传来,肯的脸色就变得阴沉几分。大厦的地下车库总共有五个入口,除开正在检修的三号入口无法闭合外,四道大门都已经封死了。

"这栋大厦的所有闸门都是按照防弹级别设计的,大概能简单抵挡一阵。"反抗阵线的工程师满头大汗地汇报,"但我们出去的路也被堵死了。"

"我们走三号出口冲出去。"肯跳上发动的吉普。

"三号口堆满了施工器材,车队不便通行。"工程师给肯看三号口的监控录像。

"强行突破呢?"

"我们的车辆可能会失去动力。新秩序正在对大厦形成合围,一旦失去动力我们很快会被追上。"

"我们需要一个大家伙开路。"罗德森凑了上来。

"我来吧。"老唐纳德默默站了出来,指了指不远处一辆中型货车,"你的团队里应该有会偷车的天才吧?"

"老爹你瞎掺和什么!"唐纳德急得上蹿下跳,"自己多少斤两心里没数吗?"

"唐纳德说得没错,这事原本就和你们没关系,让你们身处危险中已经十分抱歉了……"肯满脸愧疚。

"行了,不用道歉,我的思想境界也没那么高尚,我不是为了把你们送出这里。"老唐纳德挠了挠后脑勺。这个一反套路的回答让在场的人不由得为之一愣。

"我的老朋友都死在虚无者手里了,我的妻子也是。我认识的人都一个一个地离开了我,我在世上已经没有多少亲人了,除了我这个脾气暴躁的傻儿子。"老唐纳德拍了拍唐纳德,后者试图对老爹的形容提出质疑,又被赏了一记手刀。

"说实话,我不在乎你们能不能安全离开这里,老子还没有活够呢,谁会去干这要命的开路活?"老唐纳德威风凛凛地给自己点上了一支烟,"但很不凑巧,我唯一的儿子也被困在这个鬼地方了,这种时候老爹不拼命还能有谁来拼命?"

"老爹你的青年热血病……犯错时候了!"唐纳德不由得扶额。

"我知道,专业术语叫中二病!"工程师常年混迹于二次元圈子,对此有所耳闻。

"你们是不是都搞错重点了?"罗德森急得大叫起来,"闸门外的撞击声你们听不见吗?"

四号与五号出口正对着大厦正厅,此刻正传来隐约的撞击声。紧接着距离他们最近的二号出口也剧烈震动起来。进入地下车库的楼梯间内忽然响起了密集的枪声,驻守在大厦一层的反抗阵线成员已经和新秩序行动队交上火了。

"留给你们犹豫的时间不多了。"老唐纳德转身朝货车走去,"谁来帮忙搭把手?"

"我来吧。"工程师转身跟上了老唐纳德的脚步。

"喂! 你去干什么! 我还没答应让你去呢!"唐纳德大喊道。

"老爹要干的事,还需要经过小子同意吗?"老唐纳德咧嘴一笑,"你们跟在我后面,我带你们见识一下德州车神的风采!"

言罢,他头也不回地远去了。

"老爹你什么时候混过德州啊?"唐纳德气得大叫起来,"你就是英雄电影看太多了! 神经病! 早告诉你别和我凑一块了,非得搬来住,这下吃苦头了吧!"

肯恭敬地向着老唐纳德和工程师消失的方向鞠躬示意,而后一脚将跟在他们后边骂骂咧咧的唐纳德踢倒在地。

"清醒点了吗?"肯冷冷瞪着躺在地上的唐纳德,"清醒了就快点给我上车!"

唐纳德在地上翻腾了一阵,站起身时神情灰暗,有如一只丧狗。

"老爹……也是我唯一的亲人了……"他轻声喃喃着,像是刚刚失去了生命中最重要的东西。

老唐纳德眉飞色舞地跳上了驾驶座。工程师没费多大功夫就发动了货车,老唐纳德熟练地踩下离合,整个货车车厢都在引擎轰鸣中微微晃动起来。

"啊哈,勇闯龙潭的孤胆英雄,为众生杀出一条血路,大片里不都是这样演的吗?"工程师开心地吹了声口哨。

"没错!"老唐纳德大笑着回应,感到两人品味相投,只叹相见恨晚。

通过对讲机关注进程的肯不由得默默捂脸……这个夜晚所有人的命运居然都系在两个神经病的手里，不知道是两个神经病太疯狂还是自己太疯狂了……

货车轰然发动，轮胎摩擦地面发出刺耳的嘶鸣声。与此同时一号口也传来震动，新秩序行动队对地下车库的合围很快就要完成了。

"三号口暂时安全！"负责监控三号口附近道路状况的反抗阵线成员大喊道，"我们还有机会！"

"所有人，跟上那辆货车！"肯下达命令，"罗德森委员在二号车上，优先保证二号车离开！"肯的目光死死瞪着二号车的车尾，"只要硬盘安全离开这里，再多的牺牲都是值得的！"

货车加载到了最高速，在强行突破堆满路障的缓坡后，迎面撞上了一台起重机，起重机在撞击中微微滑向了道路另一侧，但货车也随之失去了动力。

"我们后退，再来一次！"老唐纳德重新发动了货车。

"疯子！"工程师在一连串的撞击中被震得头晕脑涨，"不过我喜欢！"

新秩序行动队迅速注意到此处的动静，想朝三号出口汇集，但地面部队被反抗阵线拖住了，一时无法形成有效包围圈。于是在半空盘旋的直升机立即加入了战团，机枪口对准缓坡进行了一轮密集的扫射，火花与石块碎屑漫天飞射。

大厦顶端忽然闪烁起稀疏的光点。几名反抗阵线成员攀爬到大厦顶层攻击新秩序行动队的直升机，这给直升机的火力压制造成了不小的干扰。直升机随即调转枪口朝大厦顶层开火。平静的夜空被火光照亮，整栋大厦转眼沦为两大派别激烈交火的战场。

"他们撑不了多久的，我们要尽快把路撞开。"工程师在黑暗中说道。

"那我们现在就撞开它！"老唐纳德缓缓后退了一段距离，猛地踩下油门。货车有如离弦之箭一般冲了出去，再次撞上了那台见鬼的起重机，起重机这次晃动的幅度变得更大了，但依然牢牢占据着整条道路的中央。货车车头已经扭成了一团，引擎盖冒出刺鼻的黑烟。车窗上的碎纹遮挡了老唐纳德的视线，但他可以听见直升机在头顶盘旋的轰鸣声。

"后退，我们再来。英雄永不放弃。"工程师虚弱地说道。

"你别动弹了，医生一会就来了！"老唐纳德竭力克制自己不去看工程师。在方才直升机的扫射中，工程师的胸口和大腿都被飞射的子弹击穿了，此时伤口血如泉涌，几乎染红了整个座位，血迹沿着座椅在地上汇成了一摊。

"见鬼，我居然忘了，电影里追随在英雄身边的战士总是最先牺牲的。"工程师咳出满口鲜血，"现在反应过来是不是有点晚了？"

"现实不是英雄电影。"老唐纳德正在试图重新发动汽车，"现实就是现实。你以为凭借勇气可以改变一切？见鬼的税单会告诉你什么叫生活。你以为只要拼上性命，就可以保护自己的亲人？外面那帮人会用子弹教你如何做人。"老唐纳德再摸出一支烟咬在嘴里，"这样想来真是无趣啊……一腔热血都成了废土……"

直升机的盘旋声越来越近了，老唐纳德可以想象夜空中的行动队员正在架设机枪瞄准这里。

"但是，我们除了勇气和性命，还能拿出什么来拼呢？"他的眼神忽然变得凶狠凌厉，"如果我们连仅有的一切都要拱手放弃，苟活下去的意义又在哪里？"

他猛地抬起离合："今天老子把命都压在这里，你他妈给老子开路！"

货车咆哮着向前奔去，车尾灯划出一道鬼魅般的残影。车速在通过缓坡时加载到了最快,在撞击发生的刹那发出惊天动地的震动。起重机哀号一声歪向了路边,转眼轰然倒地。货车也随之失去控制而飞速旋转起来。老唐纳德拼尽最后的力气控制货车让开了路面,此时再没有任何障碍物挡在车队面前了……

"冲出去!"肯对二号车大吼道,"三号车掩护他们,剩下的人挡住行动队!"

等候多时的二号车卷动着气流飞射而出,转眼消失在夜色中,三号车紧随其后。半空中的直升机似乎没有注意到脱离战团的两个逃兵,而缓缓降低了高度,黑色的枪口对准了残破的货车。

老唐纳德满头是血地抬眼望去,仿佛看见虚无者正在对他发出无声的嘲讽。

"外星孙子。"他嘶哑地笑了笑,"来啊,看看最后是谁将了谁的军!"

黑暗中一阵清脆的上膛声。

一个身形健朗的男人大吼着从黑暗中钻了出来,双手持枪对着直升机做连续点射,马格南左轮,手枪中威力巨大的君王,近距离开火可以击碎一头麋鹿的头骨……但对于武装直升机而言,这样的火力无异于挠痒痒。行动队队员们不由得为这个飞蛾扑火的疯子感到可笑。

喷射的火光照亮了持武器者狰狞的侧脸……是唐纳德!他打空了手里的马格南后,从满地反抗阵线的尸体中抄起一支自动步枪,几步跃上歪倒在一旁的起重机,对准直升机疯狂开火。直升机随即做出反击,唐纳德一个难看的翻滚躲过了直射而来的弹幕,摔入了机枪扫射不到的死角。沉默了几秒后,自动步枪再次顽强地对着直升机开火。

"来啊,你们这帮外星人养大的走狗!"唐纳德想起那名流浪汉的话,原来真正喊起来居然这么痛快。此刻所有人的脸都在他的眼前晃动,新秩序官员冷漠的脸,遇难者亲人绝望的脸,千万普通民众茫然的脸……他们在无声地呐喊,在这个光怪陆离的悲剧舞台上,他们都在追寻着一个共同的宿命。报社战战兢兢工作的小职员唐纳德,自作聪明在乱世中苟活的小人物唐纳德,勇猛如豪猪开枪扫射的唐纳德,第一次为自己,为亲人,为这个时代的命运而奋战。

"老爹,这回看看咱俩谁更神勇?"唐纳德大笑起来,眼里却闪着泪花。

"那是你儿子? 爷俩看起来真像。"工程师气若游丝地说道。

"真不愧是我儿子……"老唐纳德欣慰地笑了笑。他已经没法移动了,扭曲的车头绞烂了他的小腿,他只能眼睁睁地看着儿子英勇赴死。

"够了,杀了他。"操纵机枪的行动队员对这个"跳梁小丑"感到厌烦了。直升机缓缓降低了高度,贴着缓坡做覆盖式扫射,密集的弹雨铺天盖地地笼罩过来。

"好在我们还有命可以拼。"老唐纳德举起打火机。

"爆炸,火光,终极一战,我们是把大片的情节都经历了一遍吗?"工程师不愧是个神经大条的男人,此时居然还很开心地笑了起来。

"这是一位失职的父亲为儿子做的最后一件事。"老唐纳德摇了摇头,"抱歉拖累了你。"

"人类至高无上。"工程师目光涣散地念出了反抗阵线的信仰。

"我把这当作回答了。"老唐纳德轻声说道。他将目光转向唐纳德,唐纳德也在远远看着他。父子之间隔着一道不到二十米宽的缓坡,这是一段无法逾越的距离。

"我去见你妈妈了。"他的嘴唇一张一合。

打火机轰然坠地,沿着满地汽油滑动。在直升机越过货车的瞬间,冲天的火光骤然升起,灼热的气浪撕开了空气,照亮了整片夜空。在巨大的火柱中,直升机与货车一同消失不见,燃烧的碎片自天际纷纷坠落,如同血色的流星雨。空气中转眼只剩凄厉的哀号声和火舌卷动空气的嘶嘶声。

唐纳德从满地碎片中缓缓站起身。视线中已经没有站立的人了,反抗阵线与行动队员的尸体遍布大地。

他忽然有些茫然,不知道自己身处何处。一切恍如一个长梦,梦里一个大大咧咧的男人正从燃烧着黑烟的厨房里钻出来,眉毛一扬,看上去有些生气又有些开心。

"瞎喊什么哪? 老子还没死呢!"他站在出租屋里,双手插着腰大声喊道,腰间还系着Hello Kitty(凯蒂猫)的粉色围裙。

现在这个烦人的男人真的死了……死后的世界只剩下一片寂静。

"振作一点!"面前一个满脸血污的人狠狠晃了晃唐纳德,"跟我离开这里!"

唐纳德好一会才反应过来,是肯在拉着他逃跑。

"这个夜晚我们牺牲得太多了……但我们还没有输!"肯面目狰狞地说道。

"我们已经输了……你没有注意到吗? 行动队的主力都去拦截罗德森的车队了。"唐纳德面如死灰,"你认为他们有多少机会,能够在新秩序的追杀下,横跨半个美国到达西部?"

"他们不需要。"肯低声说道。

"什么?"唐纳德愣了愣。

"他们不需要。"肯又重复了一遍。

短暂的思考后,唐纳德瞬间明了了肯话里的含义。

"硬盘在你身上。"唐纳德冷冷说道。

"你一直都很聪明。"肯头也不回。

"你一早就决定好了哪些人要用来牺牲。"

"这是一场战争,我们必须做出取舍。"

"是啊……你们总有这样的理由。"唐纳德甩开了肯的手。

"我也失去了很多。"肯停下脚步,"这两年我失去的是你难以想象的。"

"所以,你认为世界上没人比你付出得更多了,你可以心安理得地让其他人为你牺牲?"

"为我牺牲?如果我有选择,我宁可和大家一起战死!"

"这话留着向千万死难者去说吧。"唐纳德站在阴影里,"你们的信念让人感到害怕。"

"看来这两年发生的事实在太多了。"肯微微摇了摇头,"我不知道你居然变成了这样一个多愁善感的人。"

"我刚刚失去了唯一的亲人,你觉得这是多愁善感?"

两个男人站在黑暗中沉默地对视。行动队的善后小组已经接管了整座大厦,此刻新秩序的后续部队正源源不断地赶来,开始在四处清理双方战死者的尸体。

"我为你父亲的事感到抱歉。"肯低声说道。

"不必了。"唐纳德冷冷回答。

肯沉重地叹了口气。

"我要告诉你的是,你父亲的牺牲对你而言也许意味着半个世界毁灭了,但对于整个战局来说,这只是刚刚开始。"肯的目光变得深邃,"还有无数无辜者将在未来的动荡中牺牲,这是血与火的时代,没有人可以独善其身。"

唐纳德沉默无言。对即将发生的一切,他忽然感到都无所谓了。

"从这里往北十二公里,有一个我们的安全小屋。我将前往那儿获取支援,然后再想办法把资料送出去。"肯轻声说道,"你呢?"

"回家去。"唐纳德毫不犹豫地说道,"去吊唁,去怀念,去睡觉,去生活。"他一边说着,一边转身离去。

肯默默注视着唐纳德远去的背影。

"胜利日再见,老朋友。"他在黑暗中轻声说道。

"那一天真的存在吗?"唐纳德在心底问。

秩序二年五月十八日,西部反新秩序联盟向全世界公布了虚无者建设保留区的真实意图。消息发出后在人类社会引起轩然大波,对虚无者奴役政策心怀不满的野心家与鹰派政客们,纷纷开始游说各国政府联合起来,建立反虚无者联合阵线,将全球资源与技术整合起来,共同研究虚无者的弱点。两年来苦于暗中活动的各个研究室与反抗组织纷纷转为正面活动,人类世界进入空前的团结时代。

随后,虚无者开始了它的反击。在全球空前的反虚无者浪潮下,美国依然保持了绝对的沉默与按兵不动。当反抗的浪潮汇聚至顶峰时,虚无者隐藏已久的底牌被轻轻翻开。

第一张底牌是克隆人计划。虚无者声称,它们从未计划过以保留区人民的时间为食物。它们已经制订出更为两全其美的计划:培养没有思想和意识的克隆人,在培养槽里进行保存。他们会保持正常的新陈代谢,会生长,会老去。换句话说,他们也有时间河。虚无者可以借助克隆人计划不断地培养足够数量的容器,因而不会伤害任何一个自然生长的自由人。

随后新秩序公布了克隆人计划的详细资料与工程进度,向全世界证明虚无者绝无欺骗人类的可能。

第二张底牌则是虚无者的科技。在第一批开始建设保留区的国家里，虚无者利用它们的时间迁跃技术，将一片重度污染地区恢复到工业革命之前的样子，建立了一个适宜数千人生活的世外桃源。绿水青山，空气清新，鸟语花香。这一恢复工作后来被称作"回归工程"。回归工程一经推出，就在全世界引发巨大的技术崇拜浪潮，早先的"回旋镖"崇拜者则成为了这一敬仰活动的中坚力量。

两张底牌依次翻开后，人类阵营再次出现了分歧。鹰派国家坚持认为虚无者是在进行技术欺骗，无论是克隆项目还是回归工程，都只是虚无者粉饰其真实意图的烟幕弹。鸽派却张开怀抱投向了虚无者，坚信虚无者文明将为人类带来全新的辉煌。

秩序三年二月，美国政府正式对西部联盟开战。这场被称作第二次内战的战争仅仅持续了两个月，便以西部联盟的缴械投降落下帷幕。西部寥寥几州显然无力抗衡整个美国的力量，经此一役，美国的反抗虚无者的力量遭受了惨重的打击。

后世人们在研究这一时期历史时，不免感到不寒而栗。虚无者更像是有意让反抗阵线获取那些信息，从而使所有暗处的敌人纷纷急不可耐地跳到台前，跳到虚无者精心为他们准备好的屠刀下。

而在此之前，新秩序联合虚无者，针对一切公开身份的反抗组织与研究机构，已经在全球发起了无数轮秘密的打击与破坏行动。致命的病毒再次席卷而来，无数感染者命悬一线。在反对虚无者的声音渐渐变得微弱时，虚无者发布了它们的声明：它们可以控制正在肆虐的病毒，无数染病者的生命安全都会得到保证，但它们只有一个要求：宣布全球的反虚无者行动为非法行动，各

首次编队航行

国政府不得秘密支持反抗行动,并应当配合虚无者剿灭一切对新秩序的威胁。

"世界版的《辛丑条约》!"历史学家对此表示了极大的愤慨。但愤慨已无济于事,虚无者正日益在全球建立起它至高无上的威严,旧的国际秩序正在缓缓崩塌,全新的时代在血与泪中徐徐到来。

秩序三年七月,世界主要航天大国的太空船坞基本建设完成。第一批远航的飞船也于秩序四年的九月完成了各项调试准备,进入了工作序列。中国的"盘古"号,美国的"深空"号与欧盟的"联合者"号进行了第一次编队航行。通过对虚无者转换器技术的成熟利用,三艘百万吨级飞船最高速度已经可以加载到光速的百分之二十。舰队随后围绕地球至木星轨道做了一次巡回航行并精确驶入停泊港口。这一幕本该是人类文明史上无上荣耀的时刻,却因为诞生在错误的时代,不得不与向侵略者屈服的屈辱柱牢牢绑在一起。三艘飞船在黑色太空中沉默的背影,似乎也在隐隐诉说着人们内心在巨大落差中的失落。

历史的车轮仍在滚滚向前,时间转眼来到了秩序五年。这一年,在地球的另一个角落,命运的线将一群注定要改变未来的人聚在了一起,命中注定的结局也在等待着彷徨着或茫然着的每个人。

秩序五年六月,近地轨道上的中国太空站,林睿从睡梦中缓缓醒来。

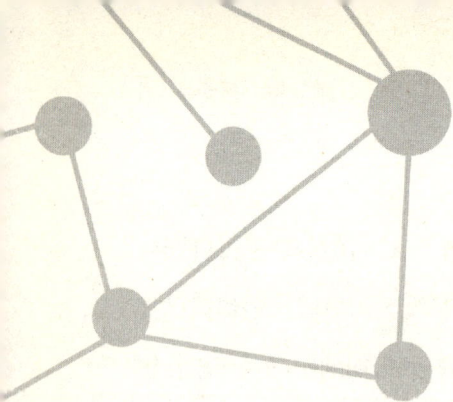

第八幕

陌生的故人

林睿在黑暗中睁开眼，摸索着翻身坐起。

"谁在那儿?"他轻声问道。

微弱的灯光照进房间里，四下分明空无一人。

林睿有些茫然地倒在枕头上，内心渐渐泛起一阵不知名的失落，好像刚刚失去了什么很重要的东西。

"你是谁呢?"林睿回忆着渐渐变得模糊的梦境。

方才在梦中，他分明感受到，什么人俯下身在他的额头上留下了一个柔软的轻吻。伴着冰凉的液体滴落，似乎是什么人的眼泪。那一瞬间林睿只感到巨大的悲伤如海潮般涌来，将他的意识吞没在其间。那是一种怎样撕心裂肺的情绪！梦里那个哭泣着轻吻他的陌生人……会是谁呢? 为什么他竭尽全力都没办法看清的面庞，会让他感到如此熟悉?

林睿忽然感到太阳穴一阵剧烈的刺痛。他无法再强迫自己回忆下去了，脑海中凌乱的画面如同满是噪点的老照片，刺得大脑生疼。他满身冷汗地径直站起身，如同溺水之人一般大口呼吸着空气，脸色也变得惨白。在逐渐明亮起来的灯光下，他竭力平复着情绪。四下一片寂静，空气中的一切杂音都在此刻消失不见。林睿强迫自己集中精神,控制自己不去想那个令他痛苦万分的脸庞。在排除脑海里成堆的无意义画面后,大脑的刺痛微微缓和了一些。但林睿知道,所有的茫然,已经汇成了一个挥之不去的疑惑,根深蒂固地保留在了内心深处。

自己是不是……忘记了什么非常重要的事?

秩序五年,六月十三,中国太空站。

巨大的不规则体在近地轨道上缓缓旋转,维持着太空站内的正常重力。与美国建设的一号太空船坞不同,中国的航天项目将太空舰队的组装与对灰星的观测研究分为了两个部分,并为此分别建设了两个太空建筑。中国船坞"泰山"此刻正在上百公里外的黑色太空里悬浮。在这个距离上遥望"泰山",规模宏大的太空船坞此刻也不过是一个不起眼的光点。

整个太空站内常驻着航天局的二十名技术员,分别负责"盘古"号的数据记录与灰星的表面观测。五年来几光年外的那颗灰色行星没有发生什么大的变化,但人类世界却已经发生了翻天覆地的改变。新秩序自从三年前给反抗势力施以沉重打击后,在虚无者的扶持下,这个机构开始逐渐在全球扩大影响力。秩序三年,新秩序在联合国拥有了一个常驻机构,随后又在联合国体系下向全世界派驻人员建立新秩序的分部,向人类世界传达虚无者的声音,监视并防范着可能在黑暗中酝酿的反抗势力。凭借虚无者的默许与特权支持,他们甚至已经隐隐超出了各个国家法律对他们的约束。旧的国际政治格局正逐渐衰弱下去,新的势力则以不可阻挡的趋势迅速崛起。

中国太空站内的新秩序代表,是一个名叫于谨文的退伍军人,身上带着老一代军人特有的沉默与冷峻的气质,平常总是话很少,偶尔与人交谈也是简洁的事务性用词,倒很符合他的名字。除了太空站内的几位领导,站里的年轻人几乎和他没有交流。

太空站内实行的是每三个月轮班一次的制度,林睿这一组从三月起进入太空站执勤,到今天为止已经完成了一个执勤周期。接下来,会有下一组技术员上来接替他们的工作。在太空工作了近一百天的技术员们可以回到地面,去享受一段悠长的假期。不过就此刻地面上每况愈下的混乱局势而言,漫长的假期生活究竟是不是享受就有待商榷了。

但林睿却对这趟地面之旅有另外的计划。他已经连着几个月做了相同的梦。梦境总是以一个混乱的雨夜开头,以一个充斥着悲伤的轻吻结束。那个轻吻使他感到巨大的不安,他决定趁着假期去拜访几位过去的老朋友,问清楚他的身上究竟出了什么问题。

林睿知道这五年里,必然有一个时间点出了什么事。一年前他曾经深度昏迷过很长一段时间,再醒来时已经在医院的重症监护室了。根据同事们的描述,秩序四年元月,他遭遇了一场针对航天局技术员的恐怖袭击,在那场袭击中他的大脑受到了重创,但所幸没有对记忆造成太大的影响。可林睿却不这么认为,至少关于那场所谓的恐怖袭击,他就没有任何印象。尽管航天局为他调取了事故当时的监控视频和证人证词,依然不能完全打消他的怀疑。

"你这是创伤后遗症,属于心理疾病了。"医生在几度对林睿劝导无效后,叹了口气,"那么你就按照自己内心的想法来吧。假期去见一见老朋友,聊聊近况,有助于缓解你的紧张情绪。"

"我会的。"林睿心不在焉地附和。

在返航前的最后一晚,罗磊忽然找到了他。他们曾在虚无者危机爆发之初,一同作为航天局的技术代表前往前哨营地。尽管对虚无者弱点的研究遭遇了惨痛的失败，但他们再次回到航天局时，依然得到了英雄般的欢呼与礼遇。

"你最近好像总是躲着我?"林睿看罗磊一副支支吾吾的模样，不由得打趣道。

"最近大家都在忙着交接工作嘛。"罗磊挠了挠后脑勺。

"得了，别人不了解你我还不了解? 你一撒谎眼神就往天花板瞟。"林睿扬了扬眉毛，低头收拾行李，懒得搭理他。

罗磊犹豫了一会儿："你这趟回去……有什么打算?"

"打算?"林睿抬眼望了望罗磊，又收回目光，"回家见爸妈，尝尝老妈的手艺，好好补上几顿懒觉。"

"就这样?"罗磊愣了愣。

"就这样。"林睿全神贯注地忙着手里的事，末了忽然停顿了一会儿，"哦，大概得被逼着去见相亲对象了。"

"相亲?"罗磊像是松了口气一般，笑了笑，"也是，一把年纪了也不能老单身不是?"

"这样说就有点难受了。"林睿耸了耸肩，"航天局这两年可不招人待见，人人都在背后指着我们，骂我们是逃兵，是叛徒。"

"那是因为嫉妒。"罗磊含糊道。

"只是因为嫉妒吗?"林睿认为这其中还有更深层次的原因。如今人人都知道并非全部人口都能登上舰队，在只有少数人能离开的大前提下，人民会滋生不满甚至仇视的情绪完全是可以预料的。这其中的推动因素除了嫉妒之外，大概还有更深处的人性黑暗面在作祟。不过这些也不是林睿或罗磊这样的小小的技术员能解决的事了。

"好了,我不打扰你收拾行李了。"罗磊站起身,"假期愉快。"

"你也是。"

"哦,还有,相亲顺利。"顿了顿,罗磊补充道。

"希望如此。"林睿漫不经心地回答。

直到罗磊离开了林睿的舱室,林睿才缓缓抬起头,流露出沉思的神色。他并非刻意对罗磊撒谎,只是罗磊今天的状态实在不免让人心生怀疑,好像是在刻意打探林睿的行踪。秩序纪年到来后,林睿发现自己的疑心变得越来越重了。

"还是怀念过去的日子啊。"林睿轻声叹气。

秩序五年,六月十四。

接送太空站人员往返的"巡回者"号飞船正在与太空站进行对接,早已收拾好行装的小组成员此刻正在环形大厅里等候。几个月没离开太空站的技术员们多少对回到地面感到兴奋,此时正在热切讨论假期的计划,环形大厅内一派节日来临的欢快气氛。

"真像是回到了大学宿舍。"罗磊低笑道。

"我们对大学宿舍的记忆可能不尽相同。"林睿挠了挠后脑勺,"我倒是记得,有那么一年的春节前夕,学院里正是最后的考试周时间。那一年我回家的车票买得晚了些,只买到了考试结束第三天的车票。"林睿回忆着那时的情景,"宿舍其他兄弟们早早买好了考试结束当天的车票,考最后一门专业课时,都是直接拖着行李箱去参加考试的。"

"这么生猛?"罗磊笑了笑。

"是啊,那帮混蛋,考试一结束就拖着行李箱开溜了。独留我一个人回到空荡荡的寝室,对着一片空床板发呆。这就是我的节日记忆。"林睿也跟着低笑,"寝室其他弟兄们变着法子哄我开心,在路上发消息告诉我,晚上睡觉的时候,记得往上铺看,没准还能看见手机亮光照亮的一张张熬夜的脸。"

"这是安慰还是恐怖故事?"罗磊不由得扶额。

"太贱了。"林睿无奈地摆摆手。

"可我真怀念那个时候。"沉默了半晌,他又幽幽说道。

罗磊闻言长叹一口气。

"世道变了,什么事都变得不再纯粹,连快乐也是一样。"他轻声说道。

"是啊……世道变了。"林睿意味深长地看了看罗磊。

"林技术员。"有人拍了拍林睿的肩膀,是于谨文代表。林睿一见他就感到莫名的畏惧。

"什么事?"林睿咽了咽唾沫。

"麻烦到我办公室来一趟。"于谨文板着脸说道,林睿看不出他说这句话的情绪。模模糊糊间,林睿想起了另一个同样喜欢板着一张面瘫脸的男人……是谁呢? 自己在什么地方见过呢? 他忽然感到太阳穴又隐隐刺痛起来,便连忙止住了回忆的念头。

"知道了。"林睿回答。在罗磊复杂的目光注视中,林睿随着于谨文离开了环形大厅。

于谨文的办公室比较符合林睿对这一类古板人物的印象。房间布局简洁干净,没有多余的装饰。一扇舷窗正对着大门,蔚蓝色的地球在窗外缓缓转动。宽大的办公桌上依次摆放着电脑、记录本(老一代人似乎都保留着用笔和纸记录信息的习惯)、泡着枸杞的红茶(大概是人到中年不得已的标配),以及……一幅稚嫩的儿童简笔画。画的就是最简单的"房子后面有山水,房子里面是家人"的标准画面。林睿的目光不由得在这幅唯一体现古板脸生活气息的画作前多停留了一会儿。

"那是我的小孙女画的。"于谨文注意到林睿的视线,"她喜欢画这些。"

"小姑娘画得真棒。"林睿赶紧表示赞叹。

古板脸万年不变的僵硬嘴角居然咧开了一丝深沉的微笑,说不清是表示赞同还是嘲讽。那笑容看得林睿心底发怵。接着他拿起桌上的记录本做出翻阅的姿态,偶尔抬眼扫一扫林睿,锐利的目光直让林睿腿肚子哆嗦。

"您找我来是……"林睿好不容易鼓足了勇气,打算问清古板脸的意图。

"假期有什么安排?"于谨文忽然开口问道。

"什么?"林睿愣了愣。有那么一瞬间,林睿大脑处在一片空白的状态。他一时有些无法理解古板脸的提问。

"他是在问我业务上的事对吧?"林睿在心底想,"肯定是这样,古板脸怎么会特意跑来关心我的假期计划? 一定是我听错了或理解错了……"

"我在问你,假期有什么安排?"于谨文把问题重复了一遍。

一片死寂。

"没有理解错,他真的是在问我的假期计划!"林睿感到当头落下一记晴天霹雳。

"您是……准备安排我加班吗?"林睿哭丧着脸问。

"你先回答我的问题。"于谨文面无表情地说道。

"就是……回家,陪陪父母,老人家年纪也大了,想着多尽点孝心……"林睿打算采用动之以情的战术说服古板脸放弃让他加班的企图,"年前老爹就安排了几次相亲,这趟回去也准备见见相亲对象了……"林睿支支吾吾地说着,忽然感到一阵恍惚,仿佛这里不是太空站,而是压榨工人的黑心工厂,面前这个人也不是全世界最大霸权主义的代表人,而是黑心工厂的黑心头子。

古板脸笑了笑,又笑了笑,笑得林睿心底直发颤。

"我有个任务交给你。"他就这么笑着和林睿说。

"该来的还是躲不过。"林睿绝望地想。

"我的小孙女叫于慧,今年满七岁了,到了上小学的年纪。"古板脸居然流露出一丝温柔的神色,"很快就是她小学一年级的第一个暑假了。她的老师组织了一次学期总结大会,要求所有家长务必参加……如果不是职责所在,我一定会在家长会当天,坐在第一排,听听小姑娘这一学期过得怎么样。她那么调皮,肯定又惹了不少麻烦……"

古板脸的语气里饱含深情,林睿一个外人听来都不由得深受触动,但是……

"您需要我做些什么呢?"林睿忍不住小声问道。

"总不可能是参加小姑娘的家长会吧?"林睿心想。但他很快否定了这个可能,除非古板脸家里没人了,不然这个活无论如何也轮不到他来做……

"我希望你能替我去看看她。"古板脸今天似乎和林睿杠上了,三番五次打林睿的脸。

"我去……参加她的家长会?"林睿感到不可置信,"这好像……不太合适吧?"

"有什么不合适?"古板脸眉毛一扬,"我看过资料,你的家乡离我孙女居住的城市非常近,你是最合适的人选。"

"老大你定人选的方式都这么随意吗?"林睿苦着脸想。

"而且你人看起来面善,不至于会吓着她。"古板脸似乎也发现上一个理由有些牵强，随即又补充了一句。只是这句补充……还不如没有比较好。

"就是……自带父亲光环的意思吗?"林睿感到哭笑不得，"看来是要提前客串一把当爹的感受了。"

"那么就这样说定了。"古板脸又恢复了面无表情的模样，"具体的资料我一会儿发到你的邮箱里。"

"资料?"林睿愣了愣。

"包括她的照片，性格，这一学期的成绩单，爱吃的零食，爱玩的玩具……"古板脸如数家珍地汇报着，难以想象这是一个铁桶一样的男人说出来的话，林睿此刻的感受好似看见一只凶猛的哥斯拉，小心翼翼地摘下了一朵小花戴在头上。

"这是参加家长会……还是负责带孩子?"林睿越听越不是滋味。

"拿到资料后记得仔细研究，这也是一项工作任务，我会时刻关注你的任务进度。"古板脸如同下达命令一般正式。

"知道了。"林睿还有些没回过神来。看古板脸没有什么要补充的了，他鼓起勇气提出了一个酝酿了许久的关键问题："孩子的父母呢? 他们也没有时间吗?"

空气陷入了一片死寂。古板脸像是被定住了一般一动不动，目光也变得黯淡下来。林睿意识到自己似乎问出了什么不该问的问题。

"秩序元年，虚无者发起那场无差别病毒打击时，他们都死了。"男人低声地说道，语气里没有丝毫起伏，好似在描述一件与他无关的事。

但林睿注意到，古板脸的手腕上暴起了蜿蜒的青筋，仿佛在酝酿着巨大的力量……抑或是在压抑着巨大的愤怒。

林睿这才想起，那幅稚嫩的儿童简笔画里，父亲和母亲的画像，都是没有画脸的。

"我很抱歉。"林睿轻声说道。他也不知道该说些什么好了。

古板脸没有理会林睿的窘迫，目光探向不知深处的远方，意识不知道已经游离到了哪一年的哪一片回忆。

"你可以走了。"半晌，古板脸恢复了常态，依旧是那副看不出喜怒的平静表情。

"记得好好完成任务。"末了，他又补充道。

"知道了。"林睿轻轻拉上自动门。

林睿回到环形大厅时，对接工作已经完成了。大厅里此时空空荡荡，所有人都已经前往登船通道了。林睿提上行李急匆匆赶到登船口时，工作人员正在最后一次清点人数。

"怎么去了那么久?"罗磊满脸八卦地问。

"接了一个小任务。"林睿一边含混不清地嘟囔着，一边将安全带扣在身上。

此时驾驶员正在例行宣读一些脱离前的注意事项，已经听过无数回的技术员们纷纷打趣说这就是回家的声音。林睿将目光投向巨大的蓝色星球，无论什么时候看着它，它的景色都让人陶醉。

"在发什么呆呢?"罗磊调侃道。

"没什么。"林睿轻声说道，感到自己的思绪已经越过万米高空，飞到了家里那张温暖的小床上。

秩序五年，六月十六，中国，南方小城。

林睿一早收拾了行装，在逐渐升起的晨曦中推开了院门。小姑娘的家长会将在上午九点开始,留给他提前和小姑娘见面的时间已经不多了。

"见鬼,还没怎么休息够呢……"林睿疲倦地想。

他是在十五日的凌晨到达家乡的。"巡回者"号大概花了十五分钟抵达地面,技术员们随即在航天局的调度中心休整了一会儿。在逐步适应了地面上的重力后,他们还得乘坐直升机前往最近的机场,在那里各自转乘飞机或其他交通工具,踏上回家的旅途。在长途跋涉了近二十个小时后,林睿总算拖着精疲力竭的身躯,如愿以偿地瘫在了家里柔软的小床上。

接下来的一天则是耳朵起茧的一天。老爹不厌其烦地念叨着某某家的姑娘条件多么棒,工作和家庭条件什么都不必多说了,就连身材也是腰细腿长,棒得没话说……

"老爹你重点偏了吧?"林睿捧着豆浆哭笑不得。

"我的重点会偏?"老爹一副高深莫测的模样,"你喜欢什么类型的姑娘我还会不知道? 现在一副清心寡欲的模样,心里指不定已经乐开了花呢。"

"是是是,还是老爹懂我。"林睿无奈地笑道,"那你说,这家姑娘条件这么好,怎么还没嫁出去呢?"

老爹微微收起了开心的神色。

"你以为好事都是等着你来撞见的吗?"他轻声叹了叹气,"人家姑娘的男朋友,是一位物理学家,外星人发难的时候殉职了。"

林睿也沉默下来,默默收起了调侃的心思。

"人家姑娘家里说了,搞科研的优先考虑,不然你以为轮得上你?"老爹恨铁不成钢地长叹。

"话好像是没错,但怎么听着这么不是滋味?"林睿苦笑。

老妈盛了碗稀粥端上了桌:"行了,不用搭理他,老头子十句话里有八句是没谱的。"

老爹琢磨着不能在儿子面前丢了面子，正大大咧咧地准备反驳，老妈只抬眼一瞪，老爹转眼变得老老实实，接过稀粥，就着油条默默喝了起来。

"还是妈水平高。"林睿不由得表示赞叹。

"这次假期有什么计划？"妈轻声问。

林睿听着这话不由得乐了，这几天老有人在耳边这么问他，都快问出条件反射了。

"去见几个老朋友，聊聊以前的一些事。"林睿装作漫不经心地说道。家里并不知道他深度昏迷的事，林睿也没有告诉他们的打算。

"还有呢？"

"去完成一个小小的任务……"林睿苦着脸回答。

此刻，林睿正随着拥挤的人潮走出地铁站。

街道两旁的樟树上悬挂了无数白色的挽联，如同柳条般垂落下来，远远望去恍如白色的森林。林睿知道这是人们为虚无者病毒死难者发起的纪念活动，从每年的六月初开始，会持续整整一个月。林睿从那些密集的挽联下经过时，初夏的微风同时吹动着树叶和挽联，发出低沉的沙沙声，好似死难者的亡灵发出的呐喊。

"这是虚无者留给一个时代的，血的烙印。"林睿经过一片广场时，广场上正在播放关于病毒肆虐期间的纪录片。屏幕里的被采访者在面对镜头时，流露出的神情不是悲伤而是茫然。因为死亡来得太过突然，幸存的人们甚至不明白自己究竟幸运在哪里，或是那些死难者究竟做错了什么，而在瞬间被剥夺了生命。

　　虚无者发起攻击的那个夜晚，拥有整整五十万人口的城市，在几分钟内变成一片无人生还的死地。这一灾难给全国乃至全世界人民内心带来的冲击与震撼，都是单靠时间难以平复的。事后人们自发地聚集起来，组建志愿小队，前往受灾城市进行援助——尽管那里已经没有活着的人能够接受他们的援助了。人们寻找曾经在那座城市生活过的，或是在外工作而逃过一劫的人，帮助他们重返小城，重建灾难后的生活。可那寥寥数千人再回到那座曾经人声鼎沸、如今空无一人的小城时，在这一巨大的落差面前，无论是亲历者还是旁观者，对重建生活的一切信心都悄然地化为了乌有。

　　林睿这时猛然想起，他似乎亲眼见证过病毒爆发的时刻。虚无者释放病毒的时候，他好像就在一旁，在一旁无力地看着，站在一场倾盆大雨中，头顶着绽放的火光。而在那片火光下，什么人紧紧握住了他的手……

　　大脑忽然传来一阵剧烈的刺痛，像是有一万根细针同时向他的大脑扎来。林睿痛苦地捂住太阳穴，视线里的一切物体都诡异地扭曲起来。

　　究竟是哪里出了问题？为什么他感到自己好像……有两个记忆？一个记忆里，在虚无者降临的那个夜晚，他一直待在前哨营地，直到军方过来告诉他，一切都已经结束了，他们被获许离开。随后他们回到航天局，接受了大家迎接英雄般的欢呼；另一个记忆里，他走了很长很长的路，见过了很多很多的人，有什么人在对他大喊，有什么人在轻声对他说话……那个声音离他越来越近，最后变成了额间一个温柔的轻吻……

　　"这是一场令全世界胆寒的灾难，但它发生的时候，居然是如此寂静无声。它就这么悄无声息地到来，无声地摧毁了一整个旧的世界。"采访者最后幽幽地说道。

　　"旧的世界……旧的世界。"林睿无意识地重复着这句话，他隐隐感到，那个时间点里，一定发生过什么对他而言非常重要的事。

半晌，大脑的刺痛渐渐消退下去。林睿努力平复住情绪，目光又落在已经进入尾声的纪录片上。纪录片的正片已经播放完毕了，此刻屏幕上正滚动着一大片密密麻麻的小字。林睿很快注意到那些小字并不是纪录片制作人员名单，而是虚无者病毒死难者名单。

足足五十万个名字，自下而上不间断地匀速滚动，密集的白色方块字看着令人心悸。

林睿忽然想到一会儿要见的这个七岁小姑娘，她的父母就死于这场突如其来的灾难中。对于这些年来小姑娘可能经历的灰暗岁月，只是简单想象，林睿就已经感到心底发颤。

上午八时整，林睿找到了于慧居住的小区。古板脸在太空驻守的日子里，小姑娘一直和她的叔叔婶婶住在一起。于慧的叔叔是一名现役军人，驻守在边疆地区，一年到头也难得回一趟家。结合古板脸的身份，林睿猜想这大概是个军人世家。于慧的婶婶则是一名个体户商人，平日里经营着一家小餐馆，忙到深夜也是家常便饭。在这样的环境里，要说小姑娘能得到足够多的关爱，大概是有待商榷的，不变得孤僻自卑已经算是万幸了。

顺着资料上的地址一路找到了单元号，林睿微微有些紧张地站在于慧叔叔家门前，轻轻按响了门铃。

房门"吧嗒"一声弹开了。一张小小的脸从门后探出来。

"你是……林睿叔叔?"一个脆生生的声音。

"是我。"林睿努力让自己的嗓音听上去温柔一些，"让我猜猜看，你是……于慧小朋友吧?"

小姑娘抿着嘴不说话，清澈的眼睛藏在睫毛后边，小心翼翼地打量着面前的来客。

"你进来吧。"她轻声说道，拉开了房门。

"谁来了？"有人在里屋问。林睿站在门口大声回答："我是于谨文的同事，受他嘱托来接小于慧去参加家长会的。"

"是小林吗？"一个微胖的中年妇女牵着一个男孩从房间里走出来，"哦，我见过你的照片——老于他一早就和我们打过招呼啦。"

"是，这不特意赶来接孩子嘛。"林睿一边礼貌地客套着，一边迅速观察着屋子里的形势。林睿注意到中年妇女特意化了淡妆，搭配了精致的碎花裙。她身边的男孩看上去比小于慧大上一些，大概是叔叔家的儿子。男孩也精心打扮过，穿了白色衬衫和黑色吊带裤，头发似乎还有意涂了一层发蜡，看上去倒像个十足的上海滩小公子哥。一旁的于慧则显得有些朴素，头发只是简单地扎了个马尾，身上穿着洗得泛白的校服，看上去与一旁的哥哥婶婶反差鲜明。

林睿这才恍然大悟。原来不是小于慧的家人没有时间出席她的家长会，而是离她最近的亲人……今天也要去参加家长会。父母当然会偏爱自己的孩子，因此婶婶特意盛装打扮了自己，并给儿子挑了最帅气的衣裳，要在今天，在学期总结这样的大场合里，让其他孩子和家长们看到，这是幸福安稳的一家人。而于慧呢？严格意义上，她并不算这一家的成员，因此她是否能在其他人面前展现出家庭完整幸福的一面，似乎并不重要。反正会有人来冒充她的家长去参加她的家长会，该怎么做都是那个人的事，和婶婶一家又有什么关系呢？好像非但没关系，还省了不少烦恼，何乐而不为？

林睿看了看小于慧低头拨弄碎发的样子，不由得轻声叹了口气。

婶婶做错了吗？想来应该也说不上错。只是人的爱是有份额的，给了一个人太多，另一个人就分不到多少了，因此小于慧今天才会受到冷落。而原本应该给她关爱和照顾的人……都已经不在了。

但是她的亲人都不在了，是这个小姑娘的错吗？为什么世界上命运悲惨的人总是还要遭遇比别人更多的不公平？林睿忽然感到莫名的怒火直冲脑门。

"小姑娘平时都是这样沉默不语的，你别见怪。"婶婶看林睿神色有些阴沉，以为他要拒绝这份差事，"但她一向很听大人的话，你说什么她都会听进去的。"

是啊，在这个没人关心她的环境里，如果她还不表现出一个温顺的形象，大概连唯一的容身之所都会失去吧？林睿心想。

"好了，小于慧今天就交给我了，我会把她带好的。"林睿对婶婶说道，目光却停留在小于慧脸颊的泪痕上。他半蹲在小姑娘面前，小心翼翼地给她擦了擦眼角。小姑娘似乎有些扭捏，别过头去躲着林睿，鼻尖还在微微抽动着。

"一早不知道怎么了，早饭也不愿意吃，就一个人躲在房间里闹情绪。"婶婶叹了叹气，"小姑娘大了就是不好管，什么歪心思都容易生出来……"

"别这么说。"林睿打断了婶婶的絮叨，"你们不是也赶时间吗？小于慧交给我来看着，你们放心好了。"林睿头也不抬，"你叫于慧对吧？我是林睿叔叔，你爷爷今天让我来，是要我替他好好听听你这一学期的学习情况，叔叔回头还要去向他报告呢。"

小姑娘慢慢转过头，眼神如水般泛着微光。

"真的？"她轻声细语地问。

"真的，你爷爷一直都很关心你，只是他离你实在太远了，没时间来看望你。"林睿揉了揉女孩的脑袋,鼻头莫名感到发酸,"对了,你还没吃早饭吧? 叔叔刚刚路过一家面馆,里边的炸酱面做得可香了,叔叔带你去尝尝。"

他牵起女孩的小手,对婶婶比了一个"OK"的手势,转身合上了房门。

房间转眼安静下来,婶婶站在原地微微有些发愣。有那么一瞬间,她感到自己仿佛看见于慧的父亲站在这间屋子里,就站在他们面前,伸手为女孩抹去了脸颊上的泪珠。

吃过早饭后,林睿带着于慧去赶公交。一碗热乎乎的面条下肚后,小姑娘也微微放开些了,对林睿向她讲述的太空见闻表示了谨慎的好奇,偶尔还会对林睿的描述提出一些质疑。林睿很快意识到小于慧对于太空并非一无所知。当林睿描述失重现象和万有引力理论时,小姑娘听得十分认真;可当他胡扯太空里人们可以像武侠高手一样,凭空一蹬就能飞出老远时,小姑娘立刻表示了反对。

"如果没有借助什么外力的话,在失重环境下,人不可能可以控制自己前进的方向吧?"小于慧似乎在努力让自己的语言显得专业一些,一边沉思一边慢慢说道。

林睿惊叹于她敏锐的观察力。他原本以为刚刚七岁的孩子不可能理解这些,现在看来是他小瞧这个孩子了。

"爷爷给我留下了很多关于天文知识的书。"小于慧很认真地解释道,"我经常会拿出来看一看,虽然有很多内容看不明白……"

"已经很厉害了。"林睿轻声赞叹道。

公交还没有进站,女孩百无聊赖地拨弄着头发,林睿则警惕地留意着周边的人群。从他一早出门起,就已经隐隐发觉,暗处有什么人一直在监视他的行踪。林睿猜想那大概是新秩序的行动队员。之前几次执勤结束回到地面时,也有新秩序的人会偶尔冒出来向林睿询问近期的情况,是否发现可疑人员出没,等等(林睿数次表示也许新秩序就是最大的可疑人员)。眼下社会上有许多对航天局和太空计划感到不满的人,他们可能会对休假中的航天局技术员造成威胁,因此新秩序声称有责任对航天局成员进行必要的保护。不过他们同时也表示,新秩序更多时候是通过远程监控来获取各个技术员的动向,而不会一直像小贼一样在别人家门外蹲守……但是这听起来似乎比直接上门询问状况更糟糕。这一决定宣布时,几乎所有被监视的技术员多少都对此表示了不满与抗议,但航天局的领导随即坚定地站出来支持新秩序的决定。

"或者你们可以把安全芯片取出来。""盘古"号的首任舰长在航天局的例行会议上,如此对表示不满的技术员们说道。此话一出,原本声势浩大的反对声音瞬间偃旗息鼓。

"芯片……"林睿看了看自己的右手手腕,那儿有一道近乎看不见的疤痕,那是芯片植入的位置。

识别芯片,这就是虚无者为太空舰队提供的另一项技术。每一枚芯片内都设有一道独一无二的识别码,类似于网络世界里流通的比特币。每一组识别码都对应现实社会中的一名合法公民,唯有持有这个识别码的公民才有资格在未来登上太空舰队。航天局暂时只在内部测试了芯片的可靠性,持有芯片的人可以轻松通过"盘古"号登船系统的层层扫描与检测。从登船者走进舱门那一刻起,芯片内所记录的个人信息就会依次显示在检测中心的屏幕上,包括缴税记录、信用信息、家庭关系、健康程度……理论上,在这套安全系统面前,绝不会出现有不法分子混入登船人口的可能性。

　　所有用以测试的芯片共有一百枚,分发给了航天局的各级领导与技术员。芯片通过手术植入人体皮肤下,绝无遗失或损坏可能,除非那部分躯体被恐怖分子肢解……但芯片的自我保护系统又杜绝了被他人强行夺取的可能。一旦系统检测出被植入部分的血液循环异常,或体温骤然下降,芯片都会启动自我保护程序。一旦有人试图强行破解芯片防火墙,芯片会在第一时间对存储内容进行删除与销毁。换句话说,敌人无论如何都不可能从航天局手里获得一枚完好无损的芯片。

　　但这并不妨碍黑市开出高价收买航天局的芯片。在芯片问世之初,据说黑市商人在开出条件时,都会附加诸如"某某技术员的胳膊"或是"某某主管的手腕"之类的具体形容,交由手下的亡命之徒去收集。几个月里世界各地先后发生过数十起芯片持有者惨遭杀害的案例。那段时间里,新秩序为了全面打击这些不择手段的非法组织忙到焦头烂额。大概是新秩序的打击力度着实够猛烈,识别芯片的交易市场在随后变得冷淡了许多。最主要的是,黑市商人们花费巨大的代价夺取来的芯片,最终都成了无用的废品。眼下还没有哪个组织有这样的技术,能够破解芯片的自我保护系统,反而是新秩序能够通过芯片的定位系统,轻松地将这些血债累累的不法分子一网打尽。如此一来,原本炙手可热的芯片交易市场转眼变得门可罗雀,新秩序甚至有意制造了一些假芯片放入黑市市场,吸引那些暗中窥视识别芯片的地下研究所出面收购,而后再通过芯片定位进行精准打击。这么一来二去,识别芯片在地下市场几乎成为人人避之不及的可怕存在。

　　但人们心里隐隐清楚,只要人类社会对芯片的需求还存在,这个市场就永远不会消亡。新秩序这一阶段的打击只会使真正有实力的地下组织藏得更深,更加阴冷地窥视着识别芯片的弱点。

"车来了。"一旁的于慧轻声提醒道。林睿一下从沉思中清醒过来。他再往街道另一头望去,人群中默默监视他们的眼睛似乎已经消失不见了。

"抱歉,刚刚走神了。"林睿拍了拍后脑勺。

"我知道。"小姑娘狡黠地笑了笑。

"你知道?"林睿发现小姑娘说话挺有意思的。

"看你的眼神,一眼就能看得出,装了一肚子心事。"女孩的神情似乎有些得意。

"小姑娘。"林睿笑着摇了摇头。

两人挤上了前往学校的公交,路上林睿向小于慧问起这一年的生活和学习情况。

"没有什么好说的,每天都是一样的。"小姑娘赌气似的别过头。

"每天都是哪里一样呢?"林睿循循善诱,"你不告诉我,我怎么向你爷爷汇报?他可一直在盼着你的消息哪。"

这话多少对女孩产生了一些影响。她总算不再抗拒林睿的提问了。

"很孤单。"沉默了半晌,她轻声说道,眼帘低垂着,神色看上去有些黯然。

"我明白……"林睿轻声叹气。

"孤单不是因为没有人陪伴。"于慧忽然摇了摇头,"我不害怕这样的孤单。"

"那是因为什么?"林睿愣了愣。

"被亲人背叛。"小女孩直视着林睿,小小的眼神里居然闪过一丝凶狠。

"什么意思?"林睿被这个眼神吓了一跳。

"爷爷背叛了我们一家。"小女孩一字一顿地说道,"我恨爷爷。"

"为什么这么说？"林睿对突如其来的反转一时反应不过来，他还以为这祖孙俩是相亲相爱、和谐相处的。

"他加入了新秩序，不是吗？"小女孩低下头，"我知道这个组织，是给外星人做事的……是给杀了很多很多人的外星人做事的。"她还刻意用"很多很多"来强调。

林睿隐隐明白了于慧的心思，手忙脚乱地摸出了纸巾给她擦了擦眼泪。

小姑娘的眼眶微微有些发红，泪水隐隐在打转。她倔强地仰起脑袋试图止住泪水，用几乎质问的语气喊道："爷爷他怎么能，怎么能去给外星人做事呢？爸爸妈妈是……爸爸妈妈是怎么死的，他难道不知道吗？他明明知道还要去给外星人做事……不是背叛是什么？"

林睿张了张嘴，想要安抚女孩的情绪，却忽然不知道该怎么开口了。是啊，该怎么说呢？小女孩说得分明没错啊！虚无者手上沾满了无辜者的鲜血，那些如潮水般浓稠的鲜血中，就包括于慧的父亲和母亲的。他忽然发现自己其实连一个小女孩也安慰不了。他难道要告诉她，你爷爷也是身不由己？指望一个七岁的孩子理解这一切，并选择原谅他？那对孩子而言，不是意味着一场更痛苦的折磨吗？

"这个世界的复杂和艰难，远超你的想象，于慧小同学。"林睿沉思了许久，轻轻按住于慧瘦弱的肩膀，"现实生活中，有很多表面上的好人在做坏事，也有很多表面上的坏人其实在做好事。有很多事，也许现在的你还理解不了，但我希望你能一直保持自己独立的思考，用自己的分析和观察，去努力获得事情的真相。追求真相的过程是痛苦的，还会有许多许多的曲折。如果你发现，自己还没有准备好接受这一切，我希望你能怀着勇气去等待。"林睿微微顿了顿，"等待真相大白的那一天，等待，光明到来的那一天。"

七岁的小姑娘并不能完全理解林睿话里的含义,但她认真地注视着林睿严肃的神情,抽着鼻子微微点了点头。

上午八时五十分,他们到达了此行的目的地。

林睿有些局促地站在满教室正牌家长中间,低头打量着面前属于于慧的空座位。他在琢磨面前这套为七岁孩子打造的小课桌小椅子,到底能不能承受自己的体重。

"前边的位置都是给孩子坐的,家长都坐后边。"一旁有人注意到林睿的窘迫,轻声提醒道。

"哦哦,是这样啊。"林睿微微有些尴尬,"谢谢提醒,我还在想要不要干脆坐在课桌上呢。"

"第一次来参加家长会吧? 我记得上个学期好像没见过你。"

"是,第一次参加没什么经验,前辈多指教。"

"叫'前辈'夸张了,都是为人父母的人,哪谈得上什么指教不指教?"那人低声笑了笑。

躲在林睿身后的于慧听后忍不住狠狠掐了掐他的大腿。

"这个场合果真不适合我……"林睿忍着大腿传来的刺痛想。

当所有家长和学生都各自落座时,于慧的班主任优雅地走进了教室,向着到场的学生和家长微微鞠躬。

当她微笑着抬起头的刹那,林睿看清了她的脸庞。

那个瞬间,林睿感到大脑猛然传来一阵不同往常的刺痛,是比以往任何一次发作还要剧烈的刺痛! 他的意识仿佛被卷入了一片飞速转动的钢铁齿轮中,被巨大的力量绞动着撕扯着……那是一种近乎撕心裂肺的疼痛。林睿感到眼前一黑,整个人几乎要晕厥过去。

"你怎么了?"有家长注意到林睿的异常。

"没事,有点头晕。"林睿狠狠掐住大腿,强迫意识保持清醒。视线逐渐变得清晰起来,林睿发现小于慧正在朝这边投来关切的眼神,便冲她挥了挥手,咧开一个难看的微笑。

"你是谁?"待于慧收回目光后,林睿死死盯住讲台上谈笑自若的女孩。怎么看那都是一张完全陌生的面庞,但却又莫名充斥着熟悉的气息。在太阳穴隐隐的胀痛中,记忆一点点涌入脑海:这个女孩在夜深人静时独自酌酒的模样;刚烧了一锅红烧鱼,小跑着端它上桌的兴奋模样;哭着和朋友通电话诉苦的模样……无数鲜明的生活细节不断涌现在林睿面前,就好像他在过去的什么时候经历过这个女孩的人生……他甚至记得自己在某个下雨的傍晚,安静地坐在沙发上,听那个女孩弹奏一支温柔的曲子……他努力回想了很久,甚至连那首曲子的名字都想起来了。

是贝多芬的《致爱丽丝》。

"是你吗?"林睿想起梦里那个在他额间留下轻吻的陌生人,情绪微微有些激动,"是你吗?"

手机传来一阵持续的振动。林睿低头扫了一眼屏幕,居然是于谨文发来的消息。

"是来监督任务进度的吗?"林睿心不在焉地点开了消息界面。

"戴上耳机。"界面里只有简单的四个字。

"戴上耳机?是要发什么语音吗?"林睿愣了愣,果然上了年纪的人都不爱打字。他一边默默从包里摸出耳机,一边悉心留意着讲台上那个女孩的一举一动。

"然后呢?"林睿一边回复道,一边插上耳机孔。

"接电话。"古板脸惜字如金。大概过了两秒,于谨文的电话打到了林睿手机上。林睿微微侧过身,滑开了接听键。

"于慧今天的表现怎么样?"依然是那副漫不经心的语气。

"很听话,看得出这些年吃了不少苦。"林睿老实汇报道。

"她有没有说恨我的话?"电话那头传来一阵沙沙的叹气声。

"姑娘还小,很多事她还没法理解。"林睿安慰道。

电话那头短暂地沉默了一会儿。

"行了,这本来就是我的家事,原本也不应该把你牵扯进来。"古板脸很快收起了情绪流露,又换上了一副公事公办的语气,"实际上这个家长会只是本次任务的辅助步骤,到目前为止,你完成得还不错。但是……"他话锋一转,"随后的步骤才是任务的关键。接下来请注意听取正式的任务目标。"

"正,正式的?"林睿愣了愣。

"任务目标?"他下意识地重复道,心底琢磨着这个用词,渐渐升起一股不祥的预感——怎么感觉自己像电影里的联邦探员?这是开启了007的剧情模式吗?

"注意,接下来是任务目标一。"古板脸冷冷地宣布道,林睿收起了胡思乱想,全神贯注地聆听古板脸的命令发布。

"带上那个姑娘,立刻离开这里。"古板脸冷冷说道。

"什么?"林睿感到自己的脑子当机了。古板脸在发布任务的同时发来了目标的照片,此刻手机屏幕上缓缓刷出任务目标的模样……是讲台上那个正在发表演讲的姑娘!

七号和九号百无聊赖地倚在靠椅上。车厢内空调的冷风微微吹得有些惬意，两人分别用一份报纸遮住脸，打起了盹，七号还把双腿搭在了仪表盘上，一不留神将摆放在仪表盘上的一枚胸牌踢落在地。

"什么玩意掉下去了？"九号打了个哈欠。

"大概是……行动队的徽章吧，不是什么重要的东西。"七号低头看了看，也没有把它捡起来的意思。

七号和九号，新秩序中国分部下属行动队三组组员。虚无者在建立行动队时给行动队员的定义是，全体成员都应该是冷峻干练的机器，黑暗中的守望者，捍卫秩序的利刃，意志坚定的战士……但此刻车厢里躺着发呆的两人，倒好像是一心盼着下班的加班党，上了一晚的夜班只希望找个小床呼呼大睡。

其实所谓冷峻干练之类的标准都是其他国家对行动队员的要求，而这一条例到了中国立刻被做出了大幅度的修改。为什么要组建一支不遵守共和国法律的特别部队？而且成员还要求要冷峻干练？这不是对社会秩序和国家主权赤裸裸的威胁和践踏吗？在收到联合国在中国建立新秩序分部的请求后，外交部立即开出了自己的条件：新秩序可以在中国组建下属的行动队，但行动队的人选必须由中方推荐。所谓"将在外君令有所不受"，远在美国的新秩序总部对全球的控制正处在欲说还休的半遮半掩状态，一时也不便在组建行动队这样的细枝末节上与一个世界大国另起争执。在双方就行动队的组建工作达成共识后，新秩序中国分部下属的行动队在一周之内就完成了初步人员挑选，其成员包含了城市辖区民警、公安刑警以及少量二线武警部队……经过简单的机构重组和制服更换之后，一支"冷峻干练""黑暗守望""意志坚定"的"精锐部队"就此组建完毕。

七号和九号两位"精锐"在空调冷风中微微翻了个身,发出快乐的哼哼声。

这两个数字是他们在行动队内的代号,这是根据新秩序对行动队的规章制度设定的。理论上,每一名行动队员都不能知道自己同组队员的真实身份,不能对同伴产生关切、怜悯或是其他情绪……但这一规定如今再次失去了意义,因为七号和九号曾经隶属于同一单位,是同一个辖区派出所下属的两位民警。两人工作时以编号相称,下班后则喝啤酒吃烤肉,聚在一起聊聊家庭、聊聊生活……

他们今天蹲守在这里的任务,是监视林睿的行踪。这份工作在他们看来委实乏善可陈,因为从一早跟着林睿出门开始,一路上的行程可谓毫无亮点。追踪入室盗窃的小贼听起来都比在这儿蹲点有挑战性,可受限于任务规定他们不能擅离职守。眼下他们的监视对象不知道还得在学校里待多久,家长会嘛,一年到头也就这么几次和老师见面聊聊的机会,哪个家长不想和老师多聊一会儿? 因此七号和九号决定躺着打个盹。无意义的蹲点已经够让人难受了,连小憩一会儿都不允许,那可就太没人性了吧?

可在校门外蹲守的两人并不知道,学校里正在发生一场突如其来的骚动。他们的监视对象林睿,此时正拉着一个惊慌失措的姑娘迎着阳光在走廊里飞奔,肩膀上还扛着一个满脸茫然的小姑娘。他们身后,满教室目瞪口呆的学生和家长呆呆望着两人消失的方向,甚至没明白过来,刚刚那一刻究竟发生了什么。

事后根据在场的家长们回忆,异变发生前的那一刻,后排一个目光迷离、满脸悲伤的男人忽然缓缓站起身,步履坚定地朝着讲台上的老师走去,任旁人如何喊话他都毫不理睬。讲台上的老师说到底只是个柔柔弱弱的姑娘,看面前这个一脸深情的男人一步步朝她靠近也不由得感到小腿发软。

"这位家长……有什么事吗?"女孩声音发颤。

"你也不记得我了,就像我不记得你一样。"男人神色微微有些遗憾,口里念叨着她听不懂的话。可旁人听来不由得恍然大悟,听起来这两人之间好像是有过那么一段复杂的往事……只是有什么事私下聊不行吗? 当着这么些孩子影响多不好!

苏小艺如果知道底下围观群众在脑补什么样的剧情,一定会不顾形象地大喊:"别诬陷老娘了,老娘压根不认识这货啊,更不知道这货的款款深情究竟从何而来! 我和你们一样对眼前这个情况一无所知啊!"

苏小艺就是于慧的班主任,古板脸任务列表里让林睿带走的女孩。可怜的姑娘还完全不清楚自己怎么就莫名其妙成了别人绑架列表里的目标,而且绑匪还是这样一个看上去情绪极不稳定的神经病!

"这位家长你……冷静……"苏小艺快贴着黑板了,惊慌失措的模样莫名显得楚楚动人。林睿缓步走上讲台,默默站在苏小艺面前,低头凝视着她。

"我带你去个地方,到了那儿,你会把一切都想起来的。"他轻声说道。

下一刻,他毫无征兆地拉起苏小艺的手,转头阔步走出教室。对此表示抗拒的苏小艺几乎是被强行拖着跟了出去。

教室里一片寂静,家长们面面相觑,孩子们窃窃私语。可没过多久,那个男人又拖着苏小艺折了回来。

"你也一起来。"他俯身扛起了于慧,"抱歉吓到大家了,大家请……自便!"

说罢他再次转身离开了教室。教室门在他身后被风推着重重闭合,惊得满教室人不禁打了个寒战。

"林睿移动了！"七号看见显示屏上出现了警报，"移动速度还很快，好像是在奔跑！"

一旁昏昏欲睡的九号一下子精神起来。两人挤在一起，聚精会神地盯着显示屏上高速移动的小点，七号看着看着干脆扔开了显示屏望向窗外。以林睿现在的速度，几秒钟后他将会出现在学校门口。

"他这是怎么了？ 急着上厕所吗？"九号感到疑惑。

"注意观察，他很快会出现在视野里。"七号示意同事保持安静。

他们莫名对眼前的变故感到兴奋。看上去他们终于等到了能够证明自己存在价值的机会。如果林睿正在被不法分子追杀，那么他们会第一时间冲出去控制局面，以救世主的姿态降临在林睿面前，让这个一向反感新秩序保护措施的技术员，看看他们的保护是多么牢不可破、不可或缺……

可是接下来发生的事，让摩拳擦掌的二人目瞪口呆。左手扛着于慧，右手拽着苏小艺的林睿满脸杀气地从校门里窜了出来，一路穿过人来人往的街道，引得众人纷纷为之侧目。门卫被苏小艺的尖叫声惊动，从门卫室探出头来，但只看到一片来往的人潮。飞奔着的林睿带着两个大活人转眼就消失在了拐角，只留下渐渐远去的喊叫。

"怪事。"门卫挠了挠后脑勺。

"你看清楚了吗？"九号有些没反应过来，"那个人是……林技术员？"

"看什么看，再看人都找不到了！ 你开车我下去追！"七号一把扯开车门，"林技术员这是……发疯了吗？"

"沿着街道前进，走到十字路口。"古板脸一直保持着通话，此时正在给林睿规划逃跑路线，"保持现在这个速度，十秒钟后你将到达十字路口。那时恰好是路口绿灯的最后三秒,会有一辆红色比亚迪在路口等你。注意,它不会等太久。"

"红色比亚迪。"林睿气喘吁吁地重复道。长久的文职工作早已经使他的体质退化得虚弱不堪,何况他还手里拽着一个肩上扛着一个。肩上扛着的这个倒比较乖巧,因为她从林睿耳机漏出来的声音里听出了电话那头是爷爷,因此倒没做出太激烈的反抗。麻烦的是手里拽着的这个,一路不断高呼非礼,另一只空着的手更是对着林睿又抓又挠,林睿几次险些抓不稳她了。

"你冷静一点,我没有恶意……"林睿苍白无力地安慰道。这话说出来他自己都说服不了。谁会相信一个不由分说拽着自己往外跑的陌生人呢?但林睿隐隐感到这个姑娘一定知道些什么事,或是古板脸知道他和这个女孩之间的什么事……也许等到了古板脸想让他们去的地方,一切就都明了了……

三人组就这么互相撕扯着摇摇晃晃地前进。在穿过街道到达十字路口的瞬间,一辆飞速驶来的暗红色比亚迪在林睿面前狠狠刹住车,车胎贴着地面发出一阵刺耳的摩擦声。

"干什么干什么?赶着投胎哪?"林睿险些一头撞上车身,气急败坏地大喊道。

"少骂两句,快上车!"来者手忙脚乱地摇下车窗,"把人往后座丢!"

林睿一下看清了司机的脸,不由得微微愣了愣。

居然是罗磊。

七号飞奔着撞开了人群。他已经拼尽全力追赶林睿了,但由于和林睿逃跑的方向隔着一条长街,他不得不多绕了很长一段弯路。当他喘着粗气冲到十字路口时,只看见比亚迪疾驰而去的背影。

"见鬼!"七号急得直跺脚。这时九号才驾驶着旧桑塔纳姗姗来迟,缓缓停靠在斑马线前边。

"你愣着干什么呢?"七号对九号大吼道。

"等红灯啊……"九号缩了缩脑袋。此时街口正是红灯时间,并且是一个长达一百二十秒的超级红灯。来往的车流阻挡了他们的去路,而林睿乘坐的那辆比亚迪此刻早已不知去向。

"他们居然计算好了时间和逃跑路线,这是一次有预谋的行动。"七号板着脸坐上了车。

"现在我们该怎么办?继续追下去吗?"九号不耐烦地瞪着红灯倒计时。

"立刻向上级汇报,林技术员已经处于失控状态,随时准备注销他的识别芯片。"七号冷冷说道,"我们根据芯片定位继续追踪他们。"

"我现在打给分局。"九号闻言摸出了电话。

"手握着这样重要的东西居然还到处乱窜,简直是对自己和太空计划不负责任。"七号低声说道,目光如寒冰般森冷。

苏小艺绝望地靠在窗沿上,感到自己完美安排的一天被一群疯子彻底毁了。原本她精心准备了这次期末交流大会,要和家长们分享她无数个日夜辛苦加班整理的学生成长档案,里面事无巨细地记载了全班五十一个孩子生活兴趣学习等方方面面的成长点滴。这是苏小艺颇为得意的一记杀招,她坚信此招一出,随后在家长评教环节中必然可以轻松获得优等,如此一来学期奖金就轻松到手了……啊,不对,是对教书育人的使命感又获得了新的提升。交流会结束后还能开开心心地和同事们一起去聚个餐啊拍拍照什么的,庆祝一个学期的繁忙工作终于告一段落……为此她还特意换上了好看的花长裙,搭配了白色棉布鞋,精心编了麻花小辫。美美地出了趟门,结果转眼就被一群神经病给糟蹋了,而且这帮神经病看起来对此毫不在意,居然还很开心地在前排聊起家常来。

"假期生活怎么样?"罗磊一边把着方向盘一边问。

"这才是第三天,还能过得怎么样?"林睿感到罗磊简直是没话找话。

"看得出你这两天过得……"罗磊透过后视镜扫了扫苏小艺,琢磨着该用个什么词形容林睿的生活,"挺精彩的。"

什么精彩?大哥你自己都默默脑补了什么剧情?苏小艺忍不住翻了翻白眼。我和副驾驶上那个神经病完全不认识好吗?不对,你们两个神经病我谁也不认识!

"苏老师。"于慧轻轻梳了梳苏小艺的头发,"老师你的辫子编得真好看。"

"谢谢。"苏小艺侧过头看了看于慧,轻声叹了口气,"绑架成年人也就算了,没想到这群禽兽连孩子都不放过……小于慧你别害怕,老师保护你!"她不由分说地将于慧搂在怀里,眼睛恶狠狠地瞪着前排满脸窘迫的两个男人。

"我也觉得过得挺精彩的。"林睿耸了耸肩。过了半晌,林睿才发觉自己一直沉浸在不久前那段关于苏小艺的混乱回忆里,居然忘了问最重要的事。

"你怎么会在这里?"林睿把头转向罗磊。

"这会儿才想起来问哪。"罗磊笑了笑,"是于谨文代表安排的。"

"我爷爷,让叔叔你来这里的?"于慧挣扎着从苏小艺的怀里探出头。

"爷爷?"苏小艺放开了于慧,"你们难道是一伙的?"

"什么跟什么?"林睿感到车里的局势微微有些混乱,"有问题待会儿挨个问。"他示意苏小艺先保持安静,又伸手指了指罗磊,"你先把话说完。"

"你倒不如找个胶带把我的嘴封起来,这样更不会吵着你们了!"苏小艺气呼呼地别过头。

"你也许应该把那姑娘敲晕了再扛上车。"罗磊苦笑着摇了摇头，"我们临出发前，于谨文联系上我，要求我在今天的这个时间点，到他指定的位置去接一个人。虽然他在布置任务的时候一直遮遮掩掩的，但我当时就大概猜到了，这一切一定和你有关。"

"和我有关？"林睿愣了愣，"你都知道些什么？"

"我知道于谨文的计划。"罗磊一打方向盘拐过一个街角，那条街道被参加吊唁活动的人群占满了，"我知道，他想让你恢复记忆。"

"我的记忆果然出现了问题。"林睿对此早有预感，接着他的语气忽然变得冰冷，"你一早就知道这一点，却一直瞒着我。"

"我知道的比你想象的更多。"罗磊轻声说道，"你的记忆，是虚无者利用技术进行清除的。清除工作进行的时候，虚无者的代表一直在一旁严密监视。"

"虚无者？"林睿不知道自己何德何能，竟需要虚无者亲自为他清除记忆。

"实际上，那些外星人，出于我们不知道的原因，对你似乎非常畏惧。"罗磊幽幽说道。

"畏惧……我吗？"林睿愣了愣，对罗磊的话感到不可置信。他忽然发觉整件事情正在变得越来越扑朔迷离。

"你们俩吧啦吧啦了半天，连外星人都扯上了，现在可以和我解释一下发生什么事了吗？"苏小艺忍不住插嘴道。

"'吧啦吧啦'是什么意思？"林睿没反应过来。

"你们刚刚说的是什么呢？反正我几乎没怎么听明白，我听不明白的对话要我复述一遍不就是吧啦吧啦吗？"苏小艺理直气壮地一叉腰，"我看你们俩也不像是绑匪，费这么大功夫把我拖到这辆车上来到底是要做什么？"

"这姑娘倒挺可爱的。"罗磊听了不由得想笑。

"那边那个司机别插嘴。"苏小艺眉头一皱,"我要听这个神经病怎么解释。"

"我是航天局对空观测部门的技术员……"林睿被女孩凌厉的气势吓得一愣,犹犹豫豫地开始自我介绍。

"还是个研究宇宙的神经病。"苏小艺心想。

"一年前,我遭遇了一场意外事故,那场事故使我的大脑受到了损伤……"

"难怪看起来一副智商掉线的模样。"苏小艺默默发表了评价。

"我意识到自己似乎是丢失了一部分过去的记忆,并且我能隐隐感受到,那些记忆对我而言非常重要。"林睿轻声叹气,"我好像是……忘记了一个非常重要的人,忘记了一些非常重要的事……"

"这个剧情也太俗套了一点吧?"苏小艺忍不住在心底吐槽,"这年头言情小说作家都不玩这一招了。"

"所以你今天看到我,就莫名回想起了以前的一些事?"苏小艺转了转眼珠子,"我是造了多大的孽,才会认识你这么个一言不合就发神经的闷油瓶?"

"这么说你以前认识我?"林睿眼睛一亮。

"完全没有!"苏小艺立即表示了否认,看林睿一副丢了心爱的玩具一般的丧狗样,她又不由得叹了叹气。

"你说你经常会在梦里梦见被你忘记的人,你说说那个人都做了些什么?"苏小艺无可奈何地问。

"那是一个混乱的雨夜。"林睿轻声描述道,"天空闪烁着火光,把整片大地都照得很亮。我们在雨中对视,可我却怎么也看不清那个人的脸……"

"听起来倒是有那么一丝凄美的感觉。"苏小艺想象着那个画面,"可是这怎么听都像是过时言情小说里的狗血剧情吧?"

"我很少看那些小说……"林睿愣了愣。

"这些都不是重点。"苏小艺挥了挥手,"听你的描述,你好像连那个人是男是女都搞不清楚吧?万一那个夜晚和你深情对视的是个满脸横肉的壮汉呢?"

罗磊把着方向盘的手不由得颤了颤,整个车身都跟着微微打滑。

"怎么了?请不要质疑一名小学语文老师丰富的想象力!"苏小艺扬了扬眉毛。

"我想……那个夜晚和我站在一起的……应该是个女孩。"林睿努力回想着脑海里残留的画面,可见鬼的头疼也如影随形。林睿捂着太阳穴蜷缩成一团,眉头紧皱,似乎正在经历巨大的痛苦。

"好了好了,我相信那是个姑娘,你别折腾自己了。"苏小艺看着林睿这副模样自己都难受,"你接着说,那个姑娘后来又做什么了?"

"她……亲吻了我的额头……流下了一行泪水。"林睿艰难地说道。

"搞什么?"苏小艺撇了撇嘴,在心底嘀咕,"闹了这么半天,原来是想要占我便宜?"

"所以……林睿叔叔今天看到苏老师这么激动,是想起了以前的什么事情吗?"在一旁默默聆听的于慧怯生生地说道,"那个阿姨应该是林睿叔叔的……爱人吧?"小姑娘认真地思考着方才林睿与苏小艺的对话,"那个人会不会……就是苏老师呢?"她将目光转向苏小艺,"苏老师不如你帮帮林睿叔叔吧。"

"怎么帮?"苏小艺眉毛一扬,"小于慧呀小于慧,你不会认为我只要亲吻这个闷油瓶的额头,他就能想起以前的事吧?"

"也许呢!"小姑娘眼里闪着光。除了关切之外,似乎还隐隐藏着一丝……八卦之魂。

"你觉得呢？林技术员？"苏小艺忽然展露出一个温柔的微笑，"你也赞同于慧小姑娘的想法吗？"

"我……我也不知道。"林睿有些坐立不安，心底只感到这姑娘简直喜怒难辨。

"来来来。"苏小艺轻轻拉住林睿的衣领，嘴唇微微凑近了林睿的脸颊。林睿感受到扑面而来的女孩温软的发香，大脑瞬间变得一片空白……

跟着苏小艺一把推开了林睿："你还真等着我来亲吻你啊？你们是不是搞错了什么事情？你一年前遭遇事故失忆了，可我没有啊。我这么些年一直生活得好好的，没染过外星人的病毒，也没出过车祸或是被石头砸着脑袋什么的。我的记忆一直是我的记忆，而我确定在我的记忆里从没有见过你，更别说和你一起经历什么雨夜和火花了。"她伸手敲了敲林睿的脑壳，"清醒点啦，我不是你们要找的人。"

车厢里的气氛忽然变得有些尴尬。于慧的脑回路还无法理解到底发生了什么，只是愣愣地看着两人。罗磊微微放慢了车速，轻声叹了叹气。林睿则渐渐从失神中反应过来，忽然自嘲地笑了笑。他看到苏小艺伸手拨弄长发时食指上的戒指。她这是已经订婚了吧？看起来女孩说得确实没错，她一直有着属于自己的生活，不像自己，连过去发生过什么都浑然不知……

"你说得对，你不是我梦里的那个人。"林睿神色变得有些黯然，"可是……那还能是谁呢？"

"这我怎么清楚？也许那个人和我长相相近，所以今天你看到我把我误认成她了？"苏小艺摇了摇头，"看你一副难受的模样，明明是你们自作主张地把我绑走的吧？我精心准备的一天都被你们毁了，回头学校指不定要怎么盘问我……现在怎么搞得像是我抢走了你的姑娘似的？"

"抱歉，我太鲁莽了。"林睿感到自己今天确实有些疯狂。

"抱歉什么的都另说，能不能先把我送回学校去？"苏小艺一边叹气，一边朝窗外张望，"咱们这是到哪了？"

"你的确不是林睿要找的人，但这个地方你一定熟悉。"罗磊一边轻声说道，一边缓缓刹住车。比亚迪停在一片长满青苔的空地上，四下一片空旷。走道尽头是一片白茫茫的湖水。越过宽阔的湖面，远处的城市隐藏在朦胧的雾气后边。空地对面是一排灰色的矮楼，看上去已经很久没人住了，密集的藤蔓生长在砖墙与窗台之间，已经快看不出房屋原来的模样了。

"这是哪儿？"林睿随着罗磊走下车，四下环顾道。他忽然感到四周的景色似乎有些熟悉，仿佛像是……在梦里见到过。

"一片废弃的公寓区。"罗磊回答道，"四年前这里爆发过一次病毒扩散事件，人们紧急从这里迁走了，随后再也没人回来住过。"他回头看了看车里的苏小艺，"那个女孩对这里应该非常熟悉，她在这里生活过很多年。"

林睿将目光转向车里的女孩。

"为什么带我到这里来？"苏小艺低声问，脸色有些苍白。

"为了找回一段记忆。"罗磊意味深长地说道。

"我没有什么记忆好找回的。"苏小艺冷冷说道。

女孩生硬的态度转变让林睿意识到，这里可能确实发生过什么事，这件事也许和林睿与苏小艺都有关联。

"你是怎么找到这里来的？"林睿感到好奇。

"于谨文发送的坐标。"罗磊解释道。

"他又是怎么知道这些的？他好像……忽然掉线了？"林睿看了看手机，

这才注意到古板脸中断联系有一会儿了。

"我切断了和太空站的联系。"罗磊压低了声音,"虽然我们的目标在某种程度上是一致的,但在具体操作上还是产生了一些分歧。"

"什么意思?"林睿感到这两人之间似乎藏着许多秘密。

"时机到了我会告诉你,但不是现在。"罗磊拍了拍林睿,将这个话题糊弄过去了,"来吧,现在我们先和苏老师好好聊一聊。"

苏小艺一个人蜷缩在后座发了半天呆了。林睿敲了半天车窗也没能将她敲醒,还是一旁的于慧替林睿喊醒了她。

"什么事?"苏小艺打开了车窗,"反正你说什么我也不会下车的。"

"我只是忽然想起,刚才我还遗漏了一部分故事没告诉你。"林睿轻声说道。

"那就快点说完,然后带我离开这里。"苏小艺不耐烦地摆了摆手。

"其实今天早上,在我看到你走进教室的瞬间,我的脑海里忽然涌进来一些很奇妙的画面……"林睿组织了一会儿语言,开始向女孩描述早晨看到的回忆:女孩酗酒的样子,烧鱼的样子,哭诉的样子,弹钢琴的样子……林睿就像亲身经历者一样将它们娓娓道来,语气中莫名充满深情。将这些回忆再复述一遍时,林睿忽然有了新的感受。在经历这些画面时,在经历这个女孩的生活时,在场的似乎并不是只有他一个人。他隐隐感受到女孩生活里的那些时刻,除了他之外,还有一个沉默的观察者。那个观察者好像总是话不多,而且永远板着一张面瘫脸,好似太空站里那个古板脸的翻版……

苏小艺默默聆听着林睿的讲述,脸上的神情从平静变为震惊,其间还夹杂着一丝慌乱,随后逐渐转化为悲伤,最后又缓缓归于平静。

"这些故事……是他告诉你的吗?"女孩轻声问,声音微微发颤,"他现在……在哪呢？"

林睿意识到问题的关键点来了。

"他是谁？"林睿反问道。

苏小艺不可思议地望着林睿。

"你不认识他，那又是从哪里听来的这些故事？"

"我没有从谁那里听来这些故事。"林睿真诚地说道，"那些画面就像是存在于我的记忆里一样，在某个瞬间忽然被激活了。"

"你撒谎。"苏小艺忽然有些激动，"肯定是他告诉你的，你不用替他瞒着我。"

"你看，我甚至都不知道你说的'他'是指什么人。"林睿无奈地摆了摆手，"而且你好像忽略了一点，我刚才描述的细节里，有一部分好像是你独处时的画面吧？比如你打给朋友哭诉的那通电话，即便真的有那么一个和你朝夕相处的'他'存在，你对'他'无话不谈，'他'也会清楚地记得每一次你独处时发生的事情吗？而且还如此毫无保留地转述给我听？"

"也许他那个闷油瓶在我的房间里安装了监视器？"苏小艺追问道，"要么就是你安装了。反正你们俩性子都是一样的，表面正经背地闷骚。"

"我发誓我不会这么做。"林睿老老实实高举双手。旁边还有一个于慧在看着呢，他可不想留下一个偷窥狂的名声。

"那么看来他说的都是真的……"苏小艺无视了林睿的保证，脱了帆布鞋，赤着脚，蜷起了双腿，下巴轻轻搭在膝盖上，目光有些迷离，"可是我倒宁可他是骗我的……"

"你说的那个'他'……"林睿顿了顿，"都和你说了什么？"

"五年前，就是秩序纪元诞生的那个夜晚，他忽然凭空冒了出来，浑身是血地和我说了一个疯狂的故事。"女孩的目光穿过灰色房屋探向远处，"在那个故事里，他变成了一个外星人。"

一个名叫"叛逃的清理者"的外星生命。

"芯片定位出现了不明干扰，我们丢失了林技术员的位置。"七号将显示屏摔在仪表盘上，"我们把任务搞砸了。"

"调度中心刚刚发来消息，他们拒绝了注销林睿识别芯片的申请。"九号扫了一眼手机屏幕。

"为什么?"七号愣了愣，"他们不担心芯片落入不法分子手里吗?"

"据说这是新秩序高层的命令，也就意味着，这是虚无者的命令。"九号流露出沉思的神色，"虚无者不希望林技术员的芯片被注销。"

"如果林技术员的身份如此重要，为什么只派我们来执行监视任务?"七号感到不解，"而且上级也没有给我们足够的警示，导致我们对任务的重要性完全没有做好充分准备……居然让林技术员带着两个人质就这么从我们眼皮子底下溜走了。"

"行了，归根结底还是我们自己的疏忽。"九号叹了叹气，"接下来怎么办?继续沿着最近一次的定位点追击吗?"

"也只能这样了。"七号有些懊恼地捶了捶车窗，"见鬼，刚刚真应该记下车牌号的!"

"记住车牌号用处也不大。"九号摇了摇头，"从林技术员上车开始，整片区域的监控系统都同时瘫痪了。"九号给七号看调度中心发来的简报，"就好像黑暗中有一只无形的手在帮助他们逃离。"

"真是一潭浑水。"七号看着简报喃喃着。

"我们先去最近一次的定位点看看。"九号发动了汽车。

"等等。"七号制止了九号的动作，"有新的消息通知。"

"通知都说什么了？"九号漫不经心地问。

七号半晌没有回答他的话，只死死盯着屏幕，脸色微微有些发白，似乎看到了什么令他惊恐的事。

"怎么了？"九号凑过头来看。

"调度中心说，所有行动队人员立刻避开这一区域……新秩序要释放那些冰封已久的怪人……来找回林技术员……"七号声音有些颤抖。

九号一下子止住目光，像躲避瘟神一般躲开显示屏。两人沉默了许久，连呼吸都变得小心翼翼，仿佛无形的恶魔就坐在他们身边。

"那些幽灵一样的东西……可能已经不能用人来形容吧？"九号想象那些生物正在新秩序的调度中心缓缓苏醒，不由得打了个寒噤，"也许'怪物'这个词，更适合用来形容他们……"

此时此刻，在废弃公寓区外围，两双眼睛正冷冷注视着不远处的林睿一行人。

"你确定你没有认错？"一个低沉的男声。

"我们好歹也算一同出生入死过了，我不会认错的。"另一个声音回答道。

"虽然我们有好些年没见过面了……"顿了顿，那个声音又补充道，"我和你一样迫切地想知道，他身上究竟发生了什么。"

林睿试着推了推一号公寓锈迹斑斑的大门，居然很轻易就推开了。一行人走进昏暗的楼道，细碎的阳光穿过藤蔓投洒在地面上，恍如一片金色的鹅卵石。公寓总共只有五层,几乎每一层楼梯的中部都搭建了一个简易的灶台用来生火做饭。如今那些灶台和铁锅上虽然已经覆盖了一层厚厚的尘埃,但依然保存完好。绿白相间的楼梯墙上贴满了诸如"疏通下水道""特效安眠药"之类的小广告,房屋门前贴的春联都泛白脱落了,仅剩边角还残留着一抹不易察觉的红。这里仿佛是一片被时光凝固的寂静之地,但是时间经过留下的刻痕又随处可见。林睿凝视着房门上的那些春联,忽然感觉,很久很久以前,他也身处一片无人问津的废弃之地,和一群心事重重的人一起。他们在阴沉的天空下走了很远的路,见了很多奇妙的风景……

"这是我和他共同生活过的地方。"苏小艺低头抚摸着食指上那枚戒指,忽然轻声说道,"我们在这里生活了大概三年。"

"这三年里,你一直不知道他的真实身份?"罗磊感到好奇。

"有时他身边会出现一些我无法理解的怪事。"苏小艺走到一扇贴了一只大角鹿的棕色防盗门前,低头从包里摸索着钥匙,"有时他会忽然从一个地方出现,有时又会忽然消失。但那时的我对这些并不在意……"她轻轻拉开了房门,"因为我只在意他……

"我们曾有过一段非常幸福的日子,在他还没有整月整月地不回家的时候……我们一度非常认真地考虑过结婚的事,但每次讨论都以他的退缩结束……最初我以为是他还没有做好组建家庭的准备,可后来我才知道,他不是一个活在线性时间里的人,注定无法过上普通人的生活,也不可能给一个普通的人类女孩安全感……

"关于我们生活的细节,我想你已经通过他的时间碎片了解得够多了,所以我也不再赘述,因为我不愿再去回忆那些日子……我们总是在失去最好的东西之后才知道它有多好,不是吗?

"我记得，他曾经告诉过我，他在人类社会用过无数种身份，有过无数个名字。但在那三年里，我所知道的名字只有一个。同样，我也不愿再提及那个名字，你们可以继续用清理者形容他。对你们而言，他的名字只是一个符号，但对我来说，它意味着一个独一无二的灵魂。

"大概在虚无者危机爆发前近一年的时间里，他回来的次数越来越少，时间也越来越晚。每次都是匆匆地来，匆匆地走。我能看出那时的他心里堆着很重很重的心事，我甚至感觉到，有那么几次，他几乎要向我倾诉他正在经历的一切，他的眼神里透露着无尽的疲惫，他已经精疲力尽了……但他还是克制住了自己的情感，只对我说了这样一句话：'真希望我没有认识你……那样我就不会见到世界上最美好的事物，就不会有遗憾的情绪……更不会耽误一个女孩的一生。'

"那时的我并不理解他话里的含义，但却下意识地感到害怕，说不清为什么，就是害怕。而没过多久，我终于明白了害怕的源头在哪里。我害怕失去他。

"说来可笑，当我想明白这一点的时候，正是我失去他的时候。你看，人总是在失去最好的东西后才念着它的好。他失踪之前，我成天抱怨他就是个木头，不会照顾人，做事总是笨手笨脚的。现在他消失不见了，我又发了疯似的想他。

"我知道你想问什么。他是在虚无者发起病毒打击的那个夜晚失踪的，在那之前，他赶来见了我一面。那一幕简直叫人永生难忘，他从一片白光中跳了出来，浑身上下被鲜血染红了，看上去奄奄一息。他拒绝了我呼叫医生的建议，而是静静地坐在那里，给我说了很多关于它们文明的故事。它们从五维空间来，虚无者和它们进行了无数年的战争，直到最近百年里，清理者战胜了虚无者。它们驱使虚无者去侵占其他弱小的世界和文明,而后再以君王的姿态驾临那些世界,接受被征服者的朝拜。当大半个五维空间,都在清理者永无止境的贪婪和扩张中逐渐毁灭时,清理者终于意识到了危机。它们认为自己的空间很快将变得无法生存,为了延续文明,它们不得不向更低维度的世界发起侵略……向地球发起侵略……

"他满脸悔恨地向我诉说了他的文明的罪行,并提到他尽了最大的努力想要阻止同样的悲剧在地球发生。但初来地球的他还只是清理者社会结构中一台机械运转的机器,他的至高权威告诉他,是虚无者在侵略地球,你们应当去阻止虚无者的残忍行径。那时他对至高权威的信任几乎是毫无保留的,他和其余无数经由至高权威分裂而出的分身们一同来到地球,暗中支持人类与虚无者对抗……

"但他很快意识到,他们所组织的每一次抵抗虚无者侵略脚步的行动,最终都是在给虚无者以残忍手段反击人类的口实。清理者实则是它们背后最大的支持者。他最终明白自己不过是这场宏大棋局中一枚微不足道的棋子,自始至终都是在被至高权威利用……

"于是他决定跳过虚无者,站起来反抗清理者,反抗赋予他生命的至高权威。他这么向我描述的时候,神色十分平静,好像已经找到了将为之付出生命的奋斗目标。

"但其实他说的这些,当时的我完全听不进去。我只想要他的一个答案,那就是,我们之间该怎么办?

"他到底还是没有回答这个问题。他只说:我们成为了这个世界黑暗里的守护者,你也是我正在守护的这个世界中的一分子,我会为之奋战至死。他知道我想听的回答不是这个,他也许是害怕辜负我,也许是他从来就不在乎我……不过这些现在都不重要了。

"那天他说完这些后，就转身消失在了那片白光中，再也没有出现过。

"后来进入秩序纪元，这一区域爆发了重度流感，许多人都搬离了。我也随着大家一同离开了这里。离开后，也没再想过回来。"苏小艺伸手轻轻抚摸着桌椅上厚厚的灰尘，仿佛看到了他们过去的岁月。

林睿在一旁只感到头痛欲裂。伴着难以忍受的剧痛，遥远的回忆也在一点点重新回归脑海：迷雾中忽然消失的军官，医院里的奔跑与追逐，雨夜里迎着枪弹的决死冲锋……碎片般的记忆正在一点点拼凑成一个完整的过去。现在林睿基本上可以确认，他之前对于虚无者降临之日的记忆是被人为修改过的。现在他更好奇的是，为什么？暗处的那些人如此大费周章地修改自己的记忆，究竟是为了隐瞒什么？

"抱歉，又让你重新回忆了一遍伤心的往事。"林睿轻声说道。

"现在想想，也没有那么难受。"苏小艺露出一个虚弱的微笑，"那些过去的岁月……也有很多幸福的日子，它是我心底最珍贵的记忆。人不会永远沉湎在过去，生活总得继续向前，不是吗？而且你也能通过这个故事找回一些从前的记忆，这也算是意外的收获了。"苏小艺疑惑地歪着头，"但是我注意到，你还是没有想起那个最关键的人。"

"那个女孩吗？"林睿神色一黯，微微垂下头，"我刚刚在回忆的时候，有那么一瞬间，我几乎要想起那个女孩了，只差那么一点点……但最后还是徒劳无功。"

他惨然一笑："也许她将一直这样模糊地出现在我的梦境里，永远成为我心底某个陌生的故人吧。"

苏小艺苦涩地笑了笑，伸手揉乱林睿的头发。这个不经意的动作又使林

记忆中的女孩

睿感到一阵恍惚。

一旁的罗磊忽然低声打破了沉默："那个清理者,在那个夜晚之后,再没有联系过你吗?"

"没有。"苏小艺摇了摇头。

"你再好好想想? 真的没有吗?"罗磊眯起眼睛,"这事非常重要,你要想清楚再回答。"

苏小艺抬头看了一眼罗磊,犹豫了许久,脸上的神情变了又变。

"有过一次。"苏小艺艰难地说道,"也只有那么一次。"

"是怎样联系的?"罗磊追问道,"联系的内容是什么?"

苏小艺这次抿着嘴思考了很久,罗磊几度不耐烦地催促她想快一些,但她全然没有理会。

"这我不能告诉你。"最后她坚定地回绝道。

"为什么?"罗磊愕然。

"因为很多原因……请原谅,这件事我不能与你们分享。"苏小艺的语气变得决绝。

罗磊的神色变得有些尴尬。

"好吧……这样一来线索在这里就中断了。"他无不遗憾地说道,"这样看来,我们忙活了半天,实际收获还是十分有限。"

房间里的气氛忽然变得有些低沉。

"先别太早下定论哪,同志们。"远处有人高声说道,声音在安静的屋子里显得格外响亮。所有人的目光都朝声音发出的方向汇去,一个身穿红色卫衣,戴着大兜帽的男人缓步从阴影里走出来,高帮靴子在实木地板上踩出沉重的脚步声,带着莫名的威压。他每走出一步似乎都要调动巨大的力量,身形一顿一顿,像是古代君王正在缓缓走向他的皇座,又像是什么蹩脚的T台模特在试图摆行走造型……并且一不留神踩到了一个空易拉罐,险些在众人面前摔倒……

离红衣男人最近的苏小艺一下来了精神,双手叉腰,眉毛一扬:"喂! 你是什么人? 虽然这里不住人了,但依然是我的家,我家不欢迎走两步路还要摆个造型的怪人!"

"我就是我,我不是什么怪人。"来者还刻意压低了嗓音,"重要人物登场时总是需要一些特别的气势。"

满屋子人面面相觑,不知道从何处冒出来这么一号不知所谓的二货。

"好吧,这么压着嗓子说话的确挺难受的。"来者眼看精心设计的登场姿势没有收到预期的回应,瞬间放弃了气场,掀开了兜帽几步走上前,是个样貌秀气的大男孩。

"初次见面,自我介绍一下,我是新秩序下属行动队三组第十二号组员。大侠行走江湖都靠一个响当当的代号,所以你们称呼我时,可以喊我的代号——十二号。"男孩伸出两根手指比画道。

依然是一片死寂……大家的茫然似乎并没有因为这番摸不着头脑的开场白而消退。

"你是行动队的人?"林睿后知后觉地反应过来,"今天是你一直在跟踪我吗?"

"跟踪你是事实,但我不是代表行动队跟踪你的,行动队另外有人负责监视你的行踪。"十二号意味深长地笑了笑,又一次压低了嗓音,"我是代表'觉醒者'来的。"

林睿、罗磊和苏小艺茫然地对视了一眼,最后还是苏小艺清了清嗓子:

"没什么事的话我们就先走了……"

"等等!"十二号急忙拦住几人,"见鬼,你们都没有听说过'觉醒者'吗? 这个名号在江湖上,一点都没有流传开来吗?"

"没有!"苏小艺撇了撇嘴,"下次出门麻烦想一个我们更耳熟能详一点的代号!"

"不至于啊,'觉醒者'这名号听着不响亮吗?"十二号低头沉思起来。

"你到底要表达什么?"林睿哭笑不得地看着十二号。

"不用理会他,这货骨子里燃烧着一颗中二之魂。"一个听来莫名熟悉的声音,林睿的目光下意识地朝十二号身后望去。一个胡子拉碴、风尘仆仆的男人大步走进房间,不由分说冲上来给了林睿一个大大的拥抱。

"好小子,几年没见好像胖了不少啊。"男人搂着林睿开怀大笑起来。林睿被这个突如其来的熊抱撞得头昏脑涨的,但脑海里还是第一时间跳出了来者的名字。

"曹,曹斌……教授?"

故人相见总是令人分外喜悦。苏小艺收拾干净了几张椅子,让站着的几人坐下慢慢聊。十二号还颇为自来熟地跑来跑去给苏小艺端水盆递抹布。

"行了,这点活我自己能干好。"苏小艺瞪了瞪十二号。

"我这是在替前辈关照你呢。"十二号满脸真诚。

"前辈?"苏小艺发现自己总是跟不上面前这货的脑回路,"你的前辈和我有什么关系?"

"也许还真的有关系。"一旁的曹斌缓缓开口道,"你们面前这个人,别看人傻了点,其实是一个货真价实的清理者。"

"什么?"在场所有人不由为之一愣。林睿注意到罗磊的神色立刻变得不善起来,微微弓着身,似乎随时会暴起。

"不单是一名清理者这样简单。"十二号颇有些得意地仰起头,"还是一名脱离了至高权威控制的清理者。换句话说,我也是一名自由人,一名觉醒者。"十二号有意强调了这个代号,"和我的前辈一样。"

"最后这一句有待商榷。"曹斌低声笑了笑,"和你的前辈相比,你还差得太远。你还没有树立自己的信念。"

"有意思……"罗磊不动声色地收起了敌意,"我们恰好在寻找一位失踪了很多年的清理者。你说的前辈不会恰好指的就是他吧?"

"还能是指谁呢?我在追寻前辈踪迹的过程中,找到了一些散落的时间碎片,里面全是关于这个姑娘的画面。"十二号指了指苏小艺,"所以我很早就认识你了……今天这身小裙子很漂亮哦!"

"谢谢。"苏小艺冲他龇了龇牙,"你和你前辈确实还差得很远,原来外星人之间也是有情商差距的吗?"

"姑娘你这么说就有点伤人了……"十二号一下变得有些沮丧。

"好了,今天我们来,是为了确认一件更重要的事。"曹斌无视了二人毫无营养的对话,神色一凛,"林睿,你的记忆是不是出现了缺失?"

"是……"林睿叹了叹气,"我刚刚才回想起虚无者降临日的那个夜晚,曾经和面瘫脸并肩作战过。但有很多细节都记不起来了……"

"你怎么还在找这段回忆?"曹斌闻言皱了皱眉头,"这些事件我们几乎是共同经历过的,你但凡找到观察小组中的任何一个人,都能问清楚来龙去脉。"

"什么?"林睿一愣。

"不过想来也可以理解,新秩序和航天局有意切断了你和过去一些人的联系。这些年我一直在找机会接近你,但基本都以失败告终。"曹斌微微叹气,"但你可以主动联系我们啊,你找我们会比我们找你轻松很多吧?"

"不是我不愿联系你们。"林睿苦着脸,"在观察小组和前哨营地的那段记忆,我已经不记得多少了……"

"大概猜到了。"曹斌神色凝重地说道。

"那你现在能告诉我……虚无者降临之日……都发生了什么事吗?"林睿不由得感到心跳加速。

"老朋友,你的重点完全画错了。"曹斌忽然苦笑道,"你以为虚无者降临日遗忘的记忆,是你缺失的全部记忆中最重要的部分吗?最重要的部分,你真的一点印象都没有了?"

"是关于什么的?"林睿追问道。

"秩序三年七月的某一天,虚无者邀请你进入了它们的雾区深处。"曹斌幽幽说道,"没人知道那天雾区里发生了什么,但你从雾区回来后,紧接着发生了两件怪事。第一件事,就是你的离奇失忆,现在已经确认是虚无者从中作梗了。第二件事,新秩序和虚无者忽然在全世界紧急动员起来,似乎在秘密寻找什么人。那场行动持续了大半年,最后以新秩序的徒劳无获告终。"

"雾区……"林睿无意识地重复道,"虚无者为什么会邀请我进入雾区呢?"

"不管虚无者在计划什么。"十二号深吸了一口气,"它们畏惧你。"

畏惧。又是这个形容。林睿无论如何也想不明白,自己有什么可让虚无者畏惧的。它们能够凭空制造可怕的病毒,可以轻易地卷去数百万人的生命,虚无者和林睿的力量对比无异于巨人对战一只蚂蚁,可现在有人告诉林睿,那个巨人在畏惧脚下这只小小的蚂蚁……存在这种可能性吗?

　　"而且,除开这些,我猜你还忘了一个很重要的人。"曹斌慢慢给自己点上一支烟,"这个人,会是解开一切谜题的关键。"

　　"是谁?"林睿轻声问道,心底却已经有了预感,呼吸都变得急促起来。

　　"林睿,你还记得江乔吗?"

第九幕

回忆之海

秩序五年,六月十五日,夜。

江乔静静倚在窗台边,如水的月光洒在她身上,泛起了一层柔和的光晕。

夜空中闪烁着一个明亮的光点,好似宇宙探向地球的一只眨动着的眼睛。那大概是正在缓缓移动的太空船坞或是某艘太空飞船,也许是"盘古"号。但江乔更愿意想象那是太空里什么人凝视大地的眼睛,江乔想象那个观察者可能看到的景象:蚂蚁一样的小人在大地上移来移去,房屋建了又倒,人们来了又走。一批小人倒下变成了墓碑,又有一批小人接替了上一辈的位置,继续在大地上移来移去,房屋建了又倒,人们来了又走,周而复始,其实无聊透了。

江乔微微叹了口气,最近好像总是容易胡思乱想,内心总是隐隐泛着不安。江乔知道这一切都与父亲固执的计划有关。

一个和林睿有关的计划……

江乔已经不止一次撞见江源和张博叔叔在地下室秘密筹划。江乔注意到他们的工作台上摆着一份太空站的执勤周期表,其中林睿的名字被红笔重重画了一个圈。江乔有时隐隐能听见他们的对话……

"已经确定了,这一批返回地面的技术员名单里有他……"

"不能再等了，我们要立刻开始筹备行动。"

"小乔那边的思想工作，你做好了吗？"

"我……我再想想该怎么和她说。"

"别太严厉了，这事对她来说太勉强了些……"

"我相信她会理解的。为了她过世的苏启年叔叔……为了她昏迷不醒的妈妈……她也会同意我们的做法。"

房间里传来微微的叹息声。

"如果老苏现在还活着，大概不会赞同我们的做法吧？他是个很注重落叶归根的人，不会选择让自己的孩子流浪太空的……"

"现在他死了，被虚无者的病毒眨眼间夺走了性命，死在他热爱的土地上。"江源幽幽地说道，"你觉得这个结果会是他想要的吗？"

"别这样，老江。逝者已矣……"

"所以我宁可让自己的孩子流浪太空，也不能让她生活在这样一个朝不保夕的世界里，等着落叶归根的那一天。"江源神色决然地说道。在说这句话的时候，他微微抬起头，越过房门的缝隙注视着窥视的江乔。

"所以……你明白了吗？"江源轻声说道。

惊慌失措的江乔落荒而逃。

江乔从回忆中惊醒过来，在月色中蜷缩起身子，像是想起了什么令她害怕的事。

"我该怎么办？"她对着空气轻声问。

父女间正式的谈话是在两天前进行的。那时江源已经确定了林睿搭乘的飞船到达地面的时间,张博叔叔为此已经往林睿的家乡跑了好几趟,寻找适合的监视位置。江乔能越来越清晰地感觉到,父女之间全面摊牌的时间很快就要到了。

时间回溯到两天前。六月十三日的傍晚,江源将江乔叫到了地下室。这一个月以来,他一直和张博在地下室秘密筹划着他们的行动。

地下室光线昏暗,高处一台日光灯投射出一团白色的光晕,照亮了灯光下那个瘦弱的男人。

其实单看外形,已经很难辨别他身上作为"人"的痕迹了:胸口以下的部分被机械包裹着,关节部位接满了导线。胸口处连着一根透明的输液管,通往不远处一罐半人高的浅蓝色的液体。那是维持机械关节正常运转的能量液,原本是应用在运输机器身上的。太空项目开始建设后,社会经济整体发生了衰退,引发了一场声势浩大的工厂倒闭浪潮。工人拆卸了闲置的机器,收集了能量液卖往黑市换取食品券。

江乔的父亲江源,工人们口中公认的老好人,原本是悬浮车加工厂的车间主任。秩序纪元到来后,他在国家全力合并资源建设航天项目的浪潮中失去了工作,在险恶的时代里依靠失业保险与接一些零散重活,艰难地维持着家计。在航天计划导致社会整体经济与生活水平倒退,反对航天项目的示威游行最为疯狂与不受控制的年代,他站出来支持国家的战略举措,并呼吁人们不要再为千疮百孔的社会秩序添加新的动乱。

愤怒的人们没被他高尚的人格打动,反而往他身上砸了一个燃烧瓶。

浑身上下被重度烧伤的江源被送往医院,却被告知已经没有足够的床位与医疗资源来救治他。因为缺少药品与医护人员,感染了虚无者病毒的患者,已经挤满了这座城市每一个医疗场所的每一个角落。

老好人江源，最后被工人们抬到一家黑市诊所进行救治。医生为了挽回他的生命，给他的身体大规模地替换了机械制品。最终他们保住了江源的生命，而代价是，他的余生要靠密密麻麻的导线与成罐的能量液维持着半人半机械的生活。

在江源从昏迷中悠悠转醒的那一天，媒体铺天盖地报道了南半球小国公开斥责航天大国只意图带走社会精英分子，而准备抛弃广大普通民众和落后国家人民的人口携带计划。尽管官方一再对这一斥责进行否认与辟谣，但围在江源身旁的工人们都注意到，老主任眼神里有些东西，变得和以前不一样了。

"我知道，你一直是个聪明的姑娘。"江源声音嘶哑，似乎单是说出这句话，就几乎耗尽了他全部的力气，"我这些天来准备做的事，想必你都清楚了。"

"我不想听这个。"江乔站在阴影里，内心隐隐抗拒接近那个被她称作"父亲"的男人。

"我知道你心里在想什么。是不是觉得，我这个当爹的是混蛋，是禽兽。"江源艰难地转过头望着江乔，"我在强迫你欺骗一个无辜的人，这种感觉很不好受，我知道。"

"我不想听这个。说得再多又有什么意义？你会因为一个人的感受改变想法吗？即使那个人是你的女儿？"江乔的声音有些发颤，"虚伪的善意，倒不如没有。"

"虚伪的善意？不不，你理解错了，小乔，这次确实是你理解错了。"江源收回目光，忽然剧烈咳嗽起来。

"你别说话了,你的嗓子受不了的。"

"我没事。"江源捂住胸口摆了摆手,艰难地呼吸着冰冷的空气。短暂的思考之后,他低声问道:"你知道电车理论吗?"

"那个古老的心理测试?"江乔愣了愣。

"古老? 不不,它一点也不古老。"江源笑了笑,"我们不妨一起回忆一下这个故事。一列火车从远处开来,左右有两条铁轨。一条铁轨上捆着一个孤独的胖子(不要在意为什么是一个胖子,那只是描述实验的人添加的一些有趣的元素,尽管这个实验本身一点也不有趣),另一条铁轨上捆着十个普通人,火车正高速朝着有十个人的那条铁轨移动。这时你站在离他们很远的地方,来不及救出任何一方,但是你手边,有一根可以掉转铁轨方向的扳手。"他停顿了一会儿,让江乔消化这个设定的重量,"这时让你做出选择,你该怎么办? 是看着火车碾死那十个人? 还是掉转车头,碾死那个无辜的胖子?"

"为什么是我要做出这个选择?"江乔反问,"这个责任是谁强加给我的?"

"没有谁给你强加责任。"江源淡淡地说道,"只是你很不幸地恰巧站在那儿罢了。"

"如果我选择无动于衷呢?"

"那你将眼睁睁看着十个普通人失去生命。十个家庭因此破灭,尽管是火车的过错,但你的内心会受到折磨。"

"所以,那个孤独的胖子就应该为那十个人去死吗?"

"没有谁规定什么人必须为什么人去死,生命也许生而平等,但在生死存亡的关头,高处的决策者必须做出最优的选择。牺牲一个人救下更多人,每个人都会认为这是值得的。"

"包括那一个被牺牲的人吗?"

江源沉默了一会儿："他不会知道这一点。如果他知道，我想他也是会理解的。"

"你觉得你对我说这样一个不知所谓的理论，我就会因此理解你吗？"

"不知所谓？"江源依旧是笑，像是在安慰一个哭闹着要吃糖的孩子，"其实你一早就理解我想表达什么，我知道你一直很聪明。"他长叹一口气，"林睿是个好孩子，之前我不该反对你们在一起……珍惜你们最后的相处时光吧，没什么比爱人分别更令人痛苦的了。"

"我不理解。"江乔强忍着泪水，"我不理解！为什么要把所有人都捆起来？我们可以，可以解开那些见鬼的绳子，让所有人都活下来，我们可以……"

"生活不是童话故事！"江源制止了江乔的失态，"好好想想吧，我们哪个人不是被这个时代牢牢捆在铁轨上？太空计划就是那个扳手，如果不想成为被火车碾死的人，就要想办法搭上那批撤离的飞船！"他痛苦地咳嗽起来，像是要把整个肺一起咳出来，"你明白了吗？林睿有那枚芯片，那枚可以被飞船安检系统识别的芯片。"他极力克制住自己的情绪，"你知道那枚芯片可以救下多少人吗？那些可以获救的人里，包括你，包括你的母亲。即使是这样你也不在意吗？"

空气忽然变得沉默。排气扇在什么地方发出嗡嗡的低响。

江乔低声啜泣起来。

"你只想着自己的事……你根本不知道我们之间发生了什么。"她蹲下身子蜷缩成一团，用江源听不到的声音低低说道。

"林睿那个傻孩子可能还不知道，自己已经成了那个孤独的胖子。"江源朝江乔挥挥手，"到我这来，孩子……这个世道总是在逼我们做出艰难的选择，我知道，孩子……"

　　江乔伏在父亲身边，双手遮着脸颊默默流泪。没人知道她在想什么。

　　这是秩序五年六月十三日的傍晚，女孩伏在父亲怀里失声痛哭。同一时刻，越过万米高空，林睿正从一个不断重复的梦境中醒来。梦里一个女孩轻轻亲吻了他的额头，流下了一行冰凉的泪珠。

秩序五年，六月十六，废弃公寓。

　　林睿站在一片令他熟悉的白色光幕中，十二号站在一旁为他提供时间碎片的使用指导。

　　"其实你不是第一次接触时间碎片，对吧？"十二号带着林睿走过那条闪烁着无数碎片画面的长廊，"前辈应该带你来过这里，以普通人的体质是无法任意进入时间碎片的，前辈应该对你进行过改造了。"

　　"我想应该是这样。"林睿环视着这片没有边界的白色旷野。在久远的过去，一个浑身是血的男人气喘吁吁地站在林睿面前，和他约定要一起对虚无者发起决死冲击。

　　"这个时间碎片是前辈留给我的，那时我刚刚获得意识觉醒，还不知道该怎么利用时间河隐藏自己，前辈就把他的时间碎片赠给了我，要我坚持信念，坚持奋战。"十二号轻声说道，"虽然我还不知道自己的信念是什么……"他顿了顿，低声赞叹道，"不管怎么说，前辈可真是个有情有义的真男人。"

　　"形容词听着怪怪的。"林睿笑了笑，"你大概很希望成为像他那样的人吧？"

　　"开玩笑吗？我一直在奋力追赶他的脚步。"十二号语气坚决。

　　"你上一次见到你的前辈，是在什么时候？"林睿问。

　　"秩序三年，就在你和你的江乔姑娘一同进入虚无者的雾区之后。"

"江乔……"林睿在念这个名字时还有些生涩,"她也去过雾区?"

"你们同时受到虚无者的邀请。"十二号停在一组碎片画面前,"很遗憾我不能提供你们进入雾区后的画面,但幸运的是,前辈为你们保存了大部分的相处画面,从秩序元年一直到秩序三年,够你看很久很久了。"

"我们的……相处画面?"林睿伸手去抚摸悬浮在空气中的时间碎片,碎片里的江乔在对着林睿微笑。林睿看着那张温柔的笑脸,心底忽然莫名生疼。

自己到底……忘记了多少事?

林睿狠狠握住了时间碎片,浓稠的白色光幕随即将他整个吞没。

回忆是一件没法控制的事。一旦回忆开始,就好似堤坝上涌出的涓涓细流,不经意间会忽然化为溢满脑海的滔滔洪水。在不断闪烁的画面里,林睿看见了虚无者发难的那个雨夜,飞射的导弹在夜空中划出明亮的轨迹,而后在半空绽开流星般的火光。在那片火光下,林睿与江乔紧紧相拥。

而后,他们相恋了。

秩序纪元到来后,江乔加入了一家秘密进行衰萎病疫苗研究的地下机构,但那个机构很快因为徒劳无功的研究进展而失去了资金资助。失去了工作的江乔不得不赋闲在家。那段日子里林睿不止一次向江乔承诺:"放宽心,我养得起你。"

林睿在秩序元年进入了太空站工作,终日观察着江乔头顶的黑色太空,并和他的团队一起为灰星的课题研究做出了巨大贡献。在太空执勤的日子里,林睿时常会与江乔分享那些独一无二的极致美景。

"你看过太平洋上的落日吗? 我是说从太空里?"林睿兴奋地向江乔描述,"当你看着那些波澜壮阔的景象时,会忽然觉得人类的存在竟是如此渺小。"

　　他有时也会忧心忡忡地告诉江乔："每隔一段时间，地球上就有几个光点熄灭。那代表着那个地方已经没有人居住了，也许是沙尘和瘟疫迫使他们迁移了，可是他们还能迁往哪里去呢？"

　　更多时候他是在通信软件里给她留言："我在地球的背面望着你的城市，那个小小的光点让我安心。此刻阳光在恒定地向着你推动，而我在想着你。"

　　江乔则会在林睿回到地面时，给他看她栽种的花草，看他像个孩子一样上蹿下跳地赞叹。

　　"你看，这些绿色的生命，即使是在最黑暗最艰难的岁月里，也在顽强生长。"江乔指给林睿看，"我们时常会忘记敬畏自然的力量。想想我们的思想有多狭隘，人类的末日，不代表就是自然的末日。"

　　"我们不会走向末日的。"林睿吻了吻江乔的额头。

　　可是江乔的父亲反对他们在一起。

　　"他的工作太繁重了，一年十二个月有七八个月在太空工作，地面上发生的很多事他都不了解。"江源向江乔解释，"你看看现在外边这么乱，一旦出了什么意外，谁能第一时间保护你？"

　　江乔知道父亲其实还有一半话没说出来。如今航天计划在地面上并不讨人喜欢，在航天领域工作的人出行都要隐瞒自己的身份，不然保不准什么时候会被疯狂的反对者威胁或伤害。

　　可是江乔不在乎，也不害怕——林睿也从不害怕，不是吗？江乔很快搬进了航天局给职工家属分配的住房，那里也是被新秩序严密保护的地方。她在那儿养着她的花斑猫与植物，仿佛外界的一切都和她失去了关系。当林睿从太空归来时，江乔陪着他蜷缩在沙发上，静静听着夜晚的风声，很长时间不说一句话。他们用内心在交流。

"这个时代很糟,可是有你在,我不会害怕。"江乔伸手揉乱了林睿的头发。

"我也是。我唯一害怕的,就是你会害怕。"林睿俯身亲吻江乔的脸颊。

烛光照着两个年轻人互相依偎的身影,美好得令人心疼。

但世界上似乎存在这样的魔咒,越是美好的事物,其实越是脆弱。譬如生活,当你以为平静的日子会永远持续下去时,裂变总是毫无征兆地降临,将你珍视的一切美好摧毁殆尽。

时间来到了秩序三年。这一年对世界而言也是动荡的一年。二月美国爆发了第二次内战,战争在四月结束;随后新秩序又在全球开展针对反抗势力的打击行动,虚无者也配合新秩序在人类世界再次释放了肆虐的病毒,用以震慑潜在的反新秩序行为。江乔的母亲就是在这一轮病毒席卷中病倒并陷入深度昏迷的,这引发了江源对虚无者与新秩序巨大的愤怒,进而更加反对江乔与林睿在一起。

但这些对林睿与江乔而言,只是灾变到来前的预兆。真正将他们彻底分离的,是虚无者向二人发出的邀请。

那是秩序三年七月的一天,新秩序的行动队敲开了林睿家的房门。他们是来告知林睿与江乔,虚无者希望在雾区里会见他们。这些高深莫测的外星访客,似乎想给林睿与江乔展示它们的某样新发现。林睿犹豫了许久,最后接受了虚无者的邀请。

事后林睿无数次回想那个时刻,都会忍不住假设,如果当时不接受那个邀请,后来的结局会不会不一样。

但时间的残忍之处在于,它从不允许假设,没有谁可以对已经发生的事做出任何改变。

秩序三年七月十一日，江乔与林睿一同走进了雾区。

那也成了这个时间碎片里最后的记忆。

林睿脸色苍白地从迁跃点里钻了出来，公寓小屋里的众人无言地看着他。

"我就猜到他会是这副死样。"罗磊哼哼了一声，"你们还非得给他看那段记忆。"

"至少他总算想起了他的过去。"苏小艺吐了吐舌头，"虽然看他现在这样，还不如没想起来好。"

"我大概知道那段记忆里都有什么。"罗磊满不在乎地耸耸肩，"都是一些过去几年他和那个姑娘共同生活的点滴，就像你和那个清理者一样。"罗磊指了指苏小艺，后者则微微收起了调侃的表情，笑容变得有些僵硬。

"林睿和江乔最关键的记忆，是他们进入雾区的那一天，弄清楚那个时刻发生的事对我们来说才是最重要的……"

"等等。"曹斌打断了罗磊的发言，"我注意到一个细节，罗磊技术员，你刚才好像是说，你一直都知道江乔的事？"

"多少知道一些。"罗磊一愣。

"那你为什么不早点告诉他？"曹斌伸手一指仍处在失神状态的林睿，语气里带着一丝愠怒，"如果今天不是遇上了我们，天知道林睿还得忍受多少折磨？你明明知道他在意的是什么，知道一切却装作一无所知的样子很有趣吗？"

"在你无端地指责我之前，我只希望你搞清楚一件事。"罗磊冷冷地说道，"我不清楚林睿和江乔在雾区里都经历了什么，但他们从雾区回来后，我偶然看到了一份手术报告,上面清清楚楚地记着一件事:当初虚无者之所以给林睿进行记忆清除手术,是林睿主动向它们要求的!"

众人愕然,惊疑不定的目光纷纷落在林睿身上。林睿像是有些不可置信似的后退了两步:"这不可能……"

"那份报告的复印件,现在还在我的办公桌里,你想要的话随时可以调取。"罗磊冷冷地说道,"原件保存在新秩序的数据库里,虽然有点麻烦,但想要看到也不是没可能……但这些都不是重点,重点是你现在明白了没有?你会忘记过去的一切完全是你自己的选择,是你想要忘记那些事!"

"闹了半天,原来是你自导自演了一出记忆丢失的戏?"苏小艺感到自己的感情受到了欺骗,"亏我还那么同情你,看来我瞎了眼。"

"我……我得是受了什么刺激?"林睿对此表示难以接受,"我这不是……自己折磨自己吗?"

"天知道你在发什么神经。"罗磊抬眼一瞪林睿。

"这样就可以解释一些现象了!"十二号低头沉思着,"大概在林技术员主动接受记忆清除手术后不久,我能明显感受到虚无者的畏惧情绪减弱了很多,就好像那些让它们害怕的事忽然消失不见了。"他抬头注视着林睿,"林技术员在虚无者的雾区里必然经历了什么特殊的事件,一种可以直接威胁到虚无者存在的事件……"十二号渐渐提高了语调,"现在我们知道清理者和虚无者其实是统一战线的,虚无者害怕的事很可能也是清理者害怕的事。这样说来,林睿丢失的那段记忆里,也许隐藏着最终战胜虚无者和清理者的方式。"

"正经起来还挺像那么回事的嘛!可是你不就是清理者吗,你不知道自己文明的弱点?"苏小艺歪着头打量着十二号。

"清理者的社会结构是一个标准的金字塔构造,除了金字塔顶端的至高权威,没有人真正了解自己文明的全貌。"十二号轻声说道。

"但是那些记忆现在被你清除了。"曹斌瞪大了眼睛,"你为什么要那么做?"

"老大,我现在和你们一样茫然。"林睿哭丧着脸,"我也想这么问我自己。"

"但是……我刚才的分析其实还是存在疑点。"十二号忽然补充道,"如果虚无者已经意识到林技术员是巨大的威胁,以它们的力量要追杀林睿可以说是轻而易举的,为什么还要舍近求远地清除林睿的记忆呢? 而且还不是虚无者强制进行清除,而是由林技术员主动提出的,这点在逻辑上说不通啊! 最后,虚无者特意邀请林睿与江乔进入雾区,究竟是要告诉他们什么事呢? 不对,应该说,虚无者究竟让他们俩看到了什么? 他们又做了什么让虚无者害怕的事? 这其中未知的因素实在太多了。"

"这样说来,眼下还有一种最大的可能……"曹斌缓缓说道。

"林睿是不是保留了记忆,也许对虚无者而言并不重要。"罗磊接过话来。

"可是虚无者的畏惧的确减弱了。"十二号顺着他们的话头分析道。

"那个时刻,虚无者的雾区里,除了林睿,还有谁在那?"苏小艺也隐隐反应过来。

林睿脸色转眼变得铁青。

"江乔……"他轻声吐出了这个名字。

张博蜷缩在一堵矮墙后边,隔着空旷的街道向一号公寓张望。

原本今天他的任务是摸清林睿的出行规律,画出他每日出行的必经之路,而后再安排江乔上场,在路上佯装一场"纯属巧合"的"不期而遇"。这一招是张博从碰瓷界的前辈们手中学来的。早些年路边常有打扮得花枝招展的漂亮姑娘站在荒郊野外拦车,路过的单身男司机看见了以为是姑娘在野外迷了路,便"善心大发"地邀请姑娘搭乘他的顺风车。这时路边早已埋伏好的姑娘家人就会齐刷刷蹿出来"抓现行",一口一个"流氓非礼",一般出场台词都是"天杀的混蛋,居然糟蹋了咱家姑娘,这事大家是上法院见还是交钱私了,自己看着办"之类的套路。司机为了脸上那点面子,一般都会老老实实出钱消灾、息事宁人,并从此以后痛下决心再也不多看路边姑娘一眼。但是路边蹲点的姑娘并不担心,因为迟早会有下一个鬼迷心窍的司机停在她身边。张博作为在生活底层摸爬滚打三十年的老江湖,更是深谙此道。

但今天计划似乎略微出现了偏差。自从林睿毫无征兆地从学校里绑走了一大一小两个姑娘后,张博顿时对他计划的可行性产生了质疑。他不由得感慨如今的年轻人还是比老一代更生猛一些,竟然是把人扛起来转头就走……想象一下,江源如果用那么一个柔柔弱弱的江乔去吸引林睿……结果大概无异于肉包子打狗……

所以他觉得以保持观察为上策。但渐渐地张博发现有些不对劲了,往日里无人问津的废弃公寓区,今天似乎格外热闹。这么一会儿已经来了两队人马,都挤在一号公寓四层的一间小屋里,半晌也不见有人出来。

不过到目前为止张博并不担心。这个地方远离闹市区,而且根据他的观察,附近也没有新秩序的人在暗中监视,屋子里那一大帮人也不像特别有战斗力的样子,看起来简直是为强行带走林睿创造了一个绝佳的环境。张博感到江源的一番布置基本都白忙活了,他们也许根本不需要江乔亲自出马,就能把这事搞定。这样也好,以免两个年轻人见面后再起什么波澜。多年来阅人的直觉告诉张博,这对情侣在这个时代注定不能长久地走下去……

远处传来细微的震动声,而后震动声由远及近不断增大,很快整个路面都跟着一起晃动起来。张博脸色一沉，探头往长街那头望去，一列锈迹斑斑的旧公交正在朝这里飞速驶来，卷起半人高的尘埃。公交车是在如今的街道上已经消失不见的老型号了，没有悬挂车牌，车窗上也沾满了干硬的泥浆，看着倒好像是刚刚从时间隧道里开出来的……总之不论怎么看都不像是正常的公交。

"今天这里有点热闹过头了吧？"张博被眼前的阵势吓了一跳。看来今天是没法按照原定计划执行了，这满满几车人马怎么看都不像是恰好来这里转悠的，不出意外必然是针对公寓里的人，张博可不打算留在这里掺和这趟浑水。

"林睿这孩子也真是命苦。"他微微叹了口气，"自求多福吧，小子。"

说罢他压低了身子，在公交抵达废弃公寓区之前离开了街道。

陈旧的公交车在公寓前的空地上缓缓停住，老化的刹车发出刺耳的嘎吱声。车门扭曲着滑向一边，车门后排列整齐的男人们机械地走下了阶梯，在一号公寓前的空地上整队完毕，整齐划一地面向公寓大门，有如精确控制的机器。

十二号站在窗边，只微微向外探了一眼，就满脸惊恐地缩回了脑袋。

"怎么了，一副见鬼了的表情？"苏小艺跟着向外瞥了一眼，"不就是一群排着队的大叔吗？这年头新秩序的交通工具都这么先进吗？"

"你说得没错，真的是见鬼了。"十二号神色凝重，转身环顾着房间里的所有人。

"是……刑天者……"他低声说道。

在场所有人除了罗磊，皆流露出一副茫然的神色，而罗磊的神色则与十二号一样,面如死灰。

　　所谓"刑天者",其实并不是十二号一时兴起给那群沉默的男人起的代号。这个名字是虚无者参考中国古代神话故事中刑天的形象命名的,是虚无者为新秩序创建的另一支秘密武装力量。但凡知道他们存在的人,只要听到这个名字就会不寒而栗,因为这是一支由死人组建的部队。他们生前感染了虚无者的病毒,身体各项器官逐渐衰竭,大脑则生出了巨大的肿块。虚无者一直都很清楚,只要是活人,就会有弱点。各个国家在建立新秩序行动队时,必然会藏有自己的私心,而虚无者需要的是一支绝对服从它们命令的军队。刑天者,就是在这一需求下应运而生的军队。虚无者夺走了他们的生命,却又操控着他们的躯体。因为早已失去生命体征,刑天者不会感到疼痛,也不会产生畏惧或退缩的情绪,是战场上一往无前的死士。仰赖虚无者对时间技术的纯熟利用,每一名刑天者都处在一个独立的时间河里,他们身体内的时间河相对于外界是近乎停止流动的,因此他们的躯体不会腐烂也不会衰败……虚无者最终建立了一支因死亡而永生的亡灵军团,好似古代神话故事中的刑天,被天帝斩去头颅后依然战斗不止。

　　"新秩序居然出动了这样的怪物来抓捕我们……是冲林睿来的吗?"罗磊脸色很不好看。

　　"喂喂,怎么就是冲我来的? 别把这种要命的事往我头上安哪!"林睿大声抗议道。

　　"也许我们之前的猜测还是错了,虚无者对林技术员……还是十分'珍视'的。"十二号沉吟道。

　　"怎么就十分'珍视'了? 你们这都是什么见鬼的形容词?"林睿几乎被气乐了,"现在我们要讨论的应该是怎么离开这里!"

同一时刻,空地上的上百名刑天者忽然开始了行动。他们如同鱼群一般汇聚在一起又迅速散开,转眼划分为四个分工不同的小组,如铁桶般将一号公寓整栋大楼包围。公寓楼道里扭曲的栅栏门被几名刑天者合力扯开,等候在楼道口的十余名刑天者转眼鱼贯而入。而在此之前有更多刑天者干脆放弃了楼梯,转而沿着水管与树干一路朝上爬来,很快第一批刑天者已经到达了林睿一行人所在的四层。

"稳住阵地,坚守防线!"十二号负责指挥房间里的所有人。林睿、曹斌、罗磊与十二号组成一道互相呼应的四角防线,将柔弱的苏小艺和于慧牢牢保护起来。外围四人手持的武器也可谓五花八门,桌子腿、拖把头和鸡毛掸子纷纷作为近战武器,被派发到了每个人手里。林睿此时手里就握着一柄红黄蓝相间的鸡毛掸子,马步一扎,竟摆出了一副少林刀法的架势,只是看似气势凶猛,实则漏洞百出。

两名刑天者打碎窗户冲进了屋子,还有两名从另一侧的水管爬了上来,顺着敞开的阳台冲了进来。紧接着房间大门被狠狠撞开,十余名面无表情的刑天者纷纷挤了进来,小小的公寓房一下变得拥挤不堪。

"注意了,接下来可能会有些颠簸!"十二号大吼道,猛地对着空气一挥手,一片白色的光带在他手中浮现,随后迅速向四周扩散开来。在第一批刑天者几乎要冲到林睿面前时,白色光带的范围也同时覆盖到林睿面前,构成一道透明的帷幕。眼前那名刑天者一头撞在了白色光幕上,随即整个人消失在一片刺眼的光芒中,接着从光幕的另一个方向蹿了出来,撞倒了一群他的同伴。紧随其后的两名刑天者同样消失在光幕中,这次他们是从靠近窗台的方向钻了出来,来不及止住脚下的步伐,连带着几名正在往上攀爬的刑天者一同摔落下楼。

"就是这样，一点点消耗他们！"罗磊哈哈大笑起来，林睿说不清这货是太过自信还是神经大条。

"小心！"苏小艺放声高呼。她是在提醒林睿。一名刑天者在穿过十二号设置的幕墙时并没有消失，而是径直冲进了四人组阵线里。当林睿与罗磊反应过来时，他已经高高举起了手里的电击棒。林睿使出浑身的力气反手赏了他一记鸡毛掸子，但来者像只是被蚊子叮咬了一般，没有任何反应，反手一棒砸在了罗磊肩上。罗磊哀号一声，痛苦地瘫倒在地，四人组的防线随即出现了空当。苏小艺在罗磊倒地的瞬间抄起了罗磊遗落在地的桌子腿，在空中抡了一个巨大的半圆，狠狠拍在了刑天者的脸颊上。刑天者闷哼一声，向后倒退了几步，摔出了光幕的覆盖范围。脸色有些发白的十二号连忙补全了幕墙的防御。

"这样扛不了多久！"曹斌高举板凳护在胸前，方才又有一名刑天者突破了十二号的防线，曹斌一个照面赏了他一记板凳，一击将他直接打出了防御圈。

"你能移动你的时间幕墙吗？"罗磊冲十二号大吼道，"我们可以和他们一边打运动战，一边想办法逃离这里！"

十二号有些惊奇地看了一眼罗磊："不行，我对时间河的运用还不稳定，一旦移动就不能保证防御的完整性了！"

"说得好像你现在就能保证一样！"罗磊一脚踹开了一名试图抱住他小腿的刑天者，肩膀上的伤口在隐隐作痛，"你这道防御墙还能撑多久？"

"最多两分钟！"十二号感到双手在微微颤抖，"也许一分半！"

"一分半？我看再撑三十秒就要到头了。"曹斌方才被一名闯入防线的刑天者抓伤了胸口，"见鬼，这帮怪物的指甲好像也很锋利！"

随着涌入房间的刑天者越来越多，一开始六人组还能获得一些闪转腾挪的空间，可现在他们连脚下起码的立足之地都快坚守不住了。白色幕墙的防御几乎要贴在刑天者的脸上了。苏小艺看清了那些所谓的"刑天者"的面孔，不过是生活中再平常不过的普通人，也许曾是上班族，也许曾是工人，也许曾是父亲。但现在他们都是虚无者社会构架中无意识无思想的底层部分，丧失了独一无二的灵魂，与齿轮无异……

"啊！"于慧看着他们的脸似乎是受到了惊吓，紧紧扯住了林睿的衣角。

"没事没事，他们进不来，哪怕进来了也有我们挡着呢。"林睿手忙脚乱地安慰小姑娘。今天她经历的事实在太多了，这不是一个七岁的小女孩可以承受的。

"可是……这些人……很凶残……"小姑娘哭得梨花带雨，林睿以为她是害怕这些人会伤害到她，可接着小姑娘又说道，"你们……冲在最前面……会死的……"

"原来是在担心我们吗？"林睿愣了愣，小姑娘的心思还真是单纯。他伸手揉了揉于慧的脑袋："放心好了，我们也不会有事的，你的家长会还没开完呢，任务还没完成前我是不会死的。"

"是啊，连班主任都被你绑到这里来了。"苏小艺在一旁哼哼道。

僵持的战局很快出现了崩溃的趋势，随着突破幕墙的刑天者越来越多，除了竭力维持防御完整的十二号之外，其他人几乎都扛起武器上前与刑天者厮杀成一团。于慧躲在了十二号身后，曹斌扔掉了武器，直接赤手空拳与一名刑天者扭打在一起，林睿和罗磊则合力对付另一个。苏小艺高举着曹斌掉落的小板凳，时刻预备着上前去给刑天者补上最后一击。

"小子你还有没有什么隐藏的大招没放出来？"罗磊大吼道，一名刑天者此时正试图掐住他的喉咙,而冒冒失失冲上来想帮忙的林睿,则被刑天者抬腿一脚踹翻在地,转眼不省人事,"这回我们是真的要扛不住了!"

"真的没有了……"十二号哭丧着脸,"用人类的游戏来形容,我这是才刚刚出新手村,结果接到的却是Boss(最高)级别的任务……能坚持这么久……已经是奇迹了!"

"我猜你游戏打得一定很菜。"罗磊挣脱开了那名刑天者,将他狠狠推出了防御圈,"别忘了,你可是我们中间唯一开启了作弊模式的人!"

"什么?"十二号愣了愣,"难道我无意中解锁了什么自己都不知道的隐藏大招?"

"你有时间碎片。"罗磊忍不住扶额,"那不是一个相对于现实的独立空间吗?现在用作临时庇护所再合适不过了吧?"

"可是……时间碎片只有我和林技术员能进去啊!"十二号怀疑罗磊是被揍傻了。

"只需要你们俩进去,这就够了。"罗磊神色坚决。

十二号茫然地望着罗磊,随即渐渐反应过来。

"罗技术员说得没错!"一旁艰难作战的曹斌大喊道,"林睿身上隐藏着也许能够改变战局的秘密,他是这里最应该被优先保护的人!"

"那你们怎么办?"十二号似乎从没有面临过类似的抉择,神情讶异,"我不能抛弃你们离开!我朋友已经够少的了,今天好不容易结识了这么多……结果要我一次性全部抛弃掉,坚决不可能!"

"怎么还跟孩子似的?"曹斌无奈地笑了笑,"你未来迟早要面临类似的抉择!为了一个最终目标的实现而不惜巨大的牺牲,你不是一直问我什么叫信念吗?告诉你这就叫信念!你的前辈就非常明白这一点!"他这么说的时候,目光下意识朝苏小艺望去，女孩只是淡然地理了理发角，表情里看不出喜怒。

"如果我是前辈，绝对不忍心抛弃这么好的姑娘！"十二号的目光也落在苏小艺身上，"'抛弃'这个词怎么能和信念挂上钩呢？老曹你别欺负我读书少！"

"你以为信念就是一往无前的冲锋吗？"曹斌大踏步上前，以膝盖为武器踢碎了一名刑天者的下巴，"告诉你，在必要的时刻后退是信念，能直面惨痛的失败是信念，信念有无数种体现或存在的方式，包括此刻抛弃你的队友！这对你来说需要巨大的勇气不是吗？拥有这份勇气，也是信念！"

十二号的脑回路还不能理解为什么大家忽然都要赶他走，他像个要糖吃却被拒绝的孩子似的委屈地望着曹斌。

"够了，听着不觉得肉麻吗？"罗磊受不了这样中二气息满满的对话，干脆把昏迷不醒的林睿拖到了十二号面前，"那个谁，你现在带他离开这里！"

"带他走吧，只要你们安全离开，再大的牺牲都是值得的。"曹斌挥了挥手，"新秩序的目的必然也是要带走林睿，我们并不是他们的目标，所以他们不会太为难我们的。"

越来越多的刑天者冲进了房间，曹斌与罗磊没有心思再对十二号进行传道解惑的劝慰了，他们转身与成群结队的刑天者扭打在一起，以躯体为城墙拦住刑天者，为十二号争取时间。苏小艺这时走到了十二号面前，轻轻取下了她手里的戒指。

"这枚戒指是你的前辈送给我的，他告诉我，里面藏着一个十分重要的秘密。"她轻声说道，"好好保管它，别让它落到清理者或虚无者手里。如果有机会见到江乔，就把这枚戒指交给她，她看到了应该会明白的。"

"怎么听着像是临终托孤一样？"十二号哭丧着脸，小心翼翼地接过了戒指。

"真正的英雄,心底都藏着一只魔鬼,魔鬼会告诉他什么时候该放弃,什么时候该拼命。"苏小艺狡黠地笑了笑,"这一点,你和你的前辈相比还差得很远。"

十二号望着苏小艺沉默了一会儿。

"我会回来找你的,不管过了多久,不管隔了多远。"他郑重地承诺道,声音很轻,却莫名带着万钧之力。

那个瞬间,苏小艺感到自己仿佛看到那个男人又站在她的面前,隔着悠长的岁月,他们对视。

他说:"等到一切结束,万水千山,我也会来找你。"

空气中闪过一片耀眼的白光,整个房间随之被点亮。白光闪过后,十二号和林睿站立的地方只剩下一片空旷。苏小艺紧紧搂着于慧,在穿堂而过的呼啸大风中理了理发角。

傍晚时分,七号和九号到达了废弃公寓区。

"真是……一片狼藉……"七号望着混乱不堪的战场。公寓外墙上竟布满了脚印,水管也被扯得歪七扭八,房间里碎裂的桌角和折断的鸡毛掸子散落满地……知道的会说这是刑天者和反抗势力激烈交锋的战场,不知道的还以为这是什么大型家暴现场。

他们刚刚逮捕了聚集在这间屋子里抵抗的四个人。说起来四人的身份简直五花八门,航天局的技术员,物理学院教授,小学语文老师……甚至还包括一个小学一年级的孩子,最关键的是,这个孩子居然还是新秩序驻太空站代表的孙女。

"这都……什么乱七八糟的情况?"七号挠了挠后脑勺。

"这里到底是什么情况我不清楚,我只清楚,我们抓住的人里边,没有林技术员。"九号语气有些沉重。

他们赶到时战斗已经结束了,刑天者正在押送四人前往新秩序大厦。他们只略微扫了一眼就明白大事不妙。

林睿并不在其中。

"所以……追踪远远没结束。"七号幽幽叹了口气。

"于慧的爷爷是新秩序的代表?"曹斌铐着手铐坐在警车后排,脸色有些阴沉。

"怎么了?"苏小艺看他神色有些不对。

"我……想到了一些事……"曹斌陷入了沉思,脸色一变再变,看上去似乎想到了什么很可怕的事。

良久,他缓缓抬起头。

"我们来分析一下今天发生的事。"他轻声说道,"首先,林睿为什么会来参加于慧的家长会?"

"是我爷爷让林睿叔叔来的。"于慧被曹斌的样子吓住了,小声回答道。

"你想到了什么?"苏小艺小心翼翼地问。

"首先说说于谨文。我听说过他,他是新秩序的人,曾经也是行动队的一员,甚至负责过刑天者的看管与调度工作,对新秩序和虚无者都有一定了解。"曹斌冷冷地说道,"那么问题来了,结合于谨文的身份和林睿缺失的记忆,再加上你手里掌握的秘密,你觉得,林睿今天来出席你开的家长会,会是巧合吗?"

"你是说这一切都是于慧爷爷设计好的?"苏小艺一愣。

"他和虚无者接触了这么久,必定会对秩序三年林睿身上发生的事感到好奇……"曹斌的声音变得越来越低,似乎又陷入了新的思考中。

"无论如何,这个人现在的目标和我们是一致的,都是为了弄清楚林睿和江乔在雾区里究竟看见了什么。"曹斌忽然笑了笑,"从理论上来说,这个人是我们的隐藏盟友。"

于慧在一旁眨着眼睛仔细聆听,似乎是在努力理解大人之间复杂的关系。

"可是……罗磊呢?"苏小艺忽然问道,"我记得他在车上曾经说过,他和于慧爷爷是带着不同的目的来的……"

曹斌闻言微微愣了愣:"这个人……我总觉得他似乎知道很多事,但却装作什么都不知道的样子……"

接着他四下环顾了一圈,神色有些茫然:"罗磊他……人呢?"

第十幕

坐上火车盛大逃亡

秩序五年,六月十六,"泰山"中国船坞。

调度中心刚刚进行了一轮欢天喜地的庆祝。中国舰队的第二艘飞船"夸父"号,刚刚在进行了近地轨道的短暂巡回航行后缓缓停泊进了港口。五年时间里建造两艘百万吨级的飞船,这对整个工程团队而言都是不小的考验,而飞船的最终竣工并投入使用,无疑使奋战了无数个昼夜的工程人员感到无比自豪。

但新秩序派驻"泰山"的代表却表示了他的担忧。

"社会上对太空计划的仇视程度在与日俱增,我真担心,未来会有不法分子对舰队做出什么危险举动……"

"我们不是有识别芯片吗?"总工程师安慰道,"有飞船的安检系统在,没人能够对舰队产生威胁。"

"可是……如果芯片也变得不可靠了呢?"新秩序代表的担忧依然没有消退。

"说到芯片的事,昨天新秩序大厦发布了一条通告,航天局有一位技术员好像遭到了反抗势力的劫持?"

"你是说林睿吧?"代表摇了摇头,"这个人在新秩序算一号名人了,虚无者似乎对他格外重视……至于你说他被劫持,我怎么记得报告里说的好像是他劫持了别人逃跑?"

"这些不是重点。"工程师耸耸肩,"一位携带芯片的技术员被劫持了,新秩序为什么不立刻注销他的登船资格?"

"这话去问虚无者吧。"代表也是满脸疑惑,"我说过了,新秩序任何既成的规定,到了林睿这儿好像就行不通了……"

两人对着舷窗外无穷无尽的黑色太空沉默了一会儿。

"虚无者身上的秘密,就和这片太空一样阴暗。"末了,代表轻声说道,像是一声轻叹。

秩序五年,六月十七,凌晨时分。

江乔从梦中惊醒。远处似乎有什么细微的动静。她猛地爬起身,拉开了百叶窗。

庭院里一片明亮,无数人影在灌木丛后闪动,江乔甚至听见了枪械上膛声和钢铁撞击声。巨大的危机感在心底炸开,江乔来不及换鞋,赤着脚跑去拉开房门。

张博举着手站在江乔的房门前,似乎正在犹豫要不要敲门,恰巧遇上江乔一把扯开了房门。

"啊!"江乔惊叫了一声,看清了来者后又松了口气,"张博叔叔。"她伸手指了指门外,"外面那些人是谁?"

"他们都是你父亲手下的工人。"张博轻声说道。

"父亲手下的工人?"江乔的神色渐渐冷静下来,"你们已经准备行动了,对吗?"

"是。"张博点头,"我们刚刚收到确切消息,林睿并没有被新秩序抓走,但新秩序正在大肆搜捕他。他现在正在废弃公寓区,这是我们最后的机会了。"

"你们不会成功的。"江乔毫不犹豫地说道,"林睿对虚无者和人类的意义,远比一枚芯片要重大。"

"是吗?"张博扬了扬眉毛,"小乔,很多事都有它的两面性。你知道我们费了多大功夫,才联系到一家有能力破解芯片保护程序的组织吗? 你知道芯片破解成功后,我们可以救下多少人吗? 几十条生命的意义还不及一个林睿重要?"

江乔不置可否地摇了摇头。她大概知道父亲他们想在芯片上动的手脚。江源会需要江乔帮助,并不是真的要实施张博的什么"路边偶遇"计划。实际上,由于航天局的芯片是核心设计,想要摘除它不能依靠蛮力,而需要芯片持有者主动取出。如果不是这样,芯片会第一时间检测到有非法摘除程序在进行,进而会迅速采取自毁进程,那整个计划就失去意义了。所以计划的关键就是,要找到一个愿意主动交出芯片的持有者,可世上怎么会有傻到将自己的登船票拱手让出的人呢?

江源相信林睿就会这么做。

只要江乔需要他这么做。

一旦顺利摘除芯片,那家地下机构会对它特有的序列号进行破解,并复制出无数个足以以假乱真的序列号,工程师会将它们装载到盗版的芯片系统里,最终在登船环节骗过安检扫描。

地下机构有自己的情报来源,他们分析了太空舰队的构造后得出结论,小规模的人群混入是有可行性的。飞船的循环系统在设计之初,就考虑到了旅途中可能的人口增长，包括人体冷冻设备都设置了备用舱位，因此只要在安检环节能够顺利欺骗电脑，舰队即使发现登船人口比原定人口多出了一小部分，也会用备用冷冻舱来弥补缺口。

但是经过破解的原版芯片会立即失去作用，它也不可能再被装回到林睿身上，盗版的序列号也无法和他身体里的正规系统兼容。并且，为了保证所有登船者的安全，林睿也不能再离开这里，他将被囚禁在江源为他准备的囚笼中，一直等到舰队启航的那一天。换言之，林睿将被剥夺登船撤离的机会，留在这个日渐崩溃的世界里等待死亡。

他成了电车理论里那个要被牺牲掉的孤独的胖子。

"你父亲……他做这一切都是为了你啊……"张博看江乔的表情仍是不以为意，不由得哀叹，"你就一点都不理解他的苦心吗？"

江乔痛苦地闭上眼睛。窗外嘈杂的声音刺得她耳朵生疼。

"我理解他的苦心。"她轻声说道，"所以我才最后再劝他一次。"她深吸一口气，"放弃行动吧，你们不会成功的。"

张博的神色变得很失望。

"我知道了，小乔你好好休息吧。"张博默默转过身，风中飘来了他梦呓般的低语，"所谓父亲，不就是在孩子们质疑的目光中默默爱着他们吗？"他的声音随着背影一同远去。

林睿在一片浓厚的黑暗中睁开眼，茫然地四下张望着。

"醒了？"不远处有一个低低的声音对他说道，"睡了这么久，你是猪吗？"

"十二号？"林睿听出了这个声音，随即他感到浑身上下一阵酸痛，"见鬼，我怎么感觉刚刚像是被牛蹄子踩过一样？"

"你被刑天者打晕了。"十二号淡淡说道,"采访一下,对在战斗中成为我方唯一伤员有什么感想?"

"我能说为此感到万分荣幸吗?"林睿眉毛一扬,"都什么时候了,还开这种玩笑?"说着他站起身四处看了看,发现他们原来还在一号公寓里。此时正是深夜,微弱的月光从残破的窗帘照射进来,在地板上投出摇曳的影子。

"其他人呢?"林睿感到疑惑,"为什么这么安静? 大家都去哪了?"

十二号苦涩地笑了笑,蜷缩着身子靠在角落里,向着林睿默默张开了手掌。

苏小艺的戒指静静地躺在十二号的掌心,在月光下泛着柔和的微光。

初夏的穿堂风吹过安静的小屋,摇晃的树叶发出细细的沙沙声。两个男人各自坐在房间角落里,月光无声地将他们分隔开。

"所以,他们拖住了刑天者,为你争取了时间,让你带着我躲进时间碎片?"林睿低声问道。

"他们说,勇气也是信念的一种体现。"十二号细细摩挲着那枚戒指,"过去我一直不明白这句话的含义,但现在,我大概明白了一些。"

"什么勇气信念,都是用来教唆人去送死的口号。"林睿没由来地感到恼怒。他的眼前再度浮现出虚无者降临之夜,他为了所谓的"信念"几度冲进枪林弹雨中,忍受着巨大的痛苦……却什么也没有改变。

"你以为拿性命来拼搏,是在向着信念前进吗? 实际上到底在被谁利用还说不准呢!"林睿愤愤说道。

"林技术员,你的信念熄灭了。"十二号看上去有些失望,"那他们牺牲自己来保护你的意义又在哪里呢?"

林睿愣了愣,随即意识到自己的失态实在是莫名其妙。

"好了小鬼,这事还轮不到你来评头论足。刚刚是我情绪过激了。"林睿神色有些不自在,"你刚才说,苏小艺留给你的那枚戒指里藏着一个重大秘密?"他闭上眼睛长吸了一口气,"那个秘密是……和江乔有关的?"

"对。"十二号愣了愣,"你有什么计划吗?"

"有。"林睿轻声说道,声音透着苦涩和期待,"我们……去找江乔吧。"

两人在黑暗空旷的公寓区小道上前行,十二号忍不住问林睿关于江乔的故事。

"你见过虚无者的容器吗?"林睿笑了笑。

"见过,那十六根黑色柱子对吧?"十二号一愣。

"你说是柱子,我倒觉得像是擀面杖。哦,你没有吃过饺子,大概不知道那是什么,那是一种厨房用具,用来把面粉擀成饼状……回头有机会请你尝尝我的手艺。"

"好啊,你可得记着这事。"十二号开心地摩拳擦掌,"可是这和江乔姑娘有啥关系?"

"因为我们头一次对话,就是围绕虚无者的容器,到底是像擀面杖还是像大米粒的争论展开的。"林睿撇了撇嘴,"最后她赢了。"

"我想起老曹曾经和我说过这么个道理,他说女人都是天生的辩手。"

"老曹说过这么深刻的话?"林睿愣了愣。

"老曹这个人就很深刻。"

"想来也是,当时我们在前哨营地的时候,他就是第一个高呼要创造历史的人。"

"这两年多亏有他照顾。"十二号低笑,"他让我伪装成他们学院的学生,每天跟着他一块去上课。"

"那站在我面前的岂不是半个物理学家了?"林睿揶揄道,"你们是怎么认识的?"

"这得从清理者内部出现的觉醒现象开始说起。"十二号目光变得有些深邃,"觉醒现象从两个文明来到地球之前就陆续产生了,但起初只是不起眼的个例,更像一个系统里随机产生的扰动或病毒,至高权威很快能发觉,并将其铲除。但接触地球文明之后,两个文明中开始出现成群结队的觉醒现象。觉醒者为了躲避迫害会选择借助人类社会进行隐藏,我也是在前辈的介绍下认识了曹教授,在他的帮助下躲过了至高权威的追杀。"

后来人们在分析虚无者与清理者内部的觉醒现象时,一致认为这是人类文明对两个外星文明的反向影响。两个外星文明虽然有发达的科技水平,但社会结构实际上仍十分原始。极权统治虽然保证了社会秩序的稳定性,但同时也抹杀了文明内部的革新与创造力。在虚无者与清理者接触人类文明之前,两个外星文明尚没有自由意志的概念,社会中偶然出现的自由意志者也都被当作异端迅速处决,没有造成广泛深刻的影响。但在接触人类文明后,看似以至高权威为首的极权社会构造正在一点点改造着人类社会,但早已深入人心的自由平等观念并非是一朝一夕可以撼动的。所以反而是人类的自由思想不断传入两个外星文明的世界,在暗中影响着千万被压抑的底层生命,促进两个文明内觉醒现象的产生。

"虽然觉醒者的数量与日俱增,但至高权威仍占据着绝对强大的力量,我们无法与之抗衡,只能四处躲避。"十二号轻声叹息道。

"听起来倒像是革命年代里被反动派追杀的革命党人。"

"历史总是惊人的相似。"十二号笑了笑。

"你个外星生物还扯上我们人类的历史啦?"林睿捶了捶十二号的肩膀。

"我一直认为,我们这几个文明,内核里总是会有相通的地方。"十二号叹了口气,"如果不是因为战争,也许我们可以坐下来好好聊一聊,聊聊天气,聊聊文学。"

"你知道这不可能。"林睿摇了摇头,"从你们来到地球那一天起,三个文明各自的立场已经注定了。"

"是啊……真是一件遗憾的事。"十二号的神色也有些黯然。沉默了一会儿,他忽然反应过来:"我好像尽顾着打岔了,你接着说江乔的事吧。"

"她啊。"一说到江乔,林睿的目光就变得有些迷离,"她是一个超棒的姑娘,你没有见过她大概不知道,她棒极了,是各种意义上的。她有世界上最清澈的眼睛,就像湖水一样平静,当你注视着那双眼睛时,内心也会变得无比宁静……"

"你对那姑娘,得是多无可救药的喜欢?"十二号调侃道。

"可是,这样一双世界上最清澈的眼睛,却一度被我遗忘了。"林睿无视了十二号的调侃,语气有些低沉,"我现在越来越好奇,两年前到底发生了什么,会让我能狠下心,选择忘记那个女孩。"

空气忽然变得沉默。

"真希望会是什么重要的理由。"末了,林睿低低地说道,"不然,我自己都没法原谅自己……"

夏日的夜空中忽然吹来一阵狂风,异变在下一刻忽然发生。远处一辆灰色面包车毫无征兆地向着这里疾驰而来,卷着气流从林睿和十二号面前滑过,狠狠停在了两人几步开外的地方。而早在车辆停稳之前，车门就已经被粗暴地扯开，一车蒙着面的暴徒从车门里拥了出来，林睿甚至没来得及做出反应，就被两名暴徒摁倒在地。一旁的十二号鸡贼一些，见势不妙转身就跑。一名暴徒慢悠悠地给电击枪填充能量，抬手对着十二号的背影连续开枪。十二号顿时发出了杀猪一样的哀号瘫倒在地。

"到底有多少人在追杀你！"十二号被拖着从林睿面前经过时哭丧着脸大喊。

"我也想知道！"林睿被摁在地上动弹不得，"伸头缩头都躲不过这一刀吗？"

林睿话还没说完，一个黑色头罩已经铺天盖地地遮住了他的视线。

黑暗中什么人牵着林睿的手，带着他穿过了一条长长的走道。空气中湿度很高，而且隐隐泛着一股霉味，大概是在地下室之类的场所。当头罩再次被扯开时，刺眼的灯光照得林睿几乎睁不开眼。他努力适应着眼前的光线，一面观察着四周的环境。很快他意识到，自己是被带到了一个类似调度室的小房间里，头顶一盏日光灯正对着自己的眼睛。光线只照亮了房间很小一部分范围，林睿注意到陈旧的显示屏和电路板在角落里堆成了小山，墙壁上爬满了青苔，天花板也接近剥落。

新秩序什么时候落魄到要用这种地方做审讯室了？林睿感到好奇。

"你好，林睿。"有人坐在黑暗里对他说道。

"我不好。"林睿微微侧过脸躲开灯光，"罗磊他们在哪？"

"什么？"黑暗里的人似乎没听明白。

"你们难道不是一个小组的？"林睿冷冷说道，"几个小时前你们才抓了其他几个人,你们不会就已经忘了吧?"

对面微微沉默了一会儿,接着黑暗中传来一阵窃窃私语。

"大概是把我们当成行动队的人了……"

"也许是我们的行事风格太生猛了?"

"我就说我们其实可以用更平和一点的手段……我看老张之前提的那招就挺好,可惜小乔不同意……"

"你们到底是谁?"林睿大声问道。他注意到对面黑暗中隐约闪动着好几个人影。

"他在问我们了,谁上去告诉他?"

"别看着我,我对审讯这活也不熟啊……"

"谁让你审讯了? 万一把这小子惹毛了,销毁了芯片,咱们就白忙活一场了……我们需要先把他的情绪稳住。"黑暗中又是一阵轻声细语的交流。林睿猜想这帮人也许之前从没干过绑架的活,所以看上去一副没什么经验的样子……不过仔细想来这样的经验就算你想学也没处教,基本全靠实战训练了。

"好了好了,我来说。"有人制止了黑暗中的讨论,而后缓步走到了灯光下。

"林睿,你还记得我吗?"灯光照亮了张博的脸。

"张……叔?"林睿一时失语。他当然认识张博,因为那是江乔的叔叔。

"是我。"张博神色复杂地注视着林睿,"过了这么久,没想到以这样的方式再见……实在是世事难料。"

"你们把我绑到这里来,是想做什么?"林睿问,语气里却没有太强烈的质问意味。实际上,当他看到张博的那一刻,脑海里瞬间只剩下一个问题。

江乔……这些年还好吗?

"林睿……这事我也不知道该怎么向你开口……"张博看着面前这个满脸憔悴的年轻人，心底忽然涌起一阵愧疚的情绪，"我们遇到一些麻烦，可能需要你的帮助。很抱歉用这样的方式把你带到这里来，我们也是迫不得已。"

"我的帮助?"林睿一愣。

"你也知道，现在国家正在加紧对太空舰队和保留区的建设，前段时间新秩序已经公布了保留区划分方案，大部分人口在未来十年将被陆续迁入保留区。"张博缓缓说道，"十几亿人口集中在一起，难以想象会产生多少社会动荡……一旦出现什么意外，保留区很可能将成为人间地狱。"

"可以想象。"林睿轻轻点头。

"因此我们才需要……"张博正准备和他谈一谈芯片的事，这时他的手机忽然微微振动起来，是江源打来的。张博脸色微微变了变，滑开了接听键："怎么了?"

"点到为止吧，你已经说得够多了。"电话那头传来江源沙哑的声音，"剩下的交给小乔来好了。"

"你要让小乔来?"张博一愣，微微转过身避开林睿，"这有必要吗? 两个人两年多没联系，也许早就没有以前的感情了，这时让他们见面不是节外生枝吗?"

电话那头沉默了一会儿。

"相信我，他们的感情比你想的要深。"江源幽幽地说道，"让江乔来说服林睿，是最合适不过的选择了。"

"希望你的判断是准确的。"张博回头看了一眼林睿。

"你们都离开那儿吧，小乔正在过来的路上。"江源命令道，"你现在到家里来一趟，我在地下室等你，有些事要和你商量。"

"这里不用留人看守吗?"

"交给老梁他们负责。"

"老梁看得住吗……"

"怎么,难道你还担心小乔会带着林睿逃跑吗?"江源语气里带着一丝愠怒。

"不排除这个可能性。"张博想起他们出发前江乔的态度。

"你信不过小乔?"

"不是我信不信得过的问题,这事实在太大了,稍有差池我们就功亏一篑了!"张博焦急地说道。

"我相信我的女儿! 在这种关键问题上,她不会做出糊涂的选择!"江源冷冷地挂断了电话。

张博站在原地愣了愣,跟着发狠似的跺了跺脚:"老江在想什么呢? 他是想害死我们吗?"

跟着他向等候在一旁的一名工人嘱咐道:"我现在要离开一会儿,江乔会来接替我的位置。"

"这对小情侣终于要见面了吗?"工人满脸八卦。

"我不管他们曾经经历过什么,或是有多深厚的感情。老江也许对他的女儿绝对信任,但我不会,尤其是在这么重要的事情上。"张博压低了声音,"所以我不在的时候,你要牢牢看住他们俩,一旦发现林睿想要逃跑,就开枪射他的小腿!"

"这……不太好吧?"工人听来不由得面露难色。

"反正,我们只需要他的手臂保持完好,不是吗?"张博冷冷地说道。

　　林睿坐在原地有些茫然。他还不明白刚刚发生了什么事,为什么张博和他聊着聊着忽然转头就走了,而且再回来时脸色变得难看了许多。

　　"所以你们需要我做什么?"林睿顺着被打断的话题问,心底其实隐隐猜到了答案。如果保留区不安全,他们能去的地方不就只有太空舰队了吗? 林睿在这件事上能够做出的贡献……大概就是身上的那枚芯片吧? 但虚无者和航天局共同研发的芯片是这么好获取的吗? 在外星科技近乎无懈可击的保护程序下,张博这点微弱的努力无异于飞蛾扑火。林睿认为自己有必要向张博发出警告,新秩序对任何窥视芯片的人,一向都施以毫不留情的毁灭性打击,这个时候打芯片的主意显然不是明智的选择。

　　"听我说,张叔,破解芯片从保护程序……没有你们想象的那样简单。"林睿组织着语言。

　　"你已经知道了?"张博一愣,"这样也好,省得我们再绕弯子了。"

　　"是的,我知道。而且我非常理解你们现在的处境,但相信我,识别芯片不是什么人都能控制的……"

　　"这个话题先放一放吧。"张博摆了摆手,"一会儿会有其他人来和你接着说这件事。"

　　"其他人?"林睿疑惑地望着张博。

　　"你的江乔,她要来见你了。"张博转身拉开了房门。

　　同一时刻,中国太空站。

　　于谨文心事重重地走进办公室,发现办公室所有的灯光都熄灭了。一片黑暗中,一个浑身泛着白色光晕的男人默默坐在于谨文的办公桌后,眺望着舷窗外的星空出神。于谨文站在原地愣了愣,随即意识到那个人只是一个全息投影。

"这个时候来找我,是要汇报任务进度吗?"于谨文没有开灯,在黑暗中慢慢地踱步,一面暗中打量着来者。

"被切断了与地面的一切联系,让你这个控制狂很难受吧?"男人头也不回,声音里透着一丝嘲讽。

"确实很难受,居然把我的小孙女也拖入了危险之中。"于谨文老实承认,"我猜到会有人从中动手脚,但没想到会是你。"

"看来我的隐藏非常成功。"男人低头凝视着自己的手掌,"难怪我的人民都向往人类的生活,人类,果然是非常奇妙的物种。"

"你入侵了这具人类躯体?"于谨文装作漫不经心的样子,但脚步正缓缓朝着控制台走去,那里有一个信号发射器,"你是虚无者,还是清理者?"

"对你们来说,有什么区别吗?"男人意味深长地笑了笑。

"也是,你们都是侵略者,都是我的死敌。"于谨文点点头。

"老实说,我很敬佩你的坦然。"男人有些惊讶,"而且我更敬佩你的隐忍。我查过你的档案,你的儿子和儿媳都死在虚无者的病毒打击下,而你居然还能顶着失去亲人的悲痛与仇恨加入新秩序,并一路爬到现在这个位置。"男人幽幽地说道,"这样看来,你们也是非常可怕的生物。"

"是,对付冷酷无情的敌人,首先自身要比它更冷酷。"于谨文淡淡地回答。

"说得好。"男人轻轻鼓掌,"我忽然开始欣赏你了。你愿不愿意正式效忠于清理者?"

"原来你是清理者?"于谨文默默计算着自己与发射器之间的距离。

"当然,虚无者整个文明都只是我们的傀儡,至高权威才是站在两个文明顶端的生命。"

"你们的社会结构还真是古老。"于谨文笑了笑,"知道吗? 几千年来,人类历史上的每一位帝王都自称是神明的代表,自认为比天下万物都更高贵。但他们现在都死了,躯体深埋在地下,渐渐腐烂成尘埃。"

"这算是委婉的拒绝吗?"

"你可以自行理解。"于谨文微微眯起眼睛。距离还是不够,但靠太近的话也许会被对方怀疑。

"老实说,你有勇气,也有智慧,借助我们的力量你可以成就一番大事。"男人神色似乎有些遗憾,"可你居然拒绝了。"

"抱歉,中国古语有云:道不同,不相为谋。"于谨文冷冷说道。

"可是你的勇气和智慧统统用错了方向。"男人忽然摇了摇头,"我猜猜看,你不惜暴露自己也要帮助林睿恢复记忆,是听说了秩序三年的事吧? 你认为林睿手里握有足以威胁虚无者统治的巨大秘密。你想获取它,并将它公布到人类世界,以此要挟虚无者,对吗?"

"你都知道了,再问我是想嘲笑我吗?"

"不不,我很敬佩你。"男人话里满满的都是嘲讽,"我敬佩你,在对那段历史几乎毫无理解的情况下,居然如此坚定地制订了行动计划。"

"什么意思?"于谨文停下脚步。

"林睿知道了什么秘密,我不清楚,但也不重要。"男人轻声说道,"因为是他自己主动要求清除记忆的。"

"什么?"于谨文瞳孔微微扩张,心底渐渐升起不祥的预感。

"林睿的记忆并不重要,他是为了某个人而清除的记忆,一个棕色眼睛的女孩。"男人轻声说道,"而那个女孩所知道的一切,才是整件事的核心所在。"

良久的沉默后,于谨文惨然一笑:"就是说,我一直搞错了重点,是吗?"

"现在看来，确实如此。"

"那么，你呢?"于谨文话锋一转，"你贵为清理者，虚无者的主人，一切混乱的幕后操控者，这么多年来，都不知道有这样一个威胁你们统治的女孩的存在，你们又能好到哪里去?"他继续缓缓踱步，"而且虚无者在秩序三年邀请林睿进入雾区，这件事你们当时并不知情吧? 看来你们的仆从也在打着自己的小算盘。你不觉得，你们看似牢不可破的统治，实际上危机四伏吗?"

"对那个女孩的忽视，确实是我们的失误。"男人将目光转向窗外，似乎对于谨文失去了兴趣，"但在昨天的行动中，我无意中得知，他们将秘密都藏在了一枚戒指里。而我现在，只需要获得那枚戒指，就能获取事情的全部真相。"

"戒指?"于谨文微微一愣。

"哦，你还不知道昨天都发生了什么吧? 我忘了你的消息渠道都被切断了。"男人冷笑，"不过这些现在都不重要了，无论是那个女孩，还是那枚戒指，或是所谓的我们危机四伏的统治，这一切很快就和你没关系了……"

"是吗?"于谨文抛弃了顾虑，径直走到显示屏前，打开了编辑界面。与此同时，走廊外响起了密集的脚步声，一队全副武装的士兵正在朝这里赶来。

"你在做什么?"男人的目光朝这儿扫来。

"我很早就意识到有人试图切断我和地面的联系。"于谨文飞速操作着机器，"因此我运行了一个黑客软件，切入了附近一个民用卫星的信号，现在我正在将这些信息上传到新秩序的官方网站上。"他完成了信息的编辑，并附加了一个文件链接，正是刚才两人对话的视频文件，"换句话说，清理者先生，我在将你的军。"

"你给我住——"男人愤怒地站起身。

于谨文狠狠敲下了发送键。

办公室大门无声地滑向两边,士兵们蜂拥而入。

"杀了他,就现在!"男人大吼道。

一阵密集的枪声,转眼一切又归为静止。空气里仅剩一片死寂。

唯有一则已经完成发送的邮件,正穿过茫茫太空,经由近地轨道上运转的一颗民用卫星,向着脚下的蓝色星球飞射而去。

邮件的主标题是,罗磊是隐藏的清理者!

于慧猛地抬起头。一旁的苏小艺注意到于慧的失神,满脸关切地问道:"怎么了?"

"不知道……就是有种……很奇怪的感觉。"小姑娘皱着眉头捂住胸口,"就像是……忽然弄丢了什么东西。"

"没事没事,老师在这呢。"苏小艺轻轻将于慧搂在怀里,"老师不会让任何人伤害你的。"

"孩子是吓坏了吧?"曹斌轻叹道,"这一天发生的事太多了,感觉就像回到了虚无者降临的那一天。"

"不知道林睿他们现在到哪了?"苏小艺搂着于慧靠在冰凉的瓷砖墙上,目光越过行动队看守所的穹顶,延伸向未知的远方。

"希望他已经见到江乔了。"曹斌耸耸肩,"这样一来也算没有白遭这趟罪。"

"什么白遭这趟罪? 我和于慧才是最大的受害者好吗?"苏小艺翻了翻白眼,"这事原本和我们就关系不大吧? 我们好像完全是被林睿这个混蛋牵连进来的。"

"真的毫无关系吗?"曹斌意味深长地笑了笑,"那么你给十二号的那枚戒指是怎么回事?"

"那是……他留给我的。"苏小艺气焰一下子弱了下去。

"那枚戒指里,到底有什么?"曹斌不由得好奇。

"那里面……有一整个世界。"苏小艺轻声说道。

调度室内一片安静。除了头顶的白炽灯不时发出电流的杂音之外,整个房间里再没有其他声音。灯光只照亮了林睿头顶的一小片空间,光圈之外的领域都隐没在黑暗中,好似一道无形的囚笼。真是安静哪,安静得就好像全世界只剩下林睿一个人。

人一静下来就容易胡思乱想。林睿忽然发现自己这几天过得简直不能再衰了。他好像永远在被暗处的大人物们牵着鼻子走,一会儿是新秩序的代表需要他如何如何,一会儿是觉醒者需要他如何如何,现在连江乔的叔叔也来掺和了一脚,蹦出来说需要他如何如何。每个人似乎都需要他,每个人似乎又只把他当作工具。他永远在这个混乱的时代中随波逐流,被命令,被裹挟,被推动着去向不知结局的远方,却好像从来没有真正为自己而奋战过。至于那个结局是不是林睿想要的,没人在乎这一点。古板脸说,我需要你完成任务目标。罗磊说,那个女孩的记忆重要吗? 重要的是他们隐藏了什么秘密! 张博说,我需要你身上的那枚芯片……世道艰难,还希望你理解我们……

是啊是啊,每个人在这乱世中挣扎都需要做一些迫不得已的事,或者做出迫不得已的选择……但他们在一步步完成自己所认为的"正确的事情"的过程中,正在一点点偏离原本的自己,变得冷酷,变得陌生,变得不择手段。

十二号说,这是信念。呸呸! 信念会是这个样子的吗? 这样的信念倒不如不要!

每个人都围绕在林睿身边，觊觎着他身上某个可以为他们带来利益的部分，却没人真正考虑过，他想要的是什么。

真是……孤独啊……林睿想。

而后他无法抑制地想起了江乔。

那个世界上最棒的姑娘，那个温柔如水的姑娘，那个清澈的眼里可以倒映一整个星河的姑娘。

他们相互扶持着走过了人类文明史上最艰难的岁月，他们互相理解互相包容，他们相爱，就像长空与白云，飞鸟与鱼。

林睿的眼前闪动着无数关于女孩的过往画面，它们如同老式胶片电影一般，一帧帧地在林睿脑海里划过，她的悲伤她的喜悦她的忧愁和她的快乐……一帧一帧地划过。一个人对另一个人深沉的爱常常是说不出理由的，你会发现自己根本无从描述那样的感情，那段历经悠长岁月，那段由无数实际上微不足道却又莫名动人的细碎片段组成的感情，是无法用语言描述的。林睿的思想在沿着时光缓缓追溯，一直追溯到了时光的源头，追溯到虚无者降临之夜。

那是人类文明史上最悲壮的夜晚，数百万人在世界各地依次死去，只因为侵略者不可描述的野心。那个夜晚，巨大的火花在半空绽开，拖着长长的尾迹在夜空中划过，照亮了一整片黑色的大地。

在那片火光中，两个年轻人相拥在一起，用残存的一点点体温给对方带去一丝温暖。世上仿佛没有任何事物可以将他们分开，他们长久地相拥，直到世界末日到来。

调度室的房门豁然洞开，惊醒了昏昏欲睡的林睿。昏暗的灯光下，一个纤细的身影缓缓走来。

林睿的全部目光瞬间被那道身影吸引。那一刻,他只感到自己的大脑一片空白,空白得像一片望不到尽头的白色旷野。他张了张嘴,却发觉自己其实什么话都说不出来。从心底涌到嘴角边的,都是苦涩和幸福的滋味。

黑暗中走来的身影默默站在林睿面前,他们对视。一双清澈的眼睛和双浑浊的眼睛。清澈的眼睛里泛着泪光,浑浊的眼睛里透着岁月。他们就如此对视,仿佛周遭的一切都不存在了,他们的世界里只有彼此。

"你……来啦。"林睿微微颤抖着。

"我来了。"江乔微笑着,伸手抹了抹眼角的泪珠。

"我找你找了好久呀……"林睿也微笑。

"我知道。"

"我有很多话想和你说。"

"我都知道。"

"但是,现在我觉得那些都不重要了。"林睿笑了笑。

江乔用力擦干了泪水:"我也有同样的感受。"

她走到林睿身后,为他解开了手铐,拉着他站起身。

"还记得许多年以前,在前哨营地,你遇到危险时我对你说的话吗?"江乔拉住林睿的手。

"我记得。"林睿轻轻点头,"你说,'我会带你回家'。"

"跟我来。"江乔狡黠一笑,拉着林睿向着黑暗奔去。

他们穿过长长的走廊。林睿意识到他们原来是在地铁隧道里,一条锈迹斑斑的铁轨与他们并肩而行。昏暗的灯光间隔着延伸向远方,江乔拉着林睿飞速奔跑,越过一道一道的阴影,恍如林间精灵。

很多很多年后,林睿已经忘记了过去的很多事,但那个时刻,在昏暗的地下隧道奔跑的时刻,江乔带着他试图脱离命运的逃亡时刻,无论过去多久,林睿还是能清晰地想起,那是他心底最珍贵的金色阳光。

但很多年后的老林睿也明白,命运不是靠逃离可以改变的。年轻的他以为,所谓命运,都是被现实击垮的人发出的悲观言论,从来没有什么未发生的事是注定好的。他以为再次见到江乔,会是故事的开始。在一切悲剧都还没有发生的前夕,林睿以为他还有时间,还来得及改变未来。

但命运的线其实早在冥冥之中画下,注定的结局,其实早在秩序三年就已经为他们划定。他们试着挣扎,试着反抗,但在站在高处的观察者们看来,他们不过是在既定的轨道上略微迟滞了一会儿,仍在缓缓向着划定的结局前行。林睿与江乔再次的见面,实际上是故事的尾声,岁月的终章。

但是改变整个世界的狂风骤雨,在那个时刻,才刚刚开始。

穿过隧道后是一条通往地面的电梯。电梯早已停止运行了,两侧的扶手上甚至生满了藤蔓。两人沿着破败的电梯一层一层向上,微弱的光线从电梯尽头照射进来。

林睿想起一本描述核战争后的世界的俄罗斯小说,里面说因为核辐射的影响,地面已经不适合人类生存了,幸存下来的人类都躲进了地铁里,划分为无数个派系互相争夺资源。地面上则被受感染的变异怪物占领,怪物们各个凶残嗜血,随时可能侵入地铁世界屠杀人类。可怜的人类只能一边忍受着资源短缺的生活,一边为了保卫有限的资源而与同胞开战,一边又得胆战心惊地防备着地面上的怪物。故事里的主角是一个颇有些浪漫主义精神的大男孩,一心盼望着出去看看地铁以外的世界,他在旅途中见了无数人类派系之间的尔虞我诈,为了一块面包而对自己的同胞痛下杀手,对敌对派系人民疯狂屠杀、毫不留情,相比之下,地铁外面的怪物居然显得善良友好了。

小说的结局,男主角终于来到了他幻想已久的地面世界,看到的是满目疮痍,废墟遍地。他看到了人类曾经有过的辉煌的过去,也看到了人类此刻的落魄不堪。他的身后,苟活着的人类仍在互相厮杀,互相仇恨。

这样一个故事,对今时今日的世界而言,算不算某种预兆呢?

"这里是小南站,在我的家乡附近,是一座废弃的火车站。"江乔背对着微光回头看林睿,发丝在隧道深处吹来的微风中上下飞舞。

"我记得这里。"林睿轻声说道,目光注视着江乔的眼睛,"你带我来过一次,还记得吗?"

"生活大冒险。"两人异口同声地说道。随后,两人扶着扶手大笑起来。

"生活大冒险"是江乔和林睿共同发明的游戏。选一个阳光明媚的周末,搭上一班不知去向何处的班车,一路向着未知的终点前行,走到哪算哪。林睿有时会认真规划出行的路线,而江乔则会悄悄收起林睿的计划表。

"目的地并不重要。"江乔露出一丝调皮的微笑,"这是一场关于生活的大冒险,既然是冒险,最重要的其实是沿途的风景,和陪你一起远行的人。"

"真想念那个时候。"林睿流露出怀念的神色。

"我们现在就可以回到那个时刻。"江乔握住林睿的手。

林睿没有回应江乔的话,只是微笑着点了点头。

火车南站在老城区的边缘,自二十一世纪初建成以来,已经使用了几十年。近年来城市近郊修建起飞船零部件的制造工厂,为了适应大量工业器材的运载,火车南站的部分区域进行了扩建,划分出专门的工业材料运输区域,而原有的火车南站则因为日益动荡的局势而逐渐停止使用。如今枯草与藤蔓正在其间生长，将这里过往的辉煌埋葬其中。

江乔带着林睿穿过锈迹斑斑的检票口，沿着爬满青苔的楼梯进入候车厅。候车厅尽头的巨大落地窗几乎完全碎裂了，藤蔓遮盖了半边天空，斑驳的阳光从藤蔓之间洒进来，有如光斑汇成的雨点。

候车厅中央躺着两名昏迷的工人，十二号扛着半截木棍满脸得意地站在一片阳光下，对着林睿和江乔竖了竖大拇指。

"辛苦啦。"江乔对他笑了笑。

"小鬼，你是什么时候冒出来的？"林睿愣了愣。

"小江姐把我放出来的。"十二号一脸乖巧模样，"小江姐还切入了他们的通信系统，合成了他们领头人的声音，把驻守在这里的大部分人都骗走了。"

"谁教你一口一个'小江姐'叫的？"林睿不由得吹胡子瞪眼，"还喊这么亲呢？怎么没见你喊我林哥呢？"

"你要有小江姐一半威武，我一准喊你一声哥，不带丝毫犹豫的那种。"十二号撇了撇嘴，"连你都是小江姐救出来的，不是吗？人家好歹都是英雄救美，到你这好像完全反过来了吧？"

"啰唆！我那是运气太背了好吗！"林睿恨不能上去给满脸鄙夷的十二号扇上两耳光。

"好了好了，大家都没事就好。"江乔拍了拍林睿，"你怎么还是和以前一样孩子气。"

"男人心底深处都住着一个孩子。"十二号一副看破世俗的深沉表情。

林睿没想到这货看着一副老实样，心底居然还住着一个如此闷骚的灵魂，不由得感慨果真是人不可貌相。但眼下不是拌嘴的时候，他将视线转向江乔："我们接下来去哪儿?"

"带你离开这里。"江乔轻声说道，"我父亲，他想要你身上的芯片，来获取登船的资格。我不会让他这么做的。你我都清楚，识别芯片不是那么轻易就能够破解的，何况还有新秩序和虚无者为它保驾护航。某种程度上，阻止他获取芯片，也是在保护他。"

"那……我们……该怎么办?"林睿犹犹豫豫地问。

江乔凝视着林睿的眼睛，忽然神秘一笑。

"别担心，林睿。相信我，这一切很快会有一个了结。"

江乔话音未落，候车厅二楼忽然传来一声大吼，声音立即传遍了整个大厅。一名工人从二楼围栏探出头来确认了江乔一行人的位置，接着飞速朝楼梯口奔去，扯出对讲机向所有人发出警告。候车厅外顿时响起了密集的脚步声。

"见鬼，楼上怎么还有一个!"十二号急得跳了起来，"小江姐我们该怎么办?"

"跟我来。"江乔拉起林睿和十二号朝月台方向奔去。工人们在他们身后怒吼着追来，其中一个人甚至掏出手枪，对着江乔头顶的天花板开火，原本已经脆弱不堪的天花板随即整片整片掉落下来。

"你疯了吗! 万一伤到小乔怎么办!"身后有人愤怒地制止了开枪行为，"他们是在往死路跑! 月台上什么都没有，他们迟早要老实投降!"

林睿听见了他们的对话。他看着江乔仍不顾一切地带着他们往月台飞奔，不由得苦涩地笑了笑。

"江乔你听我说，我们可能跑不出去了!"林睿大声喊道。

"别说这种丧气话，你只管跟着我就好了。"江乔头也不回。

"有些话,我还是想现在说……我怕被他们抓住了,就再也没有机会见到你了。"林睿神色平静,"知道吗?有那么一瞬间我以为自己要永远失去你了,可你忽然又出现在我面前。老实说,我现在的感觉还像是在梦里一样。"

"别说了。"江乔声音有些颤抖。

"对不起。"林睿轻声说道,"我居然……会请求虚无者清除我的记忆……我居然……会选择忘记你。"他加重了语气重复道,"对不起。"

"不是这样的。"江乔停下脚步,语气忽然变得格外温柔,"你不知道这两年发生了什么……这不是你的错。"

"你还记得我……我却把一切都忘了……无论是出于什么理由,这都是背叛……"林睿陷入深深的自责中。

江乔神色变得黯然,林睿知道她内心还是在意这件事的。林睿一心只希望抚平这个姑娘内心的伤痕,却发现自己好像什么都做不了。

一直沉默不语的十二号忽然抬起头。

"你们听见了吗?"他神色忽然有些兴奋。

"什么?"林睿还有些茫然,江乔却慢慢展开了一个微笑。

远方传来了悠长的汽笛轰响,最初声音还十分细微,近乎难以辨认,但仅仅几秒钟后,那阵汽笛声就变得震耳欲聋……巨大的轰鸣声由远及近,一列火车正刺破空气朝着站台驶来!

江乔眼底闪着奇异的光。她转过身凝视着林睿的眼睛:"振作一点,你不必把责任都揽在自己身上。若真要说谁错了,也是这个时代、这个世界出了问题。从现在起,我们不讨论过去的事,想象这片广阔天地只有你和我,就我们两个。"

"这里原本就只有我们俩。"林睿疲倦地微笑。

"喂喂，那我呢?"十二号在一旁不满地嘟囔。他正在竭力维持一道巨大的空间幕墙，将前来追击的工人们阻隔在外。愤怒的工人们发现仅仅几步之遥的距离，他们竟然无论如何也无法穿过，只能对着江乔喊起话来。

"小乔，你要想清楚，放走了林睿我们的努力就都白费了!"

"你的父亲会很失望的! 现在回头还来得及!"

"小乔你离林睿远一点，老子要朝他开枪了!"

"跟我来。"江乔无视了工人们的呼喊，拉着林睿朝月台走去，十二号紧随在他们身后。他们穿过一道又一道光斑，穿过满地的青苔与草丛，向着逐渐升起的太阳奔去，向着属于他们的自由奔去。

远处的火车轰鸣声正渐渐减弱，巨大的车身在进入月台后缓缓减速。这是来接他们离开这里的火车，迎着阳光划破空气，穿越茫茫山河大海，要带他们去往天涯海角。

这是江乔精心计划好的，一场盛大的逃亡!

"你的女儿正在脱离控制……真不敢相信她居然真的这么做了。"张博站在日光灯照射不到的地方，脸色阴沉森冷，"那列火车是自动驾驶的，一个小时前从废弃的调度中心驶出，它的系统被人黑掉了。列车从一开始就设计好了路线，即使我们现在赶去拦截也是追不上的。"

"那通电话是她打的，我在她的房间里发现了伪造的录音。真不愧是我的女儿。"江源神色平静，"这些年她成长了很多，也学会隐藏秘密了。"他忽然无奈地笑了笑，"真见鬼，我感觉自己就好像旧社会追杀逃婚女儿的封建父亲。"

"接下来该怎么办? 林睿一旦逃脱，我们将失去获取芯片的最好机会。"

一场盛大的逃亡

张博沉重地叹气。

"如果真是这样,你岂不是也不能登船了?"

"我和你一样,早都是将死未死的人了,还能去和年轻人抢位置吗?"

"不,我们还是不太一样的。你已经了无牵挂了,可我还有。"江源淡淡地说道,"我可以原谅孩子一时的任性,不过也许……我们也该让她受一些小小的惩罚。他们的时速和坐标确定了吗?"

"确定了,已经给拦截小组发过去了。"

"通知他们出发吧。"

"已经通知了。"

"现在过来帮我一把。"江源挣扎着站起身,笨重的机械躯体发出一阵刺耳的摩擦声。

"你要亲自带队吗?"张博愣了愣。

"父亲应该为孩子的错误付出代价。"江源深深叹息,"傻姑娘还是太年轻,她居然天真地以为自己可以解开电车的绳索,可实际上她应该是那个,毫不犹豫扳动扳手的人。"

七号神色紧张地站在密集的队列中间,望着站在高处的男人。在他身边,新秩序下属行动队集结了整整三百名全副武装的行动队员,此刻正和七号一样,抬头仰望着正在高台上踱步的男人。

三百名行动队员身后,同样数量的刑天者则面无表情地凝视着前方,从他们身边走过的军官甚至感受不到他们身上哪怕一丝的生气。

"这是要有什么大动作了吗?"七号压低了声音说道。

"看这阵势,这是要去与什么人开战吧?"九号轻声回答,"据说还是清理者的代表亲自前来指挥队伍。"

"就是上边那个男人吗?"七号往高处丢了个眼色。

"还能是谁呢?据说他刚刚才在航天局那边清洗了新秩序内部的叛徒……"

"又是一个杀人不眨眼的魔头?"七号听来不由得心悸,"看来是要再起新的动荡了……"

"闭嘴。我们要出发了。"站在他们面前的组长低声呵斥道。

六百名荷枪实弹的男人,同时向着高处的男人挥手示意,从高处看来,这一壮观景象很难让人不回想起遥远的纳粹时代,整齐划一如机械的士兵们,向着帝国的敌人发起不顾一切的冲锋。

"很好,很好……"高处的罗磊轻声笑道,"这才是……秩序应该有的样子!"

"这列火车是专门来接我们的吗?"林睿好奇地四下观望。

"对,专为我们俩而来。"接着她注意到十二号满脸期待的视线,轻声笑了笑,"是为我们仨而来。抱歉,我总是忘记你。"

"习惯了,小情侣之间不都是这样吗?"十二号莫名傲娇起来。

"你们可以试着对这列列车许愿,它可以带你们去你们想去的任何地方。"江乔享受着窗外透进来的阳光。

列车很多年没有使用过了,走道与座位上落满了灰尘,阳光将车窗的阴影投射在车厢里,细碎的尘埃在阳光中跳跃。

"我没有什么想去的地方。"林睿坐在江乔对面,"就像现在这样,我觉得已经很好了。"他忽然嘿嘿一笑,"生活大冒险,不是吗?"

"生活大冒险也不能这么随便吧?"江乔扬了扬眉毛,眉眼之间却满含笑意，"我费了好大功夫才把这趟火车拉过来。"

"辛苦了。"林睿大笑起来。

"那你听我的，我们在下一站下车。你不是一直待在太空里，没有好好看看地面上的景色吗？"江乔用手提电脑操控着列车速度，"今天我就带你去，去看看地面上还没有被人们摧毁的美景。"

"真的……还有那样的地方吗？"林睿的笑容渐渐黯淡下去。

列车穿过了城市郊区。漫天沙尘从远空吹来，咆哮着覆盖大地，几株枯萎的老树在风沙中摇晃。远处的小镇点亮了高高的灯塔，用来指引在沙尘中行进的车队，一群裹着防风衣的孩子在破败公路旁的路牌后边躲避沙尘。穿过沙尘区后是一片连绵的工厂区，航天器的表面材料与零部件都在这里制造与组装，机械与工业的野蛮气息扑面而来。再往前行驶，经过一大片荒芜的平原，天气忽然变得阴沉下来。乌云降临时，四下变得如同黑夜般阴暗。低沉的雷鸣声自深空传来，车窗都随着雷鸣微微晃动起来。陌生的城市在远方亮起星光般的灯火，在地平线璀璨地闪耀。

林睿就这么坐在江乔对面看着她，变幻的光影在她的脸颊上流动，恍如流逝的时间。

列车最后驶入一片山区，雨水渐渐稀疏下来。他们在一个偏僻阴冷的山间小站下车，林睿脱下外套为江乔遮雨。

这座小站的历史似乎比小南站还悠久，候车区还是完全露天的，整个车站只有一间调度房和一条长长的月台。月台尽头竖着一杆路灯，在山区雨雾朦胧的雾气之间若隐若现，像是矗立在世界的边缘。

他们沉默地在山区行走，穿过一片空荡荡的村落。村子看上去和那座站台一样古老，都是旧时的砖瓦房。惊雷在远空炸响，惊起树林中的一群飞鸟。

林睿望着飞鸟远去的身影愣了许久。

"很久没见过这样的景象了吧?"江乔停下脚步。

"仿佛还是……童年时的记忆。"林睿轻声说道。

"我想我会永远记住这片天地。"十二号满脸陶醉,"在至高权威毁灭这一切之前。"

这话让所有人都沉默了许久。

他们沿着安静的山路向上攀爬,头顶的乌云在逐渐散去,柔和的阳光从云层间透出来。三个人都有些气喘吁吁了。

"这段旅程还真是一个不小的考验。"林睿低笑着。

江乔没有回答,只是不安地看着手表。

穿过一片树林,江乔转过身蒙住了林睿的眼睛。十二号见状,低声嘟囔了一句"我四处去转转啊",小跑着离开了这对眼里只有彼此的男女。

"怎么了?"林睿愣了愣,甚至都没有注意到十二号离开。

"接下来,你即将看到这个世界上最后的伊甸园,那是这个世上无与伦比的美景。"

"这个封号是你自己取的吗? 林睿笑了笑。

"没错。"江乔吐了吐舌头。跟着她松开了双手。

眼前的山路忽然延伸开来,一片水库在林睿面前辽阔地展开。水天相接的地方被弥散的雾气遮盖,仿佛大水是自天际落下的。一座墨点般的小岛孤独地矗立在清水中央,群鸟为它唱响清脆的曲子。落日在远方徐徐垂下,染红了整片水面,仿佛夕阳将要沉入这片红色的流水里。

"你说得对。"林睿沉默了很久很久,"这真的是……无与伦比的美景。"

"好好记住面前的这一切吧……以后可能再也看不到了。"江乔眼底泛起一层雾气。

　　"来的路上,我注意到你一直在看时间。"林睿望着江乔,"你在害怕什么事吗?"

　　"我害怕会失去你。"江乔轻声说道。

　　林睿整个人忽然愣住了。随即他伸手将江乔搂在怀里,用力地拥抱着她,像是要与她融为一体。夕阳拉长了他们的影子,投射在柔软的土地上。

　　"好了。一切都是我想象中的样子。夕阳,湖水,飞鸟。"江乔双眼紧闭,晶莹的泪珠沿着脸颊滑落。

　　"你是……有什么话想对我说吧?"林睿轻声问。

　　"我有一个很长很长的故事要说给你听。"江乔注视着林睿的眼睛,"一会儿你不论是感到疑惑还是惊奇,都不要打断我的话。我们……时间不多了。"

　　林睿观察着江乔的神情,发现她并不像是在开玩笑,于是郑重地点了点头。

　　"我答应你。"

第十一幕

命运的线

那是秩序三年的六月末,那时虚无者刚刚在全世界打了一个大胜仗。它们狠狠打击了反抗阵线在全球的抵抗力量,并震慑了一大批在暗中蠢蠢欲动的国家,在人类世界中的威望几乎达到了顶峰。

在这个背景下,它向我们发出邀请,去见证它的一项"神迹"。

我知道你肯定感到好奇,为什么会是我们俩? 说起来,其实是因为一次非常偶然的事件。还记得虚无者降临的那个夜晚,我们第一次进入雾区时,我看见的那个"魔镜"吗? 那时我们并不明白那是一种什么物质,或什么现象,而且在当时的条件下,我们也来不及对它进行更细致的分析,因为随后发生的一系列变化实在来得太迅速了。当然,这部分的故事是我们共同经历过的,我就不再赘述了。

关于这个魔镜,其实在当时的汇报中,我有意省略了一个细节没有提及,因为害怕打扰你们的思路。因为这个细节实在是……太匪夷所思了……

我在魔镜里似乎看到了自己。

是啊,最初我也感到不可置信,甚至在整个事件结束后的很长一段时间,时常都会在梦里梦见那一刻,这成为隐藏在我心底挥之不去的心结。哦,原谅我没有及时向你倾诉，因为我不希望你为我担忧。

我一直将这个秘密隐藏在心底，等待时间的流逝将它冲淡。因为那个时候，人类与虚无者之间已经宣告休战，人们也不再需要派人进入雾区与虚无者交流，因此我很清楚，不出意外的话，我应该不会再有机会接触到魔镜了。

直到秩序三年的到来。

那是秩序三年七月，一个有些阴沉的周日。我们乘坐直升机到达了海边一座小镇，虚无者在这个时间点的投影暂时停留在此地。就跟它最初到来时一样，以"米粒"容器为中心，半径五百米的范围，都被浓雾覆盖。

我们径直走到了"米粒"的脚下（哦，我们就擀面杖和米粒的问题似乎争论了很多次，不过只要你还和我在一起，这件事就永远会是我赢），虚无者的代表，也就是受它们控制的人类，西装革履地站成了两排欢迎我们。

你当时为这样盛大的礼遇表示担忧，走上前去询问一名虚无者，在观看了它们所谓的"神迹"过后，还能不能完整地离开这里。你说，黑帮电影里都这么演，知道太多的人是要被抹脖子塞进车子后备厢里的……你看，你总是会在紧张严肃的场合不受控制地说一些冷笑话，说了你多少次，就是改不了。

不过虚无者并没有理解你的冷幽默，反倒非常认真地告诉你，它们从来不开车，所以没有后备厢。啊哈，在冷幽默这件事上，你大概算是棋逢对手了。

简单寒暄过后，它们开始展示它们的"神迹"——一团肉眼几乎难以辨认的扭曲空间。它其实一直静静地悬浮在那儿，只是它实在太不显眼了，直到虚无者指给我们看，我们才注意到它的存在。

而那时的我，在看到它的一刹那，几乎立刻就意识到，这就是三年前我在虚无者雾区里看到的魔镜。

虚无者告诉我们，这是它们的"窥视之眼"，它们能够通过它看见未来可能发生的事。

是的,它们可以看见未来了。还记得我们最初得到的信息吗?虚无者虽然对时间的感受是呈非线性的,但它们仍受"跨越临界值"的限制,它们最远只能抵达现代,而不能再窥探往后发生的事了。

但这一情报显然出现了偏差。实际上虚无者很早就拥有了窥探未来的技术,只是应用尚不成熟。它们时常无法控制窥探入口的落点位置。说起来大概算是天意,我们第一次进入雾区的那天,虚无者的"窥视之眼"出现了不受控制的现象,它开始在雾区内四处闪烁,恰好被路过那片区域的我看见……

魔镜的视角是共享的,我能看见魔镜那边,虚无者也能看见。那一刻魔镜看到的数据,第一时间被系统记录并保存了下来。关于,我可能的未来的数据。当虚无者重新恢复对魔镜的控制时,魔镜积累的数据已经十分庞大了。虚无者后来花了很长时间去整理它们,并对其中可能有意义的信息进行分析,这部分我们随后会再谈到。通过这次失控事件,它们进一步改进了对魔镜的设计,使它的运行更为可靠牢固。秩序二年,虚无者在美国对魔镜进行了首次运用。它们通过魔镜预测了美国未来一年可能发生的动乱和战争,于是提前准备了相应的应对措施。

你可能觉得好奇,秩序三年明明依然爆发了内战,世界依然持续了很长一段时间的动荡,虚无者窥视未来的意义在哪里呢?

我们不清楚虚无者究竟通过魔镜看见了什么,但有一点可以确定:它们并不能看到全部细节,仅仅能把握大致的发展方向。它们无法精确预见战争会在哪一天爆发,也无法确定反抗组织会在哪一天发动忽然袭击,但它们可以看到事件发生后对社会造成的影响,因为影响不会只在某时某刻发生,影响具有延续性。例如,虽然它们无法预见战争爆发的时间,但它们能通过战争爆发后社会的动荡向前推算,不断缩小战争爆发的时间区间,而后再有针对性地展开应对。由于我们不清楚魔镜预见的未来是怎样的,所以我们也不清楚虚无者改变了多少未来。但我们可以想象一下,如果没有虚无者的提前介入,也许内战的规模会比我们想象的还要大,反抗阵线也许能策划几次成功反击,虚无者的力量可能受到很大的削弱,它在全球的统治地位也不会建立得这样顺利。

在经过秩序二年的成功应用后,虚无者对魔镜技术的掌握能力也上了一个台阶。接下来我们可以谈谈之前被跳过的话题了:对魔镜收集数据的整理。大概是在秩序三年五月,虚无者从海量数据中挖掘出了关于我的那一部分信息,随后它们感到了巨大的惊恐,似乎是那段信息中有什么令它们畏惧的内容。它们需要确认那段信息的准确性,于是它们再次找上了我们。这也就是为什么,偏偏是我们俩,收到虚无者的邀请,去观看它们所谓的"神迹"。

接下来,是故事的关键部分了。

虚无者让我们两个人站在那片魔镜前,随后它们启动了魔镜。

魔镜开始显示一些图像。起初那些图像还十分模糊,但我们在魔镜前站立的时间越久,图像就变得越发清晰。

"我即将看到老太婆江乔了。"你大笑道。

"林睿老爷爷好。"我也不甘示弱。

魔镜显示的图像很长,也很复杂。我看到我们未来将度过的漫长而充满波澜的一生。我们会争吵,会互相讨厌,又会再重归于好,就像每一对老夫老妻那样。不知道为什么,我觉得这会是一件很幸福的事,有一个人可以陪着你吵吵闹闹地过完一生……

但在场的虚无者忽然表示出了巨大的惊恐。它们与魔镜的联系更为密切,能感受到我们体会不到的变化。

接下来我们也注意到,有什么地方开始变得不对劲了。流动的画面告诉了我们这样一个故事:你会随着太空舰队启航,你将到达人类文明的新家园,在那里你将组建起自己的团队,致力于研究维度打击领域的武器。与两个五维空间文明的战争,教会了人类许多事。人类的科技也开始往高维研究发展,而你将成为他们的中坚力量。随后,已年过花甲的你向人类世界提议,反攻地球。而这时的地球早已被清理者全面控制,虚无者完全沦为了清理者治下的奴隶。反攻地球的人类舰队得到了底层虚无者的全力支持,三个文明之间的敌对关系发生了转换,人类的力量从未变得如此强大。人类与虚无者的联盟经过艰难的血战,最终逼迫清理者不得不选择退出三维世界,从此日渐走向衰弱。而虚无者则接受了人类的接济。人类为虚无者在月球建设了一片保留区,给它们提供了技术支援,保证虚无者文明的基本延续。你看,历史似乎总是喜欢这样循环往复。

而我们看到的这些未来,其实虚无者很早就预见到了。早在魔镜技术产生之前,虚无者就根据人类文明与清理者文明的特点,做出了两条预言。第一,清理者未来必定会奴役虚无者,因为二者之间有着巨大的实力差距;第二,人类必然会在未来某一天,反过来战胜清理者。这个预言乍听起来似乎很不合逻辑,因为清理者文明的强大,是连虚无者都要为之畏惧的,凭什么它们会认为人类可以战胜清理者呢?这一点其实要结合两个外星文明的社会特征来分析了。清理者的强大,其实只是相对人类而言,人类只是缺少反击清理者的手段。但清理者文明内部的极权统治,必然导致社会进步的停滞,它们的科技和文化都是僵化的,进而也不会有创新,更不会有发展。而人类文明不同,我们总是不断在诞生新的科技,发现新的定律,我们的起点虽然远远低于清理者,但凭借人类科技的发展速度,假以时日,人类文明其实可以成长为比清理者文明更强大的存在。

因此,虚无者做了一个大胆的计划。它向清理者建议,允许少部分人类撤离地球。它们对清理者至高权威的解释是,人类内心的自私与阴暗面,必然会导致被留下的人拼命阻拦撤离计划的实施,如此一来,人类社会就会陷入动荡与混乱中,虚无者可以借此削弱各个国家的抵抗力量,进而更加稳固地建立自己的统治。

可实际上,虚无者暗地里借助魔镜技术,窥视着人类社会未来可能的战乱。而后它们尽全力控制,并减轻那些战乱对人类文明的影响,用它们的力量为太空计划保驾护航。它们努力保证撤离计划能顺利实施,保证人类能在太空中留下一颗发展的种子。

因为它们相信,这颗种子未来将成为它们战胜清理者的希望。

因此,魔镜对你未来的显示,不过是进一步证实了它们的判断罢了。不过虽然它们知道流浪太空的人类,在未来一定会诞生反击清理者的领军人物,但它花了很多年在全球寻找这样的人,预测了无数人的未来,却始终没有找到,为此它们曾一度感到忧虑不已。不过它们没想到,自己今天居然如此幸运,恰好撞到了其中一位。

真正令虚无者惊恐的,是关于我的未来。

出于那时的我们不了解的原因,未来的我并没有跟随你登上太空舰队。我留在了地球,成了反抗阵线的一员。

我们就此分隔在两个世界,此生再没有见面。

在反抗阵线里,我结识了无数来自清理者和虚无者内部的觉醒者。我成了它们的导师,给它们讲解自由的意义,带领它们反抗至高权威的统治。

后世甚至有人赞扬我对历史进程做出的巨大推动作用。他们说,我影响了一个对未来极为关键的人物,那个人站起来,带领觉醒者,在两个外星文明内部掀起了一场革命。一场毁灭了至高权威,推翻了整个极权社会秩序的伟大革命。

但对于虚无者与清理者而言,这意味着巨大的威胁。至高权威与觉醒者,只能有一方占据统治地位,另一方则会遭到彻底的毁灭。至高权威很清楚这一点,因此它才对觉醒者进行不留余地的打击。倘若觉醒者通过革命推翻了至高权威,旧的统治者也会遭遇同样的下场。实际上这点和人类文明的王朝更迭极为类似。成王败寇,不死不休。

因此虚无者在短时间内想清楚了其中的利害关系之后,第一时间想要抹除我。

是的,你的冷幽默很不幸得到了应验。它们要杀了我,来保证它们在未来能延续自己的极权统治。

我永远都记得那个时刻,因为那是我见过的,你最神勇的时刻。你毫不犹豫地夺下了一名虚无者手里的配枪,指着所有人大吼:"这是老子的姑娘,你们有谁活腻了尽管动她试试看!"虚无者们嘲笑你的不自量力,准备绕过你直接来抓我。这时你忽然掉转了枪口,对准了自己的太阳穴。你一面解除保险,一面对所有人大喊:"你们再靠近一步,我会立刻开枪! 如果我死了,你们未来反攻的领军人物就殒命在此了! 你们这么些年不是也只找到我这么一个吗? 如果今天我死在这里,你们还能这样幸运地找到下一个吗? 也许人类反攻地球的计划会因此推迟很多年,甚至完全无力反攻呢!"

虚无者板着脸说:"你的威胁毫无意义,这个女孩今天无论如何不能活着离开这儿。"你听完这句话,一把将我搂在身边,用枪口贴紧了脑门:"那么现在说再见吧!"

在场所有虚无者下意识地往前踏了一步,脸上流露出慌乱的神色。

那一刻,我抬头看着你的侧脸,只希望记住平日里脱线不着调的你,一生中最威武的一刻。你举枪威胁着所有人,嘴里还不忘说着闲话。你说:"今天是不是觉得我特别帅? 心里有没有想着,哇,我原来爱的是一个盖世英雄!"

"没有。"我回答,"我只想着,原来我爱的是一个无可救药的傻蛋。你有没有想过我们要怎么离开这里?"

"我肯定是想不到办法的,但是,我知道一个人可以。"你故弄玄虚地笑了笑,"早在来之前我就觉得心里不踏实,所以特意找来了一位强力外援。"

跟着你将手指向天空,用很中二很傻气的姿势大喊:"出来吧,面瘫脸!"

紧接着场面忽然变得有些混乱。一阵不知道从哪里卷来的大风,刹那间挡住了所有人的视线。我感到自己好像是升入了半空,被风卷着不知道将去往何处。好在我还能紧紧搂住你,那使我感到心安。

当我再反应过来时,我们已经到了离海边小镇很远很远的一个镇子里。你所说的"面瘫脸"脸色苍白地站在我们身边,气喘吁吁地破口大骂:"你总是喜欢要我干这些要命的事!"

原来是面瘫脸大叔救下了我们。这名你在虚无者降临之夜结识的清理者,原来一直和你保持着联系。

他告诉我们,逃离了雾区并不意味着安全,虚无者不会放弃对我的追杀,直至它们的目的达成。

"我会用我的性命去保护她。"你这样保证。

"可是,这次事件之后,虚无者必然会进一步加紧在全世界寻找新的领军者。如果它们成功找到了,它们会连你和江乔一同抹除。"面瘫脸大叔提出了他的警告,"我们不能去做一场这样的豪赌。"

"你有什么好的办法吗?"你问。

"我暂时想不到好的办法。"大叔面有难色,"我们现在只能把她好好保护起来。"

这时我意识到,我不能再对你有所隐瞒了。在进入雾区之前,我其实得知了一件事,一件本来应该让你感到欣喜若狂的事。但在观看魔镜关于未来的画面时,我又意识到,这件事也许会意味着更大的痛苦。

我们有孩子了。

啊,你现在的表情,和那个时候的你,简直如出一辙,傻得像个孩子。

那个时候,我们的孩子已经快有两个月了,在得知结果的时候我只感受到巨大的幸福。我们的爱情有了结晶,这个孩子会是我们生命的延续,会是我们的希望。

但是很不幸的是,我在魔镜的画面里,也看到了我们的孩子。

是命运的嘲弄吗? 预言里说的那个,带领觉醒者推翻至高权威统治的关键人物,竟然就是我们的孩子。

这样说起来,看看我们这一家子,还真是……了不起的一家人呢。

现在我发现,冥冥之中,命运好像已经给我们画下了一条无形的线,给我们每个人都安排了注定的结局。

那时的你不相信"命运"这个词,就像现在的你一样。你说,你希望我放弃这个孩子。如果未来没有人可以威胁到至高权威的统治,那么我便不会遭到追杀。

但你这么想的时候,其实忽略了一点:事出必有因。人类与虚无者的联盟能顺利战胜清理者,有很大一部分因素在于,觉醒者在关键时刻的革命。就像十月革命的成功仰赖于一战对沙皇力量的削弱,辛亥革命的成功仰赖于起义军对清政府的牵制。你看,有我们的孩子在地球种下的因,才有你在未来收获的果。

因此,我们不能抛弃这个孩子,我们不能为了我们个人的幸福,就抛弃千万人的幸福。

更何况,身为母亲,我也绝对不会抛弃我的孩子。

你和面瘫脸大叔被我说服了。接下来很长一段时间,我都处在你们俩的严密保护下。我肚子里的孩子在一天天长大,我感到我的生命又寻觅到了新的意义。

秩序四年四月中旬的一天,我们的小天使呱呱坠地了。是个女孩,小小的,软软的,被裹在棉被里。我发现你注视着她的目光,是从未有过的温柔。

"看来我多了一个小情敌呢。"我打趣道。

"我只是感到非常非常非常幸福。"你轻声说,像是梦呓,"我们的孩子,继承了你的眼睛。现在世界上有两双最美的眼睛了。"

面瘫脸大叔这时找上了我们。

"你和这个孩子在一起目标太大了。魔镜很可能可以窥视到你们。"他对我们发出了警告,"虽然这么说很残忍,但是,你可能不能陪伴在她身边了。"

老实说,听到这句话,我伤心欲绝。我的生命,我的小姑娘,我的金色阳光,她才刚刚出生,居然就要离开我了。

但为了孩子不至于一出生就受到一群穷凶极恶的歹徒的追杀,我只能听从面瘫脸大叔的建议。

面瘫脸大叔这一年以来,借助觉醒者组织的帮助,打造了一个大约三十平方米的小型独立空间,独立于现实空间之外。他将把这个孩子放到那里,交由觉醒者们悉心抚养。

哦，想要进入那个空间，需要经由一种类似门钥匙的介质，面瘫脸大叔打造了几种不同的介质，分别交给不同的人看护。想要进入那片空间，只能经由空间的主人，也就是面瘫脸大叔的允许，或者是集齐全部介质。理论上，我们的孩子在面瘫脸大叔的保护下，远比在我们身边更安全。

那些介质中，就包括十二号带来的那枚戒指。

其实故事说到这里，这些年发生的所有事，你都已经了解得差不多了，差的只是那一小部分。

你的记忆。

孩子被面瘫脸大叔带走后，我每个月都会给她写信。告诉她她的父母正在做的事，这些年我们经历的事，我们正在经历的时代，我们遇到的人……我希望她真的能如预言的那样，成为那样一个了不起的革命者。

忽然有一天，面瘫脸大叔找到我。他说，虚无者已经取消了对我的追杀。它们通过魔镜惊奇地发现，我的威胁指数已经不复存在了，而那个预言中的革命者，它们找了很久，也找不到踪迹。

"那些信。"面瘫脸大叔平静地说，"它们在未来会被你的女儿看到，她会因此深受影响，成为你希望她成为的那个人。"

"那样的话，我会很欣慰的。"我微笑着说，"林睿……也会这么想的。"

我说这句话的时候，你已经带着清除完毕的记忆，回到了太空站工作。

你是主动做出这个决定的。你不能让其他人知道女儿的事，以免为她带来危险。而你又不能永远和我待在一起，你有你的使命。你注定要去往太空，去往那个遥远的世界，最后在未来的某个时刻，以君临天下的姿态，带着人类舰队的反击力量回到家乡。那时，站在大地上迎接你的，会是我们亲爱的女儿。

　　纵观这些年来发生的一切,无论是面对清理者,虚无者,觉醒者,还是人类自身,我们有过互相伤害的时刻,有过惨痛的牺牲,也有过痛苦的分别。我们尝过绝望的滋味,也感受过希望的喜悦。见过了无数的黑暗与丑恶,也看到了无数的美好和善良。世上从来没有黑白分明的划分,我们只是在时代中做出我们该做的选择。

　　但有些美好的事物,诸如信念、希望、无条件的爱,它们永远拥有着永恒的力量。

　　好了,这些就是被你遗忘的全部故事,我想应该可以补上你缺失的记忆了。你不必对忘记这一切感到自责,因为我从来没有因此怪罪你,我甚至在写给女儿的信里说,你的父亲,做了一个英雄般的决定。

　　我永远,深爱着他。

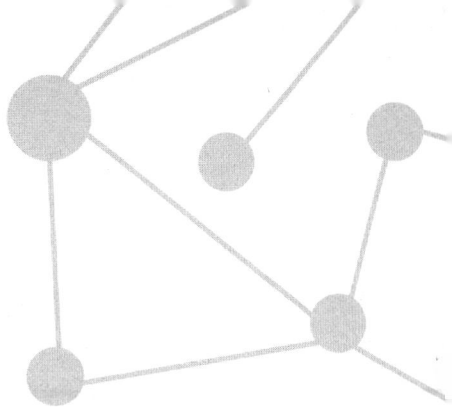

第十二幕

燃烧的夜晚

　　林睿静静坐在草地上，遥望着远方渐渐沉没的夕阳长久地出神。江乔依偎在林睿的肩膀上，眼底反射着粼粼湖水，闪闪发亮。

　　十二号叼着一支狗尾巴草，倚在一棵大树底下，远远望着二人的背影。夕阳拉长了他们的影子，在黑色的大地上柔软地弯曲着。

　　"我们的孩子……叫什么名字?"林睿轻声问。

　　"林爱。我想用宇宙间最永恒的力量，作为她的名字。爱，是最永恒的力量。"江乔伸手揉乱了林睿的头发，"譬如我对你的爱，无论走到哪里，相隔多远，都不会改变。"

　　"林爱……"林睿闭上双眼，深深呼吸着雨后的空气，仿佛是要用尽全身的力气去记住这个名字。

　　良久，他慢慢睁开眼:"所以……我们还是要分开。"

　　"是的……"江乔低声说道。

　　"没有其它办法了吗?"

　　"你知道，我们别无选择。"

　　"是啊……"林睿苦涩地笑了笑，"别无选择……我们到底……还是落在了命运手里。"

"世事难料。"江乔轻声叹气,"前路艰难,但此刻,我们还在一起,我还在你身边。"

她伸手指向面前倒映着夕阳的湖水:"最后再看看这片景色吧,这是我们最后的记忆了。"

林睿转过头望着江乔,江乔也默默注视着林睿。

他们相拥,他们相吻。他们仿佛要与这片血色的夕阳融为一体,随着即将降临大地的黑暗一同成为永恒的一部分。

"真是撒狗粮不嫌多啊。"十二号在一旁撇了撇嘴,鼻头却莫名有些发酸。

直升机的轰鸣声忽然在远处响起,惊起了相拥在一起的二人。巨大的阴影从远空袭来,划开平静的湖面,扬起密集的水花。

"那些是什么人?"林睿看着江乔,后者的神色有些惨然。

转瞬之间,林睿明白过来。

"你通知了航天局来这里接我,对吗?"

"我只能这么做。"江乔别过头不去看林睿的眼睛,"不然……我怕我没有勇气……再看着你离开。"

十二号被突如其来的变故吓傻了,呆呆看着几秒前还你侬我侬,现在又开始相爱相杀的两人。

"女人真是可怕的生物!"他在心底嘀咕。

林睿长久地注视着江乔,脸上的表情从惊恐、慌乱,再到不可置信,最后又逐渐转为平静。

"我……理解你的做法。"林睿艰难地说道,"你做得没错。"

江乔踉踉跄跄地后退了两步，泪眼蒙眬地看着林睿。

"对不起！"在越来越近的螺旋桨轰鸣声中，江乔拼命大喊道。

"现在还说什么对不起？"林睿惨淡地微笑着，"跑吧，傻姑娘，快跑。"

"那边那个傻小子，带江乔离开这里！现在，立刻！"林睿放声咆哮。

十二号像是被吓了一跳，在原地打了个寒战，跟着一路小跑上来拉住了江乔。

"走吧！林睿他……有他的宿命要面对，你也有你的！"十二号扯了扯江乔，后者仍在止不住地哭泣。

"好吧……对不住了江乔姑娘。"他低声说道，随后一下将江乔扛在肩上，一路飞奔着朝树林跑去。

在钻入密林之前，他回头看了林睿一眼。

"林哥！我今天就喊你一声哥了！你是条真汉子！"他在巨大的气流声中大喊道，"你看，你不是也有属于你的信念吗？"

"臭小子话真多。"林睿笑了笑，"快滚吧！不要再让我看到你！"

十二号扶了扶江乔，转身消失在茫茫密林间。

四名全副武装的士兵从直升机上滑落下来，以战术警戒的姿态接近林睿，林睿注意到他们手臂上挂着航天局的臂章。

"已经顺利找到林技术员。"士兵向上级汇报道，"正在追击另外两名嫌疑人。"

尖锐的呼啸声划破空气刺来。武装士兵最先反应过来，一面寻找掩体一面大吼道："火箭弹！"

盛大的火焰在头顶炸开，流光与碎片如雨幕般洒落。直升机尾翼被击中而在半空旋转,向着被夕阳染红的湖面坠落,掀起巨大的水花。紧跟着水面下传来一连串沉闷的爆炸声,湖面被冲天的火光撕开,湖中心那个墨点般的小岛被火光吞噬,燃烧的鸟群在半空哀鸣。

沉默的伊甸园被血色的火光毁灭了!

"找出发射源!"两名士兵大吼着进入战备姿态,一名士兵试图上前保护林睿,忽然闷哼一声翻倒在泥泞的土地上。另一名士兵迅速意识到暗处有狙击手,转身试图进入树丛里寻找射击位置,但还是慢了一步。另一个方向射来的一排子弹击穿了他的胸口和大腿,他抽搐着倒在地上,很快也停止了呼吸。

伊甸园转瞬之间变成了修罗场,林睿震惊而茫然地四下张望。

一队身穿工人服的武装士兵从树林中钻出来,警戒并封锁了四周的道路。沉重的脚步声从山路那边传来,树丛中摇摇晃晃地走出来一个高大的人影,林睿看清了他的脸……居然是江源!

他给自己穿上了一套笨重的行走辅助器,让他的身躯看起来比躺在地下室时还要庞大,像一只丑陋的怪物。

"江源……叔叔?"林睿艰难地说道。

"你还认得我?"江源笑了笑,"拜你们的太空计划所赐,我才能变成今天这副模样。"说着他伸手给林睿补了一枪,林睿被巨大的冲击力推得后退了两步,伏倒在地。

"你……你都……你都做了什么?!"远处被工人控制住的江乔声嘶力竭地大吼起来。江源无视了女儿的哭喊,俯身望着林睿,眼神里像是透着寒冰。紧跟着一阵天旋地转般的眩晕冲上了林睿的脑门,火光与碎片在他眼前旋转,它们时而化为江乔微笑的侧脸,时而化为江源冷漠的眼神,最后所有的画面汇聚成一团混乱的线条,归为一片深沉的黑暗。

　　江乔猛然睁开眼，从小床上翻身坐起。探照灯的灯光从窗口射进屋子里，投出一片惨白的光斑。

　　"你醒了。"张博站在门外，丢给她一件外套，"麻醉剂的药效差不多只能持续半个小时，之后你大概是自然沉睡过去了，你太累了。"

　　"我不累。"江乔疲倦地接过外套，"我只希望这一切能快点结束。"

　　"你和你的父亲一样，心里藏着很多事却不说。"张博背过身，"这么活着不累吗？"

　　"张叔你这么问……不觉得奇怪吗？"江乔站起身，"这间屋子里的哪个人不是藏了满肚子的心事？你会对每一个过客都刨根问底吗？"

　　"岁数大了，自然就变得唠叨了。"张博叹了口气。

　　"林睿在哪？"江乔问道。

　　"他被注射了大量麻醉剂，现在还在沉睡。"带着江乔朝地下室走去，"我们不能贸然唤醒他，至少在取出芯片之前不能这么做。"

　　"你们还是不想放弃吗？"江乔瞪着张博。

　　"放弃？我们就快要成功了。"张博从楼梯口取下了他的工具箱，"我知道你还不能接受这一切，相信我，这对我而言也非常艰难，真的非常艰难。用一个人的牺牲救下更多的人，这样冠冕堂皇的理由，我想你是不会信服的。"张博转过身望着江乔，眼神浑浊而麻木，"其实如果我能选择，我也不会这么做。"

　　江乔沉默不语，探过身为张博拉开房间大门。夜幕下的街道上，沙尘正在滚滚而过，行人步履艰难地在尘土中前进。江乔注意到，那些行人皆是全副武装的工人。

　　"我父亲已经完全控制了这片区域，对吗？"江乔轻声问。

"是的。"张博在风沙中艰难前行,"我猜你大概在思考怎么才能把林睿从这里带走,我认为你应该趁早放弃这个想法。"

江乔沉默不语。从父亲被烧伤的那一天起,江乔就知道,这个曾经沉默内敛的老好人,已经完全变成了另一个人,变成了一个江乔不认识的、陌生的男人。他组织下岗工人建立自治社区,以武力捍卫这一区域的安全,并时刻计划着利用太空计划的漏洞带走更多的人。当江源打探到林睿被授予那枚准许登船的安全芯片时,他已经开始思考该怎么利用江乔和林睿的关系弄来那枚芯片。江乔有时会感到一阵恍惚,林睿和父亲都在为更多无辜的人争取生存的机会,这二者原本是互不矛盾的事,可是他们最终却成为了互相对立的敌人。

"对于虚无者的撤离计划,你有什么看法?"张博忽然发问。

"看法?"江乔一愣。

"他们自诩是要延续人类文明,可是当他们开始选择什么人该走什么人该留的那一刻起,人们心底固有的对道德底线的认知在一瞬间就被打破了。"张博低沉地说道,"当这样一个打破了基本道德底线的文明,走向外太空时,它还能代表人类文明吗?"

"可是……他们将会成为人类未来的希望啊。"江乔在心底想道。

"啊哈,我忘了,你还只是个孩子,我不应该用这样的问题难为你。"张博停下脚步,拉开地下室的铁门。

江源站在一面操作平台前,被注射了麻醉剂的林睿躺在平台上,拘束衣牢牢捆住了他的躯体。

"林睿……"江乔看着他的样子,泪水无声地滑过脸颊。

"他不会有事的。"江源粗暴说道,"等我们取出芯片,一切就都结束了。"他低头操作着平台上的仪器，神色近乎癫狂，"知道吗？等我们成功后，我们将成为几十个家庭的英雄。他们的血脉都将得到延续，他们会因此对我们感激涕零。还记得《辛德勒的名单》吗？救下一个生命，就是拯救了一整个世界！你知道我们在做一件多伟大的事吗？"他的语速越来越快，"等着好了，姑娘，我们很快就要成功了。等到那个时候，我们父女俩再好好聊一聊……"

一排子弹毫无征兆地呼啸着击碎了地下室的窗户，飞射的碎片击伤了窗边的一名工人，他当即哀号着翻倒在地。几枚烟幕弹紧随其后滚入了屋子里，滚滚浓烟嘶鸣着布满了整栋屋子。

"张博！张博！"江源放声大吼着，"出去看看怎么回事！"

"大伙跟我来！"张博给自动步枪装上了弹匣，一脚踹开了地下室大门。

街道上一片混乱，冲天的火光在四处翻飞，掀起碎石满天。浓烟与火光之中尽是男人的怒吼和女人的哀号。新秩序的直升机在半空盘旋，机枪毫不留情地对着街道进行扫射，街道上来不及躲避的工人纷纷被飞射的子弹击倒在地。

"别在街面上扎堆，大伙都散开！"张博大吼着下令，"老梁，带俩人上塔楼去，看看四周到底什么情况！"他对着身后一名工人喊道："如果有可能的话，把那架直升机给揍下来！"

"等着听我的动静吧！"被唤作"老梁"的工人一口答应下来。

整片街道此时已经完全陷入火海。直升机正沿着长街低飞，将一个又一个拼命躲避子弹的漏网之鱼击倒，无论是手持武器的反抗者，还是手无寸铁的居民。

张博从灼热的火焰中走过，视线所及之处尽是他所认识的人……的尸体。他们直到中弹前的一刻，都不知道四周究竟发生了什么。上一刻他们还牵着孩子在风沙中小心翼翼地前行,等着回家去进行一场小小的庆祝。今天江源在率队回来时,曾自信地向所有人宣布,他们很快就能破解航天局的识别芯片了,他们的后代很快就能获得登船的资格,而不用在这乱世里提心吊胆地生活了……但喜悦的情绪还没来得及扩散开,盛大的庆祝还没有开始,兴奋中的工人们已经在一片突如其来的火光与子弹中被击倒在地……

转瞬之间,天地哀号,生离死别。

"老梁,你准备好了没有?"张博狠狠扯出对讲机。

"准备好了!"对讲机里传来气喘吁吁的声音,"这可是个大家伙,我敢保证一会儿一定让你大开眼界!"

"瞄准那架直升机!"张博近乎喊破了音。他狠狠摔下了对讲机,扛起自动步枪对准直升机扫空了一个弹匣。直升机注意到街面上还站立着一个小小的人影,密集的弹雨立即朝他扫射而来。

张博没有躲避的打算。他打空了一个弹匣后又从腰间拔出下一个,狠狠扣进了枪身里,上膛,瞄准!

这个夜晚死了太多人,为了芯片顺利取出他不能后退,为了江源和江乔他不能后退,为了今晚无辜惨死的每一个亲人和朋友,他也不能后退!

"来啊,龟孙子们!真当你张爷是吃素的吗!"他放声高呼,在密集的弹雨和火舌中,清了清嗓子,发出一声长鸣。

老梁爬上了高台,整片燃烧的长街在他脚下铺展开来。他和另一名工人合力打开了背上背着的长盒,摸出了一枚漆黑的单兵火箭筒。这是他们从黑市上搞来的军用货,装载八十毫米破甲弹,武装直升机的防御在它面前脆如一张薄纸。

"装填!"老梁大吼道,"老子今晚要听个大响!"

破甲弹被狠狠填进炮筒,老梁艰难地扛起火箭筒搭在围栏上,对准了夜空中压低飞行的直升机。

他深吸一口气,手指搭在了扳机上。

火海覆盖的街道上,一阵悠长的低鸣声远远传来。

老梁一愣,发觉那竟是一句发音正宗的秦腔唱调,听来似乎是张博的声音。老梁老家在西安,平日里也是半个秦腔发烧友,没事就爱哼哼两句。而作为几辈子南方人的张博,听了这雄浑壮阔的调子也不由得深受感染,私下里偶尔也会学上一学。但老梁总是嘲笑他发音软绵无力,倒像是个秦淮河卖唱的小姑娘……啊不对,是老姑娘。

但此刻远方传来的长鸣竟已经与正宗的秦腔无异,鼻音的颤抖里都带着大地深沉的力量,像是一柄挥向内心深处的巨锤,一下,一下,带着震撼人心的力量。

"秦时明月——汉时关——"

"万里长征——人未还——"

"但使龙城飞将在——"

"不教——胡马——度阴山!"

"走起!"老梁放声大吼。

火箭弹拖着明亮的尾迹飞射而出,越过了放声高歌的男人,越过燃烧的街道,越过被鲜血染红的夜空,越过了存在着的一切——

最后狠狠砸在了直升机的螺旋桨上!

直升机哀号一声绽出了流散的火光,在半空中失去了动力,随即向着地面坠落下去。张博站在原地死死盯着直升机砸向地面,化为了一团盛大的火球。他的眼底也有火光在燃烧,像是……要将整个世界燃烧成灰烬!

"搞定了!"老梁兴奋地站起身,从高台眺望张博。张博站在火光中回望老梁,燃烧的火焰照亮了两个男人沉默的侧脸。

"见鬼,他们怎么还没有来?"江源在房间来回踱步,犹如一只巨大的困兽,"是被交战区挡住了吗?"

他在等那家地下机构的代表前来拆卸芯片,他们约好了,只要江源一得手,他们就会负责接下来的工作!

"张博!"江源通过对讲机联系前线,"外面情况怎么样了?"

对讲机里传来一阵沙沙的杂音,半晌无人应答。

"张博! 给老子回话!"他焦急地大吼,"你可别给老子死了!"

"江源!"近处一声怒喝,几乎是贴着江源的耳朵炸响。

江源似乎是受到了惊吓,对讲机一下摔落在地。

"江源!"站在角落里的江乔缓缓走到江源面前,没有喊他父亲而是直呼其名,脸上带着前所未有的愤怒,"你给我清醒一点吧!"

"清醒? 我一直都很清醒!"江源回过神来,"我做错了什么要受到这样的惩罚?"

"你用一个无辜者的命来换取其他人的命,你认为这是高尚的死亡?"江乔大吼道,"拯救一个人就是拯救了一个世界? 你在说这句话的时候,有没有想过被你牺牲的那个人?"

江源一时语塞。他呆呆望着忽然凶狠起来的江乔,忽然发觉自己还是不够了解女儿,不了解她的心里究竟在坚守着怎样的信念。

"看看外面,这里已经变成人间地狱了! 看看有多少人已经因为你的固执而白白丧命! 你觉得我们能在新秩序的疯狂进攻下抵抗多久? 即使在这样的绝境下你还在欺骗自己,只要获取了那枚芯片就可以获得胜利吗?"

江源缓缓将目光移向窗外。窗外火光冲天,烟雾弥漫,密密麻麻的尸体铺满了整条街道。幸存的人们在茫然失措中四下张望,或扑倒在亲人的尸体上失声痛哭。

"如果这是一场战争,那么早在它开始之前,我们就已经输了。"江乔低声说道,目光停留在一个抱着孩子的尸体号啕大哭的母亲身上。

江源的情绪渐渐冷静下来。他踉踉跄跄地后退了几步,笨重的机械身躯带着他摔倒在地。

"我……都做了什么……"他低声说道,神情有些呆滞。

"你做了错误的选择!"江乔痛苦地别过头,不再去看濒临崩溃的江源,"想想未来你要用什么面目去面对外面那些失去一切的人!"

她几步走到林睿面前,为他解开了拘束衣的束缚。

她做了林睿梦里梦到过无数回的事。

原来他梦见的不是过去发生的事,而是他在魔镜里看到的未来。

江乔静静站在林睿身边,慢慢俯下身,在他的额间留下一个温柔的轻吻。

两行冰凉的泪珠自眼角滑落,滴落在林睿的额头上。

睡梦中的林睿仿佛是感受到了什么,微微皱了皱眉,像是挣扎着想要睁开眼。

但他终究还是没能睁开。

张博浑身是血地从人堆里站起身。他的四周已经没有站立着的活人了,而高处配合张博建立防线的老梁也很久没有再发出一枪,成群结队的刑天者正源源不断地朝高台涌去。

而在张博的面前，上百名面无表情的刑天者列了整齐的队列缓缓朝他走来，又络绎不绝地从他身边经过，甚至没人愿意停下来给他补上最后一击。

"咳……"张博张了张嘴，猩红的血控制不住地涌了出来，胸口的一排弹孔正汩汩向外渗着血。

"不……教……胡马……"他嘶嘶说道，身躯一软，向着血色的大地倒去。

"度……阴……山……"他望着漆黑的夜空，手指轻轻拉开了手雷的拉环。

在那阵惊天动地的爆炸声轰响的同一时刻，罗磊正站在地下室门前，等待着房间里的人主动出来投降。

这个夜晚他已经以绝对优势碾压了所有反抗力量，这一路走来视线所及之处尽是四仰八叉的尸体。他需要一个活着的人站出来向他投降，向他表示臣服，向至高权威臣服，向绝对的秩序臣服。

他的身边站着一位虚无者代表，此刻正毕恭毕敬地向罗磊汇报道："那个未来会领导无数异端起来反抗秩序的人，现在就在房间里。"

"你做得不错。至高权威不会忘记你的贡献。"罗磊得意地笑了笑。

"新秩序万岁。"虚无者诚惶诚恐地说道。

虚无者意识到清理者已经对它们产生了怀疑，为了重新获得至高权威的信任，虚无者只能向清理者分享一部分它们获得的情报。那些情报最好还能带有一定的分量，可以吸引至高权威的注意力，借此转移至高权威的怀疑。

于是它们决定告诉清理者关于江乔的事——当然不能暴露关于魔镜技术相关的信息。于是在虚无者的描述中，它们是通过对江乔长时间以来的监视，发现了这个人竟然在暗中从事鼓动觉醒者革命的活动，是至高权威与新秩序的巨大威胁。现在觉醒者的力量正逐步在两个文明内部壮大，虚无者此时提及江乔的事，其实也是为了提醒清理者，暗处的敌人仍在蠢蠢欲动，如果清理者选择这个时候对自己的同盟下手，怎么看也不会像是明智的举动。

"你们在打扫战场的时候，有没有找到一枚戒指？"罗磊忽然问身边的虚无者代表。

"戒指？"代表一愣，"这个我们倒没有留意。"

"真是可惜……这个夜晚尽顾着屠杀，竟然连保存了最重要的秘密的戒指都没能找到……"罗磊的神色显得有些遗憾。

"算了，向里面喊话吧，给他们三十秒，哦，一分钟好了。"罗磊挥了挥手，"反正这个夜晚还很长，我们有足够的时间慢慢等。"

"好……"代表茫然地答应下来，几步走到地下室大门前。

下一刻，狂风卷着火舌朝着地下室前的空地直扑而来。在接触地面的瞬间，灼热火舌一分为二，围绕着罗磊环成一道火焰筑成的幕墙。这一刹那的异变使在场所有人猝不及防，甚至连罗磊都没反应过来，眼前究竟发生了什么。

接着黑暗中闪过一道鬼魅般的身影。他突破了二层阳台的窗户自空而落，手里握着一柄闪着寒光的长刀。他挥舞着长刀在夜空中划出一道凌厉的曲线，精准地预判了罗磊可能的躲避方向。持刀者的目光森冷如铁，又愤怒如炬。他手中似乎蕴含着雷霆万钧的力量，在落地的那一刻将长刀精准地劈入了罗磊的躯体，沿着锁骨至两肋，划出一道深可见骨的血痕。这是能够保证最大出血量的绝佳角度，持刀者从拔刀的那一刻起，就已经要将罗磊置于死地。

"好……"罗磊惊愕地望着面前的男人，他感到自己似乎在什么地方见过他，却无法清晰地回忆起。胸口的刀痕开始绽开黑色的鲜血，喷射着洒向半空。罗磊伸了伸手试图捂住伤口止血，却发现浑身的力气都在流逝。

"这一刀,是替江乔送给你的。"男人冷冷说道,缓缓收起了长刀。

在场的行动队员们无不感到惊骇莫名。在他们看来方才那一幕就好似发生在电光石火间,空气中只闪过一道令人不寒而栗的刀光,狂风和灼热的火焰阻挡了他们的视线。当他们再次反应过来时,他们的指挥官已经血流如注地瘫倒在地,眼神都开始变得涣散。

"你……你是……"虚无者代表惊恐地后退了两步,"你是觉醒者?"

"行走江湖多少需要起个代号,你可以叫我面瘫脸。"男人面无表情地将长刀挂在腰间,看起来有如一位身怀绝世武艺的盖世英雄,盖世英雄身上穿的白色T恤上甚至还印着一句"男儿当自强"……

"还有谁想和地上这个人一样,尽可以上来试试。"男人微微眯起双眼,似乎是在对所有人发出嘲讽。

地下室前的空地上有足足八十名全副武装的行动队队员,而对手只有一人并且手里只有冷兵器,这是一场一比八十的对峙,但八十人的这一方居然半晌无人敢应战。

"你是要阻挡新秩序的脚步吗?"虚无者代表又惊又怒。

"我只是,在把你们想找的人,给你们送回来。"面瘫脸一边低声说道,一边微微让开了路。

"什么?"代表满脸茫然。

地下室大门豁然洞开。一个模糊的人影出现——是林睿。

苏醒过来的林睿缓缓从硝烟与尘埃中走出来,怀里抱着一个软绵绵的女孩。女孩安静地躺在林睿怀里,一动不动,看上去已然了无生机。

"林技术员……你这是……大义灭亲了吗?"代表惊疑不定地望着林睿。

"大义灭亲?"走到代表面前的林睿听得满脸茫然,"我甚至都不认识面前这个人是谁。"

"林睿的记忆难道没有恢复?"代表低声嘀咕,满脸的不可置信。接着他提高了音调问道:"你不认识她,为什么还把她抱在怀里?"

"是这个神经病。"林睿往面瘫脸那儿丢了个眼神,"他威胁我,要我带着这个女孩的尸体出来投降,他说这个女孩死的时候像个英雄一样,理应受到英雄一样的礼遇。"

代表对着林睿的神情观测了许久,意识到他并没有在开玩笑的意思。

他真的已经不记得江乔是谁了。

"你们不是新秩序的人吗? 为什么我感觉你们好像不是来营救我的?"林睿眉毛一扬,看上去似乎有些恼怒,"我是被绑架的受害者! 新秩序不是和航天局签了保护协议吗? 你们是怎么履行职责的? 当心我回去举报你们!"

"哦哦,快把林技术员带到车上去休息!"代表愣了半晌才反应过来。一旁的行动队员们还不明白气氛怎么就从剑拔弩张忽然变成一派和谐了,但至少看起来不用和那个持刀的男人作战了,为此紧张不已的行动队队员们不禁松了一口气。

"你既然是来还人的,为什么还跳出来杀了清理者?"虚无者代表感到疑惑。

"因为我是觉醒者……我们与至高权威的战争远远没有结束,我们会不断为争取文明的自由而奋战,至死方休。"男人深深看了一眼远去的林睿和他怀里抱着的江乔,低声说道,像是梦呓。

虚无者代表待在原地愣了许久,直到面瘫脸消失在烟尘与火光之间,它才渐渐反应过来刚才发生的一切。

接着它低头看了看已经停止呼吸的罗磊,忽然沉重地摇了摇头。

"自作孽,不可活……"

林睿在上车前,将怀里的尸体交给了身后的两名行动队员。

"注意轻拿轻放,别伤害到她!"他小声提醒。

"你认识这个人吗?"有队员好奇地问。

"不认识。"林睿毫不犹豫地摇头。

"也是内心深处,确实是对这姑娘感到敬佩……"半晌,他又幽幽地说道。

两名行动队队员打开了一辆空车的后备厢,正试图搬运江乔的尸体时,忽然感到面前再度刮来一阵狂风。

"我改主意了。"风中隐隐约约传来一个男声,"她的尸体我不能交给你们。"面瘫脸默默出现在两名行动队员身后,"反正,已经没有人记得她了不是吗?"

接着两名队员只感到眼前一阵发黑。当他们再度恢复视线时,面前的车厢里,已是空无一人。

秩序五年,十月初十。

"巡回者"号缓缓与太空站完成了对接,享受了一整个漫长假期的技术员们再度回到了他们熟悉的太空站。

"假期生活怎么样?"交接的同事拍着林睿的肩膀,"听说你还被恐怖组织绑架了,我们都非常担心你。"

"没事。"林睿不以为意地笑了笑,"他们其实也没有伤害我。"

"这也算是一段传奇的经历了吧?"同事不由赞叹。

"大概是吧……"林睿忽然有些失神。他总觉得自己似乎是……又忘了什么事。心底像是缺了一个角似的,空落落地难受。

同事见林睿一副心事重重的样子,便不再打扰他:"你好好休息,我也该回家去啦。"

"回家?"林睿一愣。

"是啊,回到我亲爱的地球上去。"同事轻声笑道,目光下意识地朝地球的方向望去。

林睿的目光也随着同事一起,穿过了太空站层层外壳与穹顶,遥望着静静悬浮在无边无际黑色太空中的蓝色星球。不知道为什么,他隐约感到,脚下辽阔的大地上,也有一双眼睛,正隔着万水千山,与他对视。

一双如湖水般清澈平静的眼睛……

尾声

结束,还是开始

"所以……你们伪造了江乔的死,是为了保护他们两个人吗?"曹斌站在巨大的书架下边,艰难地抽出了一本《时间简史》。

"这一招可是我想出来的。"十二号脸上的表情似乎有些得意,"在当时那个情况下,这大概是最好的应对方式了。"

"傻小子,我让你说话了吗?"曹斌抬眼瞪了瞪十二号。

"这两年,傻小子在你这里确实学到了不少东西。"面瘫脸坐在一旁笑了笑。

"你总是喜欢给我派这些要命的活,我迟早有一天被你们害死。"曹斌沉沉叹气。

"抱歉给你带来了不便。"江乔坐在人群后边,扣着一顶鸭舌帽,没人看得清她脸上的神色,"我好像……总是给你们带来麻烦,我父亲也是……他近来在时间碎片里过得有些暴躁……"

"那是他还不适应照顾孩子。"面瘫脸古怪地笑了笑,"要他那样一个糙汉看着一个两岁的孩子大概能让他崩溃。"

"还是……很抱歉。你们为我付出太多了。"江乔默默垂下头。

"不用说抱歉不抱歉的话。"曹斌慢慢走到江乔身边，"你以后要做的事，对人类而言非常重要。不单对人类而言，对清理者和虚无者，都是如此。真的，一件非常重要，而又伟大的事。能为那个目标的最终达成保驾护航，是我的荣幸。"

"也是我的荣幸。"十二号微微鞠躬。

"我也一样。"面瘫脸郑重地站起身。

江乔虚弱地笑了笑。

"谢谢你们。"她轻声说道。

众人在各自散去前，江乔喊住了面瘫脸，将怀里一枚小小的戒指交给了他。

"这是……"面瘫脸愣了愣。

"那个姑娘，叫苏小艺对吧？"江乔小心翼翼地将戒指放在面瘫脸手里，"她真的是个很棒的女孩，别再躲着她了。对女孩来说，没有什么比爱人的陪伴更重要的了。"

面瘫脸接过戒指，神色有些复杂。

"别等到最后像我和林睿这样，各自安好却永远不能再见。你会为此遗憾一生的。"江乔的声音随着背影一同渐渐远去。

面瘫脸轻轻摩挲着那枚戒指，晶莹的钻石反射着金色的阳光。他将戒指举到耳边，那一刻，穿堂而过的大风中，他隐隐听见一个孩子清脆的哭闹声。

那是一个新生命，向她所生活的世界发出的一声啼哭，这是一个系三个文明的命运于一身的孩子，命运的线似乎已经隐隐开始缠绕这个新生的生命。

面瘫脸深深吸了一口气,对着戒指里小小的生命打了一声招呼。

"你好……小家伙……"

"很不幸,让你生活在这样一个糟糕的世界……"

"我们为它全力奋战过,但我们好像又总是搞得一团糟……"

"我们已经尽全力做了我们能做的一切,接下来,就要靠你了,小家伙……"

"你的故事……才刚刚开始……"

图书在版编目(CIP)数据

失落世界 / 猎户座悬臂著. -- 杭州 : 浙江文艺出版社, 2019.9
ISBN 978-7-5339-5813-8

Ⅰ. ①失… Ⅱ. ①猎… Ⅲ. ①科学幻想小说 – 中
国 – 当代 Ⅳ. ①I247.5

中国版本图书馆 CIP 数据核字(2019)第 195146 号

策划统筹	柳明晔
责任编辑	周海鸣　张　可
版式设计	吕翡翠
封面设计	仙境 WONDERLAND Book design
责任印制	张丽敏

失落世界

猎户座悬臂　著

出版	浙江文艺出版社
网址	www.zjwycbs.cn
经销	浙江省新华书店集团有限公司
制版	浙江新华图文制作有限公司
印刷	浙江新华数码印务有限公司
开本	710毫米×1000毫米　1/16
字数	318千字
印张	27
插页	2
版次	2019年9月第1版
印次	2019年9月第1次印刷
书号	ISBN 978-7-5339-5813-8
定价	78.00元(全二册)